Cilla & Rolf Börjlind • Der gute Samariter

Cilla & Rolf Börjlind

# Der gute Samariter

Kriminalroman

*Aus dem Schwedischen*
*von Susanne Dahmann und Julia Gschwilm*

btb

*Böse Taten resultieren oft aus guten Absichten*

Sie rannte!

Der Regen peitschte ihr ins Gesicht, als sie durch den dichten Wald hetzte, die Füße wurden von scharfen kleinen Steinen zerschnitten, grobe Äste rissen ihr die Arme kaputt, und das lange nasse Haar klebte über dem Mund.

Doch am schlimmsten war die Dunkelheit.

Der Mond schaffte es nicht durch die Wolken, sie konnte nur wenige Meter weit sehen. Trotzdem war sie gezwungen, schnell vorwärtszukommen, sich mit den Händen den Weg zu bahnen und weiter durch den Wald zu kämpfen.

Nur weg!

Ein Käuzchen rief, und sein Junges erwiderte den Schrei. Das machte ihr keine Angst, das war ihr vertraut. Was sie rennen ließ, hatte zwei Beine und eine Waffe. Sie warf einen Blick über die Schulter. Kein hin und her flackerndes Licht von einer Taschenlampe, also hatte sie einen Vorsprung. Vielleicht würde ihre Flucht erst bemerkt werden, wenn es hell war, und bis dahin sollte sie es in eine bewohnte Gegend geschafft haben.

Im besten Fall.

Sie atmete jetzt schwer.

Drei Tage und Nächte mit auf dem Rücken zusammengebundenen Händen still in einer dunklen Abstellkammer zu sitzen, hatte Spuren hinterlassen, die Anspannung hatte ihr jede Energie geraubt.

Sie lief etwas langsamer.

Der Boden hatte sich in den letzten Minuten verändert. Um ihre Füße herum gurgelte es, und sie nahm den unverkennbaren Geruch von Sumpf wahr. Ihre Hände berührten etwas, das sich wie große Farnbüsche anfühlte.

Da hörte sie hinter sich ein Geräusch, das immer näher kam.

Das hier war keine Eule, das hier bewegte sich ebenerdig. War sie entdeckt worden? Sie blieb abrupt stehen, bewegte sich nicht, tastete mit den Händen und spürte einen Baumstamm neben sich, drückte sich dahinter und hielt die Luft an. Schloss die Augen, um besser hören zu können. Da hallte ein brüllender Ruf durch den Wald.

Ein Hirsch.

Es war nur ein Hirsch.

Als kleines Kind hatte sie sich immer gewundert, dass so schöne Tiere so furchterregend klingen konnten. Sie atmete aus, wartete ein paar Augenblicke, kroch dann hinter dem Baum heraus und lief weiter. Der Himmel hatte sich ein klein wenig aufgehellt, der Regen hatte nachgelassen, doch im feuchten Boden sank sie bis zu den Waden ein. Sie patschte durch den Schlamm, Wurzeln knotiger Erlen machten jeden ihrer Schritte schwerer.

Wie weit war sie wohl gekommen? War sie im Kreis gelaufen?

Wenn nicht, dann musste sie jetzt ein gutes Stück von der Hütte entfernt sein. Rein geografisch hatte sie keine Ahnung, wo sie war. Während der Autofahrt war sie halb ohnmächtig gewesen, wenn sie auch das Gefühl hatte, dass sie eher Stunden als Tage gefahren waren. Wahrscheinlich befand sie sich also nicht in völliger Wildnis.

Da erhob sich direkt vor ihr eine Felswand, nicht steil, aber hoch. Wenn sie die erklimmen konnte, dann würde sie vielleicht von oben irgendwelche Lichter in der Nähe sehen. Ihre Hände suchten Halt am Felsen. Sie bekam einen Ast zu fassen, der sich stabil anfühlte, und zog sich hoch, fand einen Felsvorsprung, auf den sie die Füße stellen konnte, grub die Finger ins weiche Rentiermoos, um besser greifen zu können, schaffte es, sich hochzuhieven, Stück für Stück, und am Ende konnte sie sich über die Kante heben.

Vor Anstrengung sank sie zu Boden und setzte sich hin, um Atem zu schöpfen. Da spürte sie die Kälte. Sie fror. Schließlich hatte sie nur einen dünnen Pullover und ein Paar Jeans an. Ihre Hände zitterten. Sie rieb sie an den Oberschenkeln und versuchte zu erkennen, wo sie sich befand. Hier oben war es nicht ganz so dunkel, sie konnte immerhin die Baumkronen gegen den Himmel erkennen. Sie stand auf und schaute über die Landschaft. So weit sie sehen konnte, kein Licht von irgendwelchen Häusern. Nur Finsternis. Sie sank zu Boden.

Da tauchte es auf.

Das Licht von zwei Scheinwerfern wischte durch den Wald und verschwand wieder. Eine Straße! Da unten war eine Straße! So schnell sie nur konnte, begann sie, die Felswand hinunterzustolpern. Dieses Auto würde sie nicht erreichen können, aber vielleicht kamen ja noch mehr.

Und Straßen führten ja irgendwohin.

In ihrem Eifer, nach unten zu kommen, rutschte sie auf dem glatten Moos aus, konnte sich gerade noch mit dem einen Arm abstützen und spürte, wie es knirschte. Der Schmerz strahlte bis in den Ellenbogen aus, aber sie kümmerte sich nicht darum. Sie musste zur Straße. Da sah sie noch einmal Scheinwerfer weit entfernt zwischen den Baumstämmen auftauchen, sie rappelte sich hoch und begann zu rennen.

Ein paar Minuten später war sie dort, wankte auf die Straße und sank auf die Knie. Das Auto war noch nicht vorbeigefahren, sie hörte, wie sich das Motorgeräusch näherte.

Ich habe es geschafft!

Sie strich sich das nasse Haar aus dem Gesicht und stand auf. Das Auto glitt durch die Kurve, das starke Fernlicht blendete sie. Sie kniff die Augen zusammen, machte ein paar Schritte auf die Straße hinaus und winkte mit ihrem unverletzten Arm. Der Wagen bremste und blieb mit eingeschalteten Scheinwerfern ein Stück vor ihr stehen. Die Fahrertür wurde geöffnet, und im Gegenlicht war eine Gestalt zu sehen, die ausstieg.

»Ich brauche Hilfe!«, rief sie. »Bitte helfen Sie mir!«

Da erkannte sie, wer es war.

Lisa Hedqvist überquerte auf dem Weg zum Polizeipräsidium die Bergsgatan. Sie zog den Mundschutz ab, den sie im Bus aufgehabt hatte, und schob ihn in die Tasche ihrer Regenjacke. Es war Montagmorgen, und die Stadt war genauso grau wie am Tag zuvor. Und wie an allen vorherigen Wochentagen, soweit sie sich zurückerinnerte. Trüber Herbst. Die Sonne hatte sie nur auf einem Instagram-Bild von ihrer Cousine in Neuseeland gesehen. Hier war die Stimmung düster und wehmütig, und zu allem Überfluss gab es auch noch die Pandemie. Den ganzen Sommer über hatte man die Nation in falscher Sicherheit gewiegt, und jetzt wiesen alle Zahlen wieder in die falsche Richtung.

Kein Wunder, dass sie mit hochgezogenen Schultern herumlief.

Gestern hatte sie sich vorgenommen, den Blick doch mal in die Weite zu richten. Auf das, was kommen würde, wenn das hier alles vorbei wäre. Die Infektionsgefahr. Die Dunkelheit. Das Belastende. Dann wäre der Frühling da und die Impfungen und helle Sommertage und Geselligkeit und körperlicher Kontakt.

Sie sehnte sich danach, Freunde umarmen zu können oder erotischen Austausch zu haben. Es war lange her, seit sie das gehabt hatte, und sie vermisste es mit jedem Tag mehr.

Es gab aber noch einen anderen Grund für ihre angespannte Haltung. Sie sollte in einer Viertelstunde an einem Zoom-Meeting teilnehmen, und einer der Teilnehmer – Jens Ovik, Kriminalkommissar aus Göteborg mit kurzen Zähnen und schütterem Haar – war ihr immer unangenehm. Sie war es durchaus gewohnt, dass Männer den Blick ein paar Augenblicke länger auf ihr ruhen ließen, doch mit dem hier war es anders. Sie hatte das Gefühl, dass er sie auf eine Weise ansah, wie sie nicht von einem fremden Mann auf einem Computerbildschirm betrachtet werden wollte.

Als würde er sich mit seinem Blick in sie hineindrängen.

Im Grunde konnte sie gar nicht genau wissen, ob er wirklich sie anschaute, denn auf dem Monitor waren noch zwei andere Teilnehmer. Es war mehr so ein Gefühl, das sie hatte.

Sie hoffte, dass er heute nicht dabei sein würde.

Doch das war er leider, und sein Blick war durchdringend. Sie beschloss, sich auf die beiden anderen Teilnehmer zu konzentrieren, die Polizeichefs der Regionen West und Süd.

»Dann fehlt jetzt nur noch Rönning«, sagte einer von ihnen.

Bei dem Meeting sollte es um Bandenkriminalität und die immer häufiger vorkommenden Schießereien in den Vororten der großen Städte gehen. Olivia sollte von zu Hause aus an der Videokonferenz teilnehmen.

»Ich rufe sie eben an«, sagte Lisa. »Sie hat in ihrer Wohnung ein etwas unzuverlässiges Internet.«

Lisa nahm ihr Handy heraus und wählte Olivias Nummer. Keine Antwort. Ob sie bei Lukas übernachtet hatte? Wollte sie von dort aus teilnehmen? Sie rief Olivias Freund Lukas an, der sofort am Telefon war.

»Hallo Lisa, wie läuft es bei euch?«

Die Frage überrumpelte Lisa.

»Was denn?«, fragte sie.

»Na, der Einsatz?«

»Welcher Einsatz?«

»Ich habe am Freitag eine SMS gekriegt, in der Olivia geschrieben hat, dass sie übers Wochenende einen kurzfristigen Einsatz hat … Gestern habe ich sie angerufen, aber sie ist nicht rangegangen.«

»Sie ist also nicht bei dir?«

»Nein …«

»Okay, danke.«

Lisa beendete das Gespräch und war verwirrt. Es hatte am Wochenende keinen Einsatz gegeben, an dem Olivia beteiligt gewesen wäre.

Sie wandte sich dem Bildschirm zu und sah, dass Jens Ovik grinste.

»Wir werden ohne Rönning anfangen müssen«, sagte sie.

*

Mette Olsäter, Kriminalkommissarin im Ruhestand, war süchtig geworden.

Seit die Pandemie im März mit voller Kraft zugeschlagen hatte, saß sie rund um die Uhr vorm Fernseher und konsumierte Serien, um die Zeit rumzukriegen. Als sie schließlich bei einem animierten Film über Seelöwen, die Opern sangen, angekommen war, griff ihr Mann Mårten ein und stellte ein paar Regeln auf. Mette musste versprechen, nicht mehr als drei Stunden täglich zu kucken.

Wie ein Kind.

Auch auf ihr Gewicht hatte die Pandemie Einfluss: Es war dramatisch angestiegen. An manchen Tagen fühlte sie sich wie ein lebender Sitzsack und schaffte es kaum mehr aus dem Bett.

Doch dann kam der Telefonanruf vom MSB, der Behörde für Gesellschaftsschutz und Bereitschaft, der alles veränderte.

In der EU rechnete man damit, irgendwann im Dezember einen Impfstoff genehmigen zu können, der daraufhin flächendeckend in Europa verteilt werden sollte. Aus Sicherheitsgründen sollten die Lieferungen im Geheimen vonstattengehen, und Mette war jetzt angefragt worden, ob sie als Schlüsselstelle für den polizeilichen Einsatz um die Transporte herum fungieren wolle. Sie hatte viele Jahre Erfahrung in der internationalen Arbeit, dazu ein Kontaktnetz, das den größten Teil Europas abdeckte, und wäre somit die richtige Person für den Einsatz.

Ohne zu zögern hatte Mette zugesagt.

Die Rolle als Koordinatorin war genau, was sie brauchte, um mit der Sucht nach Serien und ihrem Dasein als Sitzsack Schluss zu machen. Seither hatte sie jeden Tag mit einem ziemlich raschen Spaziergang begonnen, um das Gehirn in Gang zu bekommen, ehe die Arbeit losging, und gespürt, wie die Schritte jedes Mal leichter wurden. Außerdem war sie aus den bequemen Klamotten gestiegen, in denen sie das letzte halbe Jahr gewohnt hatte.

Im Moment hielt sie gerade eine Konferenz über Liefersicherheit mit Repräsentanten von Europol ab.

Sie saß in der Küche mit dem Computer auf dem Esstisch – freilich kein idealer Arbeitsplatz, wenn man bedachte, was da im Hintergrund alles zu sehen war. Es gefiel ihr nicht so gut, den internationalen Topmanagern ihre unordentliche Küche zu zeigen. Außerdem hegte Mårten eine Vorliebe dafür, mit offenem Morgenmantel herumzustreunen, und konnte jederzeit ins Bild geraten.

Auch das wollte sie Europa lieber vorenthalten.

Normalerweise arbeitete sie im – wie die Familie es nannte – »Afrikazimmer«, wo sie die meisten ihrer Souvenirs und Schnäppchen von verschiedenen Auslandsreisen aufbewahrten. Dort gab es einen langen, breiten und sehr schönen Holztisch. Doch da konnte man gerade nicht sitzen, denn Mårten hatte sich in den Kopf gesetzt, ein großes Modell der Cutty Sark, eines Segelschiffs aus der Mitte des 19. Jahrhunderts, zu bauen, und hatte die Teile dafür überall ausgebreitet.

Sie hatten bereits einen kleineren Konflikt über den Modellbau gehabt, doch ihr war schon klar, dass Mårten in der Isolation, in der sie lebten, ein Ventil für die aufgezwungene Einsamkeit brauchte. Er litt am meisten darunter, all ihre Kinder und Enkelkinder nicht treffen zu dürfen, und war auch schon auf dem Weg in eine echte Depression gewesen, als er die Anzeige im Netz sah: »Bauen Sie sich Ihren eigenen Clipper!«

Genau das tat er jetzt, und seine Laune hatte sich beträchtlich gebessert.

Und Mette saß in der Küche und drehte den Monitor so, dass der Blick der Kollegen auf die am wenigsten chaotische Ecke des Raumes fiel.

»Sind wir uns einig, dass Frigicargo für den größten Teil der Lieferungen verantwortlich sein soll?«, fragte sie und sah, dass die Männer auf dem Bildschirm – die Gruppe bestand hauptsächlich aus Männern – nickten.

»Da sie Spezialisten für temperaturkontrollierte Transporte in Europa sind, ist das nur logisch«, antwortete ein belgischer Vertreter.

»Wie steht es bei ihnen um die Sicherheit?«

»Auf jeden Fall besser als bei den Alternativen aus Polen und Österreich.«

»Gut«, sagte Mette, »nehmen Sie Kontakt zu ihnen auf?«

»Ja.«

Da klingelte ihr Handy. Sie sah, dass es Lisa Hedqvist war, zögerte kurz, ging dann aber ran.

»Hallo, Lisa! Kann ich dich später zurückrufen, ich sitze mitten in einem Meeting.«

»Natürlich. Ich wollte nur fragen, ob du weißt, wo Olivia ist.«

»Keine Ahnung«, erwiderte Mette. »Ich melde mich.«

Mette legte auf, entschuldigte sich bei den Teilnehmern der Onlinekonferenz und diskutierte weiter über die Lieferungen.

*

»Hast du was gefangen?«

Luna Johansson stand auf der kleinen, rot gestrichenen Veranda und rief zu Tom Stilton hinüber. Der saß in einem Kunststoffboot in der Bucht vor seinem Haus auf Rödlöga und war dabei, ein Netz aus dem Wasser zu ziehen, das er gestern ausgelegt hatte. Nun hoffte er auf einen guten Fang. Der Wind vom offenen Meer zerrte an seiner braunen Jacke, doch das störte ihn nicht. Er war da, wo er am liebsten sein wollte, wo es ihm am besten ging: weit draußen auf dem Wasser. Der einzige Kontakt zur Außenwelt war eine unzuverlässige Mobilfunkverbindung auf dem Hügel hinter dem Haus.

Seine Freundin Luna teilte diese Vorliebe nicht, hatte aber eingesehen, dass Rödlöga ein guter Ort war, um sich fern von allem zu halten. Besser isoliert konnte man kaum sein. Also fügte sie sich.

Bis auf Weiteres.

Irgendwann würde sie nach Thailand zu Toms Halbschwester Aditi zurückkehren und versuchen, auch Tom dann wieder mit dorthin zu locken.

Sie hatte ihren Blaumann angezogen, ein Kleidungsstück, in dem sie sich zunehmend wohler fühlte, und das sie an vergangene Zeiten erinnerte, als sie geschuftet hatte, um ihr altes Schiff zu renovieren. Die *Sara la Kali* lag nun am Långholmskai in Stockholm verankert, wohin Luna und ihr Vater sie vor vielen Jahren aus Frankreich überführt hatten. Seither hatte sie Luna und in den letzten Jahren auch Tom als Wohnung gedient.

Doch im Moment war Rödlöga an der Reihe.

Stilton zog den letzten Meter Netz hoch und stellte fest, dass der Fang eher mittelmäßig war. Massenhaft mickrige Groppen und drei Barsche, von denen nur einer wirklich zum Braten geeignet war.

»Nicht so viel!«, rief er zurück.

Luna wurde klar, dass es heute wahrscheinlich wieder Dosenfutter geben würde. Bei ihrem letzten Besuch auf Köpmanholmen hatten sie so viel gebunkert, dass sie ein paar Wochen auskommen würden.

Eintönig, aber erträglich.

Stilton vertäute das kleine Boot am Steg und hob das Netz heraus. Heute Abend sollte er es besser auf der Nordseite auslegen, vielleicht würde das einen üppigeren Fang geben. Oder auch nicht. Das war für ihn nicht wichtig. Er setzte sich mit dem Netz über den Knien auf die schmale Holzbank und begann die glitschigen Groppen daraus zu lösen. Luna kam auf den Steg.

»Ich glaube, Lisa hat versucht, dich zu erreichen.«

Sie hielt Stilton sein Handy hin. Ab und zu, wenn das Wetter günstig war, schaffte es das ein oder andere Gespräch oder eine SMS, zu ihnen durchzukommen. Stilton wischte sich die klebrigen Hände an der Holzbank ab, nahm das Telefon und stand auf.

»Ich gehe auf den Hügel rauf, du kannst ja die Barsche rausmachen. Einer davon landet in der Pfanne.«

Luna betrachtete die drei kleinen Barsche und versuchte herauszufinden, welchen er meinte. Sie konnte da keinen großen Unterschied erkennen.

Oben auf dem Hügel dauerte es ein paar Minuten, bis das Handy Empfang hatte, aber dann klappte es doch, und er rief Lisa an.

»Hallo, hier ist Tom. Du hast angerufen?«

»Ja, hallo! Wie geht es euch da in der Einöde?«

»Super, man kann kaum mehr Abstand halten als hier. Und bei dir?«

»Doch, alles gut, aber ich versuche gerade, Olivia zu erreichen. Hast du vielleicht übers Wochenende von ihr gehört?«

»Nein. Hier draußen hat man mit keinem groß Kontakt … Hast du mal mit Lukas gesprochen?«

»Ja, und mit Mette und Maria auch. Seit Freitag hat niemand von ihr gehört.«

»Okay … Aber wenn sie anruft, werde ich ihr auf jeden Fall sagen, dass sie sich bei dir melden soll.«

»Super. Sag Grüße an Luna!«

Stilton beendete das Gespräch. Es gefiel ihm überhaupt nicht, was er gerade gehört hatte. Wenn es um Olivia ging, bekam er leicht Bauchschmerzen. Dem Mädchen war in den letzten Jahren einfach zu viel zugestoßen, sie schaffte es immer wieder, in Situationen zu geraten, die man besser ausließ.

Aber, ach was, bestimmt gibt es eine ganz natürliche Erklärung, dachte er.

Lisa dachte anders.

Ganz im Gegenteil.

Sie ging zu ihrem Kollegen Bosse Thyrén, der schläfrig an seinem Schreibtisch hockte. Er war in der Nacht mit einigen Drogenfahndern im Vorort Handen unterwegs gewesen, wo sie einen Dealer mit ein paar Tüten Crystal Meth in der Tasche aufgegriffen hatten. Dadurch war er erst gegen fünf Uhr morgens ins Bett gekommen.

Er hatte also jedes Recht auf einen Büroschlaf.

»Irgendwas stimmt da nicht«, sagte Lisa und setzte sich auf einen etwas vom Schreibtisch entfernten Stuhl.

Sie erklärte ihm die Lage, und Bosse war ihrer Ansicht. Es passte überhaupt nicht zu Olivia, über einen so langen Zeitraum nicht erreichbar zu sein.

»Ist sie vielleicht krank?«, fragte er.

»Ja, aber in dem Fall meldet man sich doch und gibt Bescheid. Außerdem müsste Lukas es dann wissen.«

»Vielleicht hat sie einen neuen Typen kennengelernt.«

»Jetzt hör aber auf«, meinte Lisa.

Sie sahen sich an. Bosse war jetzt deutlich wacher.

»Du solltest zu ihr nach Hause fahren«, sagte er.

Lisa nickte und rief wieder Lukas an.

»Hallo, Lukas, hast du einen Schlüssel zu Olivias Wohnung?«

»Nein, aber bei der Nachbarin eine Etage tiefer liegt ein Ersatzschlüssel. Ich kenne sie.«

Lukas starrte auf den Apparat vor sich. Er stand mit Lisa vor der Tür zu Olivias Haus in der Högalidsgatan und versuchte, den Code einzugeben. Seine Hände waren voller Farbflecken, und er war verwirrt.

»Also, ich weiß ihn, aber manchmal bringe ich die Zahlen durcheinander, und hin und wieder ändern sie auch den Code …«

Er versuchte es noch einmal, aber es klickte nicht.

»Da drinnen kommt jemand«, sagte Lisa.

Ein älterer Mann blieb innen vor der Tür stehen, als er das Paar draußen stehen sah. Lukas machte eine Geste und bat ihn, die Tür zu öffnen. Der Mann zögerte und beugte sich vor.

»Wohnen Sie hier?«, fragte er mit sehr lauter Stimme durch die Scheibe.

»Meine Freundin wohnt hier, Olivia Rönning«, rief Lukas. »Können Sie uns reinlassen?«

»Woher weiß ich, dass sie Ihre Freundin ist?«

Lisa merkte, dass Lukas im Begriff war, den Kontakt zu dem Mann zu ruinieren, also holte sie einfach ihre Polizeimarke heraus und hielt sie an die Scheibe.

»Ich bin Polizistin. Können Sie bitte die Tür öffnen?«

Der Mann zog eine Lesebrille aus seiner Tasche und setzte sie auf. Dann betrachtete er eingehend Lisas Marke durch die Scheibe. Langsam ging auch Lisa die Geduld aus.

»Dann können Sie wohl hereinkommen«, sagte der Mann schließlich und öffnete die Tür. »Aber Sie sollten wissen, dass hier Krethi und Plethi herumlaufen, ich lasse also nicht einfach jeden rein, der dahergelaufen kommt und …«

Lukas und Lisa waren die Treppe rauf, noch ehe der Mann seine Ansprache beendet hatte.

Zum Glück machte ihnen die Nachbarin unter Olivia die Tür auf. Sie war eine ältere und liebenswerte Dame, die strahlte, als sie Lukas' ansichtig wurde.

»Hallo«, sagte er. »Wir müssten mal in Olivias Wohnung. Sie haben doch einen Schlüssel, oder?«

»Ja, den habe ich. Einen Moment.«

Kurz darauf war die Dame zurück und streckte ihnen den Ersatzschlüssel hin.

»Ist ihr etwas zugestoßen?«, fragte sie.

»Nein«, erwiderte Lukas. »Wann haben Sie Olivia denn zuletzt gesehen?«

»Nun, das ist schon eine Weile her. In diesen Zeiten bleibe ich meist hier im Haus.«

»Das ist gut so. Sie bekommen den Schlüssel gleich wieder zurück.«

Olivias Wohnung war leer, das hatten sie schnell festgestellt. Wohnzimmer, Küche und ein nicht gemachtes Bett im Schlafzimmer. Keine Post hinter der Tür.

Lukas setzte sich aufs Sofa und zog sein Handy raus.

»Das hier hat sie mir geschrieben.«

Er hielt Lisa die SMS von Olivia hin, die am Freitag kurz nach siebzehn Uhr gekommen war. Nach dem, was sie bisher herausbekommen hatte, war das der letzte Kontakt, den jemand mit Olivia gehabt hatte. Lisa lehnte sich an ein Bücherregal und betrachtete Lukas. Er sah sehr ruhig aus. Sie selbst kratzte sich mit den Fingernägeln über ihren Handrücken.

»Und was machen wir jetzt?«, sagte Lisa eigentlich mehr zu sich selbst als zu Lukas.

»Wir werden wohl abwarten müssen, bis sie sich meldet.«

»Du wirkst nicht sonderlich besorgt.«

»Ich bin das gewohnt.«

Lukas stand auf und ging zur Tür. Lisa sah ihm nach. Dann rief sie Bosse an und bat ihn, Olivias Handy orten zu lassen.

Ich dachte, wir wären Freundinnen.«
Die Stimme hinter mir ist hart und kalt. Das ist sie nicht immer, manchmal schwingt auch Empathie mit.

»Das sind wir doch«, antworte ich.

»Freundinnen nehmen nicht voreinander Reißaus.«

Freundinnen bedrohen sich auch nicht gegenseitig mit Waffen, möchte ich gern sagen, doch es ist nicht der richtige Moment für eine Provokation. Ich stehe am Rand einer Luke im Fußboden, von wo aus es in den Keller geht. Sie steht dicht hinter mir. Meine Hände sind auf dem Rücken gefesselt, ich spüre eine Pistole zwischen den Schulterblättern, ich kann nicht viel tun. Ich muss ihr wieder schmeicheln, das kleine Vertrauen zurückgewinnen, das ich mir vor meinem Fluchtversuch erarbeitet hatte.

»Es tut mir leid«, sage ich. »Es war dumm von mir. Ich hatte plötzlich Panik. Ich weiß nicht, was ich dachte.«

»An dich selbst. Du denkst nur an dich selbst. Du tust anderen weh und zerstörst sie. Runter mit dir!«

Ich schaue in den Keller hinunter. Hier soll ich jetzt also hin. Vorher war ich in einer Abstellkammer oben im Haus eingesperrt gewesen. Jetzt werde ich bestraft. Natürlich. Diesmal wird es entschieden schwerer werden, einen Fluchtweg zu finden.

Vorsichtig gehe ich hinunter. Die alte Holztreppe ist abgenutzt und morsch, ich nehme behutsam eine Stufe nach der anderen, um nicht durchzubrechen, es ist schwer, das Gleichgewicht zu halten. Als ich noch zwei Stufen vor mir habe, bekomme ich einen festen Schlag in den Rücken und falle kopfüber direkt hinunter in die Dunkelheit. Ich versuche, mich so gut wie möglich abzurollen, lande aber auf meinem verletzten Arm. Der Schmerz strahlt bis in den Kopf aus, ich schreie auf. Die Luke über mir schlägt zu, und ich höre, wie sie fest verriegelt wird.

Ich bin eingesperrt.

Allein in einem stockdunklen Keller.

Der Boden, auf dem ich gelandet bin, ist feucht und kalt. Ein festgetretener Erdboden. Die Luft ist muffig und riecht stark nach Schimmel. Ich schaffe es aufzustehen, die Decke ist niedrig, wenn ich mich auf die Zehenspitzen stelle, kann ich spüren, wie meine Haare die Holzbalken über mir berühren. Durch einen Spalt in der Luke dringt ein dünner Streifen Licht. Ich beginne mich in der Dunkelheit zu bewegen, langsam, versuche, mir einen Eindruck von dem Raum zu verschaffen. Er ist klein, und aus den Wänden ragen kalte, große Steine.

Meine Beine stoßen an einen Gegenstand, ich drehe mich um und befühle ihn mit den Händen. Das scheint ein Hackklotz zu sein, vermutlich bin ich in einem alten Holzkeller eingeschlossen. Ich setze mich auf den Klotz, um nicht auf dem Boden sitzen und frieren zu müssen. Da überkommt mich die Müdigkeit, die Erschöpfung zieht in langsamen, krampfartigen Wellen durch meinen Körper, die Beine zittern, und der Arm schmerzt. Ich bin völlig fertig. Außerdem zieht sich mein Magen vor Hunger zusammen. Mein Kopf sinkt auf die Brust, und ich spüre, wie sich Kälte und Feuchtigkeit durch meine Haut arbeiten. Alles, was bisher geschehen ist, fordert jetzt seinen Tribut.

Die Gefangenschaft, die Flucht, und jetzt die erneute Gefangenschaft.

Zurück auf los.

Fast hätte ich es geschafft, aber ich war übereifrig. Mal wieder. Jetzt befinde ich mich in einer bedeutend schlimmeren Lage. Ich bin im Keller einer kleinen Hütte irgendwo in Schweden eingesperrt, und niemand weiß, wo ich bin.

Außer ihr, mit der Pistole.

Werde ich hier sterben? Tränen schießen mir in die Augen, obwohl ich sie zu unterdrücken versuche. Ich muss klar denken. Weinen hilft nicht. Panik hilft auch nicht. Ich muss wieder ruhig und methodisch vorgehen. Geduld haben. Die Beziehung zu meiner Kidnapperin ist das Einzige, was mich retten kann.

Bevor ich meinen missglückten Fluchtversuch unternahm, hatten wir ja schon eine Art Beziehung aufgebaut. Sie dachte, wir wären Freunde.

Da müssen wir wieder hin.

Ein Geräusch in der Dunkelheit lässt mich aufhorchen. Ich hebe den Kopf und schaue zum Licht. Es scheint von der Treppe zu kommen. Der Riegel zur Luke ist aufgeschoben worden. Als die Klappe aufgeht, strömt das Licht über die Treppe. Ich stehe vom Klotz auf und schaue hin. Hat sie mich vielleicht begnadigt? Darf ich wieder in die Wärme der Abstellkammer kommen? Ich gehe ein paar Schritte vor. Im Gegenlicht erkenne ich, wie etwas Großes durch die Luke gedrückt wird, auf den Treppenstufen aufschlägt und dann auf dem Boden landet. Ehe die Luke zugeschlagen wird, begreife ich, was es ist. Eine alte Schaumgummimatratze.

Dann wird es wieder dunkel.

»Schlaf gut!«, höre ich durch die Luke.

Die Signale von Olivias Handy wurden in einem engen Radius am Rand des Högalindsparken geortet, genauer gesagt bei den Containern für Müllrecycling auf der Borgargatan. Das Telefon fand man dann in einem grünen Glascontainer. Eine Überwachungskamera in einiger Entfernung konnte keinen Hinweis darauf geben, wer es hineingeworfen haben könnte.

Lisa saß an ihrem Schreibtisch und betrachtete ein Foto von dem Handy. Das Smartphone wurde gerade von den Technikern untersucht, weil vielleicht noch andere Fingerabdrücke als die von Olivia darauf waren.

Wenn nicht Olivia selbst es in den Container geworfen hatte.

Das glaubte Lisa aber nicht. Sie war mittlerweile überzeugt davon, dass Olivia etwas zugestoßen war. Dass sie gegen ihren Willen nicht wieder aufgetaucht war.

»Könnte doch sein, dass sie freiwillig weg ist«, meinte Bosse, der an der einen Wand lehnte.

»Warum sollte sie das tun? Und warum sollte sie das Telefon wegwerfen?«

»Und die SMS? An Lukas?«

»Entweder ist sie gezwungen worden, die zu schreiben, oder jemand anders hat sie in ihr Telefon getippt. Sie war nicht beruflich unterwegs.«

»Wann hat er die Nachricht gekriegt?«

»Freitagnachmittag.«

»Vor drei Tagen.«

»Ja.«

Sie wussten, was das hieß. Wenn Olivia gegen ihren Willen verschwunden war, dann hatten sie viel Zeit verloren.

»Wo fangen wir an?«, fragte Bosse.

»Überall.«

Mette saß in eine warme Decke gewickelt im Garten und genoss die Stille.

Sie hatte eine rote Strickmütze auf dem Kopf, ein Impulskauf aus dem Netz. Leider hatte sie nicht darauf geachtet, woher die Mütze kam, nämlich aus China, was dazu führte, dass sie erst sechs Wochen nach der Bestellung eintraf. Nun war sie endlich da und hatte ihren Dienst angetreten, etwas zu groß und nicht wirklich die Farbe wie in der Anzeige, aber sie wärmte. Mette schloss die Augen.

Da rief Lisa an. Das war's mit der Ruhe, dachte Mette und ging ran.

»Hallo Lisa, entschuldige bitte, dass ich dich nicht zurückgerufen habe, das ist mir einfach durchgerutscht. Hast du Olivia erreicht?«

»Nein.«

Mette setzte sich ein wenig auf.

Als Lisa die Lage skizziert hatte, die SMS, das gefundene Handy, die leere Wohnung, warf Mette die Decke ab und begann sie mit Fragen zu bombardieren.

»Ist sie bedroht worden?«, fragte sie.

»Nein.«

»Irgendein Fall, in den sie verwickelt war, jemand, der aus dem Gefängnis entlassen worden ist?«

»Soweit ich herausgefunden habe, nicht.«

»Habt ihr Nachforschungen angestellt, wo sie sein könnte?«

»Natürlich«, erwiderte Lisa.

»Und ihren Rechner durchforstet?«

»Sind gerade noch dabei.«

»Ihre Anruflisten?«

»Läuft.«

»Alle Nachbarn befragt?«

»Läuft.«

Die Checkliste war abgehakt, stellte Mette fest. Offenbar ging es in dem Gespräch eher darum, dass Lisa sich rückversichern wollte. Deshalb ließ sie sich ihre eigene wachsende Sorge nicht anmerken.

»Ruf mich an, sowie etwas passiert«, sagte sie.

»Mache ich.«

»Hast du mit Tom gesprochen? Vielleicht ist sie ja zu ihm gefahren?«

»Nein, ich habe am Montag mit ihm telefoniert. Er wusste nicht, wo sie ist. Und dann habe ich ihn heute noch mal erwischt und ihm erzählt, was passiert ist.«

»Wie hat er reagiert?«

»Ich weiß nicht, das Gespräch war plötzlich unterbrochen, er hat ja so gut wie kein Netz da draußen, aber ich nehme mal an, dass er beunruhigt ist.«

»Sicher.«

Sie beendeten ihr Gespräch, und Mette zog die Decke wieder um sich. Beunruhigt? Sie schüttelte den Kopf, wohl wissend, dass Lisas Anruf bei Tom für ein abruptes Ende seiner Rödlöga-Isolation sorgen würde.

»Ist was passiert?«

Mårten kam gerade in seiner dicken Steppjacke und mit einem Tablett in den Händen aus dem Haus. Er hatte Kaffee gemacht und ein paar selbst gebackene Zimtschnecken im Ofen aufgewärmt. Das hätte er natürlich auch in der Mikrowelle tun können, aber da Zeit in diesen Tagen fast unendlich zur Verfügung stand, hatte er sich für den Ofen entschieden, denn dieser verbreitete zudem noch einen angenehmen Duft in der Küche.

»Olivia ist verschwunden«, erklärte Mette und griff, noch ehe er das Tablett auf dem Tisch abstellen konnte, nach einer Schnecke.

»Was soll das heißen? Wie verschwunden? Wann denn?«

Mårten ließ sich neben seiner Frau nieder und schenkte ihnen beiden Kaffee ein. Mette überlegte, inwieweit sie ihn einweihen sollte. Geteilte Sorge ist doppelte Sorge, so viel wusste sie. Außerdem neigte er dazu, sich in Spekulationen zu verlieren, die in der Regel die Unruhe nicht verringerten, eher im Gegenteil.

Also sagte sie: »Ich weiß nicht so viel, Lisa und Bosse versuchen sie gerade zu finden. Was für eine gute Zimtschnecke!«

Mit ihrer gespielten Gelassenheit kam sie bei Mårten nicht durch. Er kannte seine Frau besser, als ihr lieb war.

»Könnte es Kidnapping sein?«, fragte er. »Oder irgendein Psychopath, der unterwegs ist? Terroristen?«

Und schon war es in Gang.

*

Lisa wollte einen Spaziergang machen, mal aus dem Polizeipräsidium rauskommen, und Bosse begleitete sie. Sie gingen zunächst schweigend die Polhemsgatan hinunter Richtung Norr Mälarstrand. Der Wind vom Riddarfjärden frischte auf, und Bosse knöpfte die Jacke bis zum Hals zu. Er musste sich sputen, um wieder aufzuholen, Lisa ging schnell und schlug keine Coronabögen um die Entgegenkommenden. Unten an der Hantverkargatan betrat sie direkt die Kreuzung.

»Lisa! Es ist rot!«

Der große Bus fuhr nur einen halben Meter vor ihr vorbei. Auf der anderen Seite der Straße hatte Bosse zu ihr aufgeschlossen und fasste sie leicht am Arm.

»Wir gehen zum Wasser runter«, sagte sie, den Blick auf den Bürgersteig gerichtet.

Es fiel Bosse nicht sonderlich schwer, sich vorzustellen, was gerade in Lisa vor sich ging. Als Mette Olivia in die Gruppe geholt hatte, war zwischen den jungen Frauen eine Konkurrenzsituation entstanden, in der es ganz schön zwischen den beiden geknirscht hatte. Doch schon bald waren sie enge Freundinnen geworden, auch privat. Jetzt war Olivia verschwunden, vielleicht sogar entführt worden – oder noch Schlimmeres, was keiner von ihnen bisher in Erwägung gezogen hatte, außer in dunklen Gedanken.

Als sie unten am Wasser stehen blieben, sah er, wie Lisa in sich selbst versank. Er wartete ab und blickte über das blauschwarze Wasser. Ein Stück weit draußen kreisten ein paar weiße Schwäne, an der Västerbron war ein Martinshorn zu hören, und ein einsamer Hundebesitzer versuchte im Strandparken, die verstreuten Fäkalien seines kläffenden Zwergpudels einzusammeln.

Bosse schaute Lisa wieder an.

»Denkst du an Olivia?«

»Nein, an Lukas.«

»Was ist mit ihm?«

»Als wir bei Olivia zu Hause waren, wirkte er so seltsam ruhig, fast als wäre es ihm egal. Das war es sicher nicht, aber er … ach, ich weiß nicht.«

»Meinst du, es könnte zwischen ihm und Olivia etwas passiert sein?«

»Keine Ahnung, aber er hat schließlich seine Krankengeschichte. In bestimmten Situationen kann er in eine andere

Persönlichkeit rutschen. Vielleicht haben sie ja gestritten, und ...«

Lisa verstummte.

»Hast du ihm denn erzählt, dass sie möglicherweise entführt worden ist?«, fragte Bosse.

»Nein, noch nicht.«

»Tu das, dann reagiert er vielleicht.«

Also rief sie auf dem Weg zurück ins Präsidium Lukas an. Ein nicht sonderlich angenehmes Gespräch.

Als Lisa von dem gefundenen Handy und dem Verdacht, dass Olivia gegen ihren Willen entführt worden sein könnte, berichtete, schwieg Lukas zunächst. Dass ihr noch etwas viel Schlimmeres zugestoßen sein könnte, behielt sie erst einmal für sich.

Dann, als Lisa sich so diplomatisch wie möglich nach Lukas' und Olivias gemeinsamer Situation zu erkundigen begann, wie es ihnen denn derzeit so miteinander gehe, wurde es richtig anstrengend.

»Warum willst du das wissen?«

Lukas fuhr sofort die Stacheln aus.

»Ich meine ja nur, als wir bei ihr waren, hast du nicht sonderlich besorgt gewirkt.«

»Was weißt du schon davon? Kannst du Gedanken lesen?«

»Nein, das war nur ein Gefühl. Machst du dir denn Sorgen?«

»Nein.«

»Warum nicht?«

»Ich lasse es nicht zu.«

Ein paar Augenblicke war es still, dann sagte Lukas:

»Es ist so, Lisa: Ich habe mir so schreckliche Sorgen gemacht, als Olivia voriges Jahr bei diesem Helikopterabsturz verschwand und ich dachte, sie sei tot… ich will nicht wieder in diese Angst hinein… das schaffe ich gerade einfach nicht.«

Lisa erinnerte sich, wie es ihm damals gegangen war, und hatte durchaus Verständnis dafür.

»Entschuldige bitte, Lukas, ich wollte nicht…«

Doch Lukas unterbrach sie mitten im Satz.

»Sara Eriksson.«

»Sara Eriksson?«, fragte Lisa.

»Du weißt, wer sie ist. Die Frau, die mich gestalkt hat.«

»Ja, und?«

»Sie hasst Olivia. Ich denke, du solltest dich lieber auf sie konzentrieren, nicht auf mich.«

Lisa war sofort klar, dass Lukas recht haben konnte. Olivia hatte von dieser komischen Sara erzählt, die nach einer kurzen Beziehung von Lukas besessen war und angefangen hatte, ihn mit Telefonanrufen und SMS zu terrorisieren. Es war so weit gegangen, dass sie ihn in seiner Küche mit einem Messer bedroht hatte. Was zu einer Anzeige bei der Polizei und einem Kontaktverbot geführt hatte.

Warum war sie nicht selbst auf die Frau gekommen?

»Hast du Saras Nummer?«, fragte Lisa.

»Ja.«

Als sie das Gespräch mit Lukas beendete, waren sie schon am Polizeipräsidium. Bosse hielt ihr die Tür auf.

»Lief es gut?«

»Sara Eriksson.«

»Wer ist das?«

Schon auf der Treppe zu ihrem Büro rief Lisa bei Sara an. Sie landete auf einer Mailbox. Oben in ihrer Abteilung warteten auf Bosse und sie bereits ein paar Kollegen, die neue Informationen über die verschiedenen Maßnahmen hatten, die gerade liefen.

Noch keine Hinweise darauf, warum Olivia verschwunden war.

»Mit den Einzelverbindungsnachweisen für ihre Nummer dauert es noch ein bisschen, du weißt ja, wie die Mobilfunkanbieter sind.«

»Ja«, sagte Lisa. »Und die Befragung der Nachbarn?«

»Wir haben mit einem ziemlich ungehaltenen älteren Mann gesprochen, der am Freitag eine jüngere Frau vor dem Hauseingang gesehen hat. Die Frau hatte keinen Türcode, wollte aber rein.«

Lisa ahnte, um wen es sich bei dem älteren Mann handelte.

»Hat er sie reingelassen?«

»Nein … aber sie kann natürlich von jemand anderem reingelassen worden sein.«

»Hat er sie beschreiben können?«

»Er fand, sie sah aus wie alle anderen, die so auf den Straßen herumhängen, keinerlei Details … oder doch, er meinte, sie hätte eine rote Baskenmütze aufgehabt.«

»Okay, danke. Ich möchte, dass ein Handy überprüft wird, das einer Sara Eriksson gehört. Hier ist die Nummer. Es ist eilig.«

Dann rief sie bei der Staatsanwaltschaft an und bat um die Genehmigung für eine Hausdurchsuchung bei Sara Eriksson. Die Adresse hatte sie von Lukas bekommen, ein Mietshaus in Årsta. Den Durchsuchungsbeschluss bekam sie nicht, denn der Staatsanwalt befand die Begründung in diesem Stadium für nicht ausreichend. Während sie auflegte, sah sie, wie Bosse sie skeptisch anschaute.

»Was ist?«, fragte sie.

»Ist das nicht ein bisschen überreagiert? Eine Hausdurchsuchung? Wir wissen ja nicht mal, ob sie …«

»Kommst du mit?«

Ich atme tief ein und spüre, wie sich meine Lungen mit der muffigen, feuchten Luft füllen. Es ist mir gelungen, ein wenig zu dösen, jetzt bin ich kalt und steif. Ich versuche, die Finger auf dem Rücken zu bewegen, die Kabelbinder an den Handgelenken scheuern. Langsam richte ich mich auf der Matratze zum Sitzen auf, der Arm schmerzt immer noch, ich lehne mich vorsichtig gegen die kalte Wand. Ich weiß nicht, wie spät es ist, aber oben über mir höre ich sie gehen. Das ist irgendwie beruhigend. Immerhin ist sie nicht abgehauen und hat mich meinem Schicksal überlassen.

Plötzlich wird die Luke aufgeschlagen, das Licht dringt in den Keller. Ich muss blinzeln und die Augen zusammenkneifen. Im Gegenlicht sehe ich, wie sie mit etwas in der Hand die Treppe herunterkommt.

»Jetzt gibt es Essen!«

Die Stimme klingt keck und fröhlich. Wie eine Mutter, die Saft und Zimtschnecken bringt. Doch ich habe inzwischen genug Zeit mit ihr verbracht, um zu wissen, dass die Stimmung schnell umschlagen kann. Wenn sie gute Laune hat, dann ist es am besten, mitzumachen und dafür zu sorgen, dass es möglichst lange so bleibt.

»Oh, wie schön, ich bin superhungrig!«

Ich versuche ebenso aufgeräumt zu klingen wie sie. Wenn mir die Hände nicht auf dem Rücken gebunden wären, hätte ich sicher vor Begeisterung geklatscht. Da leuchtet mir eine Taschenlampe direkt ins Gesicht. Das starke Licht blendet mich, und ich muss die Augen schließen.

»Und schmutzig bist du auch!«, lacht sie. »Warte, ich helfe dir.«

Sie geht neben der Matratze in die Hocke und sieht mich an. Ihr Blick ist freundlich. Sie legt die Taschenlampe auf den Boden, holt etwas Küchenpapier aus der Brusttasche ihres Hemds, spuckt darauf und fängt an, mir damit hart und grob übers Gesicht zu wischen. Dann nimmt sie die Lampe wieder hoch, betrachtet zufrieden ihr Werk und schenkt mir ein strahlendes Lächeln.

»Na also. Viel besser!«

Ich bemühe mich, ihr Lächeln zu erwidern, mich willig zu zeigen, ich möchte nicht offenbaren, wie gedemütigt ich mich fühle. Die Genugtuung gönne ich ihr nicht. Leider gelingt es mir nicht so gut. Plötzlich verändert sich ihr Blick, die Augen werden schmal und dunkel, das erkenne ich wieder. Dieses Unzufriedene, Hasserfüllte ist immer unmöglich vorherzusagen. Ich weiß nie, was ich Falsches gesagt oder gemacht habe.

Sie streckt die Hand zum Boden und kratzt etwas Erde zusammen, ich versuche, den Kopf zu drehen. Es hilft nicht. Sie packt meine Haare und schmiert das Gesicht wieder ein, die Wangen, die Stirn, um den Mund herum. Ich muss die Augen fest zudrücken.

»Ich vergesse mich selbst«, sagt sie, »du sollst ja schmutzig und eklig sein, damit man sieht, wer du in Wirklichkeit bist.«

Und dann lacht sie wieder und schiebt mir einen Teller mit Essen hin.

»Hier, bitte schön.«

Was auf dem Teller liegt, sieht aus wie Dosenravioli, in deren Mitte ein Löffel gesteckt wurde. Als ich in der Abstellkammer gefangen war, hat sie immer meine Hände losgemacht, sodass ich essen konnte. Jetzt macht sie keine Anstalten dazu.

»Aber wie soll ich denn essen?«, frage ich.

»Wie soll ich denn essen?«, äfft sie mich nach. »Du klingst wie ein kleines Kind. Soll ich dir helfen? Willst du das?«

Dumm wie ich bin, antworte ich nicht. Da beugt sie sich vor zu meinem Ohr und schreit:

»Willst du das?«

Es fühlt sich an, als würde das Trommelfell platzen.

»Ja«, antworte ich.

»Ja?«

»Ja, bitte!«

»Braves Mädchen. Hier.«

Sie nimmt einen Löffel von den Ravioli, und ich öffne den Mund. Ich brauche Essen. Ich brauche Energie, um weiter funktionieren zu können. Das Essen zu verweigern ist keine Alternative. Sie drückt mir den Löffel fest in den Mund, ich habe das Gefühl zu ersticken. Ich huste die Hälfte des Essens wieder raus. Da fängt sie an, hysterisch zu lachen. Ich spüre, wie mir die Soße übers Kinn läuft, die Erniedrigung ist total.

»Das macht Spaß!«, ruft sie. »Jetzt haben wir wieder Spaß. Nicht wahr?«

Sie nimmt den Löffel und schmiert noch etwas Soße auf meine linke Wange, sie genießt ihre Überlegenheit. Als sie ihren Blick in meinen bohrt, sehe ich zu Boden.

»Och komm, bist du traurig? Ich scherze doch nur ein bisschen mit dir. Hier, komm, ich verspreche, dass ich das nicht noch mal mache.«

Sie streckt mir einen neuen Löffel mit Essen hin. Jetzt ist die Stimme wieder fürsorglich, und zwar nicht gespielt fürsorglich – das habe ich zu unterscheiden gelernt. Also öffne ich den Mund und hoffe das Beste. Ich bekomme einen Bissen, ohne dass etwas passiert. Als ich geschluckt habe, wischt sie mit dem Löffel um meinen Mund herum.

»Das hat meine Mutter immer gemacht, als ich klein war«, sagt sie. »Deine auch?«

»Ja«, antworte ich.

Obwohl ich keine Erinnerung daran habe, dass es je geschehen wäre. Das macht man doch nur mit kleinen Babys, oder? Kann sie sich so weit zurückerinnern?

»Das machen Mütter eben so«, fährt sie fort. »Schmeckt es gut?«

»Ja, sehr.«

»Ich liebe Ravioli. Wenn wir hier waren, hat meine Mutter immer solche Dosenravioli für mich und meinen Bruder aufgewärmt.«

Dann lacht sie wieder.

»Na ja, nicht immer natürlich. Manchmal haben wir auch was anderes zu essen bekommen.«

Okay, denke ich. Das hier ist also ein Ort, der ihr seit Kindertagen vertraut ist. Und sie hat einen Bruder. Das sind neue Informationen. Vielleicht kann ich noch mehr rauskriegen.

»Wart ihr oft hier, als du noch klein warst?«, frage ich vorsichtig.

»Ja, jeden Sommer, bis ...«

Sie verstummt mitten im Satz.

»Bis wann?«

»Bis das Feuer das Glück verschlungen hat.«

Sie sieht zu Boden, aber ich nehme die Trauer in ihrem Blick wahr. Sie ist eine Person, die ihre Befindlichkeit ständig im Blick trägt. Auf diese Weise kann man sie ablesen, das Problem ist nur, dass sich die Stimmung so schnell ändert.

»Was ist passiert?«

Sie hebt den Blick wieder, jetzt ist er abweisend, und sie antwortet nicht auf meine Frage.

»Hörst du das Rauschen?«, fragt sie stattdessen.

»Ja.«

»Das sind die Wasserleitungen. Mein Bruder und ich haben immer hier unten gesessen, wenn meine Mutter und mein Vater zu viel getrunken hatten. Wir haben gespielt, wir säßen in einer Hütte im Wald, wir zündeten Kerzen an, und dann hörten wir auf das Rauschen, mein Bruder sagte, das wären die traurigen Kinder, die da singen. Wir haben uns in den Arm genommen und mitgesungen.«

»Ihr habt mit den traurigen Kindern gesungen?«

»Ja.«

Das Bild ist herzzerreißend, die beiden kleinen Kinder, die eng umschlungen zum Rauschen in den Wasserleitungen singen.

»Und ich war am traurigsten«, sagt sie. »Er hat mir immer die Tränen abgewischt und mich getröstet.«

»Dein Bruder?«

»Ja.«

»Ist er älter als du?«

»Ja«, sagt sie.

»Ist er auch manchmal hier?«

»Nein, jetzt nicht mehr. Warum fragst du?«

Ihr Blick wird wieder misstrauisch. Falsch von mir, so beharrlich zu sein. Sie ist nicht dumm.

»Er war mein Bruder, und dann hat er aufgehört, mein Bruder zu sein. Er konnte mich nicht retten, und er wird auch dich nicht retten. Dass du es nur weißt.«

Sie steht schnell auf. Ich war wieder zu eifrig.

»Entschuldige, ich war nur neugierig«, sage ich. »Ich habe selbst keine Geschwister und habe mir immer einen großen Bruder oder eine Schwester gewünscht. Als ich klein war, musste ich immer allein in der Waldhütte sitzen, oder klar, ich hatte Freunde, aber das ist ja nicht dasselbe.«

Ich rede drauflos. Meine Güte, was rede ich. Sie sieht mich die ganze Zeit an, abschätzig, als würde sie einen Wurm betrachten, der sich am Haken ringelt. Der Wurm, der ich bin. Am Ende höre ich, wie ich sage:

»Er ist doch wohl nicht tot, dein Bruder?«

»Für mich ist er das.«

Sie verstummt, sieht mich an, und ihr Blick ist jetzt schwer zu lesen.

»Willst du noch mehr?«

Sie deutet mit dem Fuß auf den Teller.

»Ja, gern.«

Sie beugt sich herunter und gibt mir noch einen Löffel.

»Er ist froh, dass ich dich hierhergebracht habe, weißt du das? Er wollte es nämlich.«

Jetzt kann ich nicht folgen. Ihr Bruder? Warum wollte der, dass sie mich hierherbringt?«

»Er will dich nicht mehr zurückhaben«, fährt sie fort, »ist das klar?«

Sie klingt nicht drohend, sondern eher, als würde sie etwas erklären.

Und ich begreife, dass sie jetzt nicht mehr von ihrem Bruder redet, sondern von meinem Freund.

»Ist klar«, sage ich.

Noch ein Löffel wird mir gereicht, und ich nehme ihn mit offenem Mund entgegen.

»Er und ich sind Elben«, sagt sie. »Wir sind auserwählt. Kapierst du?«

»Ja.«

Lüge ich.

»Gut.«

Ein rasches Lächeln fliegt über ihr Gesicht, ehe der Blick wieder ernst wird.

»Er und ich wissen, was mit einem Kind passiert, wenn man sein Inneres anzündet. Es wird schwarz und leer. Rußig. Und Ruß kriegt man niemals richtig weg, ganz egal, wie oft man sich wäscht. Hast du dir das schon mal überlegt?«

Ich nicke und bekomme einen weiteren Löffel Ravioli.

»Und er weiß das auch. Er hat auch ein schwarzes Inneres, und deswegen verschwindet er manchmal. Und deshalb gehören wir zusammen, er und ich. Mit dir ist er verloren. Das ist nicht seine Schuld, sondern deine. Verstehst du?«

»Ja.«

Die Ravioli sind jetzt fast alle, und sie legt den Löffel auf den Teller.

»Er malt nämlich mich. Seine Bilder sind ein Spiegel meines Inneren. Er ist der Einzige, der verstanden hat, und deshalb gehört er mir. Nicht dir. Du bist keine Elbin und wirst es auch nie sein.«

Sie verstummt. Ich weiß nicht, was ich antworten soll, und sehe, wie sie in ihren eigenen Gedanken verschwindet. Ich schaue die Treppe hoch und überlege, wie eine neue Flucht aussehen könnte. Ich könnte es wagen, sie umzustoßen, die Beine hat sie mir nicht gebunden, aber würde ich es hinaufschaffen und die Luke schließen können? Mit auf dem Rücken gebundenen Händen?

Nein.

»Als ich klein war, hat mein Vater mich immer seine kleine Lachkatze genannt«, sagt sie nach einer Weile. »Weil ich immer so fröhlich war.«

»Warst du das?«

»Solange ich meinen Papa hatte, war ich es.«

»Und dann?«

»Dann habe ich die Seiten gewechselt.«

Ich sehe ihr zu, wie sie den Teller vom Boden aufnimmt. Ich

habe ihr gegenüber ein ebenso zwiespältiges Gefühl wie sie mir gegenüber. Es gibt etwas in ihr, das so zerbrechlich ist, dass ich sie behandeln will, wie ich es als Kind mit den Vogeljungen getan habe, die aus dem Nest gefallen waren. Sie in Baumwolle betten und sagen, dass alles gut werden wird.

»Du … ich glaube, alles wird …«

Da trifft mich ein fester Tritt direkt auf die Brust, ich falle nach hinten und schlage mir den Kopf auf dem harten Boden an. Und verfluche mich selbst. Ich hätte gewappnet sein müssen. Ich weiß doch, dass sie zu allem fähig ist.

»Und wer mir wehtut, dem tue ich weh«, verkündet sie.

Steigt die Treppe hoch, schlägt die Luke zu und verriegelt sie.

Saras Wohnung lag im dritten Stock eines heruntergekommenen Mietshauses aus den Fünfzigerjahren im Långhalsvägen des Vororts Årsta. An der Tür klebte ein Pferde-Abziehbild.

Lisa klingelte. Zweimal. Keine Reaktion. Sie drückte die Klinke herunter.

»Abgeschlossen«, sagte sie.

»Was hast du erwartet?«

Sie schob die Hand in die Tasche und sah Bosse an.

»Du kannst dich jetzt mal umdrehen.«

Bosse rührte sich nicht. Lisa holte einen Satz Dietriche aus der Tasche, schob ein schmales Eisen in das Schlüsselloch, drehte ein paarmal herum, hörte das kleine Klicken, drückte die Klinke nach unten und merkte, dass die Tür ein paar Zentimeter aufging. Sie machte die Tür ganz auf und rief in die Diele: »Hallo! … Wir sind von der Polizei. Sara!«

Keine Antwort.

»Willst du da reingehen?«, fragte Bosse.

»Ja. Womöglich ist Olivia da drin. Du kannst hier draußen bleiben, falls jemand kommt.«

Bosse schüttelte nur den Kopf. Ihnen war eben noch eine Hausdurchsuchung verweigert worden, trotzdem reinzugehen, würde schwer zu begründen sein. Wenn sie keine Anfrage an die Staatsanwaltschaft gestellt hätten, dann hätten sie sich auf irgendwas rausreden können, dass sie Geräusche gehört hätten, einen Schrei, dass die Tür sperrangelweit offen stand, was auch immer. Jetzt aber wäre es ein möglicher Hausfriedensbruch.

»Beeil dich«, sagte er.

Lisa betrat die Wohnung. Oberflächlich betrachtet erinnerte sie an die von Olivia, dieselbe Aufteilung, zwei Zimmer und Küche. Was nicht an Olivias Wohnung erinnerte, war die Ordnung. Olivias zwei Zimmer befanden sich immer in verschiedenen Stadien eines gemütlichen Chaos, hier jedoch war alles perfekt. Kein Geschirr in der Spüle, ein ordentlich gemachtes Bett, der Couchtisch leer und sauber.

Lisa schaute sich um. Sie wusste nicht so recht, wonach sie suchen sollte oder was sie zu finden hoffte. Spuren von Olivia? Wohl kaum. Sie hatte herausbekommen, dass Sara in Teilzeit als Krankenpflegerin tätig war, viel mehr nicht. Auf einer Holzstaffelei im Schlafzimmer stand eine große aufgespannte Leinwand mit einem Ölgemälde darauf. Lisa trat näher. Es zeigte eine graue Wand, und mitten auf der Wand hing ein totes Tier. Es war sehr dilettantisch gemalt, und Lisa konnte nicht erkennen, was genau es sein sollte, aber es sah aus wie der Kadaver eines Fuchses oder vielleicht eines Nerzes. Neben dem Tier war ein kleines gelbes Kreuz zu erkennen. Lisa nahm ihr Handy und machte ein Foto von dem Bild. Dann ging sie ins Wohnzimmer zurück und rief Saras Nummer an, möglicherweise befand sich ihr Handy ja hier.

Das war nicht der Fall.

Da sah sie den Laptop.

Er stand auf einem Fensterbrett. Sie ging hin, klappte den Bildschirm auf und drückte eine Taste. Nichts geschah. Wahrscheinlich war der Akku leer.

Sie konnte den Computer nicht mitnehmen, aber jetzt wusste sie, dass er hier war. Falls das interessant werden würde. Sie klappte ihn wieder zu.

An der angrenzenden Wand hing ein Stringregal mit Büchern, kleinen Keramikgegenständen und Fotografien. Sie schaute die Fotos an, in dem Bewusstsein, dass es immer das Erste war, was Olivia tat, wenn sie an einen neuen Ort kam: nach Fotos suchen. Die hatten sich in manchen Ermittlungen schon als wichtige Puzzleteile erwiesen. Einige Fotos zeigten Menschen, die Lisa nicht kannte, eines war das Bild von einem Hund. Das größte Foto war schwarz gerahmt und stand ganz hinten. Davor lag eine gehäkelte Puppe auf einem roten Samtherz. Vorsichtig hob sie das Bild heraus. Auf dem Foto waren mehrere Personen zu sehen, die vor einem kleinen, rot gestrichenen Haus standen. Eine ältere Frau, ein Paar mittleren Alters und ein Junge, der ein kleines Mädchen an der Hand hielt. Das Mädchen sah bewundernd zu dem Jungen auf. Ganz unten auf das Foto hatte jemand krakelig mit Bleistift geschrieben: »Das Waldglück, Småland, 1998«. Lisa machte ein Foto von dem Bild.

»Hast du was gefunden?«

Bosse stand draußen im Hausflur und sah Lisa an. Sie nickte und ging zur Eingangstür.

»Einen Laptop ohne Saft. Und ein Foto.«

Sie ging hinaus und sorgte dafür, dass die Tür hinter ihr wieder verschlossen war.

*

Mette hatte vollkommen recht gehabt, was den zweiten Anruf von Lisa bei Stilton anging. Er hatte Luna erzählt, was Lisa gesagt hatte, und dann war Schluss mit der Isolation.

Fürs Erste.

Jetzt war das Schlauchboot mit Motor gefragt, um sie über das weite, kabbelige Meer und weiter in den Furusundsleden hineinzubringen. Es hüpfte über die Wellenkämme, und Luna hielt sich fest, so gut es ging. Tom beherrschte dieses Element, da vertraute sie ihm voll und ganz. Doch das Boot schlug auf die Wellen, und sie wurde nass, wenn das kalte Brackwasser über sie hinwegspritzte.

Als sie in die Fahrrinne kamen, wurde es ruhiger, Stilton nahm Geschwindigkeit raus, und sie konnten sich wieder verständigen.

»Wie besorgt müssen wir sein?«, fragte Luna.

»Keine Ahnung.«

Sie merkte, dass Tom kurz angebunden war, und wusste, was das bedeutete. Inzwischen hatte sie die meisten seiner Reaktionsmuster kennengelernt, es waren aber auch nicht so viele. Die Situation, in der er sich jetzt befand, verlangte zu gleichen Teilen Sorge und Entschlossenheit. Olivia war verschwunden, und nun musste sie gefunden werden. Alles andere lag außerhalb seines Fokus.

Ungefähr auf der Höhe von Kjusterö versuchte sie es trotzdem.

»Gestern, als du Netze ausgelegt hast, habe ich Erik, meinen Cousin, angerufen. Seine Frau liegt auf der Intensivstation, es geht ihr offenbar richtig schlecht.«

Stilton nickte und hielt den Blick auf die Fahrrinne gerichtet.

»Sie ist in deinem Alter. Lehrerin. Er darf sie nicht besuchen, und sie liegt jetzt schon zwei Wochen dort. Ab und zu darf er sich jede Menge Schutzkleidung anziehen und sie durch eine Glastür anschauen. Ist das nicht schrecklich?«

»Ja.«

»Stell dir vor, so was würde einem von uns passieren! Oder Mette und Mårten, die gehören ja wirklich zur Risikogruppe. Oder deine Kumpels aus dem Antiquariat, Ronny und Benseman, was, wenn die auf Intensiv landen würden?«

»Warum sollte ich mir das vorstellen?«

»Es könnte doch passieren«, meinte Luna.

»Und? Jetzt werd mal nicht wie der Nerz.«

»Wieso, wie ist der?«

»Der durchlebt jede erdenkliche Katastrophe im Voraus, dreht total durch, und dann passiert nichts. Was bringt das denn?«

Stilton war alles, was mit Corona zu tun hatte, unglaublich leid. Der tägliche Schwall an Covid-Neuigkeiten hing ihm zum Hals raus, und das war, neben anderen Dingen, ein Grund, warum er sich auf Rödlöga hatte isolieren wollen. Alle hatten Antworten, aber keiner kam zu irgendeinem Ergebnis.

Also?

Er selbst vertraute auf den Staatsepidemiologen Anders Tegnell. Warum sollte der lügen? Ein unglamouröser Beamter war ihm dann doch lieber als ein verschwitzter Alarmist.

Er gab wieder Gas.

Ich vollführe eine halbe Drehung auf der Matratze, nachdem ich mich vorhin erst in die andere Richtung gedreht habe. Wie lange es dauern wird, bis ich in dieser Dunkelheit verrückt werde, weiß ich nicht, aber im Moment scheint mir der Zeitpunkt sehr nahe. Mein Kopf dröhnt vom Schlag auf den harten Boden, der Arm tut immer noch weh. Ich weiß nicht, ob Nacht oder Tag ist, mein Zeitgefühl ist mir völlig verloren gegangen. Ebenso wenig weiß ich, was ihr Plan für mich ist und ob sie überhaupt einen Plan hat, ob sie imstande ist, mich zu erschießen, oder ob sie einfach beschließt, mich hierzulassen. Mich in diesem verdammten Höllenloch verhungern und verrotten zu lassen.

Die negativen Gedanken zehren an mir, zermahlen die Hoffnung, dass sie mich vielleicht einfach laufen lassen wird.

Denn warum sollte sie das tun?

Ein paarmal habe ich in der Annahme, sie würde schlafen, versucht, die Luke aufzukriegen, aber das hat nicht geklappt. Die ist ordentlich verriegelt.

Das Einzige, woran ich arbeiten kann, ist, mich zu bemühen, sie mir gegenüber positiver zu stimmen, zum Beispiel wenn sie mit Essen zu mir runterkommt oder wenn sie den Eimer leert, den ich als Toilette gekriegt habe. Manchmal funktioniert das auch, doch dann folgt der Rückschlag. Ein Tritt. Eine Ohrfeige.

In lichteren Momenten versuche ich, konstruktiv zu denken. Ich bin jetzt fünf, sechs Tage verschwunden, inzwischen müsste eine große Suchaktion nach mir laufen. Lisa und Bosse arbeiten sicher mit Hochdruck. Das Problem ist nur, dass sie nicht wissen, wo sie suchen sollen. Oder wer hinter allem steckt. Denn sie werden ja wohl nicht glauben, dass ich freiwillig verschwunden bin, oder?

Doch am meisten denke ich an den armen Lukas, der ja vollkommen aufgelöst sein muss. Und Mama. Und all die anderen.

Ich ziehe die Decke fester um mich. Die Kälte dringt mir ins Mark, ich muss die Zähne zusammenbeißen, damit sie nicht klappern. Doch zumindest habe ich eine Decke. Und einen Eimer. Und obendrein habe ich gelernt, wie man sich mit auf dem Rücken zusammengebundenen Händen die Hose aus- und wieder anzieht – kein einfaches Manöver.

Und ich bekomme Essen.

Es könnte also schlimmer sein. Oder vielleicht auch nicht. Wenn ich vor mich hin dämmere, rauschen Traumszenen durch meinen Kopf, und fast alle handeln von Flucht. Flucht, die am Ende misslingt.

»Olivia?«

Sie hat die Luke wieder einen Spalt aufgemacht.

»Ja?«

»Magst du Fleischsuppe?«

»Sehr gern.«

»Dann komme ich gleich.«

Die Luke wird wieder geschlossen. Ich höre, wie sie da oben Musik anmacht und anfängt mitzusingen. Was geht wohl in ihrem Kopf vor? Wie sieht ihr Bild von der Wirklichkeit aus? Ob sie überhaupt an die Konsequenzen ihres Handelns denkt?

Wahrscheinlich nicht.

Sicher ist das ein Teil ihrer Krankheit. Sie hat nie begriffen, warum sie das Kontaktverbot bei Lukas erhalten hat. Sie glaubt immer noch, er sei in Wirklichkeit in sie verliebt. Sie glaubt allen Ernstes, dass sie ihn zurückbekommt, indem sie mich verschwinden lässt.

Ist sie schon immer krank gewesen? Oder ist, so wie bei Lukas, ein Trauma die Ursache? In gewisser Weise ist seine Krankheit leichter zu erkennen, weil er, wenn er krank wird, ein ganz anderer Mensch ist. Sara bewegt sich die ganze Zeit an der Grenze entlang, ist vollkommen unvorhersehbar.

Die Luke geht wieder auf, und sie kommt mit der Suppe herunter. Schweigend füttert sie mich. Keine Ausfälle, alles ganz ruhig. Am Ende ist der Teller leer.

»Hier unten ist es kalt. Ich hoffe, du erkältest dich nicht«, sagt sie.

»Nein.«

»Gut.«

»Aber oben war es schöner«, versuche ich.

»Hm«, ist die Antwort.

»Du?«

»Ja«, antwortet sie.

»Wie lange soll ich hierbleiben?«

Einen Versuch ist es wert. Ich weiß, dass so was einen Rückschlag auslösen kann, aber ich muss die Gelegenheit nutzen, wenn sie ruhig ist.

»Bis er dich vergisst und versteht.«

Lukas wird mich nie vergessen, möchte ich sagen, aber das tue ich natürlich nicht. Trotzdem gibt mir ihre Antwort ein wenig Hoffnung. Der grundsätzliche Plan ist also nicht, mich zu töten. Zumindest bisher nicht.

»Du weißt schon, dass sie nach mir suchen werden«, sage ich.

»Aber es wird dich niemand finden. Niemand weiß, wo du bist. Warum fängst du jetzt damit an? Hat dir die Suppe nicht geschmeckt?«

»Doch.«

»Ich strenge mich schließlich für dich an. Leere deine Scheiße aus und koche dein Essen. Das macht keinen Spaß, das kann ich dir sagen.«

Dann kommt die Ohrfeige. Schnell und hart. Diesmal bin ich bereit, aber deshalb tut es nicht weniger weh. Die Wange brennt von dem Schlag und in meinem Ohr singt es. Ich schließe die Augen und warte auf mehr. Doch es kommen keine weiteren Schläge. Als ich vorsichtig die Augen wieder öffne, sehe ich ihre erschrockene Miene. Sie hat die Hände auf den Mund gelegt. Sind das Tränen in ihren Augen?

»Entschuldige, Olivia. Ich weiß nicht, warum ich das tue. Ich will dich doch nicht schlagen. Es kommt einfach.«

Und dann kauert sie sich vor mir auf den Boden, schlägt die Hände vors Gesicht und beginnt zu weinen. Ihr ganzer Körper vibriert.

Jetzt habe ich einen kleinen Vorteil. Was kann ich tun? Schaffe ich es, die Treppe hinaufzusteigen und die Luke hinter mir zuzuklappen? Vielleicht, wenn es mir gelingt, sie schnell genug zu überrumpeln. Ich unternehme einen Versuch, auf die Füße zu kommen und in die Hocke, um rasch agieren zu können. Da sehe ich die Pistole, die sie in den Hosenbund gesteckt hat, und erkenne, dass meine Chancen minimal sind, solange mir die Hände gebunden sind. Ich darf nicht riskieren, noch einmal zu scheitern. Ich brauche Geduld. Also lächele ich stattdessen, als sie schließlich zu mir aufsieht.

»Es ist schon okay, Sara.«

»Ist es nicht«, schnieft sie. »Du verstehst mich nicht. Es ist, als hätte ich völlig den Überblick verloren. Ich bin genauso wie sie. Ich zerstöre alles.«

»Du zerstörst doch nichts. Wer ist sie? Deine Mutter?«

Ich warte auf eine Antwort, doch es kommt keine. Sie wischt

sich die Tränen von den Wangen und richtet sich auf. Da sehe ich kurz einen ihrer Unterarme, und kleine, lange Narben, die über die Haut verlaufen.

»Du kannst Hilfe bekommen«, fahre ich fort. »Ich kann dir dabei helfen.«

»Dir vertraue ich nicht. Du hast mich im Stich gelassen, als du abgehauen bist.«

»Ich weiß. Und das tut mir leid.«

»Am Ende lassen mich alle im Stich«, sagt sie.

»Ich werde dich nicht wieder im Stich lassen, ich verspreche es dir.«

»Mich hat man immer eingesperrt, wenn ich was Dummes gemacht hatte. Deshalb sperre ich dich ein.«

»Wo bist du eingesperrt worden? Hier?«

»Nein, hier nicht. Als ich mit ihr alleine gelebt habe. Sie hat mich im Gestank eingesperrt. Manchmal durfte ich mehrere Tage nicht rauskommen.«

Das muss ihre Mutter sein, von der sie spricht. Der Vater ist fort, vielleicht tot, und sie lebt allein mit ihrer Mutter. Die Mutter sperrt sie zur Strafe ein.

»Und was ist mit deinem Bruder?«

»Der ist abgehauen. Von mir weg. Von allem. Er hat mich im Stich gelassen. Mit ihr alleine.«

»Was ist bloß passiert, Sara?«

»Du stinkst.«

»Ich weiß, ich habe mich ja auch ziemlich lange nicht gewaschen.«

»Nachher kriegst du ein bisschen Wasser.«

»Danke.«

Dann wird es still. Sie sieht auf ihre Hände, dreht sie bedächtig vor und zurück, dann steht sie auf und geht auf die Treppe zu.

»Der Gestank war das Schlimmste, musst du wissen. Der hat sich in die Haare gesetzt. Ich versuche immer noch, ihn wegzuwaschen, aber er verschwindet nie ganz.«

Sie schweigt eine Weile, dann sagt sie: »Und dann noch die Schreie.«

»Die Schreie? Wer hat geschrien?«

»Sie haben um ihr Leben geschrien.«

»Wer denn? Von wem sprichst du?«

Da ist durch die Luke das Klingeln eines Handys zu hören. Sie wirft einen Blick auf die Treppe und geht.

»Sara, sag mir doch, wer da geschrien hat.«

»Ich muss rangehen.«

»Ja, aber danach kannst du doch wieder runterkommen. Bitte!«

Sie verschwindet durch das Loch, schließt die Luke aber nicht. Ich höre sie oben den Anruf annehmen. Das Erste, was sie sagt, ist: »Was willst du?«

Sollte ich vielleicht um Hilfe rufen? Möglicherweise kann mich die Person am anderen Ende hören. Aber was wäre die Folge? Ich habe schließlich eben erst versprochen, sie nicht im Stich zu lassen. Also tue ich es nicht. Wieder nicht.

Ich höre sie sagen: »Nein … nein, in der Hütte … Ja, ich bin allein hier. Wieso?«

Dann wird es still. Offensichtlich ist das Gespräch beendet, denn ich sehe, wie sie nach der Luke greift, um sie zu schließen.

»Bitte, Sara, können wir noch ein bisschen reden?«

Ich will weiter Licht, will sie hier unten haben, sie ist schließlich meine einzige Gesellschaft. Und ich will mit dem weiterkommen, worüber wir gesprochen haben, möchte mehr Vertrauen aufbauen und sehen, ob ich aus den Informationssplittern, die sie mir gibt, eine Lösung für die ganze Situation finden kann.

»Jetzt nicht.«

Ihre Stimme klingt bestimmt und verbissen. Das Telefongespräch hat eindeutig für dieses Mal unseren Kontakt abgebrochen.

»Wer hat da angerufen?«

Ich kann es einfach nicht lassen, sie zu fragen.

»Die, die mich zerstört hat«, antwortet sie.

Und knallt die Luke zu.

Lisa erwachte mit düsteren Gedanken, aß im Halbdunkel einen Joghurt und zog sich dann an, ohne das Licht einzuschalten. Als sie durch die Tür in der Surbrunnsgatan trat, war es kurz nach sieben Uhr und stockdunkel. Sie hatte beschlossen, eine Runde zu laufen. Manchmal konnte das den Druck rausnehmen, die Unruhe vertreiben und den Stress dämpfen. Die Suche nach Olivia lief jetzt auf Hochtouren, und sie musste einen klaren Kopf bekommen, um sich bestmöglich darauf konzentrieren zu können. Sie zog die graue Kapuze über den Kopf und lief Richtung Karlavägen.

Draußen waren nur wenige Leute unterwegs, Schatten, die im Dunkeln vorbeieilten. Fast keine Autos auf der Straße, obwohl sie sich in der Stadtmitte befand. Als würde eine Art Kriegszustand herrschen. Wie lange sollte das noch so bleiben? Sie bog vom Karlavägen ab und in den großen Park ein. Humlegården.

Frau läuft allein durch dunklen, menschenleeren Park, dachte sie. Eine leichte Beute für den üblichen Perversen. Eine Zeit lang gestattete sie sich, ihre Gedanken mit verschiedenen Überfallszenarien zu beschäftigen. Nicht, weil sie das auch nur einen Moment lang befürchtet hätte, sondern weil es anderes zurückdrängte, von dem sie ihr Gehirn entlasten musste. Allem voran natürlich ihre verschwundene Freundin und Kollegin.

Sie schaffte es ziemlich weit in den Park hinein, ehe die Wirklichkeit sich durch die Fantasien drängte. Olivia war verschwunden. Entführt. Sie konnte sich nicht erinnern, dass so etwas jemals einem schwedischen Polizisten passiert war.

Hatte es das schon mal gegeben? Wahrscheinlich, aber das musste sehr lange her sein. Geiselsituationen hatte es gegeben, aber auch das nur selten. Warum also ausgerechnet jetzt? Ausgerechnet mit Olivia? Es musste eine Form persönlicher Verbindung dabei eine Rolle spielen, dachte sie, um Erpressung oder Kidnapping ging es jedenfalls nicht, denn niemand hatte sich gemeldet und Lösegeld oder dergleichen verlangt. Ging es um Sara Eriksson? Und was war in diesem Fall das Ziel? Oder war es nur die verrückte Tat eines kranken Menschen, ohne jedes Motiv? Diesen Gedanken wollte sie lieber nicht weiterverfolgen.

Der war zu unbehaglich.

Den Gedanken, dass Olivia tot sein könnte, wollte sie überhaupt nicht zulassen.

Sie lief an der Statue der energisch wirkenden Fredrika Bremer vorbei zu Floras Hügel und dann wieder auf den Karlavägen hinauf. Ein paar Minuten später klingelte ihr Handy. Sie riss es aus der Tasche und ging ran, ohne aufs Display zu schauen.

»Ja?«

»Hallo, hier ist Maria. Ich wollte nur fragen, ob du Olivia erreicht hast.«

Lisa war überrumpelt. Sie blieb an einer Hauswand stehen und merkte, wie ihr der Schweiß über die Stirn lief. Hauptsächlich vom Laufen.

Wie viel konnte sie erzählen? Das hier war schließlich Olivias Mutter. Früher oder später würde sie es sowieso auf die eine oder andere Weise erfahren. Also holte sie tief Luft und sagte ihr, wie es war.

»Was meinst du mit entführt?«, fragte Maria. »Gekidnappt?«

»Nein, aber im Moment wissen wir wirklich nichts sicher, außer dass sie verschwunden ist.«

»Und das nicht aus freien Stücken?«

»Das glauben wir nicht.«

»Gibt es denn Umstände, die auf eine Entführung hinweisen?«

Plötzlich drückte sich Maria wie die Juristin aus, die sie war – vielleicht auch eine Methode, die Gefühle auf Distanz zu halten.

»Nein«, sagte Lisa, »nach unserem Kenntnisstand nicht. Aber ich verspreche dir, dass ich mich melde, sobald wir mehr wissen.«

Sie beendete das Gespräch und merkte, dass sie keine Lust mehr zum Laufen hatte.

*

Kurz nach Mittag kam der Anruf von den Kollegen aus der Fahndung. Lisa saß an ihrem Schreibtisch. Um irgendetwas zu sich zu nehmen, hatte sie sich eben einen Salat aus der Kantine geholt, was jedoch mehr eine Zwangsmaßnahme war, denn Appetit verspürte sie überhaupt nicht.

Die Signale von Sara Erikssons Handy waren von einem Mast in der Nähe von Alseda in Småland aufgefangen worden. Eine nähere geografische Bestimmung konnte man nicht bieten.

Sowie Lisa »Småland« hörte, holte sie ihr Handy heraus und klickte das Bild an, das sie von der Fotografie in Saras Wohnung gemacht hatte. »Das Waldglück, Småland, 1998« stand da. Sie bat Bosse, ins Grundbuch zu gehen und herauszufinden, ob irgendeine Immobilie auf Sara Eriksson angemeldet war.

Das war der Fall.

Sie besaß zusammen mit einem Oskar Eriksson ein kleines

Sommerhaus im Wald. Dem Geburtsdatum nach zu schließen, könnte dieser Oskar ihr Bruder sein. Die Hütte lag in der Nähe des Dorfes Lammåsa, nicht weit von Alseda in Småland entfernt.

Lisa stand auf und wanderte auf und ab, in ihrem Kopf fuhren die Gedanken Karussell, sie verschränkte ihre Hände und merkte, wie feucht sie waren.

Bosse blieb ruhig.

»Nun, dann ist es wohl sinnvoll, anzunehmen, dass Sara dort ist«, sagte er. »In ihrem Haus in Lammåsa. Und womöglich auch das Handy.«

»Ja. Die Frage ist, ob sie Olivia bei sich hat.«

Lisa ging zurück zum Schreibtisch, setzte sich, zog die Tastatur zu sich heran und begann schnell zu schreiben.

»Was machst du?«

»Starte ein Meeting.«

»Mit?«

»Mette und Tom.«

Sie wollte die Informationen teilen. Sie wusste, dass Tom zum Schiff gekommen war und über alle Ereignisse auf dem Laufenden gehalten werden wollte. Sie konnte seine Hilfe gebrauchen. Und die von Mette. Nicht, um Entscheidungen zu treffen – diese Befugnis lag allein bei ihr –, sondern für eine Einschätzung der aktuellen Lage.

Mette erreichte sie sofort in ihrer Küche in Kummelnäs.

»Hallo«, sagte Mette, »gibt es etwas Neues?«

»Ja. Ich erzähle es, wenn Tom auch online ist.«

Was ein wenig dauerte.

Nicht, weil er weniger begierig war, Informationen zu bekommen, sondern weil er noch nicht wirklich im Takt mit der digitalen Welt war. Zum Glück hatte er Luna. Sie lotste ihn zum richtigen Link, kriegte Kamera und Mikrofon angeschaltet und wies ihn eher unsensibel darauf hin, wie sehr er technisch hinterm Mond war.

»Ich bin jetzt hier«, sagte Stilton zum Bildschirm. »Seht ihr mich?«

»Wir sehen und hören dich. Siehst du uns?«

»Ja, das ist ja schließlich der Sinn der Sache.«

»Gut. Also, es sieht folgendermaßen aus«, begann Lisa.

Sie berichtete alle Fakten, kurz und prägnant, bis zu dem Schluss, dass sich Sara vermutlich in ihrem Haus in Lammåsa befand. Mit oder ohne Olivia.

Alle hörten aufmerksam zu. An einer Stelle schob Mette eine Frage ein: »Wie kommst du auf die Verbindung zwischen Sara und Småland?«

»Über eine Fotografie.«

»Und woher hast du die?«

Hier hatte Lisa das Gefühl, auf dünnes Eis zu geraten.

»Das erkläre ich später. Aber jetzt kennt ihr die Lage.«

Es wurde ein paar Augenblicke still, drei angespannte Gesichter in drei gleichförmigen Kästchen, bis Mette sagte: »Eigentlich wissen wir ja nicht, ob Sara Eriksson überhaupt in diese Geschichte verwickelt ist.«

»Nein«, gab Lisa zu, »aber es gibt einiges, das dafür spricht.«

»Wie weit südlich liegt denn dieses Lammåsa?«, erkundigte sich Stilton.

»Knapp 270 Kilometer«, sagte Bosse, der sich neben Lisa gesetzt hatte.

»Und wo ist das nächste Polizeirevier?«

»In Vetlanda«, erklärte Lisa. »Das ist dreißig Kilometer weiter.«

»Dann schick doch die Kollegen von dort hin, sollen die nachsehen, ob jemand im Haus ist. Das ginge am schnellsten.«

Mette war derselben Meinung.

Lisa beendete das Meeting, rief die Polizei in Vetlanda an und bekam Revierchef Ove Örnfors in die Leitung.

»Hallo, hier ist Lisa Hedqvist vom NOA, wir benötigen Hilfe für einen Soforteinsatz. Möglicherweise befinden sich zwei vermisste Frauen in einem Haus in der Nähe von Lammåsa. Könntet ihr da mal vorbeifahren?«

»Das können wir«, antwortete Örnfors. »Wem gehört das Haus?«

»Sie heißt Sara Eriksson. Ich habe einen Grundbucheintrag.«

»Gut. Und es ist etwas eilig?«

»Sehr eilig. Wir haben den Verdacht, dass eine der Frauen entführt worden ist und gegen ihren Willen dort festgehalten wird. Sie ist Polizistin.«

»Oha! Du, da machen wir uns doch sofort auf!«

»Ich bin jederzeit unter dieser Nummer erreichbar.«

Lisa drückte das Gespräch weg und sah Bosse an. Er streckte den Daumen hoch, und sie wusste nicht genau, wofür.

»Sie fahren sofort hin«, sagte sie.

»Gut. Kaffeepause?«

»Nein.«

Lisa spürte, dass die nächste Stunde unerträglich lang werden würde.

»So geht das nicht weiter!«

Ich wache davon auf, dass sie vor mir steht. In meinem Kopf dreht sich alles. Ich habe gar nicht gemerkt, dass die Luke geöffnet worden ist.

»Was geht so nicht weiter?«

»Dass du hier bist. Wir müssen was tun.«

Ihr Haar ist nass, die Augen aufgerissen, so habe ich sie bisher noch nicht gesehen. Ich kämpfe, um meinen Kopf zum Funktionieren zu bringen, es fühlt sich an, als wäre die Situation gefährlich.

»Wie meinst du das, Sara?«

»Dass wir dem hier ein Ende machen müssen. Bist du ein bisschen begriffsstutzig? Du liegst ja hier nur rum und stinkst. Du sorgst dafür, dass der Gestank zu mir zurückkommt. Da kann ich mich waschen, so viel ich will. Der Gestank zieht mich herunter zu den Schreien, und das halte ich nicht aus!«

Sie fährt sich fiebrig mit den Händen über ihre Unterarme. Als würden die Narben jucken. Jetzt muss ich ruhig bleiben, kühlen Kopf bewahren, versuchen, die Situation unter Kontrolle zu bekommen. Sie ist eindeutig in eine hysterische Verfassung geraten.

Warum, weiß ich nicht.

»Aber das kann man doch lösen.«

Ich versuche, ruhig zu atmen und beherrscht zu klingen.

»Lass mich raufkommen, sodass ich mich waschen kann, dann bist du den Geruch los«, fahre ich fort. »Ich kann dir helfen, Sara. Du musst mich nur lassen.«

Ihre Schultern sinken ein wenig herab, und das zwanghafte Kratzen wird weniger, die Bewegungen werden langsamer, wirken nicht mehr so verzweifelt. Ich versuche ihren Blick einzufangen.

»Sara, bitte. Wir können das hier gemeinsam lösen. Ich weiß, dass wir das können. Wir können das Geschrei und den Gestank für immer wegkriegen. Du hast so viel aushalten müssen, das weiß ich doch, und ich will dir wirklich helfen.«

Sie sieht mich an.

Für einen Moment fühlt es sich an, als wäre es mir gelungen, sie zu erreichen. Sie sieht so klein und verletzlich aus, dass es fast wehtut. Im nächsten Moment schlägt der Blick wieder um. Sie drückt die Fingernägel in den einen Unterarm und zieht, sodass sie lange rote Streifen hinterlassen.

»Du redest und redest nur. Bla, bla, bla. Probierst es immer wieder. Glaubst du, ich begreife das nicht?«

Ich bekomme einen Tritt in den Bauch und ringe nach Luft. Als ich mich wieder hinhocke, holt sie eine Rolle Gaffer Tape aus der Hosentasche, reißt ein Stück ab und drückt es über meinen Mund.

»So. Jetzt muss ich dein blödes Gerede nicht mehr hören. Du kapierst gar nichts. Du bist es doch, die der Gestank ist! Du musst aus meinem Leben verschwinden. Und dann muss ich selbst weg!«

Ich kassiere noch einen weiteren Tritt, dann verlässt sie mich und donnert die Luke zu.

Das Licht verschwindet.

Verwirrt sitze ich da in der Dunkelheit, der Bauch schmerzt nach den Tritten, und ich höre, wie sie sich dort oben bewegt. Es klingt, als würde sie Möbel rücken. Was hat sie vor? Sie wird sich doch nicht das Leben nehmen? Schiebt sie Stühle herum, um sich zu erhängen? Das darf nicht passieren. Ich versuche ihren Namen zu rufen, doch das Tape erstickt jeden Laut.

Dann wird es still.

Jetzt höre ich nur noch das Rauschen in den Wasserleitungen. Die traurigen Kinder singen für mich. Das ist kein gutes Omen. Ich sinke mit hängendem Kopf auf die Matratze, weiß nicht, was ich tun soll, die Minuten vergehen. Da oben ist es immer noch still.

Da höre ich ein Geräusch, das ich nicht richtig definieren kann. Das sind nicht die Rohre. Das kommt von außen. Ist es der Wind, der in den Bäumen tost? Oder ist es ein Auto? Es klingt wie ein Auto. Haut sie jetzt ab und lässt mich hier unten alleine? Soll das Ende so aussehen? Dass ich hier in der verdammten Dunkelheit sterbe?

Nein, verflucht noch mal!

Ich rappele mich hoch und reibe mein Gesicht am Stein, um das Klebeband wegzukriegen. Es gelingt mir, es bleibt an der einen Wange hängen. Ich taste mich zur Treppe vor. Als ich drei Stufen hoch bin, bohrt sich der Geruch in meine Nase.

Benzin.

»Sara!«, schreie ich.

Zwei Stufen weiter kommt der Gestank von Rauch. Sie hat das Haus angezündet. Sie hat vor, mich hier drinnen verbrennen zu lassen.

»SARA!«

Verzweifelt versuche ich die Luke aufzustemmen, drücke mit Nacken und Schultern, so fest ich kann. Sie bewegt sich nicht. Der Rauchgeruch sticht in der Nase, ich spüre die Hitze des Feuers oben, es knackt in den Holzwänden.

Es dauerte eine ganze Weile, ehe sich die Polizei Vetlanda wieder bei Lisa meldete. Und das nicht wirklich mit der Information, auf die sie gehofft hatte.

»Hallo, hier Örnfors von der Polizei Vetlanda, wir sind jetzt bei diesem Hof in Lammåsa.«

»Wie gut!«

»Der brennt gerade ab.«

»... brennt ab?«

»Wir haben die Feuerwehr gerufen.«

Lisa schwieg einen Moment.

»Habt ihr dort irgendjemanden gesehen?«, fragte sie.

»Nein, wir können nicht ins Haus, das fällt gerade in sich zusammen, aber auf dem Hof steht ein weißes Auto, ich glaube ein Toyota.«

»Okay, sichert den Ort, wir kommen runter!«

Sie drückte auf »Beenden« und wandte sich an Bosse.

»Wir brauchen einen Helikopter. Und zwar sofort!«

Stilton stieg als Letzter in den wartenden Helikopter.

Vorn saß Lisa mit einer Karte auf dem Schoß, Bosse reichte Stilton vom Rücksitz ein Headset, und in dem Moment, als er die Kopfhörer aufsetzte, hob der Helikopter auch schon ab. Lisa holte ihr Handy heraus und rief Lukas an.

»Hallo, hier ist Lisa. Weißt du, ob Sara ein Auto hat?«

»Keine Ahnung ... einmal hat sie in einem Auto vor meiner Tür gesessen und auf mich gewartet, aber ich weiß nicht, ob das ihres war.«

»Kannst du dich erinnern, was für ein Wagen das war?«

»Ich bin nicht so gut, was Automarken angeht, es war weiß, irgendein Allerweltsmodell. Warum fragst du? Habt ihr Olivia gefunden?«

»Noch nicht. Ich melde mich.«

Lisa beendete das Gespräch und überlegte, ob sie die Kollegen vom Verkehrsregister anrufen sollte. Sie klappte das Mikrofon zum Mund und sah den Helikopterpiloten an.

»Wie lange noch, was glaubst du?«

»Eine knappe Stunde.«

Niemand sprach während des Flugs. Jeder verarbeitete die Situation auf seine Weise. Stilton starrte aus dem Seitenfenster. In den letzten Tagen hatte er sich seltsam erschöpft gefühlt, aber keine Sekunde gezögert, als Lisa sich meldete und von Lammåsa erzählte.

Und von dem brennenden Haus.

Er schaute auf die Erde hinab. Helikopter zu fliegen machte ihm nichts aus, das hatte er während seiner Jahre bei der Polizei Hunderte Male getan, durchaus bei bedeutend schlechterem Wetter als heute, oft sogar mit einem freudigen Kribbeln. Jetzt saß er mit zusammengepresstem Kiefer und fest geballten Fäusten da. In einer Stunde würden sie landen, und er bereitete sich auf das vor, was sie am Landeplatz erwarten würde. Ein vom Feuer verwüstetes Haus. In dem sich möglicherweise Olivia befand.

Bosse spielte auf seinem Handy, das war seine Methode, die Nerven unter Kontrolle zu behalten. Lisa wartete auf einen Anruf von Örnfors.

Der kam, als sie fast eine Stunde geflogen waren.

»Wo seid ihr?«, fragte er.

»Im Anflug«, antwortete Lisa. »Wie sieht es aus?«

»Sie haben das Feuer gelöscht.«

»Konntet ihr schon reingehen?«

»Da gibt es nicht mehr viel, in das man reingehen kann.«

Da sahen sie auch schon den Rauch aus dem Wald aufsteigen.

*

Stilton hustete, als er aus dem Helikopter stieg.

Der stechende, saure Brandgeruch lag schwer über der kleinen Wiese, auf der sie gelandet waren. Er brannte in den Augen und schmerzte bei jedem Atemzug. Dicht nebeneinander gingen sie zum Haus, es begann schon dunkel zu werden. Sie mussten über einen breiten Graben steigen und sich durch ein stacheliges Schlehengestrüpp kämpfen. Auf der anderen Seite begrüßte sie ein Mann in Uniform, mit geraden Schultern und kurzem grauem Haar.

»Hallo. Ove Örnfors, Vetlanda.«

Die Vorstellung ging schnell vonstatten. Stilton bemerkte, dass Örnfors' Gesicht von Schweiß glänzte und er einige Rußflecken auf den Wangen hatte. Dann sah er zu dem Anwesen. Kurz vor der Landung hatten sie gesehen, wie einsam es lag, am Ende eines kleinen Weges. Auf der Auffahrt stand ein weißes Auto mit offenem Kofferraum, im Hintergrund waren Feuerwehrleute dabei, ein paar Schläuche aufzuwickeln.

»Das Haus war leider nicht zu retten«, sagte Örnfors zu Lisa.

»Wart ihr drin?«

»Ja, ein Mann mit Atemschutz, er hat erzählt, dass in der Küche eine verbrannte Leiche liegt ...«

Stilton fuhr zusammen und hörte, wie Lisa nach Atem rang.

»Wir haben sie nicht angefasst«, fuhr Örnfors fort. »Techniker und Gerichtsmediziner sind auf dem Weg.«

Lisa bekam keinen Ton heraus, also sagte Stilton: »Gut.«

Sie gingen in Richtung Auffahrt und wandten sich ein wenig ab, denn die von den Resten des Hauses ausgehende Hitze war immer noch durchdringend. In den Köpfen der Polizisten aus Stockholm kreisten dieselben Worte: »Eine verbrannte Leiche«. Stilton lief an dem weißen Auto vorbei und sah durch die Scheibe. Auf dem Rücksitz lag eine rote Baskenmütze. Er trat an den Kofferraum. Der war leer. Fast. Ganz hinten beim Rücksitz lag etwas. Er zog ein paar Gummihandschuhe an, fasste hinein und holte es heraus.

Eine Halskette.

Er erkannte sie sofort. Die trug Olivia immer, sie hatte sie in Mexiko gekauft. Mit der Kette in der Hand ging er zu Lisa.

»Olivia hat in diesem Kofferraum gelegen.«

»Woher weißt du das?«

Stilton hielt die Kette hoch. Lisa sah sie und spürte, wie sich ihr Magen verkrampfte. Das war Olivias Kette. Olivia hatte in diesem Auto gelegen. Sie war hier gewesen.

Die Gruppe blieb am äußeren Rand der Auffahrt stehen und sah zu dem abgebrannten Haus. Die Grundmauern standen noch, und der Rest von einer Wand, alles andere war ein Durcheinander aus schwarzen, verkohlten Dachbalken und verbogenem Material. Keiner sagte etwas, die Zerstörung nach einem starken Brand ist immer erschütternd anzusehen. Außerdem waren sie von diesem Brand persönlich betroffen.

Im schlimmsten Fall.

Stilton wusste nicht, was er tun sollte, er rieb seine geballten Fäuste gegeneinander. Lag Olivia da drin? Das konnte ja wohl nicht wahr sein, verdammt noch mal. Er sah Lisa an und merkte, dass sie am ganzen Leib zitterte.

»Was zum Teufel machen wir jetzt?«, fragte er.

Darauf hatte Lisa keine Antwort, sie versuchte nur, ihren Atem in den Griff zu bekommen. Der Gedanke, dass Olivia ein paar Meter entfernt verbrannt liegen könnte, war unerträglich. Sie sah, wie Bosse sich hinhockte und sich mit den Händen über die Wangen rieb. Stilton wandte sich an Örnfors.

»Ich werde reingehen.«

»Das kannst du nicht, das ist zu …«

»Ich möchte mir Stiefel ausleihen und Handschuhe und eine Taschenlampe.«

Örnfors sah an Stiltons verbissenem Gesicht, dass dies nicht der Moment war, um zu argumentieren.

»Darüber muss ich mit Gunnarsson reden«, sagte er.

»Wer ist das?«

»Unser Brandmeister.«

Örnfors ging zu einer Gruppe Feuerwehrleute, sagte etwas und zeigte auf Stilton. Ein kräftig gebauter Mann mit Helm löste sich aus der Gruppe. Er kam zu Stilton herüber und blieb ein paar Meter vor ihm stehen.

»Gunnarsson. Sie wollen ins Haus?«

»Ja.«

»Das geht nicht.«

»Warum nicht?«

»Das sehen Sie doch selbst. Außerdem ist unser Angriffstrupp drinnen gewesen.«

»Und hat eine Leiche gefunden. *Eine* Leiche. Es könnten zwei Personen da drinnen gewesen sein, von denen die eine Polizistin und eine enge Freundin von mir ist. Ich werde da reingehen.«

Gunnarsons Kiefermuskulatur spannte sich an, seine dunklen Augenbrauen wanderten ein wenig nach unten, dann machte er einen Schritt auf Stilton zu und senkte seine Stimme ein wenig.

»Ich denke, Sie sollten warten, bis die Techniker kommen.«

Die Männer sahen sich einen Moment an.

»Es ist so, Gunnarsson«, sagte Stilton, »ich gehe in dieses Haus hinein. Jetzt. Wenn ich Stiefel, Handschuhe und eine Taschenlampe bekommen könnte, dann würde das die Sache erleichtern. Können Sie mir die leihen?«

Gunnarsson antwortete nicht.

»Ich bin schon in von Feuer zerstörten Häusern gewesen«, sagte Stilton.

Gunnarsson schüttelte ein wenig den Kopf, warf Stilton einen Blick zu und winkte nun einen Feuerwehrmann zu sich. Stilton bekam, was er haben wollte. Als er auf dem Weg zum Haus war, sagte Lisa: »Rühr die Leiche nicht an.«

Eine überflüssige Ermahnung.

Stilton stieg vorsichtig zwischen die Brandreste, nach wenigen Sekunden ließ die Hitze den Schweiß von seinem Gesicht tropfen, und jeder Schritt, den er in dem Chaos machte, musste gut überlegt sein, damit er nicht stürzte. Er hatte keine Ahnung, wo die Küche lag, aber das hier war ein kleines Sommerhaus gewesen, also war die Grundfläche beschränkt. Über einem schwarzen Balken sah er ein verrußtes Spülbecken hängen, offenbar war er an der richtigen Stelle. Als er bemerkte, was da unter ein paar verkohlten Brettern auf dem Boden lag, gab es keinen Zweifel mehr. Das war ein toter Mensch. Er hatte schon mehrmals in seinem Leben verbrannte Leichen gesehen und wusste, was das Feuer mit ihnen anstellte. Was am längsten brauchte, bis es verbrannt war, war das Skelett. Die Verbrennung hier war wahrscheinlich durch die Löscharbeiten aufgehalten worden, denn an der Leiche waren noch Stücke von Fleisch. Er schaltete die Taschenlampe ein, zögerte kurz, und lenkte den Strahl dann zu der Leiche.

In ihr Gesicht.

Es war vollkommen verbrannt.

Er richtete sich auf und hustete, auf der Zunge schmeckte er

Asche. Dann machte er kehrt. Als er einige Schritte Richtung Treppe gegangen war, fiel der Lichtkegel der Taschenlampe auf etwas, das wie ein Metallgriff aussah. Auf dem Fußboden. Er beugte sich hinunter. Da war eine Luke. Mit den dicken Schutzhandschuhen bekam er den Griff nicht richtig zu fassen, also zog er den einen aus und packte zu. Der Griff war glühend heiß. Oder zumindest heiß genug, dass er die Hand zurückziehen musste. Er zog den Handschuh wieder an, brach ein Stück Holz aus den Trümmern daneben und klappte den Griff auf, bis er ihn mit dem Handschuh packen konnte. Die Luke war schwer, er musste kräftig ziehen, doch er bekam sie auf und schlug sie zurück. Als er die Taschenlampe hineinhielt, sah er eine schmale Holztreppe. Er drehte sich um und stieg die Treppe hinunter. Sie hatte nicht viele Stufen, plötzlich stand er mit den Stiefeln auf dem Boden und musste wieder husten. Der Raum war voller Rauch. Er schwang mit der Taschenlampe herum, wedelte den Rauch weg, machte ein paar Schritte vor und leuchtete in den Raum. Der Lichtkegel drang durch den Rauch und erhellte einen engen Keller. Auf dem Fußboden lag eine Matratze, etwas entfernt standen ein Eimer und ein Hackklotz.

Ansonsten war der Raum leer.

*

Das Letzte, was Mette von Lisa gehört hatte, war, dass der Hof in Småland in Flammen stand. Kurz darauf war sie zu einem dringenden Videomeeting mit ein paar Kollegen von der Polizei in Belgien zugeschaltet worden. Eine Ladung mit 10.000 Dosen Covid-Impfstoff war während eines Transports nach Großbritannien zerstört worden. Eine der Kühlanlagen hatte nicht die richtige Temperatur gehalten. Inzwischen war man unsicher, ob es sich um einen Defekt handelte. Die Kollegen hatten offenbar Hinweise darauf, dass es sich um Sabotage handelte.

»Sabotage?«, fragte Mette.

»Ja, vielleicht.«

»Durch wen?«

Da niemand wusste, ob es sich wirklich um Sabotage handelte, gab es auch keine Antwort auf diese Frage. Aber eine Reihe von Theorien.

»Die Welt ist schließlich voller Verschwörungstheoretiker, die im Impfstoff den Teufel selbst sehen«, sagte der Kollege. »Oder zumindest Bill Gates.«

Mette lächelte, wusste aber, dass darin viel Wahres lag. Es gab Menschen, die ernsthaft glaubten, der Impfstoff enthielte Mittel, welche die DNA der Geimpften verändern würden. Oder noch schlimmeren Hokuspokus.

Da klingelte ihr Handy. Sie sah, dass es Lisa war, und beendete schnell ihre Videokonferenz.

»Wir bleiben in Kontakt. Falls Sie herausbekommen, dass es sich um Sabotage handelt, wäre es gut, wenn wir mehr darüber erfahren könnten. Schönen Tag noch.«

Mette ging ans Handy.

»Hallo, Lisa! Wie sieht es aus?«

»Schrecklich! Das Haus ist fast vollständig niedergebrannt, und drinnen liegt eine halb verkohlte Leiche, und Tom war drin und es ist …«

»Wessen Leiche ist es?«, unterbrach Mette sie.

Sie hörte, dass Lisa ungeheuer erschüttert war und kaum ein Wort herausbrachte.

»Das wissen wir nicht, es lässt sich im Moment nicht feststellen.«

Mette schwieg ein paar Augenblicke, sie hörte, wie Lisa am anderen Ende mit den Tränen kämpfte.

»Wissen wir, ob Olivia dort war?«, fragte sie.

»Höchstwahrscheinlich.«

Dann hörte man ein tiefes Einatmen, Mette wartete.

»Wir haben in Saras Auto, das hier steht, Olivias Kette gefunden«, fuhr Lisa schließlich fort.

»Das heißt, bei der Leiche handelt es sich entweder um Sara oder um Olivia?«

»So sieht es aus.«

Diesmal schwieg Mette aus begreiflichen Gründen länger. Sie presste sich eine Hand auf die Brust, ihre Herzfrequenz war deutlich angestiegen. Nicht gut. Ihr Herz war empfindlich, vor ein paar Jahren war sie mit ernsthaften Beschwerden im Krankenhaus gelandet. Sie holte tief Luft, um sich zu fassen.

»Das heißt, dass eine von den beiden verschwunden ist«, sagte sie.

»Ja.«

»Und warum sollte Olivia verschwunden sein, wenn es sich bei der Leiche um Sara handelt?«

Es wurde wieder still, bis Lisa mit gedämpfter Stimme sagte: »Ich schaffe es nicht, Maria anzurufen ... kannst du das vielleicht tun?«

»Und was soll ich ihr sagen? Dass wir nicht wissen, ob ihre entführte Tochter verbrannt ist oder nicht? Damit warten wir lieber.«

»Okay ...«

Mette drückte das Handy fester ans Ohr.

»Was ist das für Lärm bei euch im Hintergrund?«, fragte sie.

»Sie fangen an, hier Scheinwerfer aufzubauen, es sind ein paar Techniker und ein Gerichtsmediziner gekommen.«

»Gut. Wir bleiben in Kontakt. Ich bin die ganze Nacht wach.«

Mette legte auf und sah, wie ihre Hand zitterte, als sie das Handy auf den Tisch legte.

»Die ganze Nacht?«

Mette drehte sich um. Mårten stand mit einem Pinsel und einem Stück Segel in der Hand in der Tür.

»Warum solltest du die ganze Nacht wach sein?«

*

Über Lammåsa hatte sich die Dunkelheit gesenkt, der Rauch von der abgebrannten Hütte war vom Wind zerstreut worden, und nun waren mehrere Menschen dabei, Scheinwerfer aufzustellen und auf die Überbleibsel des Hauses zu richten. Ein paar Techniker zogen sich gerade ihre Arbeitskleidung über.

Lisa, Bosse und Stilton traten aus dem grellen Licht. Der unangenehme Geruch von saurem Rauch stach immer noch in Augen und Nase. Niemand sprach, und abgesehen von vereinzeltem Knistern des heruntergebrannten Holzes war es seltsam still an dem Ort. Alle fragten sich, was hier eigentlich passiert war.

Bosse ging ein paar Meter beiseite, er konnte die Tränen nicht mehr zurückhalten. Lisa sah, wie sein Rücken zuckte. Stilton trat zu Lisa und legte ihr den Arm um die Schultern. Eigentlich gab es momentan nichts, das sie tun konnten. Sie wollten wissen, wer die Frau war, die tot im Haus gelegen hatte, und wahrscheinlich würde es lange dauern, bis das feststand.

»Das hier lag unten im Keller.«

Stilton streckte Lisa die andere Hand hin.

»Was ist das?«

»Klebeband, oder zumindest die Reste davon. Gaffer Tape.«

»Glaubst du, Olivia ist da unten gefangen gehalten worden?«

Stilton zuckte mit den Schultern.

»Auf dem Fußboden lag eine Matratze«, sagte er.

Lisa richtete sich auf und winkte Örnfors zu sich, der zusammen mit dem Feuerwehrmann Gunnarsson herbeikam. Sie stellten sich an den Rand des Vorplatzes, um den Technikern nicht im Weg zu stehen.

»Es ist so«, sagte Lisa, »wir befürchten, dass sich die beiden gesuchten Frauen hier befanden, als das Haus zu brennen begann«, sagte sie. »Eine von ihnen ist verschwunden.«

»Und zwar Olivia«, sagte Stilton.

»Warum denkst du das?«

»Wenn Olivia da drinnen verbrannt wäre, dann hätte Sara ihr Auto genommen und wäre abgehauen. Aber das Auto steht noch da.«

Das hatte Lisa nicht bedacht, und Stilton bis gerade eben auch nicht. Jetzt wirkte es einigermaßen logisch, zumindest reichte es aus, um einen Funken der Hoffnung in ihnen zu entfachen.

»Und warum hat sie sich dann nicht zu erkennen gegeben?«, fragte Bosse, der sich auch nur zu gern an die Hoffnung hängen wollte. »Es führt doch nur eine Straße hierher, und auf der war sie ja nicht, oder?«

»Nein«, sagte Örnfors, »dann hätten wir sie gesehen.«

»Und der Rest hier ist nur verdammter Wald!«

»Vielleicht ist sie im Wald«, sagte Stilton. »Vielleicht hat sie schreckliche Angst und versteckt sich da?«

»Warum denn?«, fragte Lisa und konnte Stilton ansehen, wie sinnlos er die Frage fand.

»Ich gehe und suche nach ihr«, erwiderte Stilton stattdessen und deutete in Richtung Wald.

»Davon würde ich abraten«, sagte Gunnarsson.

»Weshalb?«

»Die ganze Umgebung hier hat zur alten Kleva-Grube gehört, und da drinnen wimmelt es von ehemaligen, aufgegebenen Schächten. Außerdem ist es dunkel.«

»Bosse, kommst du mit?«, fragte Stilton.

Bosse nickte, und die beiden Männer machten sich, jeder mit einer Taschenlampe ausgestattet, auf den Weg. Lisa wandte sich an Gunnarsson.

»Wir sollten eine Suchkette organisieren. Gibt es Karten zum Grubengelände?«

»Ja.«

»In denen die Schächte markiert sind?«

»Vielleicht nicht alle, aber doch die meisten. Im Sommer veranstalten sie hier geführte Touren … oder zumindest war das so bis zur Pandemie.«

Lisa sah Örnfors an.

»Kannst du uns übers Netz die Karten besorgen?«

»Das müsste gehen.«

Lediglich mit einer Taschenlampe in der Hand geradewegs in einen dunklen Wald voller Grubenschächte zu marschieren, war ein einigermaßen sinnloses Projekt und hauptsächlich ein Ausdruck für Stiltons Bedürfnis, wenigstens irgendetwas zu tun.

»Olivia!«

Stiltons Ruf erstarb im selben Moment, als er rief. Im dichten Wald hörte man nichts. Aber sie arbeiteten sich Meter für Meter vor.

»Wir wissen ja nicht, ob sie überhaupt hier ist«, bemerkte Bosse leise.

»Nein.«

»Oder in welchem Zustand. Sie kann ja selbst …«

»Du.«

»Ja?«

»Jetzt ruf mal lieber.«

Örnfors hatte so viele Leute zusammengetrommelt, wie er erreichen konnte. Zusammen mit Lisa und ihm selbst waren sie insgesamt neunzehn Personen. Plus zwei Hunde. Die meisten in der Gruppe trugen Stirnlampen, und alle hatten starke Taschenlampen dabei. Ehe sie in den Wald gingen, zeigte Örnfors ihnen die Karten, die er online bekommen hatte, und in denen verschiedene Schächte, die zur Kleva-Grube gehörten, verzeichnet waren.

Das war schon mal gut.

Er selbst wusste nicht, ob das mit den Karten Sinn machte, denn mitten im dunklen Wald konnten sie sich nur schwer orientieren. Doch Lisa Hedqvist hatte darum gebeten, und er erfüllte ihr den Wunsch. Und falls sie die verschwundene Polizistin heute Nacht nicht fanden, würden sie wahrscheinlich morgen weitermachen, und dann wären ihnen die Karten trotzdem von Nutzen.

Sie bildeten eine Suchkette und betraten den dichten Wald. Schon bald fanden sie die beiden Männer, Stilton und Bosse, die offensichtlich im Kreis gelaufen und jetzt fast wieder bei der Hütte angekommen waren. Sie schlossen sich an den äußeren Enden der Kette an.

Bei der Suche nach der verschwundenen Frau standen den Polizisten zwei Hilfsmittel zur Verfügung: ihre Lampen und ihre Hunde.

Ungefähr eine halbe Stunde bewegten sie sich langsam durch die Bäume vorwärts, als sie plötzlich drinnen im Dunkeln einen Laut hörten. Das war kein Rotwild, sondern ein Hund. Örnfors ordnete völlige Stille an, und da vernahm man den Hund deutlich, gar nicht weit entfernt. Und plötzlich hörte das Bellen auf, und eine schwache Stimme drang zwischen den Stämmen zu ihnen.

»… hallo!«

Wahrscheinlich fiel allen Beteiligten in diesem Moment ein Stein vom Herzen, aber der von Stilton fiel bis weit in die Vergangenheit. In eine ganz andere Situation, als er in der unterirdischen Drogenwelt von Bukarest den Kontakt zu Olivia verloren hatte und plötzlich, als er schon die Hoffnung, sie zu finden, aufgegeben hatte, ihren Ruf durch die Gänge hallen hörte.

Jetzt verspürte er die gleiche Euphorie wie damals.

»Ich bin hier unten!«

Lisa und Örnfors waren die Ersten an der Stelle, wo der Hund am Rand eines großen dunklen Loches verharrte. Sie leuchteten hinunter und sahen tief unten eine Frau mit dem Rücken an einer Erdwand hocken.

Olivia.

»Wie geht es dir?«, rief Lisa nach unten. »Bist du okay?«

»Ja! Aber ich hab mir den Fuß verknackst und komme nicht hoch.«

Sie saß ungefähr vier Meter tief im Schacht. Ein junger Polizist, Sverker, erklärte sich bereit, runterzusteigen, um zu sehen, wie schlimm sie verletzt war. Er wurde, so weit es ging, an den Händen hinuntergelassen, ließ dann los und fiel das letzte Stück. Olivia hatte sich auf einem Bein hingestellt, um ihm Platz zu machen, und Sverker landete neben ihr.

»Kannst du den Fuß belasten?«, fragte er als Erstes.

»Nein. Hast du ein Messer?«

»Ja.«

Sverker zog ein Messer aus der Tasche, und Olivia drehte sich um. Er sah ihre zusammengebundenen Hände und schnitt vorsichtig das Band durch.

»Hier!«

Beide sahen hoch. Örnfors stand am Rand und ließ ein grobes Seil hinunter.

»Macht eine Schlaufe, und dann unter den Armen durch!«

Sverker schlug eine große Schlaufe, Olivia schob Kopf und Arme hindurch, dann zog er zu.

»Seid ihr fertig?«, rief Örnfors.

»Ja!«, antwortete Sverker.

Olivia hielt das Seil mit beiden Händen, während Sverker sie so weit hochschob, wie er nur konnte. Stück für Stück wurde sie zum Rand des Lochs hinaufgezogen. Es tat weh, war aber nichts gegen das, was sie schon erlebt hatte.

Vorsichtig wurde sie über den Rand des Schachtes gehievt und sank auf die Erde.

Stilton beteiligte sich nicht an der Aktion. Er hielt sich am Rand der Gruppe, die um das Loch herumstand. Olivia lebte. Sprach. Atmete. Das genügte ihm. Als er über die Schulter eines Umstehenden spähte, sah er, wie Olivia den Kopf drehte und ihn ansah.

Sie lächelte, und er spürte die Erschöpfung im ganzen Leib.

*

Mette betrachtete den nassen Lehmklumpen, der langsam auf der Scheibe vor ihr kreiste. Schon oft hatte sie versucht, Unruhe und Angst zu vertreiben, indem sie in ihre Töpferwerkstatt im Keller ging und mit Ton zu arbeiten begann.

Jetzt saß sie wieder hier.

Neben ihr auf dem Tisch lag das eingeschaltete Handy. Abwesend bewegte sie die Hände und ließ den Klumpen zwischen ihnen kreisen. Das war die einzige Methode, die Nerven einigermaßen unter Kontrolle zu halten. Sie sah auf den Ton vor sich und stellte fest, dass der sich in der letzten Stunde kaum verändert hatte, eine Zeit lang hatte er wie eine Schale ausgesehen, jetzt wiederum war er völlig formlos.

Da klingelte das Handy.

Endlich!

Sie wischte sich notdürftig die Hände ab und ging ran.

»Hallo, Lisa!«, sagte sie. »Wie sieht es aus?«

Dann sagte Mette lange gar nichts. Sie ließ Lisa berichten, die sehr erleichtert und fast euphorisch war. Als sie geendet hatte, sagte Mette: »Das ist unglaublich schön! Fantastisch. Wir müssen morgen telefonieren, damit ich alle Details erfahre! Grüß alle da unten!«

Mette drückte das Gespräch weg und hielt die Töpferscheibe an. Der Tonklumpen konnte liegen bleiben. Sie spürte, wie ihr Herzrhythmus sich beruhigte, es war überstanden.

Für dieses Mal.

»Sie haben Olivia gefunden, sie lebt, und es geht ihr gut.«

Mårten sah seine offensichtlich erleichterte Ehefrau an, die in der Tür zum Schlafzimmer stand. Er selbst lag mit Lesebrille im Bett und versuchte sich durch eine ziemlich langweilige Sammlung von Kurzgeschichten zu arbeiten. Auch er hatte nicht schlafen können. Nun schlug er das Buch zu und würde es wahrscheinlich nie wieder öffnen.

Mette ließ sich mit dem Handy in der Hand auf der Bettkante nieder.

»Glaubst du, ich sollte Maria anrufen?«, fragte sie.

»Ja, selbstverständlich.«

»Es ist mitten in der Nacht.«

»Ruf sie an.«

Mette nickte und suchte die Nummer von Olivias Mutter. Während sie darauf wartete, dass Maria rangehen würde, überlegte sie sich, was sie als Erstes sagen sollte. Ein Anruf von Mette mitten in der Nacht konnte zumindest anfangs leicht falsch eingeordnet werden, und das wollte sie vermeiden. Als sie Marias Stimme hörte, sagte sie deshalb rasch: »Hallo, hier ist Mette. Olivia ist gefunden worden, und alles ist gut. Sie ist wohlauf.«

»Ich weiß.«

»Woher weißt du das?«

»Sie hat mich aus dem Rettungshubschrauber angerufen.«

Natürlich, dachte Mette und kam sich ein bisschen blöd vor.

»Aber danke, dass du dich gemeldet hast«, sagte Maria.

»Keine Ursache. Hat sie von dem Brand erzählt?«

»Ja, ein wenig, sie war sehr erschöpft. Die Arme ... aber wie wunderbar, dass ihr nichts Schlimmeres passiert ist, sie hat ein paar anstrengende Tage hinter sich.«

Marias Stimme klang müde und zittrig, was nur allzu verständlich war, schließlich war sie zwischen Hoffnung und Verzweiflung hin und her geworfen worden.

»Ja, sie hat uns echt einen Schreck eingejagt«, sagte Mette. »Ein weiteres Mal«, fügte sie hinzu.

»Das stimmt.«

Sie hörte, wie Maria schluckte und tief Luft holte.

»Aber wie geht es euch denn so, in diesen seltsamen Zeiten?«, fuhr sie fort.

»Wir sitzen in Quarantäne und haben im Grunde seit dem Sommer niemanden getroffen.«

Und so geriet das Gespräch auf das, wovon alle seit März sprachen: das Virus, die Abstandsregeln, die Restriktionen. Als Mårten hörte, wie Mette darüber zu diskutieren begann, inwiefern der Schutz der Älteren misslungen sei, griff er wieder nach den Kurzgeschichten.

So langweilig waren sie vielleicht doch nicht.

Björn Lundgren war früh draußen, es war noch kaum hell. Alles für einen optimalen Angelerfolg. Hübsche Nebelschleier tanzten über die Bucht des Bosarpasees, und seine Lungen füllten sich mit klarer, kühler Luft. Er hob die Rute und tat den ersten Wurf. Der landete perfekt, knappe fünfzehn Meter entfernt. Er saß auf der mittleren Bank im Ruderboot und begann die Schnur langsam am Rand eines ausgedehnten grünen Schilfwalds einzurollen. Er wusste, dass darin Hechte standen, und wenn er Glück hatte, waren sie hungrig. Vielleicht würde es heute Abend in Butter gebratenen Hecht mit Meerrettichsoße geben.

Da ruckte es.

Er zog kurz dagegen, um den Fisch an den Haken zu bekommen, spürte aber keine Bewegung. Das musste ein strammer Kerl sein, dachte er und rollte weiter. Doch die Schleppangel bewegte sich kaum, wie sehr er auch zog. Ein Stock? Habe ich mich in einem verdammten Stock verhakt? Er griff nach der Schnur und zog das Ruderboot vorsichtig am Schilf entlang zu der Stelle, wo die Angel festsaß. Als er direkt darüber war, beugte er sich über die Reling und hoffte zu sehen, worin sie sich verhakt hatte, aber das Wasser war dunkel und trübe. Er griff wieder nach der Schnur und versuchte, die Schleppangel hochzuziehen, aber vorsichtig, denn der Köder war ein recht teurer Rapala Wobbler, den er nicht gern verlieren wollte.

Doch der Haken löste sich nicht, der saß beinhart.

Er holte den Bootshaken aus der Plicht und schob ihn an der Stelle, wo der Köder feststeckte, ins Wasser. Nach ein paar

Drehungen hin und her saß der Bootshaken, und er begann zu ziehen. Das, was da mitkam, war schwer. Zentimeter um Zentimeter hievte er es nach oben, und am Ende sah er, wo der Köder sich verhakt hatte.

Hühnerdraht?

Björn streckte die Hand ins Wasser, griff in das Netz und zog eine große Reuse an die Oberfläche. Eine Reuse, hier? Er ließ den Bootshaken los und packte die Reuse mit beiden Händen. Mit einiger Kraftanstrengung gelang es ihm, sie über die Wasseroberfläche zu heben. Zuerst sah er, dass sie voller großer schwarzer Signalkrebse war. Dann sah er, worüber all die Krebse hinwegkrabbelten, und diesen Anblick würde er für den Rest seines Lebens nicht vergessen.

Mit einem Schrei ließ er die Reuse wieder fallen.

Der Notruf galt einem Fund im Bosarpasee in Skåne, im Bezirk Kristianstad. Es dauerte eine halbe Stunde, bis die erste Streife dort ankam, und dann noch eine Weile, ehe Taucher vor Ort waren.

Jetzt war der Fund geborgen.

Inzwischen hatte Björn aufgehört zu zittern. Sein Ruderboot war ein Stück auf den Strand hochgezogen worden, im Hintergrund wurde ein blauer Leichensack in einen Transporter geladen. Die Nebelschleier hatten sich gehoben, und die Wasseroberfläche wurde von einem leichten Regen perforiert. Ein Mann saß in der Hocke und fotografierte die Reuse. Björn hörte, dass die beiden Polizisten neben ihm Fragen stellten, wahrscheinlich an ihn gerichtet, aber er war nicht anwesend. Erst als einer der beiden ihm eine Hand auf die Schulter legte, reagierte er.

»Ja?«

Der Polizist zeigte auf die Reuse.

»Sind das Flusskrebse?«

»Was? … Nein, Signal«, erwiderte er.

Björn, der in polizeilichen Dingen nicht sehr bewandert war, fragte sich, ob das wohl von Bedeutung für den widerlichen Fund in der Reuse war.

»Angeln Sie oft hier?«

Nun fragte der andere Polizist, er hatte einen kleinen Notizblock in der Hand.

»Ja, hier gibt es gute Fische«, antwortete Björn.

Und wusste, dass er nie wieder in seinem ganzen Leben eine Angel in diesen See werfen würde.

Es war eine düstere Zeit.

Eine Zeit der gebeugten Menschen, gekrümmt unter einem ständig grauen Himmel, allein auf den Straßen, schweigend, auf der Flucht vor einem unsichtbaren Gewalttäter.

Oder zu Hause versteckt, isoliert, mit seelischer Krankheit als einzigem Gast.

Es war eine Zeit des Lebens auf Distanz.

Die erste Welle war in die zweite übergegangen und auf dem Weg in die dritte. Und es bestand die Gefahr, dass noch weitere kommen würden.

Doch die Menschen hatten nur eine Wahl: aushalten.

Wie Lukas.

Er stand im Atelier und hatte eine große Leinwand direkt an die Wand gehängt, auf einem Tisch neben ihm lagen jede Menge Farbtuben. Manchmal malte er gerne, während die Gedanken arbeiteten, manchmal wollte er ganz leer sein und tief versunken in seinen Schaffensprozess.

Heute, dachte er.

Im Zimmer nebenan schlief Olivia. Sie hatte jetzt schon fast elf Stunden geschlafen, doch er wollte sie nicht wecken. Sie brauchte alle Ruhe, die sie kriegen konnte.

Ihre körperlichen Verletzungen waren vorübergehend. Den Fuß hatte man geröntgt, nichts war gebrochen, eine heftige Verstauchung, die verbunden worden war. Einige kleinere Verletzungen an einem Arm und am Hinterkopf, die schnell heilen würden.

Doch sie war seelisch erschöpft.

Nach nur einem Tag hatte sie das Krankenhaus verlassen können, was auch auf ihren eigenen Wunsch hin geschehen war, denn sie wollte sich nicht unnötig einer Ansteckungsgefahr aussetzen. Seither hatte sie mehr oder weniger die ganze Zeit geschlafen. War aufgewacht, hatte etwas Leichtes gegessen und war dann wieder eingeschlafen.

Lukas drückte einen Strang roter Farbe auf die Leinwand und begann sie mit einem Palettenmesser zu bearbeiten. Seine Gedanken wanderten hin und her.

Im einen Augenblick verspürte er eine gewisse Zufriedenheit. Mitten in all dem Chaotischen, das passiert war, hatte er nicht die Kontrolle verloren, hatte sich keinem Katastrophendenken hingegeben und keine Bilder zerschnitten wie letztes Mal. Er hatte sich zusammengerissen und darauf vertraut, dass alles gut gehen würde.

Im nächsten Augenblick fühlte er sich sehr schuldig.

Eine Frau, die ihn gestalkt hatte, war über Olivia hergefallen. Hatte sie in einen Keller eingeschlossen und fast ihren Tod verursacht. Dennoch wusste er: Wenn jemanden Schuld traf, dann war es Sara.

Und schließlich habe *ich* Lisa von ihr erzählt, dachte er.

Und so lenkten Licht und Schatten abwechselnd den Spatel über die Leinwand.

Vielleicht sollte ich sie doch wecken, dachte er, sonst gerät ihr Tagesrhythmus völlig durcheinander. So wie meiner. Außerdem wollte Lisa mit ihr sprechen.

Eigentlich war es ihm lieber, wenn Olivia sich nicht sofort wieder in den Alltag stürzte. Nicht so schnell. Sie konnte gern noch länger ausruhen. Schließlich hatte sie ein, gelinde gesagt, aufreibendes Drama erlebt.

Direkt nachdem Olivia aus dem Krankenhaus gekommen war, hatten sie viel über das gesprochen, was in Lammåsa passiert war. Die meiste Zeit hatte sie geredet, über Sara, über den Keller, über die Verzweiflung, die sie angesichts dessen empfand, was geschehen war. Fast fieberhaft hatte sie geredet, was vielleicht auch an den schmerzstillenden Tabletten lag, die sie bekommen hatte.

Die Tage mit Sara waren in jeder Hinsicht enorm anstrengend gewesen, doch auf eine merkwürdige Weise hatte sie das der gequälten jungen Frau nähergebracht. Mitten in ihrer Angst vor Sara hatte sie mehr und mehr Mitleid und Verständnis verspürt, hatte begriffen, dass Sara ein Opfer von Ereignissen in ihrer Vergangenheit war. Sie konnte den Finger nicht genau darauflegen, denn Sara hatte so gespalten, unklar und zerrissen gewirkt, doch war Olivia überzeugt, dass ihr Schlimmes widerfahren war.

Das meinte Lukas auch, die versöhnliche Haltung von Olivia konnte er allerdings nicht so recht teilen.

»Du hättest in diesem Keller verbrennen können.«

»Ich weiß, aber ich glaube nicht, dass es ihre Absicht war, ich glaube, sie wusste gar nicht richtig, was sie da tat, sondern handelte impulsiv und ohne einen Plan, und am Ende war sie so verzweifelt, dass sie sich das Leben nahm.«

Olivia hatte weitergeredet und war plötzlich mitten im Satz eingeschlafen. Lukas hatte sie ins Bett gebracht, gestreichelt und sich danebengelegt. Nach ein paar Stunden war er aufgestanden und hatte angefangen zu arbeiten.

»Was für ein krasses Bild!«

Lukas fuhr zusammen und tauchte aus den Tiefen seiner Gedankenwelt auf. Als er sich umdrehte, stand Olivia in seinen großen grauen Morgenmantel gewickelt in der Tür. Ihre dunklen Haare standen zu allen Seiten ab. Wie schön sie ist, dachte er.

»Gefällt es dir?«

»Ja, es ist fantastisch.«

Olivia machte ein paar Schritte ins Atelier und betrachtete die große Leinwand. Die war mit einem abstrakten Muster in leuchtenden, saftigen Farben bedeckt, das wie ein Echo des großen Norrland-Künstlers Bengt Lindström wirkte.

»Möchtest du Kaffee?«, fragte Lukas und küsste sie auf den Mund.

»Gerne.«

Lukas verschwand in die Küche, und Olivia ging ins Zimmer und setzte sich aufs Sofa. Sie zog die Knie unters Kinn und sah auf die Uhr. Mein Gott, wie lange hatte sie denn geschlafen?

»Lisa hat vorhin noch einmal angerufen«, rief Lukas aus der Küche. »Ich wollte dich nicht wecken.«

»Danke.«

Olivia war klar, dass Lisa wie auf Kohlen saß. Doch das konnte sie gut noch ein Weilchen tun, dachte sie und befühlte ihren Fuß. Er tat weh, aber damit konnte sie leben, wenn man bedachte, wie der Sturz in dieses schwarze Loch sonst noch hätte ausgehen können.

Ganz zu schweigen davon, was passiert wäre, wenn sie die verdammte Bodenluke nicht noch im letzten Moment aufgekriegt hätte.

Lukas kam mit dem Kaffee, schenkte ein und setzte sich neben sie.

»Danke«, sagte Olivia und kroch in seine Umarmung.

Er legte einen Arm um sie und küsste ihr Haar, das immer noch schwach nach Rauch roch. Dann küsste er ihren Hals, und Olivia merkte, das war genau, was sie gerade brauchte. Nähe, Haut, Körperkontakt.

»Jetzt ruft Lisa wieder an.«

Lukas zeigte auf Olivias vibrierendes Handy auf dem Tisch.

Doch sie zog seinen Kopf zu sich, küsste ihn und merkte, wie es an einer anderen Stelle vibrierte.

Sie schliefen auf dem Sofa miteinander.

Danach lagen sie still da, eng umschlungen, bis das verdammte Handy wieder zu brummen anfing. Diesmal ging Olivia ran.

»Hallo, Lisa.«

»Du bist aufgewacht!«

»Nein, ich rede im Schlaf.«

Lisa lachte. Olivia klang ausgeruht. Seit sie im Wald gefunden worden war, hatten sie nicht viel miteinander gesprochen. Olivia war mit dem Helikopter weggebracht worden, und Lisa hatte mit Technikern und Gerichtsmedizinern zu tun gehabt. Außerdem war sie die dringendsten Dinge mit Örnfors durchgegangen und hatte ihm für den verdienstvollen Einsatz der Polizei von Vetlanda gedankt. Worüber er sich gefreut hatte.

»Wie geht es deinem Fuß?«, fragte Lisa.

»Kein Problem, ich kann ihn belasten.«

»Magst du ein bisschen von Lammåsa erzählen?«

»Habe ich denn eine Wahl?«, fragte Olivia.

»Nein. Willst du, dass wir zu dir nach Hause kommen?«

»Ich bin bei Lukas, werde aber demnächst nach Hause fahren. Können wir das dann nicht virtuell machen?«

»Absolut«, sagte Lisa.

»Gut.«

»Wann bist du in deiner Wohnung?«

Lisa ließ wirklich nicht locker.

Olivia saß in einem warmen Pullover und Jeans da, und das Netz funktionierte. Lukas war mit ihr nach Hause gekommen, jetzt lag er auf ihrem Bett und schlief. Er hatte seinen eigenen Tagesrhythmus.

Sie hatte das lange schwarze Haar zu einem nachlässigen Knoten gebunden, und auf dem Bildschirm vor sich sah sie nun Lisa und Bosse. Der erste Teil der Ereignisse war schon besprochen, Lisa hatte von der Ortung des Handys erzählt, und Olivia hatte die Gespräche im Keller zusammengefasst. Jetzt sprachen sie über den Brand.

»Ich habe gehört, wie es oben im Haus rumpelte«, sagte Olivia. »Dann merkte ich plötzlich, dass es nach Benzin roch, und da war ich außer mir vor Angst und versuchte, durch diese Luke nach oben zu kommen. Aber ich kriegte sie nicht auf, denn ich hatte ja die Hände auf dem Rücken gebunden, und dann kam der Brandgeruch, und ich kapierte, dass sie Feuer gelegt hatte und sich vielleicht umbringen wollte.«

»Und dich auch«, bemerkte Lisa.

»Wahrscheinlich war das die Idee.«

»Hat sie davon gesprochen, sich das Leben nehmen zu wollen?«

»Sie war ziemlich verzweifelt. Ich glaube, dass sie es schon ein paarmal versucht hat, ihre Unterarme waren voller Narben.«

»Woher hatte sie das Benzin?, fragt hier ein Freund der Ordnung.«

Das war Bosse, der mit seiner irrelevanten Frage ein wenig zum Meinungsaustausch beitragen wollte.

Doch Olivia antwortete freundlich: »Sie hatte einen Kanister«, sagte sie. »So einen kleinen aus Plastik, ich habe ihn gesehen, als ich im Kofferraum eingeschlossen lag. War der noch da?«

»Nein, das Einzige, was wir da gefunden haben, war deine Kette.«

»Ah! Habt ihr sie mitgenommen?«

»Ich glaube, Tom hat sie«, sagte Lisa.

Dafür war Olivia dankbar. Die Kette war von persönlicher Bedeutung für sie und mit ihrer Vergangenheit verbunden. Sie hatte sie gekauft, als sie durch Mexiko gereist war, um mehr über ihre Wurzeln – oder besser gesagt die ihrer biologischen Mutter – zu erfahren. Viel klüger war sie nicht geworden, aber die Reise hatte ihr eine innere Harmonie geschenkt, und das war es, was die Kette symbolisierte.

Sie wollte sie gerne zurückhaben.

»Bist du bereit für ein paar persönliche Informationen über Sara?«, fuhr Lisa fort.

»Durchaus.«

»Wir haben heute Vormittag eine ganze Menge gearbeitet.« Lisa lächelte auf dem Schirm, als sie das sagte.

»Und was habt ihr gefunden?«

»Saras nächste Angehörige sind ihre Mutter, Agnetha Eriksson, und ein älterer Bruder, der Oskar Eriksson heißt. Er ist ein Kollege von uns, in Kristianstad. Was die Mutter betrifft, haben wir eine seltsame Information erhalten. Sie hat wegen Brandstiftung mit Todesfolge in Ysane in Blekinge im Gefängnis gesessen. 2005 hat sie das Haus angezündet, in dem sich Saras Vater befand.«

»Ist das wahr?«

»Ja.«

*Bis das Feuer das Glück verschlungen hat*, hatte Sara gesagt. Plötzlich hielt Olivia ein Puzzleteil zu ihrer dunklen Vergangenheit in der Hand.

»Habt ihr die Mutter erreicht?«, fragte sie.

»Wir haben bislang noch keine aktuelle Nummer von ihr gefunden.«

»Und der Bruder? Vielleicht hat der eine.«

»Ich werde ihn anrufen, sowie wir hier fertig sind«, sagte Lisa.

»Mach das jetzt gleich. Bevor er es auf anderem Wege erfährt.«

»Okay. Bleib du schön zu Hause, wir melden uns!«

»Gut. Ich werde Tom anrufen und …«

»Du!«

»Ja?«

Das war Bosse, der sich wieder bemerkbar machte.

»Ich habe vergessen zu fragen: Warum bist du eigentlich direkt in den Wald gerannt?«

»Ich glaube, weil ich Panik gekriegt habe … Als es mir endlich gelungen war, diese verdammte Luke aufzudrücken, stand das ganze Haus in hellen Flammen, und ich wusste, dass in der Küche zwei Gasflaschen standen, die hatte ich gesehen, als ich das erste Mal eingeschlossen war. Und da hatte ich dann schreckliche Angst, dass das ganze Gebäude in die Luft fliegen würde, und deshalb bin ich einfach so weit gerannt, wie ich nur konnte.«

»Und bist in einen Schacht gefallen.«

»So ähnlich.«

»Bis später.«

Bosse schaltete den Bildschirm aus und sah Lisa an.

»Was ist?«, fragte sie.

»Sie ist direkt in den Wald gerannt.«

»Ja und?«

»Woher wissen wir, dass nicht sie es war, die das Feuer gelegt hat?«

Er bereute seine Worte im selben Moment, als er sie ausgesprochen hatte, der Gedanke war vollkommen unsinnig.

Vor allem, als Lisa antwortete: »Mit den Händen auf dem Rücken? Und dann hat sie sich in einen Schacht geworfen? Hol mal einen Kaffee.«

*

»Oskar Eriksson.«

Saras Bruder sprach einen ausgeprägten Dialekt, hatte eine etwas schleppende dunkle Stimme, und Lisa sah einen untersetzten, schläfrigen Polizisten hinter einem grauen Schreibtisch vor dem inneren Auge. Sie selbst stand am Fenster ihres Büros und schaute über ein dunkel werdendes Stockholm.

»Hallo, ich bin Lisa Hedqvist vom NOA in Stockholm.«

»Hallo.«

»Leider habe ich eine traurige Nachricht, die dich privat betrifft«, sagte sie mit dem selbstverständlichen Du unter Kollegen.

»Aha. Was hat sie diesmal gemacht?«

»Wer?«

»Agnetha«, sagte Oskar. »Meine Mutter.«

»Ach so. Nein, es geht nicht um sie, sondern um deine Schwester. Sara.«

»Was ist mit ihr?«

»Sie ist leider tot«, sagte Lisa, »bei einem Brand ums Leben gekommen.«

Sie hörte ein geräuschvolles Einatmen am anderen Ende.

»In einem kleinen Sommerhaus in Småland«, fuhr sie fort.

Oskar räusperte sich, ein paar Momente vergingen.

»Lammåsa?«, fragte er dann.

»Ja.«

In der folgenden Stille versuchte Lisa sich den Mann vorzustellen. Wie nahm er die Nachricht vom Tod seiner Schwester auf? Vor allem, wenn man bedachte, dass sein Vater vor fünfzehn Jahren bei einem Brand ums Leben gekommen war, den seine Mutter gelegt hatte. Gefasst war er, das merkte sie an seinem nächsten Satz, auch wenn seine Stimme sehr rau klang.

»Was ist passiert?«, fragte er. »Wie ist es dazu gekommen?«

»Das wissen wir nicht genau, die technische Untersuchung läuft noch, aber wir können nicht ausschließen, dass es Selbstmord war.«

Lisa hatte das Gefühl, recht offen sein zu können, immerhin sprach sie hier mit einem Kollegen.

»Das ist eine traurige Nachricht«, sagte die dunkle Stimme.

»Ja, das verstehe ich. Hattet ihr eine enge Verbindung?«

»Können wir darüber vielleicht ein andermal reden?«

»Natürlich. Eine Frage nur noch, wir müssten Kontakt zu deiner Mutter Agnetha aufnehmen, kannst du mir ihre Telefonnummer geben?«

Das konnte er.

Doch als Lisa kurz darauf die Nummer wählte, ging niemand ran. Alles, was sie hörte, war eine Stimme, die mitteilte, dass der Teilnehmer zurzeit nicht erreichbar sei.

*

Stilton saß im Salon des Kahns in einen Sessel versunken, den er angeschafft hatte, um nicht immer auf den festgeschraubten Bänken sitzen zu müssen. Er ließ sich gern einsinken, wollte sich zurücklehnen und nicht ständig kerzengerade wie eine Stimmgabel an einer Wand sitzen. Der Geruch des abgebrannten Hauses war abgeduscht, sie hatten Olivia gefunden, die sonderbare Frau namens Sara war im Haus verbrannt, und alles Übrige war Sache der Polizei.

Brandstiftung mit Todesfolge und allem, was dazugehörte.

Definitiv nichts, was er vermisste.

Er sehnte sich nach Rödlöga zurück, nach seinen Netzen, der Isolation, dem Gefühl, außen vor und im Takt mit sich selbst zu sein. Der zu sein, der er in seinem tiefsten Inneren war. Ein Einsiedler.

Er streckte die Beine aus und spürte, wie müde sein Körper war.

»Deckst du den Tisch?«

Das rief die Frau, die nicht gerade einsiedlerisch veranlagt war. Die Frau, die er liebte. Die ein idyllisches Dasein in Thailand aufgegeben hatte, weil er sie hier brauchte. Jetzt stand sie in der Küche auf dem Kahn, der ihr gehörte, und kochte Abendessen.

Für ihn.

Er wusste, was für ein Glück er hatte und wie schnell sie wieder verschwinden konnte. Denn fürs Groppen-Angeln interessierte sie sich überhaupt nicht.

»Was kochst du?«, antwortete er.

»Palak paneer!«

Er hatte keine Ahnung, was das war, doch was Kochen anging, hatte Luna sein vollstes Vertrauen. Er deckte den ovalen Tisch, gab sich ein wenig Mühe und zündete auch noch ein paar Teelichter an – das war die Art Gemütlichkeit, die Luna mochte. Als sie das Essen auf den Tisch stellte, war er hungrig wie ein Wolf, auch wenn er schon wusste, was ihn erwartete. Vegetarisch. Luna aß kein Fleisch.

»Sieht gut aus«, sagte er mit einem leicht skeptischen Unterton.

Er tat sich auf und begann zu essen. Wenn man bekocht wurde, hielt man seine Zunge besser im Zaum.

»Wie geht es Olivia denn jetzt? Ist sie wieder raus aus dem Krankenhaus?«, fragte Luna zwischen den ersten Bissen.

»Ja. Es war nicht so schlimm, sie hat sich den Fuß verstaucht, aber ich glaube, es war nichts gebrochen.«

»Aber sie war immerhin mehrere Tage in diesem Keller eingeschlossen, das zu verarbeiten braucht sicher etwas Zeit, oder?«

»Ganz sicher«, erwiderte Stilton.

»Hat sie erzählt, worum es dabei eigentlich ging?«

»Mir nicht, ich nehme an, das wird sie mit Lisa und Bosse besprechen.«

»Du bist gar nicht involviert?«

»Nein.«

Daraufhin kamen keine weiteren Fragen.

Sie aßen ihre Mahlzeit, ohne noch viel mehr zu sagen, denn beide wussten, welches Thema sie nicht berühren wollten.

Die Zukunft.

Die sie beide recht unterschiedlich sahen.

Luna wollte nach Mar Phim in Thailand zurückkehren, in die Wärme und das Retreat von Aditi, und das am liebsten zusammen mit dem Sauertopf auf der anderen Seite des Tisches.

Der Sauertopf selbst schaute nicht weiter als bis Rödlöga, ein Ort, von dem er wusste, dass Luna da niemals heimisch werden würde.

Und so wurde nicht mehr viel gesprochen, bis Luna sich zurücklehnte und Stilton ansah. Sein Teller war leer.

»Und, wie fandest du es?«

»Ganz okay… aber es hat irgendwie nach nichts geschmeckt.«

»Was?«

Das erstaunte Luna ein wenig. Das Gericht enthielt eine Reihe sehr starker Gewürze, unter anderem Knoblauch, Ingwer, Chili und Garam Masala. War also mehr als gut gewürzt gewesen.

Stilton hustete.

*

Unten auf der Straße war es still, dunkel und menschenleer. Ein Taxi glitt vorbei und verschwand Richtung Sveavägen. Lisa stand am Fenster und sah auf das Norra Brunn hinunter, das

Stockholmer Stammlokal für Stand-up-Comedians. Normalerweise wimmelte es um diese Zeit nur so von Menschen auf dem Bürgersteig, die nach einem Abend mit Essen, Trinken und Lachen auf dem Nachhauseweg waren. Jetzt war nur ein entferntes Martinshorn zu hören.

Nichts war mehr wie sonst.

Sie wandte sich ins Zimmer zurück und setzte sich mit ihrem Laptop aufs Sofa. Vorhin hatte sie noch einmal erfolglos versucht, Agnetha Eriksson anzurufen. Wir müssen sie bald erreichen, dachte sie, schließlich ist ihre Tochter tot. Sie sah auf die Uhr. Fast Mitternacht. Und ich sitze hier allein auf dem Sofa, wie immer. Macht richtig Spaß, oder? Sie schloss die Augen.

Lisa neigte nicht zu Selbstmitleid, aber manchmal fiel sie doch in ihren privaten Schacht.

Und da war es dunkel und leer.

Ein paar ihrer Beziehungen waren auf ganzer Linie gescheitert, und daraufhin hatte sie beschlossen, sich auf ihren Job zu konzentrieren. Was sich derzeit sehr viel einfacher gestaltete als sonst. Keine Partys oder Kneipenabende. Für Tinder interessierte sie sich überhaupt nicht. Und Beziehungen am Arbeitsplatz? Da war sie so richtig ein gebranntes Kind. Fiel also auch aus. Olivia und sie waren über lange Zeit in derselben Situation gewesen, die einsamen Arbeitsbienen. Aber jetzt hatte Olivia Lukas kennengelernt, und das war natürlich gut. Für sie. Doch Lisas eigenes Problem, die Sehnsucht nach einem Partner, verschärfte es nur noch mehr.

Ich sollte mal was essen, dachte sie und stand auf.

Wenn sie mitten in einer Ermittlung wie dieser war, neigte sie dazu, mit dem Essen nachlässig zu sein. Zwar war der Fall jetzt im Grunde aufgeklärt, doch hatte er für sie viel emotionales Auf und Ab mit sich gebracht.

Sie ging in die Küche und stellte fest, dass sie auch mit dem

Abspülen nachlässig gewesen war. Da sie keine Spülmaschine besaß, stapelte sich das meiste im Spülbecken.

Morgen, dachte sie. Morgen fange ich ein neues Leben an.

Sie holte eine Plastikdose mit Lasagne aus dem Kühlschrank. Die hatte zwar schon ein paar Tage auf dem Buckel, doch nach ein paar Minuten in der Mikrowelle würde man sie runterkriegen. Nicht gerade ein Gourmet-Abendessen, aber ihre Ansprüche waren derzeit auch nicht sonderlich hoch. Sie öffnete einen Schrank, holte einen Teller raus und verpasste beinahe das leise »Pling« aus dem Nebenzimmer. Das war der Computer, der ihre Aufmerksamkeit verlangte.

Sie ging rüber, setzte sich aufs Sofa und sah, dass sie per Mail ein Dokument von der Gerichtsmedizin bekommen hatte.

Sara Erikssons sterbliche Überreste waren in die Gerichtsmedizin in Linköping gebracht worden, wo man eine Obduktion durchgeführt hatte. Den Bericht dazu las Lisa nun durch, und das mehrere Male. Wegen der Fachterminologie war er schwer in allen Details zu durchdringen, aber das Fazit war absolut deutlich und klar.

Ein sehr unerwartetes Fazit.

So unerwartet, dass Lisa lange still vor dem Rechner sitzen blieb. Dann sah sie auf die Uhr. Es war kurz vor zwölf. Spät, aber nicht zu spät für das, was sie erzählen musste.

Sie rief ein Taxi.

*

Luna lag allein in ihrem Bett auf dem Kahn.

Sie hatten die Koje in der Kapitänskajüte zu einem Doppelbett umgebaut und auch schnell ihre Seiten gefunden: Luna ganz hinten beim Schott, Stilton vorn, weil er nachts auf die Toilette musste.

Wie auch in dieser Nacht.

Luna hatte gemerkt, wie er sich aus dem Bett geschlichen hatte, das machte er fast immer, und es störte sie nie. Doch heute Nacht war es anders gewesen. Nicht weil Stilton verschwand, sondern wegen der Geräusche, die sie kurz darauf aus dem Salon hörte. Heftiges, fast gewaltsames Husten, trocken und durchdringend. Und ein langer, gedämpfter Fluch.

Sie drehte sich zum Schott hin und wusste, was sie morgen tun würde, sobald sie aufwachte.

*

»Hallo, hier ist Lisa, ich stehe vor deinem Haus, wie ist denn euer Türcode?«

Olivia war gerade eingeschlafen. Lukas wollte nach Hause und malen, was nachts am besten ging, und war deshalb vor einer halben Stunde gegangen. So dauerte es ein wenig, ehe das Handyklingeln von Lisas Anruf in Olivias Bewusstsein drang. Und dann dauerte es noch einmal eine Weile, ehe ihr schlaftrunkener Körper das Handy, das da klingelte, auch fand. Es lag unterm Bett.

»Du stehst vor der Tür?«, brachte sie heraus.

»Ja. Den Code bitte.«

Olivia gab ihr den Code, stieg aus dem Bett und zog ihren Morgenmantel über. Erst dann sah sie auf die Uhr.

Mitten in der Nacht?

Sie machte Lisa die Tür auf und ging vor ihr her zum Sofa. Auf dem Tisch hatte sie eine Kerze angezündet, mehr Licht konnten ihre Augen gerade nicht ertragen. Lisa ließ sich mit einem Hefter in der Hand auf einem Sessel nieder und wusste nicht recht, wie sie anfangen sollte. Die ganze Taxifahrt hatte sie darüber nachgedacht, sie wusste schließlich, was Olivia durchgemacht hatte, aber trotzdem war sie gezwungen, es so zu sagen, wie es war. Geradeheraus: »Wahrscheinlich ist Sara ermordet worden.«

Blitzschnell waren die letzten Reste von Olivias Schlaftrunkenheit verflogen. Trotzdem dauerte es ein paar Sekunden, ehe sie reagierte, und es klang fast aggressiv:

»Wie kommst du darauf?«

Lisa holte ein Blatt Papier aus dem Hefter.

»Was ist das?«, fragte Olivia.

»Der Bericht aus der Gerichtsmedizin. Der kam vorhin. Sie haben Saras Leiche obduziert.«

»Und?«

»Sie hatte eine Schlagverletzung an der Schläfe, die nicht durch den Brand verursacht worden sein kann.«

Olivia sah auf das Papier, dann zu Lisa.

»Eine Verletzung?«, fragte sie. »Wie können die das wissen?«

Lisa wunderte sich ein wenig über Olivias Reaktion, die auffallend brüsk ausfiel, fast als würde sie eine Verteidigungshaltung einnehmen.

»Dass es eine Verletzung ist?«

»Nein, dass sie nicht vom Brand verursacht worden sein kann.«

Was eine ziemlich dumme Frage war. Der Bericht war von einem professionellen Gerichtsmediziner erstellt worden, der Saras Leiche – oder die Reste davon – gründlich untersucht hatte. Und das Ergebnis lautete, dass die Schädelverletzung nicht von den Umständen des Brandes selbst herrühren konnte. Diese Verletzung war ihr zugefügt worden, ehe der Körper Feuer fing.

»Lies selbst«, sagte Lisa und schob Olivia das Blatt hin.

Olivia lehnte sich auf dem Sofa zurück. Alles, was sie in Lammåsa erlebt hatte, wirbelte in ihrem Kopf herum.

»Ist sie an der Verletzung gestorben?«, fragte sie schließlich.

»Das haben sie nicht feststellen können.«

»Aber wann sollte ihr die zugefügt worden sein? Und wo?«

Olivia sah Lisa an und merkte, wie diese den Blick senkte.

»Was ist?«

»Nichts.«

»Doch, klar. Was denkst du?«

»Habt ihr euch vielleicht geprügelt?«, fragte Lisa.

Olivia merkte, wie es ihr den Hals zuschnürte, und sie holte tief Luft, um nicht die Beherrschung zu verlieren.

»Ganz ehrlich, Lisa, ich hatte die Hände auf dem Rücken …«

»Ich weiß, aber ich muss das fragen, das ist dir ja sicher klar. Hattest du die ganze Zeit die Hände auf den Rücken gefesselt?«

»Ja. Worauf willst du hinaus?«

Olivia merkte, wie der Ärger in ihr wuchs. Glaubte Lisa allen Ernstes, sie hätte Sara die Verletzung zugefügt?

»Ich will auf gar nichts hinaus«, sagte Lisa. »Ich glaube dir jedes Wort, ich musste einfach nur fragen, was ich fragen muss.«

»Und das hast du jetzt getan.«

Beide schwiegen.

Olivia hatte Mühe, das alles zu begreifen. Wenn Sara wirklich ermordet worden war, dann stellte das so ziemlich alles auf den Kopf. Das wusste Lisa auch, und deshalb hatte sie hier bei Olivia sein wollen, um mit ihrer Reaktion umgehen zu können.

»Wenn sie nun ermordet worden wäre«, sagte Olivia, »dann muss …«

»Sie ist ermordet worden«, unterbrach Lisa sie.

»Aber dann muss eine dritte Person da gewesen sein. Im Haus.«

»Ja.«

»Ich habe aber niemand anderen dort gesehen.«

»Du warst im Keller eingesperrt.«

Olivia ließ sich wieder ins Sofa sinken. Jemand anders in dem Haus? Hätte sie das nicht hören müssen? Sie hatte schließlich auch gehört, wenn Sara Musik laufen ließ. Da fiel ihr plötzlich das Geräusch ein, das sie gehört hatte und von dem sie erst dachte, es seien die Bäume im Wind gewesen.

Oder ein Auto.

»Soll ich Kaffee machen?«, fragte Lisa.

Olivia nickte, und Lisa ging in die Küche. Sie hatte noch mehr zu erzählen, aber lieber eins nach dem anderen. Jetzt hatte sie Olivia schon mal über den Obduktionsbericht informiert, der bewies, dass Sara vor dem Brand eine Kopfverletzung erlitten hatte. Im nächsten Schritt ging es um das, was die Techniker an dem Platz gefunden hatten, der zumindest für Lisa jetzt ein Tatort war.

Das wollte sie angehen, als sie mit dem Kaffee zurückkam.

»Möchtest du Milch?«

»Was?«

»Milch?«

»Nein danke ...«

Lisa setzte sich und nahm einen Schluck. Sie schob Olivia die andere Tasse hin und wartete, bis sie auch etwas getrunken hatte.

»Gestern Morgen habe ich den vorläufigen Bericht der Techniker bekommen«, begann sie. »Der war ziemlich detailliert, und das meiste davon war vor dem Hintergrund dessen, was wir damals dachten, nicht so bedeutungsvoll.«

»Dass Sara Selbstmord begangen hat?«

»Genau. Jetzt wirken ein paar von den Details aber plötzlich interessant.«

Olivia merkte, dass Lisa versuchte, sich pädagogisch, ja fast förmlich auszudrücken.

»Und was sind das für Details?«

»Zum einen haben sie auf einem Stein vor der Veranda kleine Blutspuren gefunden, konnten aber vor Ort noch nicht sagen, ob das Tier- oder Menschenblut ist oder auch wie alt es ist. Das wird jetzt im Labor untersucht. Zum anderen haben sie relativ frische Reifenspuren gesichert, die nicht von Saras Auto stammen. Aber weil da nach dem Brand recht viel Verkehr war, hat man das zuerst nicht so priorisiert.«

»Okay.«

»Allerdings haben sie auf dem Vorplatz, ein Stück von der Veranda entfernt, einen nicht benutzten Blister mit Tabletten gefunden, Euthyrox. Für Schilddrüsenprobleme. Weißt du, ob Sara so was nahm?«

»Nein, keine Ahnung.«

Olivia stellte ihre Tasse ab und rief Lukas an. Sie wusste ja, dass er auf war und malte.

»Hallo, Lukas. Hatte Sara Probleme mit der Schilddrüse? Weißt du das?«

»Keine Ahnung, aber ich glaube nicht. Ich denke, du liegst im Bett und schläfst.«

»Bis später, Schatz.«

Lisa entspannte sich. Olivia war wieder Polizistin. Das konnte sie an ihrem Blick und ihren Schultern erkennen.

Sie befanden sich mitten in einer Mordermittlung.

Stilton saß unrasiert in seinem grauen Morgenmantel im Sessel. Er war spät aufgewacht, nicht sonderlich ausgeschlafen, und jetzt versuchte er, den Körper mit einem starken schwarzen Kaffee wieder in Gang zu bringen.

Nach jedem Schluck hustete er.

Typisch, dachte er, diese verdammte Suchkette! Kalt und nass und die reinste Hölle. Klar zog man sich da eine Erkältung zu!

Vermutlich verdrängte er den Gedanken.

An Covid.

Das Virus, das über den Erdball zog und sich in mehr und mehr Körper einschlich.

Überall auf der Welt.

Beim letzten Schluck Kaffee drang der Gedanke dann doch zu ihm durch. Sollte er sich den verdammten Mist eingefangen haben? Ein raubeiniger Kerl aus dem Schärengarten in seinen besten Jahren? Der zudem noch ewig lang in freiwilliger Quarantäne gesessen hatte? Fühlte er sich deshalb schon eine ganze Weile so schlapp?

»Hallo, Liebling!«

Luna stieg mit einer kleinen Tüte in der Hand die Treppe zum Salon herunter. Sie zog ihre dunkelblaue Jacke aus und ließ sich am Tisch nieder.

»Wo warst du?«

»Ich habe zwei Schnelltests besorgt. Für Covid.«

Stilton sah sie an und wollte eben reagieren, als er einen trockenen, schweren Hustenanfall bekam. Luna wartete ab und erwiderte dann seinen Blick.

»Hast du Fieber gemessen?«

»Ich habe Kaffee getrunken.«

Luna nahm die Schnelltests aus den Verpackungen.

»Wie bist du denn an die gekommen?«, fragte Stilton.

»Ich habe mit ein paar Ärzten geschlafen, was denkst denn du?«

Luna lächelte und begann Stilton den Test zu erklären. Ganz einfach war das nicht, und zwar nicht, weil das Verfahren selbst besonders kompliziert gewesen wäre, sondern wegen des Mannes, der den Test machen sollte.

Luna hielt ein Wattestäbchen hoch.

»Das hier musst du in die Nase schieben, so hoch du kannst, und dann zwanzig Sekunden lang herumdrehen. Okay?«

»Nein.«

Stilton nahm das Stäbchen und schob es ein Stück in das eine Nasenloch.

»Höher«, sagte Luna.

Stilton schob noch ein paar Millimeter.

»Noch höher. So weit, bis du das Gefühl hast, im Gehirn zu sein.«

Stilton sah Luna an.

Sie lächelte.

»Oder möchtest du, dass ich es mache?«, fragte sie.

Das wollte er definitiv nicht. Stilton schob das Stäbchen so weit, wie er nur konnte, und begann, es zu drehen.

Luna tat dasselbe mit ihrem.

Die Tests ergaben zwei unterschiedliche Ergebnisse. Eines positiv, eines negativ. Der positive Test war Stiltons. Was zu erwarten gewesen war.

»Du hast Covid«, sagte Luna ruhig.

»Offenbar.«

»Das bedeutet einiges.«

»Zum Beispiel?«

»Zum Beispiel, dass du dich für eine gewisse Zeit in deiner alten Kajüte einrichten musst, bis wir wissen, wie es sich entwickelt.«

Dieses »wie es sich entwickelt« gefiel Stilton gar nicht. Überhaupt gefiel ihm die ganze Situation nicht. Er war in seinem ganzen Leben noch nie ernsthaft krank gewesen. Hatte auf der Straße gelebt, war in Psychosen hineingeraten und wieder heraus, war dem Tod einige Male auf unterschiedliche Weise nahe gekommen, aber niemals wirklich krank gewesen.

Infiziert.

Jetzt hatte er Covid. Irgendein verdammter Mist von einer Fledermaus war in seinen Körper eingedrungen. Und er konnte sich nicht dagegen wehren.

»Und dann müssen wir die Personen informieren, mit denen du in Kontakt warst«, erklärte Luna.

Stilton nickte. Er wusste, worauf es ankam. Jeder Schwede, der des Lesens mächtig war, wusste das inzwischen. Dass es in der Verantwortung aller lag, die Ausbreitung zu verhindern.

»Rufst du an?«, fragte er.

»Ja. Geh du und leg dich wieder hin. Ich komme gleich mit dem Fieberthermometer.«

»Ist das wirklich nötig?«

Luna sammelte die Reste der Tests vom Tisch und stand auf. Als sie Stiltons Blick sah, hatte sie das erste Mal das Gefühl, dass er begriffen hatte, was das hier bedeutete.

Ein bisschen verwirrt schien er aber trotzdem noch.

Luna erstellte eine Liste von Personen, die sie informieren musste. Besonders lang war sie nicht. Lisa zuerst, denn die musste sich um die Ansteckungsverfolgung aller Personen, die mit dem Brandfall zu tun hatten, kümmern. Dann natürlich Olivia. Und schließlich Mette und Mårten, letztere mehr aus Gründen der Information.

Sie erwog auch, ihren Freund Abbas anzurufen. Er war noch in Gambia bei seiner Liebe. Mariama. Doch in diesem Stadium war es nicht notwendig, ihn zu beunruhigen.

Weder Lisa noch Olivia gingen ran, als sie anrief, aber die Olsäters, und die zeigten zwei völlig unterschiedliche Reaktionen. Sie hatte über Facetime angerufen und bekam zuerst Mette aufs Handy, doch kurz darauf schob sich Mårten über ihre Schulter.

Mettes Reaktion überraschte sie am meisten. Sie sah fast schockiert aus.

»Hat er Fieber?«

»Ich weiß nicht, er ...«

»Aber er muss doch kontrollieren, ob er Fieber hat! Hustet er viel?«

»Ja, er ...«

»Und wie ist es mit dem Atmen? Kriegt er schwer Luft?«

»Ich glaube nicht.«

»Hier geht es nicht um glauben, Luna, diese Infektion ist lebensgefährlich! Sowie er auch nur ein bisschen anfängt zu keuchen, musst du ihn sofort ins Krankenhaus bringen, und da müssen die Ärzte dann checken, inwieweit ...«

»Mette! Beruhige dich ...«

Nun drängte sich Mårten vor den Bildschirm.

»Tom ist infiziert. Das sind im Moment Tausende von Menschen. Das bedeutet nicht, dass er in akuter Gefahr ist. Es kann sich sehr gut von selbst wieder legen, vorübergehen, abklingen. Das passiert bei den meisten Infizierten. Es gibt keinen Grund, sich aufzuregen.«

Mette verschwand plötzlich vom Bildschirm. Luna hörte

Geklapper im Hintergrund. Mårten lächelte ihr ein wenig entschuldigend zu.

»Sie ist gerade ein bisschen überspannt … unsere Tochter Jolene hat sich vor einer Weile infiziert und wurde dann ziemlich krank, hat es aber überstanden. Mette hatte deswegen ein paar unruhige Nächte, das ist sicher eine Reaktion darauf.«

Luna verstand und dachte an den Mann in der Koje.

*

Olivia hatte, nachdem Lisa gegangen war, viele Stunden gebraucht, um wieder einzuschlafen. Ihr Kopf war auf Hochtouren gelaufen. Es fiel ihr wirklich schwer, sich an den Gedanken zu gewöhnen, dass Sara ermordet worden war. Und womöglich hatte sie selbst auch noch im Keller gesessen, während es geschah.

Das schien ihr fast undenkbar.

Demnach musste eine fremde Person auf den Hof gekommen sein, und die hatte Sara draußen angetroffen, ihr diesen Stein an den Kopf geworfen, sie ins Haus gezerrt, den Benzinkanister aus ihrem Kofferraum geholt, alles angezündet, und war dann verschwunden? Wann denn? Das musste ja in dem Zeitraum passiert sein, als Sara sie im Keller allein gelassen hatte – und bevor Olivia das Benzin roch. In der Zwischenzeit musste jemand aufgetaucht sein, der Sara erschlug und sie in dem brennenden Haus auf dem Boden zurückließ. Wer? Wer wusste, dass Sara in der Hütte war?

Und plötzlich fiel es ihr ein: der Telefonanruf!

Dann schlief sie ein.

»Welcher Telefonanruf?«, fragte Lisa.

Sie hatte gerade ihr Büro auf dem Revier betreten, als Olivia anrief. Eine etwas aufgeregte Olivia, die viel zu früh aufgewacht und sofort hellwach gewesen war.

Sie saß immer noch im Bett.

»Als Sara bei mir im Keller war, hat jemand angerufen. Sie ist zum Telefonieren ins Haus raufgegangen, und ich habe nur ihren Teil des Gesprächs gehört, aber eine Antwort war: ›Nein, in der Hütte‹, und dann sagte sie: ›Ja, ich bin allein hier. Wieso?‹ Die Person wusste also, dass Sara in dem Haus war, und dachte, sie sei allein dort!«

»Aber sie hat nicht gesagt, wer das war?«

»Nein, ich habe gefragt, und da hat sie geantwortet: *Die, die mich zerstört hat.*«

»Die, die mich zerstört hat?«

»Ja.«

»Eine seltsame Antwort … aber dann war es vermutlich eine Frau.«

»Ja. Haben wir Saras Handy gefunden?«, fragte Olivia.

»Das ist geschmolzen.«

»Aber ihre Einzelverbindungsnachweise können wir über den Anbieter doch trotzdem kriegen, oder?«

»Ich kümmere mich darum. Was machst du heute? Kommst du …«

»Tut mir leid, ich muss hier mal kurz rangehen. Bleib dran.«

Es war Luna, die bei Olivia anrief. Normalerweise meldete sie sich nur selten selbst, sondern ließ immer Tom alles regeln.

»Hallo, Luna, kann ich dich zurückrufen?«

»Mach das. Tom hat Covid.«

»Im Ernst?«

»Ja.«

»Du, ich beende hier nur schnell ein Gespräch.«

Olivia erklärte Lisa rasch, warum sie auflegen musste. Die hatte Verständnis, und Olivia konnte sich wieder Luna widmen.

»Tom ist infiziert?«

»Ja.«

»Aber wie denn das? Ihr wart doch ewig auf Rödlöga!«

»Schon, aber wir sind vor ein paar Tagen hergekommen, waren im Supermarkt, haben ein bisschen Ausrüstung für das Schiff gekauft, und außerdem war Tom ja kürzlich in Småland.«

Olivia wollte lieber nicht daran denken, dass Tom sich vielleicht in Lammåsa angesteckt hatte, wo er sich ihretwegen – oder wegen der Lage, in die sie geraten war – aufgehalten hatte.

»Und wie geht es ihm?«, fragte sie.

»Er hat wahnsinnige Kopfschmerzen, liegt in der Koje und hustet und ist ganz allgemein wütend, du weißt ja, wie er ist.«

»Ja, ich weiß. Hat er Fieber?«

»Er behauptet nein, aber ich weiß nicht, ob er nicht lügt«, sagte Luna. »Obwohl ich glaube, dann hätte er es schon zugegeben.«

»Vielleicht. Und wie geht es dir? Du bist nicht infiziert?«

»Nein, noch nicht. Hoffen wir mal.«

»Schön, sorge dafür, dass es so bleibt.«

»Das verspreche ich. Und wie geht es dir? Das klang ja ziemlich übel, was da unten passiert ist«, sagte Luna.

»Ja, es war ziemlich anstrengend … aber, ja, jetzt ist es okay.«

»Wie gut. Hast du wieder angefangen zu arbeiten?«

»Mit halbem Tempo. Bisher bleibe ich noch zu Hause. Grüß Tom und sag ihm, dass ich an ihn denke.«

»Das mache ich. Ich umarme dich.«

»Du, warte mal! Er hat doch da unten in Småland eine Kette gefunden, die mir gehört, hat er die auf dem Schiff?«

»Keine Ahnung, aber ich würde nicht empfehlen, dass du hierherkommst.«

»Nein, natürlich nicht. Tschüss und alles Liebe!«

Olivia beendete das Gespräch und ließ das Handy sinken.

Tom hatte Covid, und Sara war ermordet worden. Das eine machte ihr Angst, und das andere machte sie richtig wütend. Gegen Toms Erkrankung konnte sie nichts ausrichten, aber Saras Mörder zu finden, dazu konnte sie ganz entschieden beitragen.

Sie dachte wieder an Lammåsa.

Sara ist ermordet worden, während ich wenige Meter davon entfernt gefesselt saß. Hätte ich das nicht hören müssen? Wenn es einen Streit gegeben hätte oder eine gewalttätige Auseinandersetzung? Doch die Luke war massiv und gut isoliert gewesen, und der Streit musste auf dem Vorplatz stattgefunden haben.

Der nächste Gedanke war brutaler: Wusste der Mörder, dass ich im Keller eingesperrt war?

Und was hatte es mit diesem Anruf auf sich?

Sie holte sich ihren Notizblock, der immer auf dem Nachttisch lag. Manchmal wachte sie mitten in der Nacht auf und hatte eine Hypothese zu einem Verbrechen im Kopf, die sie unbedingt aufschreiben musste.

Jetzt notierte sie: »Was willst du?« … »Nein …« »Nein, in der Hütte.« … »Ja, ich bin allein hier. Wieso?« Das waren die Sätze, die Sara am Telefon gesagt hatte. Sie hatte weder, als sie das Gespräch begann, noch, als sie es beendete, »Hallo« gesagt. Offensichtlich mochte sie die Person nicht, die da angerufen hatte. Das konnte irgendjemand sein, eine Bekannte oder jemand von der Arbeit.

Oder eine Mutter, die wegen Brandstiftung mit Todesfolge im Gefängnis gesessen hatte.

*

Lisa setzte sich in ihrem Büro vor den Bildschirm. Diesmal wollte sie von Angesicht zu Angesicht mit Oskar Eriksson sprechen. Das, was sie zu berichten hatte, machte das notwendig, das spürte sie.

Also mailte sie ihm und lud ihn zu einer Videokonferenz ein.

»Hallo, hier ist noch einmal Lisa Hedqvist. Ich hoffe, ich störe nicht.«

»Nein, alles gut. Ich arbeite heute von zu Hause aus.«

»Wie gut.«

Lisa sah den Mann auf dem Bildschirm an, und zwei Dinge fielen ihr auf. Zum einen, wie gefährlich und voreingenommen es war, Menschen nach ihren Stimmen zu beurteilen, zum anderen, wie gut er aussah. Von wegen untersetzter, schläfriger Polizist aus Skåne: Der Kerl auf dem Bildschirm saß in einem hellgrünen T-Shirt da und sah unverschämt gut trainiert aus, hatte lockiges helles Haar und eine gerade Nase, die sich über einem Paar wohlgeformter Lippen erhob.

Plötzlich kam sie sich wie Jens Ovik vor und senkte den Blick beschämt auf ihre Unterlagen.

»Habt ihr Agnetha erreicht?«, fragte Oskar.

Er nennt sie Agnetha, nicht Mutter, dachte Lisa.

»Nein«, sagte sie. »Doch deshalb rufe ich nicht an. Wir müssen leider annehmen, dass Sara ermordet worden ist.«

Diesmal konnte sie Oskars Reaktion live und ein paar Zentimeter vor sich miterleben, und die war deutlich. Verwirrt und angespannt.

»Ermordet?«

»Ja.«

»Wie?«

»Willst du das wirklich wissen?«

»Ja.«

Lisa sah ihn an, sein Blick flackerte nicht, deshalb sagte sie: »Es ist noch nicht hundertprozentig sicher, aber sie hatte eine Schädelverletzung, die ihr zugefügt wurde, bevor sie verbrannt ist.«

»Wie seid ihr darauf gekommen?«

Er fasst sich genauso schnell wie letztes Mal, dachte Lisa. Wird wieder Polizist. Er ist geübt.

»Durch den Obduktionsbericht und eine Reihe anderer Details«, antwortete sie.

»Das heißt, jemand hat ihr erst den Kopf eingeschlagen und sie dann ins Haus gezerrt und alles angezündet?«

»Vermutlich.«

»Habt ihr einen Verdächtigen?«, fragte Oskar.

»Noch nicht. Hast du vielleicht eine Ahnung, wer als Täter infrage käme?«

»Nein. Wir hatten in den letzten Jahren nicht viel Kontakt.«

»Das heißt, du weißt nicht viel über Saras Leben in den letzten Jahren?«

»Nein, leider nicht.«

Sie sahen einander an. Lisa fand es plötzlich seltsam, jemandem direkt in die Augen zu schauen, der sich fast 600 Kilometer entfernt befand und trotzdem unmittelbar vor ihr saß. Eine Person mit intensivem Blick aus blauen Augen, die jetzt im Moment sehr traurig aussahen. Um das Schweigen zu brechen sagte sie: »Hatte Sara Probleme mit der Schilddrüse?«

»Glaube ich nicht, jedenfalls weiß ich nichts davon, warum?«

»Wir haben einen unbenutzten Blister mit Euthyrox auf dem Vorplatz in Lammåsa gefunden.«

Oskar wandte den Blick vom Bildschirm ab, schaute zur Seite, und als er wieder nach vorn sah, sagte er: »Agnetha nimmt das, das weiß ich, für die Schilddrüse.«

Sie sahen einander erneut in die Augen. Beide wussten, dass

Oskars Mutter durch Brandstiftung den Tod seines Vaters verursacht hatte. Beide wussten, was die gefundenen Tabletten bedeuten könnten. Doch keiner sprach es aus.

Das war nicht nötig.

»Möchtest du deine Mutter selbst über das Geschehene informieren?«, fragte Lisa.

»Nein, ich ziehe es vor, wenn ihr das macht.«

»Okay. Wo wohnt sie?«, erkundigte sich Lisa.

»In Hosaby vor Sölvesborg, auf der Halbinsel Listerlandet. Ich habe ihre Adresse. Im Übrigen ist sie nicht mehr meine Mutter, dieses Recht hat sie vor langer Zeit verwirkt.«

Oskars Augenbrauen sanken bei diesen Worten ein Stück herab, die Lippen verengten sich zu einem Strich.

Das Unausgesprochene hing noch zwischen ihren Blicken, und die Distanz gewann eine eigentümliche Intimität.

»Weißt du, ob sie sich jetzt gerade dort aufhält?«, fragte Lisa.

»Nein. Wir haben keinen Kontakt.«

Lisa wollte gerade fragen, warum, doch der Grund war offensichtlich und lag in der Vergangenheit.

Sie hatte das Gefühl, nun alles Wichtige übermittelt zu haben, und bekam jetzt noch von ihm die Adresse von Agnetha Eriksson. Eigentlich hätte sie das Gespräch danach beenden können.

Aber das wollte sie nicht.

Sie schaute in die Augen vor ihr und ließ dann den Blick ein wenig zur Seite wandern, über Oskars Schulter.

»Was hast du da an der Wand? Hinter dir?«

»Kinderzeichnungen.«

»Ach, du hast Kinder?«

»Eine Tochter, Emma, sieben Jahre, sie ist jede zweite Woche bei mir, und sie malt wie eine Verrückte.«

»Die sehen aber schön aus, die Bilder.«

»Das werde ich ihr ausrichten.«

Lisa sah, wie sich der angespannte Zug über den Augenbrauen ein wenig lockerte.

»Du arbeitest als Ermittler?«, fragte Lisa, einfach nur, um den Kontakt aufrechtzuerhalten.

»Ja.«

»Passiert viel bei euch?«

»Das meiste in Sachen Drogen, im Moment wird das Land von Meth überschwemmt.«

Sie sahen sich an, und beide wussten, dass der Small Talk ziemlich überflüssig war.

»Aber melde dich doch, wenn ihr Agnetha erreicht habt«, bat Oskar.

»Das mache ich. Danke für deine Hilfe.«

Oskar lächelte und schaltete das Meeting weg, und Lisa fragte sich, warum sie das wohl gesagt hatte. »Danke für deine Hilfe« – das klang total unprofessionell. Sie hatte einen Angehörigen informiert und im Austausch dafür ein paar Informationen bekommen.

Und einen Blick, der sie berührt hatte.

*

Stilton lag in der Koje seiner alten Kajüte und schaute an die Decke. Er hatte sein Plumeau bis zum Kinn gezogen, um schnell den Mund bedecken zu können, wenn ein Hustenanfall kam. Er wollte Luna nicht zu sehr beunruhigen.

Es war einige Jahre her, dass er zum ersten Mal in dieser Kajüte gelegen hatte. Geschieden, heimatlos, mit einer gescheiterten Polizeilaufbahn hinter sich. Und ohne Zukunftsperspektive. Doch der Lauf der Zeit und Lunas Liebe hatten ihn wieder auf die Füße gestellt.

Er senkte den Blick zu dem ausklappbaren Tisch am Schott.

Ganz hinten stand ein ausgestopftes Rotkehlchen. Das war seinerzeit Lunas Beitrag zu seiner Einrichtung gewesen. Er hatte nie richtig begriffen, warum sie es dorthin gestellt hatte, denn er interessierte sich nicht besonders für Vögel. Doch irgendeine Idee würde sie schon dabei gehabt haben.

Er schloss die Augen.

Und nun hatte er sich verdammt noch mal angesteckt. Warum zum Teufel musste er auch Rödlöga verlassen? Da unten in Småland hatte er doch nichts zu schaffen gehabt. Was habe ich denn da überhaupt beigetragen? Einen Scheiß. Hab mich nur im Wald verirrt.

Doch er wusste, es war bei der Reise dorthin um ganz andere Dinge gegangen, um Dinge zwischen ihm und Olivia. Um Verbindungen, die sehr weit zurück reichten. Er erinnerte sich noch, wie er ihr zum ersten Mal begegnet war, einer jungen Polizeianwärterin, die versuchte, einen alten Fall zu lösen, der sie selbst betraf. Als sie auftauchte, saß er ganz hinten in einem dunklen Müllraum und war in übler Verfassung. Doch das war der Anfang ihrer Freundschaft und der speziellen Verbindung zwischen ihnen gewesen.

Also konnte man sich um ihretwillen durchaus ein bisschen Corona einfangen, dachte er in dem Versuch, die Situation herunterzuspielen.

Er schaltete die kleine Lampe über dem Kopfende aus, und in der Koje wurde es stockfinster. Durch die Tür der Kajüte hörte er, wie Luna sich im Salon bewegte. Er wusste, dass sie Haltung bewahrte, Witze über Teststäbchen im Gehirn machte, doch ihr Blick scherzte nicht. Sie nahm diese Sache ernst. Er wusste, was er ihr bedeutete. Und sie ihm.

Und plötzlich kamen ihm gegen seinen Willen die Tränen.

Im letzten Moment kriegte er die Bettdecke hoch und konnte einen Hustenanfall unterdrücken.

Es war kurz vor Mittag und ein Sauwetter, die schweren Wolken lagen wie eine graue Baskenmütze über der flachen Landschaft.

Sie waren mit dem Flugzeug nach Ronneby geflogen und hatten dort einen Leihwagen genommen, in dem sie jetzt unterwegs waren. Lisa fuhr, und Olivia saß daneben. Sonst war es meist Olivia, die am Steuer saß, wenn sie zu Ermittlungen unterwegs waren, doch da sie sich den Fuß verstaucht hatte, war jetzt Lisa dran. Vor der Abreise aus Stockholm hatten sie sich beide getestet und waren negativ. Das war eine Sicherheitsmaßnahme, denn schließlich hatten sie sich in der Nähe von Stilton aufgehalten, vor allem Lisa.

Sie fuhr schnell, manchmal zu schnell, der Stress im Körper brach sich übers Gaspedal Bahn. Die beiden waren auf dem Weg zu Agnetha Erikssons Haus in Hosaby auf Listerlandet, der Halbinsel südlich von Sölvesborg, und beide wussten, dass es hier nicht nur um die Formalie ging, Agnetha vom Tod ihrer Tochter in Kenntnis zu setzen.

Es war ihnen nicht gelungen, Agnetha per Telefon zu erreichen, weder gestern noch heute. Hingegen hatten sie von den Technikern, die Saras Computer durchgegangen waren, die Information erhalten, dass Agnetha kurz vor dem Brand drei Mails an ihre Tochter geschrieben hatte. Die ersten beiden waren kurz und freundlich, Agnetha bat Sara, so schnell wie möglich Kontakt zu ihr aufzunehmen, es sei wichtig. Die dritte war geradezu aggressiv. »Warum antwortest du nicht?! Ich weiß doch, dass du meine Mails kriegst! Wenn du dich nicht meldest, komme ich zu dir!« Die Nachricht war ein paar Tage vor dem Brand geschickt worden.

Der Blister, das Telefonat, das Olivia mitgehört hatte, und die Brandstiftung mit Todesfolge in der Vergangenheit, das allein waren alles schon Gründe, warum sie Agnetha erreichen mussten. Abgesehen davon, dass sie die Mutter darüber informieren mussten, was ihrer Tochter zugestoßen war.

Und checken wollten, ob sie ein Auto besaß.

Ein Foto von den Reifenspuren vom Vorplatz in Lammåsa hatten sie dabei.

»Wie weit ist es von Listerlandet nach Lammåsa?«, fragte Lisa.

Olivia nahm ihr Handy heraus und googelte.

»Ungefähr 150 Kilometer, vielleicht zwei Stunden mit dem Auto.«

Nicht so weit.

»Wenn sie nicht zu Hause ist, dann schreiben wir sie zur Fahndung aus«, sagte Lisa.

Olivia nickte. Während der Autofahrt waren ihre Gedanken bislang um Tom gekreist. Wie krank war er wohl? Nahm er es auch ernst? Was, wenn es ihm schlechter ging? Intensivstation? Würde er mit einem schweren Infektionsverlauf klarkommen? Er war nicht mehr der Jüngste und hatte schon einiges mitgemacht. Zwar hatte er, soweit sie wusste, keine sogenannten Vorerkrankungen, doch vieles in seinem Körper war richtig kaputt. Sie hatte Luna angerufen, bevor sie aus Stockholm weggefahren waren, aber da hatte Tom in der Kajüte geschlafen, weshalb Luna nicht viel Neues sagen konnte. Doch sie klang sehr ruhig. Und Luna war ihm immer noch am nächsten.

Also schob Olivia die Gedanken an Tom beiseite und schaute in die trostlose graue Landschaft hinaus. Das Autoradio spielte Ted Ströms dystopischen Song »Vintersaga« mit den Zeilen »*Das ist es, da rollt die große Wehmut herein, und vom Meer weht ein rauer, eiskalter Wind*«, eine Elegie über ein trostloses Schweden.

Nicht gerade aufmunternd.

*

Luna war im Gespräch mit Olivia deshalb so ruhig gewesen, weil sie noch nicht in Stiltons Kajüte geschaut hatte, sondern davon ausging, dass er schlief. Als sie schließlich mit Mundschutz und Spülhandschuhen ausgerüstet vorsichtig die Tür aufschob, war alle Ruhe wie weggeblasen. Stilton saß halb im Bett und litt offensichtlich unter Atemproblemen, sein Gesicht war schweißgebadet.

»Wie geht es dir?«, fragte Luna und betrat die Kajüte.

Eine ziemlich unnötige Frage, denn es war offensichtlich, wie es dem Mann in der Koje ging. Er war richtig krank.

»Hast du Fieber gemessen?«

Stilton nickte. Luna nahm das Fieberthermometer, eines von denen, die man ins Ohr steckte, vom Tisch. Sie drückte auf »Memo« und bekam das Ergebnis der letzten Messung auf das kleine Display: 39,8.

Sie legte das Thermometer zur Seite und zog Stilton die Decke weg.

»Du musst ins Krankenhaus. Jetzt sofort.«

Das war ihm schon klar gewesen, lange bevor Luna die Kajüte betreten hatte, doch war er nicht imstande gewesen aufzustehen. Jetzt half sie ihm aus der Koje heraus und mit allem Weiteren. Vor allem erst einmal beim Anziehen. Luna wischte sein Gesicht mit einer Ecke des Betttuchs ab und holte ihr Handy heraus.

»Was machst du?«, keuchte Stilton.

Luna verließ die Kajüte und schob die Tür mit dem Fuß zu. Als sie Kontakt zum Notdienst hatte und von Stiltons Symptomen und dem Test am Tag zuvor erzählte, wurde sie sofort mit einer Ambulanzeinheit verbunden. Sie gab an, wo sich Stilton befand, und wurde daraufhin gefragt:

»Kann man mit einer Trage in die Kajüte rein?«

»Da bin ich mir nicht sicher, es ist sehr eng hier.«

»Dann lösen wir das vor Ort.«

Luna öffnete die Tür zur Kajüte wieder und sah, wie Stilton mit dem Kopf auf der Brust auf dem Bett hing.

»Ein Krankenwagen ist unterwegs«, sagte sie.

Daran, dass er nicht reagierte, erkannte sie, wie krank er tatsächlich war.

Der Krankenwagen hielt am Kai beim Boot, Luna stand auf dem Vordeck. Zwei Personen in Schutzausrüstung stiegen aus, holten eine Trage aus dem Wagen und kamen über die Gangway. Luna zeigte ihnen den Weg hinunter zur Kajüte. Die beiden gingen hinein und stellten Stilton ein paar Fragen, die letzte davon lautete, ob er es allein auf das Vordeck schaffen würde. Er nickte, und sie halfen ihm dabei, die schmale Treppe hinaufzusteigen. Luna merkte, wie er kämpfen musste, um Luft in die Lungen zu bekommen. Auf dem Vordeck wurde er auf die Trage gelegt und über die Gangway und in den Krankenwagen hineingetragen. Ehe die Türen zugingen, fragte Luna, ob sie mitfahren dürfe, obwohl sie die Antwort bereits kannte. So stand sie auf dem Kai, bis der Krankenwagen Richtung Brücke verschwunden war.

Und was mache ich jetzt?, dachte sie und ließ sich auf einen Poller sinken.

*

Hosaby war ein kleiner Ort, so klein, dass nur 67 Personen dort wohnten, dennoch gab es dort ein Bed and Breakfast mit dem mediterran klingenden Namen »La Casa«.

Agnetha Erikssons Haus lag ein Stück von der Hauptstraße entfernt an einem kleineren Schotterweg. Es war ein älterer, heruntergekommener Ziegelsteinbungalow auf einem winzigen Grundstück und mit einer Steinmauer auf drei Seiten. Die Rückseite des Hauses wies auf einen ausgedehnten Acker.

Sie parkten direkt vor dem einfachen Gartentor und gingen zum Haus. Auf dem Grundstück war nichts zu sehen, weder Blumen noch Geräte oder blöde Zwerge.

Und auch kein Auto.

An der Eingangstür hing ein Holzschild, in das der Name Eriksson geschnitzt war. Lisa drückte auf die Klingel neben der Tür, konnte aber nichts hören. Vermutlich außer Betrieb. Sie klopfte ein paarmal und wartete. Niemand öffnete. Olivia ging derweil ums Haus und schaute durch die Fenster ins Innere.

»Lisa.«

Olivia winkte, und Lisa ging zu ihr.

»Da drinnen steht ein Laptop.«

Lisa spähte hinein. Der Rechner stand auf einem Esstisch. Ein Stück dahinter konnte man eine mit schmutzigem Geschirr und einigen Bierdosen vollgestellte Arbeitsfläche erkennen. Olivia zog ihr Handy heraus und fotografierte den Tisch durch die Fensterscheibe.

»So, was machen wir jetzt?«, fragte Olivia. »Offensichtlich ist sie nicht hier.«

»Vielleicht ist sie verreist.«

»Ja, oder sie hält sich fern. Sollen wir nachsehen, ob sie Post hat?«

Sie gingen wieder durchs Tor hinaus. An einem der Pfosten hing ein Briefkasten. Olivia klappte ihn auf. Leer.

Lisa holte ihr Handy heraus, erreichte Bosse und bat ihn, Agnetha Eriksson zur Fahndung auszuschreiben.

»Es finden sich viele Fotos von ihr in der alten Ermittlungsakte von damals«, sagte sie.

»So muss sie heute ja nicht mehr aussehen«, wandte Bosse ein.

»Das stimmt. Ich kann ihren Sohn Oskar anrufen und in Erfahrung bringen, ob er ein aktuelleres Bild hat, auf dem Handy oder so? Aber ich glaube es nicht.«

»Warum nicht?«

»Er meinte, sie hätten keinen Kontakt. Aber ich frage ihn noch mal.«

»Sonst können wir auch einfach ein Passbild nehmen.«

»Genau … das geht auch.«

Lisa beendete das Gespräch. Natürlich konnten sie ein Passbild nehmen, klar, aber sie hatte auch nichts dagegen, noch einmal Kontakt zu Oskar aufzunehmen, wenngleich es diesmal nur übers Telefon sein würde. Jetzt wusste sie ja, wie der Besitzer der sonoren Stimme in Wirklichkeit aussah. Olivia bemerkte, dass sich Lisa einige Meter entfernte, ehe sie Oskar anrief.

»Hallo Oskar, hier ist noch einmal Lisa Hedqvist. Störe ich?«

»Nein. Habt ihr Agnetha erreicht?«

»Nein, wir sind gerade bei ihrem Haus.«

»In Hosaby?«

»Ja. Aber es ist niemand hier. Auf einem Tisch in der Küche steht aber ein Laptop.«

»Wart ihr drin?«, fragte Oskar.

»Nein, wir haben keinen Durchsuchungsbeschluss dabei«, erklärte Lisa.

»Wenn ihr Bescheid gesagt hättet, dann hätte ich dort auf euch gewartet, ich habe nämlich einen Schlüssel zum Haus.«

»Ach, ehrlich?«

Warum hat er einen Schlüssel?, fragte sie sich. Erstaunlich, wenn man bedachte, dass er und seine Mutter gar keinen Kontakt hatten und er das offensichtlich auch nicht wollte.

»Wie schade«, sagte sie, »auf die Idee bin ich gar nicht gekommen. Aber es ist sowieso niemand da. Wir haben gerade beschlossen, sie zur Fahndung auszuschreiben, und ich wollte fragen, ob du ein einigermaßen aktuelles Bild von deiner Mutter hast.«

»Nein.«

»Okay«, sagte Lisa.

Und dann war es wieder ein paar Augenblicke still, und keiner von beiden schaffte es, das Gespräch zu beenden. Lisa sah verstohlen zu Olivia, die ein Stück weiter weg stand.

Da sagte Oskar: »Aber wenn ihr nun schon da seid, dann könnt ihr bei meiner Tante, der Schwester meiner Mutter, vorbeifahren. Sie wohnt in Runaby, das sind nur ein paar Kilometer. Vielleicht weiß sie, wo Agnetha ist.«

»Und wie heißt sie?«

»Ellinor Mohagen.«

»Wie hieß der Ort? Runaby?«

»Ja. Eigentlich ist es kein Ort, sondern nur eine Ansammlung von Häusern auf Ellinors Grund. Ihres ist das größte, man kann es gar nicht verfehlen.«

»Das machen wir! Danke!«

»Aber sag ihr nicht, dass du mit mir telefoniert hast. Bis später.«

Oskar legte auf, und Lisa ließ das Handy sinken.

»Sieht er gut aus?«, war das Erste, was Olivia fragte, als sie zurückkam.

»Wer?«

»Oskar.«

»Warum fragst du das?«

Lisa drehte sich um und marschierte Richtung Auto, und Olivia stellte fest, dass sie recht gehabt hatte.

Sie setzten sich in den Wagen und fuhren los. Olivia warf einen Blick aus dem Seitenfenster und konnte gerade noch einen Blick auf einen schlanken blonden Mann in einer grauen Jacke erhaschen, der außerhalb der Steinmauer stand.

Als ihr Auto nicht mehr zu sehen war, nahm der Mann ein Handy heraus und wählte eine Nummer. Nachdem die Verbindung hergestellt war, sagte er: »Ich bin jetzt bei ihrem Haus, da waren eben Leute, sahen aus wie Polizei … nein, reingegangen sind sie nicht.«

*

Luna war ins Söderkrankenhaus gefahren, um Toms Handy für ihn abzugeben, das zu Hause liegen geblieben war, als sie ihn abgeholt hatten. Außerdem wollte sie sich über ein paar Dinge informieren, unter anderem, wie die Regeln für Besucher aussahen. Natürlich hegte sie die kleine Hoffnung, ihren Mann sehen zu können. Oder zumindest Informationen über seinen Zustand zu erhalten.

Was die Regeln für Besucher anging, so waren die ziemlich einfach: Besuch war nicht möglich. Das wusste sie natürlich und hatte schon darüber gelesen, aber sie wollte es doch von den Verantwortlichen selbst hören, in diesem Fall repräsentiert durch eine Person in Schutzanzug mit blauem Mundschutz und einem großen Plastikvisier vor dem Gesicht, das es schwer machte zu erkennen, ob es sich um einen Mann oder eine Frau handelte. Dunkle kurze Haare, Brille. Nach der Stimme zu urteilen meinte Luna aber, dass es wohl eher eine Frau war.

»Und es gibt keine Ausnahme vom Besuchsverbot?«, fragte sie versuchsweise.

»Doch. Wenn Patienten im Sterben liegen oder eine kognitive Behinderung oder Einschränkung haben, wie zum Beispiel Demenz.«

Keines dieser Kriterien traf auf Tom zu, auch wenn Luna manchmal über seine zunehmende Zerstreutheit scherzte und behauptete, er würde unter beginnender Demenz leiden.

Eigentlich kein bisschen witzig, dachte sie jetzt.

»Und was macht man, wenn man erfahren möchte, wie es einem nahen Angehörigen geht?«

»Sie können die Station kontaktieren und herausfinden, ob die Kollegen dort Ihnen etwas über den Zustand Ihres Angehörigen sagen können, aber die sind dort im Moment ziemlich unter Druck, es kann also eine Weile dauern, ehe sie zurückrufen.«

Luna hatte volles Verständnis für die Situation des Krankenhauspersonals, und ihr war klar, dass man jetzt nicht auch noch Telefongespräche mit Gesunden führen konnte.

Also verließ sie das Krankenhaus.

Und beschloss, zu Fuß zu gehen.

Einerseits, weil sie öffentliche Verkehrsmittel meiden wollte, aber vor allem auch, weil sie Luft brauchte und Bewegung. Damit die falschen Gedanken sich gar nicht erst im Kopf einnisten konnten. Schön immer eins nach dem anderen bedenken. Jetzt wurde Tom versorgt. Professionell versorgt von Menschen, die sich seit Monaten mit dieser Krankheit beschäftigten. Die wussten, was getan werden musste. Sie selbst konnte jetzt nichts mehr tun.

Jedenfalls für ihn.

Aber sie konnte bei Ronnys Laden vorbeigehen, dem Antiquariat. Das war gar nicht weit weg auf der Katarina Bangata.

Dann könnte sie Ronny von allem erzählen, und möglicherweise auch Benseman, wenn er da war. Das waren zwei von Toms engsten Freunden aus der Zeit, ehe sie ihn kennengelernt hatte. Sie wusste, wie viel die Freunde einander bedeuteten, und es fühlte sich deutlich besser an, es ihnen direkt zu sagen als übers Handy. Zumal sie die Nummer von Ronny auch gar nicht hatte.

Auf dem Weg dorthin kam sie an der Apotheke auf der Götgatan vorbei. Draußen vor der Tür stand ein Wagen für Covid-Schnelltests. Luna hielt inne. Da sie engen Kontakt zu Tom gehabt hatte, seit sie sich das letzte Mal getestet hatte, bestand die Gefahr, dass sie sich angesteckt hatte. Diesem Risiko wollte sie Ronny nicht aussetzen.

Also betrat sie den Wagen.

Normalerweise hätte man einen Termin buchen müssen, doch im Moment war der Wagen leer, und sie machte einen Test und bezahlte übers Handy. Die Antwort würde im Laufe einer Stunde per SMS kommen.

Diese Stunde verbrachte sie auf einer Bank in der schönen Allee, die auf den Greta Garbos torg führte, und war in lauter Gedanken versunken, die sie am liebsten nicht gehabt hätte. Bis das Handy einen Ton von sich gab.

Eine SMS.

Der Test war negativ.

Sie stand auf und ging die Straße zum Antiquariat hinunter. Das Schaufenster war wie immer voll von Büchern, großen und kleinen, alten und noch älteren, von Büchern über alles, was Ronny interessierte.

Und das war viel.

Sie spähte durch die Scheibe in der Tür und sah einen älteren Mann mit einem Buch in einem Lesesessel sitzen, neben sich einen Plastikbecher. Das war Benseman: Norrländer, ehemals Bibliothekar, seither wohnungslos auf Stockholms Straßen unterwegs und inzwischen Assistent im Antiquariat – eine Form von Arbeitslosenunterstützung, die Ronny sich gönnte. Das Buch, das er las, war ein Roman von Charles Bukowski mit dem Titel »Das Schlimmste kommt noch«. Benseman wies einige Ähnlichkeit mit dem amerikanischen Schriftsteller auf, so zum Beispiel das gegerbte Gesicht und die Liebe zum Nektar des Rausches.

Luna zog einen Mundschutz auf und öffnete die Tür.

»Ja hallo, Luna!«

Benseman erhob sich aus dem Sessel und legte das Buch beiseite.

»Umarmen sollten wir uns ja wahrscheinlich nicht«, sagte er mit einem Lachen.

»Nein«, erwiderte Luna und blieb in der Tür stehen. »Ich wollte einfach nur vorbeikommen und erzählen, dass Tom sich Covid eingefangen hat und gerade ins Söderkrankenhaus eingeliefert worden ist.«

Bensemans Lächeln erstarb schlagartig. Er sank wieder in den Sessel und griff nach dem Plastikbecher. Luna sah, dass seine Hände zitterten.

»Aber es ist sicher nicht so schlimm«, sagte sie. »Er hat Fieber und ein bisschen Atemprobleme, das wird schnell vorbeigehen.«

Benseman nickte, nahm einen Schluck aus dem Becher und umfasste ihn mit beiden Händen. Er hatte schon auf diesen Moment gewartet, wenn er selbst oder jemand aus seinem zusammengeschrumpften Bekanntenkreis davon ereilt werden würde. Sie waren nicht viele, und fast alle hatten irgendeine Form von »Vorerkrankung«. In seinem Fall waren es die nach langen Jahren der Wohnsitzlosigkeit und des Alkoholmissbrauchs schwer in Mitleidenschaft gezogenen inneren Organe.

In Ronnys Fall war es ein vergrößertes Herz, und das leider nicht nur im übertragenen Sinne.

»Danke, dass du vorbeigekommen bist«, sagte er leise und sah mit leicht rot gefärbten Lippen vom Becher auf. »Besuchen kann man ihn wahrscheinlich nicht, nehme ich mal an.«

»Nein.«

»Möchtest du einen Becher Wein? Wir können hier ja mit reichlich Abstand sitzen …«

»Ich habe mich eben testen lassen, das ist also kein Problem.«

Und allem zum Trotz, oder zumindest entgegen einer Reihe von behördlichen Empfehlungen, betrat Luna den Laden, setzte sich ein gutes Stück von Benseman entfernt auf einen Stuhl und nahm den weißen Becher mit Rotwein aus dem Karton entgegen, den er auf den Tisch vor ihr stellte. Sie prosteten sich still zu, sahen einander lange an, und Luna spürte, wie sie sich zum ersten Mal seit Langem erlauben konnte, ein wenig zu entspannen.

Als würde sie die Nähe zu einem von Stiltons Freunden auch ihm näher bringen.

*

Es hatte schon zu dämmern begonnen, als der Mietwagen auf Ellinor Mohagens Haus in Runaby zufuhr. Es lag etwas weiter draußen auf Listerlandet, in der Höhe von Mjällby Lunga. Hier draußen war Jimmie Åkesson, der Parteiführer der rechtsradikalen Sverigedemokraterna, in der Nachbarschaft einer Nerzfarm aufgewachsen, und hier war heute seine Ex-Frau Louise Erixon Vorsitzende der Sverigedemokraterna von Sölvesborg, einem der sichersten Wahlkreise der Partei. »Ein zukünftiges Schweden in Miniatur«, wie es die Parteivorsitzenden gerne nannten.

Andere wählten da weniger schmeichelhafte Worte.

Sie fuhren an weiten, ausgedehnten Feldern vorbei und sahen dabei fast keine Menschen. Hie und da stand wie ein Relikt aus einer verschwundenen Zeit eine windzerzauste Vogelscheuche auf dem Acker, und ab und zu war eine Figur auf dem Fahrrad oder ein einsamer Traktor auf dem Weg zu einer Scheune zu sehen.

Ansonsten Ödnis.

Die letzten Minuten lang hatte Lisa geschwiegen. Sie hatte über Oskars Worte am Schluss ihres Gesprächs nachgedacht: *Aber sag nicht, dass du mit mir telefoniert hast.* Er schien wirklich keine gute Beziehung zu seinen Verwandten zu haben, überlegte sie. Aber wahrscheinlich gab es gute Gründe dafür.

Seine Beschreibung von Runaby stimmte jedenfalls. Der Ort wurde von einem großen, dreistöckigen Holzhaus beherrscht, das mit seinem Turm auf der Seite einem Gutshof ähnelte. Das Haus war lindgrün gestrichen, Fensterrahmen und Ecken waren in gedecktem Weiß gehalten. Auf dem Gelände ringsum gab es noch eine Reihe größerer und kleinerer Häuser, sämtlich rot gestrichen, manche trugen kleine Flaggen überm Eingang. Ein Stück von dem geschotterten Hofplatz entfernt stand ein Gebäude, das ganz anders aussah. Es war fast quadratisch, grau gekalkt und eingeschossig.

Menschen waren auch hier nicht zu sehen.

Sie fuhren eine alte, von Weiden gesäumte Allee hoch, hielten vor dem großen Gebäude und stiegen aus.

Und tauchten direkt in einen schweren, erstickenden Geruch ein. Einen tierischen Gestank. Beide hielten sich die Nase zu und sahen sich erstaunt um, als sie laute Schreie hörten. Ein Stück entfernt standen Reihen von übereinandergestapelten Holzkisten – aus denen kam das Geschrei.

»Das muss eine Nerzfarm sein«, sagte Lisa.

»Wahrscheinlich.«

Sie gingen die repräsentative Eingangstreppe hinauf. Doch als sie sich der Eingangstür näherten, hörten sie eine Stimme auf Englisch sagen: »Sie ist nicht da.«

Die beiden Frauen drehten sich um. Ein junger, dunkelhaariger Mann stand ein paar Meter vor der Treppe und lächelte ihnen zu. Er trug einen Blaumann, eine Kappe auf dem Kopf und einen Eimer in der Hand.

»Wir suchen Ellinor Mohagen«, erklärte Lisa.

»Sie ist in England.«

Der Mann schaute Lisa und Olivia mit freundlichem Blick an. Sie stiegen die Treppe wieder zu ihm herunter.

»Haben Sie vielleicht eine Nummer, unter der wir sie erreichen können?«

»Nein, leider nicht.«

Lisa sah Olivia an.

»Sollen wir fragen, ob er Ellinors Schwester hier gesehen hat?«, fragte sie.

»Das scheint mir jetzt etwas weit hergeholt. Er kümmert sich wahrscheinlich nur um die Nerze.«

»Ich versuch's.«

Lisa fragte den Mann, und der hatte keine Ahnung, wer Ellinors Schwester war.

»Sorry«, sagte er.

Lisa holte eine Visitenkarte heraus und gab sie dem Mann.

»Bitte sagen Sie Ellinor doch, sie soll uns anrufen, sowie sie zurück ist.«

Der Mann nahm die Karte und verbeugte sich kurz. Möglicherweise hatte er das kleine Logo der Polizeibehörde erkannt.

Oder auch nicht.

Lisa und Olivia kehrten zum Auto zurück.

Als sie einstiegen, sahen sie, wie der Mann mit dem Eimer an den Käfigen entlangging und etwas hineinwarf.

Vermutlich Futter.

*

Der Besuch im Antiquariat war für Luna sowohl gut als auch schlecht gewesen. Gut, weil sie das Gefühl hatte, mit ihrer Sorge um Tom nicht allein zu sein. Falls das denn ihr Eindruck gewesen war. Schlecht, weil es ihr klargemacht hatte, wie betroffen sie war, wie ernsthaft Tom erkrankt war und was es bedeuten würde, wenn es ihn nicht mehr gäbe.

Sie lag in der breiten Kapitänskoje und musste jetzt nicht mehr hinten am Schott liegen. Wenn sie wollte, konnte sie sich mitten im Bett ausbreiten. Das war kein Vorteil, sondern verstärkte lediglich Empfindungen, an die sie nicht erinnert werden wollte. Wieder allein sein zu müssen. Sie hatte bereits über lange Phasen in ihrem Leben allein gelebt, zwischendurch ein paar vorübergehende Beziehungen gehabt, aber nichts mit Tiefgang.

Bis sie Tom kennengelernt hatte.

Er war in ihr Leben marschiert und der Reibungspunkt geworden, der ihr immer gefehlt hatte. Aber auch ein Mann, auf den man sich verlassen konnte. Wo und wann auch immer. Diese Sicherheit machte den Grund ihrer Liebe zu ihm aus. Die Sicherheit und das Wissen, dass er sie liebte. Jetzt lag er im Krankenhaus und war mit einem schonungslosen Virus infiziert, das wie eine Sense durch die Bevölkerung ging.

Doch dann richtete sie sich auf.

Auch wenn es sich um eine tödliche Krankheit handelte, wollte sie sich jetzt darauf konzentrieren, dass Tom nicht zu der am meisten betroffenen Altersgruppe gehörte, und dass er keine anderen Risikofaktoren mitbrachte. Und wenngleich einige von ihnen lang anhaltende Beschwerden zurückbehielten, schienen die meisten Infizierten ganz gut durch die Krankheit zu kommen.

Das war die Information, auf die es ankam, und die sog sie ein und rollte sich nach hinten zum Schott.

Sie wollte Platz für Tom lassen.

*

Nachdem sie den Mietwagen zurückgebracht hatten, wurde es Zeit, sich ein Hotel in Ronneby zu suchen. Es war kurz nach acht Uhr abends. Die Angestellte beim Autoverleih gab ihnen einen Tipp: das Cityhotel.

Zwei Dinge, mit denen das Hotel punkten konnte, machten ihnen die Entscheidung leicht; es hatte ausgezeichnetes WLAN und ein großzügiges Frühstücksbuffet. Allerdings keine Bar, was Lisa ein wenig leidtat. Sie wollte gern mit Olivia zusammen entspannen und mit einem Glas in der Hand noch mal besprechen, wie die Lage war.

»Aber gleich um die Ecke gibt es eine Bar«, sagte die Rezeptionistin.

Und dahin gingen sie.

Lisa bestellte ein Glas Weißwein, Olivia fing erst mal mit einem Bier an, denn sie nahm immer noch schmerzstillende Tabletten wegen ihres Fußes. In der charmanten Bar mit geschwungenem Tresen war niemand außer der Barkeeperin, einer älteren Frau, die sich, sowie sie ihnen die Getränke serviert hatte, mit dem trockenen Kommentar zurückzog: »Kein Alkohol nach 22 Uhr.«

Lisa sah Olivia an, beide grinsten.

»Prost«, sagte Lisa.

Olivia nahm einen Schluck vom Bier. Lisa stellte ihr Glas ab und begann: »Agnetha ist verschwunden. Meiner Meinung nach ist sie eine potenzielle Täterin.«

»Das sehe ich auch so.«

»Motiv?«

»Keine Ahnung ... müsste was mit den Mails zu tun haben, oder mit dem, was sie Sara unbedingt mitteilen wollte.«

»Und was könnte das sein?«, fragte Lisa.

»Vermutlich was Privates, ich weiß nicht.«

»Aber die eigene Tochter ermorden?«

»Ich weiß, das scheint abwegig ... aber immerhin hat sie ihren Mann umgebracht ... Kann uns nicht Saras Bruder helfen? Der müsste doch wissen, welche Beziehung Sara und Agnetha hatten.«

»Wohl kaum«, entgegnete Lisa. »Der scheint alle Kontakte zur Familie abgebrochen zu haben.«

Olivia nippte am Bier.

»Wie ist er so?«

»Oskar?«

»Ja?«

»Polizist. Korrekt. Redet nicht viel.«

Lisa nahm noch einen Schluck Wein. Olivia betrachtete sie, was Lisa sehr wohl bemerkte.

»Hast du eigentlich noch mal was von Tom gehört?«, erkundigte sie sich.

»Nein, ich habe noch nicht wieder anrufen können, mein Telefon hatte keinen Saft mehr.«

Woraufhin sie das frisch geladene Handy herausholte und sah, dass sie eine Reihe neuer Nachrichten hatte. Eine war von Luna. Sie klickte sie an und las. Das ging schnell. Als sie das Handy sinken ließ, ahnte es Lisa schon.

»Du hast Nachricht von Tom?«
»Ja.«
Und die hätte sie am liebsten nicht bekommen.

Das Hotel hatte wie angekündigt ein gutes Frühstücksbuffet in einem nahezu leeren Speisesaal. Frisches Brot, Aufstrich, etwas Obst, Eier, Aufschnitt, ein wenig Lachs. Alles, was man brauchte. Plus Kaffee und Saft. Lisa lud sich einen ganzen Teller voll, Olivia nahm nur ein Ei und ein Glas Saft.

Sie war müde, und ihr Fuß tat weh. In der Nacht war sie unzählige Male aufgewacht, nicht wegen der Schmerzen, sondern wegen Tom. Sie wusste, wie sinnlos es war, verschiedene Szenarien in Gedanken durchzuspielen, vor allem nachts, und besonders in der Wolfsstunde. Denn dann starb er in ihrer Vorstellung einen schrecklichen Tod, einsam in einem Krankenhausbett, 600 Kilometer von hier entfernt.

Eine ordentliche kalte Dusche verscheuchte die Dunkelheit aus ihrem Kopf, doch die Folgen der Schlaflosigkeit saßen ihr noch in den Gliedern. Sie hatte Luna angerufen, sobald sie sich von der Uhrzeit her traute, und an ihrer Stimme gehört, dass sie ziemlich ruhig war. Und so beruhigte sie sich auch.

Ein bisschen.

Sie setzte sich Lisa gegenüber und begann auf ihr Ei zu klopfen. Sie hatte ein weich gekochtes genommen, was sich als großer Fehler erwies. Was da in der Schale herumfloss, war gelinde gesagt unappetitlich. Sie schob den Eierbecher weg und nahm einen Schluck Saft.

Der war gut.

Lisas Handy vibrierte. Sie blickte hinunter, sah eine unbekannte Nummer auf dem Display und nahm ab.

»Lisa Hedqvist.«

»Hallo, hier ist Ellinor Mohagen. Ich hab gehört, Sie haben mich gesucht.«

»Ja.«

Lisa hielt das Handy nach unten und formte lautlos die Worte »Agnethas Schwester« in Olivias Richtung.

»Danke, dass Sie zurückrufen«, sagte sie ins Telefon. »Haben Sie das von Ihrer Nichte schon gehört?«

»Sara? Nein? Was hat sie denn jetzt wieder angestellt?«

Dasselbe hat Oskar in Bezug auf Agnetha gefragt, dachte Lisa. Sie scheinen in dieser Familie kein besonders großes Vertrauen zueinander zu haben.

»Sie ist leider bei einem Brand umgekommen.«

»Ein Unglück?«

»Sie wurde in einer niedergebrannten Hütte in Lammåsa gefunden, die Umstände sind noch nicht geklärt.«

»Das ist ja schrecklich!«

»Ja.«

Lisa hörte, wie die Frau am anderen Ende der Leitung keuchend nach Atem rang.

»Es tut mir leid«, sagte Lisa.

Auf das Keuchen folgte ein leises Räuspern.

»War es ihre Hütte?«, fragte Ellinor. »Oskar und sie hatten doch ein Häuschen dort?«

»Ja, war es.«

»Wie seltsam ... Die arme Sara ist also tot?«

Lisa ließ einige Sekunden vergehen, bevor sie sagte: »Wir haben Sie auch aus einem anderen Grund gesucht, wir versuchen, Saras Mutter Agnetha zu erreichen, wissen Sie, wo sie sich gerade befindet?«

»Nein. Ich bin in Manchester, ich hab keine Ahnung. Waren Sie in Hosaby?«

»Ja.«

»Ja, dann weiß ich auch nicht, Agnetha ist eine rastlose Seele, sie fährt oft herum, ohne dass jemand weiß, wo sie ist. Also hat sie das mit Sara noch gar nicht erfahren?«

»Das wissen wir nicht. Wir haben sie, wie gesagt, noch nicht erreichen können.«

»Ich verstehe... Ja, wie auch immer, ich bin jedenfalls gerade auf dem Heimweg. Wenn ich irgendwie behilflich sein kann, können Sie mich jederzeit kontaktieren. Ich bin ab heute Abend in Runaby.«

»Danke.«

Lisa legte auf. Olivia hatte dem inhaltlichen Verlauf des Gesprächs folgen können, aber sie hatte nicht gehört, was Lisa nun für sie wiederholte:

»*Was hat sie denn jetzt wieder angestellt?*«, sagte Lisa. »Das war ihre erste Reaktion, als ich Sara erwähnt habe.«

Eine Reaktion, die Olivia nicht verwunderte. Sie war überzeugt, dass Sara im Lauf der Jahre eine ganze Menge »angestellt« hatte.

»Sie hat aus Manchester angerufen«, fuhr Lisa fort.

»Ich frag mich, wie sie nach England reingekommen ist?«

»Es ist nicht verboten, dorthin zu fahren, aber ich glaube, man muss ein paar Tage in Quarantäne. Sie ist inzwischen auf dem Heimweg.«

Olivia stand auf, um etwas mehr Saft zu holen, und beschloss, noch ein Ei zu nehmen, dieses Mal hart gekocht.

Als sie zum Tisch zurückkam, telefonierte Lisa wieder. Mit Bosse, wie sie verstand. Es ging um die Fahndung nach Agnetha. Sie war jetzt landesweit herausgegangen, zusammen mit ein paar Fotos von Agnetha aus der Brandstiftungsermittlung. Und einem Passbild. Besser als nichts. Er hatte auch unerwartet schnell Antwort von den Forensikern bekommen: Das Blut auf dem Stein neben dem Eingang stammte von Sara.

»Also müssen wir wohl davon ausgehen, dass die Kopfverletzung entstand, als sie auf dem Stein aufgeschlagen ist«, sagte er.

Eine Schlussfolgerung, die Lisa nicht unterschrieb, es existierten noch andere Möglichkeiten. Nachdem es keine Zeugen dafür gab, was auf dem Grundstück passiert war, konnte man sich bezüglich des Tathergangs nicht sicher sein.

Aber das sagte sie nicht.

Sie beendete das Gespräch und nahm einen Bissen von einem üppig belegten Käsebrot.

»Wann geht der Flug?«, erkundigte sich Olivia.

»Um elf, wir sollten uns bald auf den Weg machen.«

Olivia nickte und schlug extra fest auf ihr Ei, vor allem vor Ärger. Es war nie befriedigend, mit leeren Händen nach Hause zurückzukehren. Sie waren auf gut Glück hierhergekommen und hatten feststellen müssen, dass die potenzielle Täterin weder in ihrem Haus war noch ein Auto hatte.

Das hätte die Polizei aus Kristianstad auch für sie herausfinden können, und zwar schneller und billiger.

Aber manchmal lässt man sich von seiner Intuition leiten. Beide hatten gespürt, dass es wichtig war, Saras Mutter persönlich abzufangen, aus mehreren Gründen, und die Chance, eine Tatverdächtige direkt konfrontieren zu können, war für einen Mordermittler immer verlockend. Ihre erste Reaktion zu sehen.

Aber es hatte nicht sollen sein.

Jetzt war das Risiko groß, dass sie irgendwo von Polizisten gefunden wurde, die nur auf die Fahndung reagierten und über den Grund dafür nichts wussten. Und dann wäre das Überraschungsmoment verspielt.

»Es gibt noch einen Verwandten, mit dem wir nicht gesprochen haben. Thomas Eriksson.«

»Wer ist das?«, fragte Olivia.

»Saras Onkel väterlicherseits. Er sollte wohl auch informiert werden.«

»Meinst du nicht, das hat Oskar schon getan?«

»Unwahrscheinlich«, sagte Lisa. »Ich rufe ihn an.«

»Oskar?«

»Thomas Eriksson.«

»Dann gehe ich so lange hoch und packe zusammen. Wir sehen uns in der Lobby.«

Olivia ging, und Lisa suchte Thomas Erikssons Nummer heraus. Er war das dritte Familienmitglied, das sie über Saras Tod informieren musste. Bald war nur noch Saras Mutter übrig.

»Ja hallo, hier ist Thomas, wer ist da?«

»Lisa Hedqvist, von der Polizei.«

»Wie, Polizei?«

Eine eigenartige Reaktion, dachte Lisa. Aber die Leute tendieren dazu, ein bisschen aus dem Konzept zu kommen, wenn sie ohne Vorwarnung von der Polizei kontaktiert werden. Als verhieße das schlechte Nachrichten.

Was es vermutlich auch oft tat.

»Ihre Nichte Sara ist leider bei einem Brand umgekommen, und ich wollte Ihnen das mitteilen, für den Fall, dass Sie es noch nicht wissen.«

»Ach so? Ach du Scheiße.«

Und dann wurde es still. Hatte er etwas völlig anderes erwartet?

»Sie wussten es noch nicht?«, fragte Lisa.

»Nein, wie denn auch?«

»Ich dachte, Ihr Neffe hat sich vielleicht gemeldet, er hat es vor ein paar Tagen erfahren.«

»Wir haben leider keinen Kontakt.«

Das erstaunte Lisa nicht. Hatten sie in dieser Familie überhaupt irgendeinen Kontakt miteinander? Plötzlich hörte sie, wie Thomas ein Schluchzen unterdrückte. Sie ließ ihn weinen, bis es in ein Husten überging.

»Ich hab Sara sehr gern gehabt«, brachte Thomas mit leiser, brüchiger Stimme heraus. »Sie war … sie war überhaupt nicht wie ihre Mutter.«

»Agnetha.«

»Verdammte Brandstifterin und Mörderin …«

Er sagte es nicht besonders laut oder aggressiv, eher wie eine tief verankerte Feststellung. Lisa hatte Verständnis dafür. Agnetha war für den Tod von Thomas' Bruder verantwortlich, es gab also eine gewisse Berechtigung für sein hartes Urteil. Die Frage war, ob sie einen weiteren Brand mit Todesfolge gelegt hatte.

»Sie wissen nicht zufällig, wo Agnetha gerade ist?«

»Nein, und ich will es auch gar nicht wissen … was ist mit Sara passiert? Wie konnte sie bei einem Brand umkommen? War es ein Unglück? In Stockholm, oder wie?«

Lisa berichtete ihm in etwa dieselben Details zu Saras Tod wie zuvor Ellinor Mohagen.

»Aber das ist ja furchtbar, dass sie auf dieselbe Art stirbt wie ihr Vater …«, sagte Thomas.

»Ja.«

Als er wieder zu schluchzen begann, beschloss Lisa, das Gespräch so höflich wie möglich zu beenden.

Sie stand auf, leerte ihre Kaffeetasse und widerstand dem Impuls, Oskar anzurufen. Sie hätte ihn über das Gespräch mit seinem Onkel und seiner Tante und einige andere Dinge informieren können, die ihn eigentlich nichts angingen, was er sofort durchschaut hätte.

Also begab sie sich stattdessen in die Lobby und versuchte, sich auf Agnetha zu konzentrieren, nicht auf ihren Sohn.

Oskar Eriksson saß auf dem Polizeirevier in Kristianstad an seinem Schreibtisch und versuchte, eine Büroklammer zurückzubiegen, die er aufgebogen hatte. Er wusste nicht, was er tat, seine Finger arbeiteten, um andere Dinge auf Distanz zu halten. Den Mord an seiner Schwester in erster Linie. Gerade als er die Büroklammer wieder einigermaßen in ihren Urzustand versetzt hatte, öffnete sich die Tür. Eine Kollegin, Isidora Diaz-Åstorp, trat ein, schloss mit dem Rücken zu ihm die Tür und blieb ein paar Sekunden lang stehen.

»Ja?«, sagte er.

Als Isidora sich umwandte, sah sie nicht aus wie sonst, sie schien völlig niedergeschmettert zu sein.

»Was ist los?«, wollte Oskar wissen.

Isidora trat zu ihm und setzte sich ihm gegenüber, sie hielt beide Hände in ihrem Schoß.

»Es tut mir so leid, Oskar«, erwiderte sie.

»Was denn? Mit Sara?«

Isidora schluckte, bevor sie sagte:

»Nein, mit deiner Mutter.«

»Was ist mit ihr?«

»Sie war diejenige, die in der Reuse gefunden wurde.«

Die Leiche aus dem Bosarpasee hatte den Obduzenten Kopfzerbrechen bereitet, und sie hatten ihr ganzes Können einsetzen müssen, um zu einem Ergebnis zu kommen. Einerseits hatte sie längere Zeit im Wasser gelegen, und andererseits hatte sich währenddessen eine erhebliche Anzahl Krebse von ihr ernährt. Mit makabren Folgen. Das Geschlecht hatten sie relativ schnell feststellen können, die Todesursache war immer noch unklar.

Die endgültige Identifizierung war durch die DNA erfolgt. Sie hatten die DNA der Leiche ins Register eingegeben und festgestellt, dass sie mit einer DNA übereinstimmte, die 2005 im Zusammenhang mit der Brandstiftung genommen worden war.

Agnetha Erikssons.

»Oskar, es tut mir leid …«

Er schob seinen Stuhl ein Stück vom Tisch weg, räusperte sich, versuchte, die Kontrolle zu behalten, dienstlich zu reagieren.

»Wie ist sie gestorben?«, fragte er und hörte, wie dünn seine Stimme klang.

»Das wissen sie noch nicht … Es war … sie war ziemlich übel zugerichtet.«

Oskar beugte sich vor und nahm wieder eine Büroklammer. Er mochte Isidora, er wusste zu schätzen, dass sie es auf sich genommen hatte, ihm die Nachricht über Agnetha zu überbringen, es war klar, dass ihr das nicht leichtgefallen sein konnte.

Sie hatte sich dafür entschieden, es ihm von Angesicht zu Angesicht zu sagen.

»Danke, Isi«, sagte er.

»Mein Beileid … Ich nehme an, du willst sie sehen, bevor sie …«

»Nein.«

Oskar begann, seine Büroklammer aufzubiegen, und Isidora spürte, dass sie jetzt den Rückzug antreten sollte. Als sie die Tür öffnete, fügte Oskar hinzu:

»Weiß man, wann sie gestorben ist?«

Isidora wandte sich um.

»Nicht genau, du kannst gerne den Bericht lesen, wenn du willst.«

Dann verschwand sie nach draußen.

Oskar saß lange Zeit da, bog Büroklammern auseinander und dachte nach. Er wusste, was er tun musste, wen er anrufen musste. Aber nicht sofort, er brauchte eine Weile, um sich mit Isidoras Information auseinanderzusetzen.

Erst Sara, dachte er, jetzt Agnetha. Und davor Papa.

Meine ganze Familie.

Von der Trauer, die seine Brust zerriss, war fast nichts zu merken, nur einige wenige Tränen glitten aus seinen Augen und blieben an der Oberlippe hängen.

Dann rief er Lisa an. Sie nahm sofort ab.

»Hallo, Oskar! Wie geht's?«

Ein paar Sekunden war es still.

»Sie haben Agnetha gefunden.«

»Wow! Super!«, rief Lisa. »Wo ist sie?«

»In der Leichenhalle.«

Lisa und Olivia waren am Flughafen schon fast beim Check-in, als der Anruf von Oskar kam.

Nach Beendigung des Gesprächs stornierten sie ihre Tickets und setzten sich auf eine schmale Plastikbank ganz hinten in der Abflughalle. Sie saßen lange schweigend da.

»In einer Reuse voller Krebse?«, fragte Olivia schließlich.

»Im Bosarpasee.«

»Wo liegt der?«

»Keine Ahnung.«

»Wie ist sie ermordet worden?«

»Das wusste er nicht«, antwortete Lisa mechanisch.

Sie war noch immer schockiert von dem Gespräch mit Oskar. Einerseits von der Tatsache, dass Olivias und ihre Hauptverdächtige im Mord an Sara ermordet aufgefunden worden war, aber auch wegen des Schicksalsschlags, den Oskar erlitten hatte. Erst Sara, jetzt seine Mutter. Ohne ihn besonders gut zu kennen, hatte sie hören können, wie angestrengt er klang, als müsse er kämpfen, um nicht zusammenzubrechen.

»Wer ist für die Mordermittlung zuständig?«, wollte Olivia wissen und holte Lisa aus ihren Gedanken zurück.

»Wir haben nicht darüber geredet, irgendjemand aus Kristianstad, nehme ich an.«

Olivia rief bei der Polizei in Kristianstad an, stellte sich vor und bat darum, die Person sprechen zu dürfen, die die Ermittlung im Mordfall Agnetha Eriksson leitete. Sie hieß Isidora Diaz-Åstorp.

»Können Sie mich mit ihr verbinden?«

»Sie sitzt gerade in einem Meeting.«

»Können Sie es unterbrechen?«

Möglicherweise gab Olivias kurz angebundener Tonfall den Ausschlag, oder ganz einfach die Verbindung zur NOA. Auf jeden Fall dauerte es nur ein paar Minuten, bis Isidora Diaz-Åstorp am Telefon war. Es wurde ein kurzes Gespräch. Olivia erklärte, dass Lisa Hedqvist und sie im Mord an Agnetha Erikssons Tochter Sara ermittelten, und dass sie so bald wie möglich ihre Ermittlungen koordinieren sollten.

Isidora stimmte ihr zu.

»Wo seid ihr jetzt?«

»Auf dem Flugplatz in Ronneby.«

»Dann schlage ich vor, dass wir uns bei Erikssons Haus in Hosaby treffen, wir wollten gleich dorthin fahren und eine Hausdurchsuchung durchführen.«

»Gut.«

»Hosaby liegt …«

»Ich weiß, wir sind schon dort gewesen.«

Olivia legte auf und ging zur Autovermietung in der Eingangshalle.

*

Es war ein Spontankauf gewesen, der durch und durch von schwerer mentaler Klaustrophobie geprägt war: In Isolation eingesperrt zu sein, ließ nicht nur den physischen Raum schrumpfen, auch Mårten Olsäters Psyche wurde zusammengedrückt. Deshalb lagen nun Tausende von Modellteilen vor ihm, die er zu einem Segelschiff zusammensetzen sollte, in einem Versuch, sein Gehirn zu durchlüften. In fertigem Zustand würde das Schiff über einen Meter lang werden.

Bereits das Bild des stattlichen Klippers auf der Verpackung setzte seine Fantasie in Gang, er sah eine jüngere Version seiner selbst einen der Masten erklimmen, ein Messer zwischen den Zähnen, während der warme Monsun über den Indischen Ozean fegte. Er gab sogar kleine, guttural klingende Kommandos in einer unverständlichen Sprache von sich, im sicheren Bewusstsein, dass seine Frau vor der Töpferscheibe im Keller geparkt war.

Sie flüchteten in unterschiedliche Richtungen.

Mårten strich etwas Leim auf eine dünne Holzscheibe und ließ die Gedanken zu seinen Enkelkindern wandern. Dorthin wanderten sie zurzeit oft. Die Kinder waren erwachsen und konnten mit ihren eventuellen Ängsten umgehen, aber bei den Enkelkindern war es etwas anderes. An sie dachte er. Das tat er bereits, seit sie voneinander abgeschnitten worden waren. Sie hatten acht Enkel in verschiedenen Altersstufen. Ein paar von ihnen waren erwachsen genug, um zu verstehen, was passierte, die anderen waren es nicht.

Wie erklärt man einem Vierjährigen eine Pandemie? Dass man sich wegen eines unsichtbaren Virus nicht treffen kann? Eines Virus, an dem die Leute zu Tausenden sterben? Gegen das es kein Heilmittel gibt, jedenfalls noch nicht? Wie verhindert man, dadurch grundlegende Angst vor der Welt auszulösen? Bei einem Kind? Gleichzeitig wusste er nach all seinen

Jahren als Kinderpsychologe, dass es immer am besten war, die Dinge so darzustellen, wie sie waren, aber auf eine Art, mit der das Kind umgehen konnte. Am schwierigsten war es gewesen, die zweischneidige Tatsache zu erklären, dass das Virus für kleine Kinder nicht gefährlich war und meist Ältere befiel.

»Solche wie dich, Opa?«

»Ja, solche wie mich.«

»Also kannst du sterben?«

Und so hatte er doch einen Anflug von Sorge bei dem Kind ausgelöst.

»Wenn ich mich anstecke, kann das sein. Aber Oma und ich schützen uns, damit wir uns nicht anstecken.«

»Wie gut.«

Und es war gut, aber nur die halbe Wahrheit. Niemand konnte sich zu hundert Prozent schützen, egal, wie sehr man sich auch isolierte. Physischen Kontakt in jeglicher Form zu vermeiden, war so gut wie unmöglich. Vielleicht in einem Bunker mit einem Essensvorrat für ein halbes Jahr oder mehr.

Aber das würde einen vermutlich auf andere Art und Weise umbringen, dachte Mårten.

Und dann wanderten seine Gedanken zu Tom.

Tom, der im Söderkrankenhaus lag, mit Covid im Körper.

Momentan noch nicht auf der Intensivstation, Gott sei Dank.

Aber trotzdem.

Es konnte sich in zwei Richtungen entwickeln.

Wenn es in die richtige Richtung ging, würde er mit Antikörpern herauskommen und das Virus besiegt haben. Wenn es in die andere Richtung ging, war es schwer, sich die Folgen auszumalen. Tom war zwar gesund, abgesehen vom Virus, seine Physis war für sein Alter gut, aber das war keine Garantie.

Das wusste Mårten.

»Was, wenn er stirbt…«

Mette stand in der Tür zum Afrikazimmer und hielt einen feuchten Tonklumpen in der Hand. Sie hatte ihn von der Drehscheibe genommen, ohne darüber nachzudenken, was sie tat. Sie war in den gleichen Gedanken hängen geblieben wie Mårten und hatte gespürt, dass sie mit ihm reden musste.

»Das wird er nicht«, sagte Mårten und stand auf.

Er ging zu seiner Frau und strich ihr über die Wange. Sie war kühl.

»Und wie willst du das wissen?«, fragte sie.

»Ich weiß es nicht, es ist nur eine Beschwörung. Was töpferst du denn?«

»Keine Ahnung, das Übliche, irgendwas Unförmiges. Ich töpfere, du fummelst an deinem Schiff herum. Oder warum machst du das denn?«

»Bist du sauer?«

»Nein.«

Plötzlich ließ Mette den Klumpen auf den Boden fallen und umarmte Mårten. Fest, auf eine Art, wie sie es lange nicht mehr getan hatte.

*

Olivia und Lisa waren die Ersten, die bei Agnethas Haus in Hosaby ankamen, und parkten vor dem Gartentor. Diesmal besuchten sie einen möglichen Tatort und waren etwas vorsichtiger in ihrem Vorgehen. Beide blieben im Auto sitzen und warteten auf die Polizisten aus Kristianstad.

»Hast du schon mal mit denen zusammengearbeitet?«, fragte Olivia.

»Ja, einmal. Es waren gute Polizisten, gründliche. Zumindest die Kriminaler. Wenn man sich erst mal an den Dialekt gewöhnt hat.«

»Ist Oskar Kriminaler?«

»Ja.«

»Seltsames Schicksal … mit seiner Familie.«

»Ja«, sagte Lisa. »Da kommen sie!«

Ein dunkles Auto rollte auf dem Schotterweg heran und blieb fast Motorhaube an Motorhaube mit dem Mietwagen stehen. Zwei Personen stiegen aus, eine etwas ältere Frau mit dunklem Haar in einem langen Zopf und ein jüngerer rothaariger Mann, dessen Gesicht voller Sommersprossen war.

»Wer, glaubst du, ist Isidora?«, fragte Olivia und kicherte.

Der jüngere Kollege von Isidora stellte sich als Tore Möller vor und war Teil des Ermittlerteams. Er stand im Rang unter Isidora und erklärte, dass ein Techniker unterwegs sei. Tore sprach Malmöer Dialekt, eine etwas feinere Variante des Skåne-Dialekts. Vor ein paar Jahren war er von der Polizei in Malmö nach Kristianstad versetzt worden, ein Wechsel, mit dem er nicht ganz zufrieden war. Er hatte Ambitionen.

»Und ihr kommt von der NOA?«, fragte er mit leicht flatternden Augenlidern.

»Ja«, antwortete Lisa.

»Spannend, spannend. Dann seid ihr ja an Morde gewöhnt.«

»Das kann man so sagen, ja.« Olivia warf Lisa einen leicht fragenden Blick zu.

»Wartet ihr schon lange?«, erkundigte sich Isidora und öffnete das Gartentor.

»Nein«, erwiderte Lisa nicht ganz wahrheitsgemäß.

Alle vier gingen zum Haus.

»Der zuständige Staatsanwalt hat alles geregelt, sodass wir die Hausdurchsuchung machen können«, berichtete Isidora, während sie auf die Haustür zuging. »Nachdem wir zum jetzigen Zeitpunkt nicht wissen, ob das hier ein Tatort ist, müssen wir extrem vorsichtig sein.«

Olivia dachte darüber nach, ob sie nicht das ganze Grundstück absperren sollten, aber jetzt hatten die Polizisten aus Kristianstad das Sagen. Isidora holte einen Schlüssel aus ihrer Tasche und sperrte die Tür auf. Tore hielt ihnen eine Tüte mit Gummihandschuhen und Schuhüberziehern hin.

»Wir geben ne Runde aus«, sagte er und ließ ein abgehacktes Lachen vernehmen.

Alle zogen sich die Schutzkleidung an und traten ein.

Die Zimmer des Hauses lagen fast in einer Reihe. Zuerst eine Diele mit ein paar Jacken an einer Garderobe, dann ein kleineres Wohnzimmer mit Sitzgruppe und einem Fernseher an der Wand, auf dem Tisch stand ein halb voller Aschenbecher. Geradeaus ging es weiter in die Küche.

Als Olivia in den Raum kam, war sie sofort in Alarmbereitschaft versetzt. Nicht, weil es so heruntergekommen war und abgestanden roch, auch nicht, weil benutzte Teller in der Spüle und ein paar Bierdosen auf der Arbeitsfläche standen, sie war alarmiert wegen dem, was nicht da war.

»Er ist weg!«

»Wer?«, fragte Isidora.

»Der Computer!«

Olivia zeigte auf den Tisch vor der Küchenzeile.

»Als wir gestern hier waren, haben wir durchs Fenster geschaut, und da stand ein Laptop auf diesem Tisch hier. Ich hab ein Foto davon gemacht.«

»Jemand ist also seitdem hier gewesen?«

»Offenbar.«

Alle waren jetzt in die Küche gekommen und standen um den Tisch. Tore hatte einen Notizblock und einen Stift herausgeholt.

»Die Tür war nicht aufgebrochen«, stellte Isidora fest.

»Also hat jemand einen Schlüssel«, schlussfolgerte Olivia. »Wer?«

Lisa zögerte einen Moment.

»Oskar hat einen«, sagte sie. »Ihr Sohn.«

Isidora zuckte zusammen.

»Woher weißt du das?«

»Wir ... er hat es erwähnt.«

Isidora blickte Lisa an und strich mit der Hand über ihren langen schwarzen Zopf.

»Mit dem habe ich gerade aufgesperrt«, erklärte sie.

Lisa sah Olivia an, und Isidora holte ihr Handy heraus, rief Oskar an und stellte den Anruf laut.

»Hallo, hier ist Isi. Warst du gestern oder heute im Haus deiner Mutter?«

»Nein? Warum fragst du?«

»Jemand ist hier gewesen und hat einen Laptop mitgenommen. Weißt du von sonst noch jemandem, der einen Schlüssel hat?«

»Nein.«

»Okay, bis später.«

Isidora legte auf.

»Hatte Agnetha einen Schlüssel bei sich, als sie gefunden wurde?«, fragte Olivia.

»Nein.«

»Der Mörder könnte also ihren Hausschlüssel haben.«

»Spannend«, sagte Tore und machte sich eine Notiz auf seinem Block.

Lisa öffnete den Kühlschrank und stellte fest, dass er fast leer war. Eine abgelaufene saure Sahne, ein paar Marmeladengläser und ein paar zusammengesunkene Tomaten. Tomaten im Kühlschrank?, dachte sie und drückte die Tür wieder zu. Da fiel ihr Blick auf die Kühlschrankmagneten knapp über dem Griff, ein kleiner Plastikstreifen aus Worten, die den Satz bildeten: *Es geht nie vorbei*. Sie nahm ihr Handy und machte ein Foto davon.

Isidora war dabei, ein paar Küchenschubladen zu durchsuchen, Tore stand da und zerpflückte den Mülleimer unter dem Spülbecken. Olivia und Lisa gingen zum letzten Zimmer des Hauses. Dem Schlafzimmer. Als sie sich der Tür näherten, wurden ein breites Doppelbett mit einem braunen, fusseligen Überwurf, ein Nachttisch mit einer orangefarbenen Lampe, ein schmaler Flickenteppich vor dem Bett, ein Holzstuhl in der Ecke und ein Fenster mit vorgezogenen Gardinen sichtbar. Erst als sie einen Schritt in den Raum machte und nach links schaute, sah sie es.

»Was zum Teufel ist das? Guck mal!«

Lisa deutete auf die eine Wand. Sie war vom Boden bis zur Decke mit Zeitungsartikeln, maschinengeschriebenen Din-A4-Seiten, Flugblättern und mehreren Fotos eines brennenden Hauses bedeckt. Hier und da steckten bunte Reißnägel darin. Fast in der Mitte der Wand hing ein größerer Zettel, auf dem stand:

JETZT WEISS ICH, WER DAS FEUER GELEGT HAT!

Olivia trat hinter Lisa und starrte die Wand an, es war ein fast unheimlicher Anblick.

»Was hat sie denn da gemacht?«, rief sie kopfschüttelnd.

Die Erklärung kam kurze Zeit später, als Isidora in der Türöffnung auftauchte. Auch sie blickte die Wand mit einer gewissen Verwunderung an, doch sie hatte zumindest eine Ahnung, worum es ging.

»Agnetha Eriksson war der Meinung, sie sei unschuldig verurteilt worden«, erklärte sie.

Sie zog ihr Handy heraus und fing an, die Wand zu fotografieren. Lisa und Olivia begannen an unterschiedlichen Enden zu lesen.

»Offenbar geht es in allen Artikeln um die alte Brandstiftung«, sagte Lisa.

»Vermutlich sind auch die Fotos von damals«, meinte Olivia.

»Das sind sie«, bestätigte Isidora. »Ich war bei den Ermittlungen in dem Fall dabei. Meine erste Mordermittlung. 2005.«

»Das ist ja super«, sagte Lisa. »Dann müssen wir nicht die ganzen alten Akten durchgehen, falls sie relevant werden sollten.«

»Ja.«

Isidora steckte ihr Handy wieder ein.

»Ich hab heute Nacht noch eine Weile gearbeitet, nachdem feststand, dass die Leiche in der Reuse Agnetha war«, fuhr sie fort. »Offenbar hat sie während ihrer Zeit im Gefängnis mehrere Einsprüche an verschiedene Instanzen verfasst, in denen sie behauptete, nicht an dem Brand schuld gewesen zu sein. Das hatte sie auch schon vor Gericht getan, und hier im Schlafzimmer hat sie offenbar damit weitergemacht.«

Es wurde kurz still, alle betrachteten die mit Zetteln übersäte Wand, einen guten Meter von dem Bett entfernt, in dem Agnetha geschlafen hatte.

War sie eine Querulantin gewesen?

Als sie das Haus verließen, holte Tore Olivia und Lisa ein.

»Du hast also ein Foto von dem Laptop dort drinnen gemacht?«, sagte er zu Olivia gewandt.

»Ja.«

Olivia zog ihr Handy aus der Tasche, suchte das Bild heraus und zeigte es Tore.

»Das hier.«

Tore beugte sich dicht über das Handy.

»Spannend«, sagte er. »Wirklich. Dass er jetzt weg ist, meine ich.«

Olivia konnte nicht anders, als den Mund zu verziehen, und aus dem Augenwinkel sah sie, wie Lisa sich wegdrehen musste. Alle vier gingen aufs Gartentor zu. Bevor sie sich trennten, einigten sie sich auf zwei Dinge: Isidora und Tore würden nach Kristianstad zurückfahren, Lisa und Olivia sollten einen kleinen Umweg über Runaby machen und Agnethas Schwester erklären, was passiert war, falls sie schon aus England zurück war. Danach würden sie ihre Ermittlungen auf der Polizeiwache in Kristianstad koordinieren.

»Wir haben eine Dienstwohnung, die zurzeit leer steht, ihr könnt dort wohnen«, sagte Isidora.

»Sie hat zwei separate Schlafzimmer«, fügte Tore hinzu.

Er richtete sein üppiges rotes Haar und setzte sich ins Auto. Lisa blickte ihm nach. Er war komplett anders als Oskar.

*

Lisa und Olivia parkten das Auto auf dem Hof des Anwesens in Runaby. Das Erste, was sie sahen, als sie ausstiegen, waren lange Reihen von offenen, leeren Käfigen am Wegesrand.

»Sind sie von Tierrechtsaktivisten angegriffen worden?«, überlegte Lisa.

Da hörten sie gellende Schreie aus einem flachen grauen Gebäude ein Stück weiter weg.

»Was geht hier vor?«, fragte Olivia.

Drinnen waren drei Männer und eine groß gewachsene Frau zugange, die alle grüne Stiefel trugen. Ein nacktes, kaltes Licht fiel aus mehreren Neonröhren an der Decke herab. Auf dem Boden stand eine viereckige Tötungskiste aus Holz, einen guten halben Meter hoch, in einer Schubkarre daneben lagen einige gehäutete Nerze.

Die Frau wies mit einer Geste auf die Kiste. Ein dunkelhaariger Mann öffnete eine Klappe, schob einen zappelnden Nerz hinein und schloss sie wieder. Ein anderer Mann drehte an einer Eieruhr. Die Kiste wurde mit konzentriertem Kohlendioxid gefüllt, und der Nerz begann zu schreien.

Draußen standen kleine Gruppen von Menschen in der Dunkelheit, sie drückten sich an die Wände, manche hielten sich die Ohren zu, andere umarmten einander. Ob aus Mitleid mit den Tieren dort drinnen oder aus anderen Gründen, war schwer zu beurteilen. Ein Mann mit hellem, kurz geschnittenem Haar in einer grauen Jacke ging herum und schien die Leute zu trösten.

Lisa und Olivia näherten sich den Gruppen und kamen an einem Container vorbei. Ein erstickender Geruch schlug ihnen wie eine Wand entgegen. Sie hielten inne und blickten in den Container hinunter, darin lag ein Berg von gehäuteten Nerzen. Rote, nackte Fleischkörper, fast bis zum Rand. Der Gestank war grauenvoll.

Sie liefen weiter auf das graue Gebäude zu. Plötzlich öffnete sich die Tür, und die hochgewachsene Frau kam heraus. Sie zog sich eine große, fleckige Schürze aus und ging zu einem weinenden jungen Paar hinüber, vorsichtig strich sie der Frau übers Haar und sagte ein paar Worte auf Deutsch. Als sie sich umwandte, sah sie Lisa und Olivia.

»Und wer sind Sie?«

»Wir suchen Ellinor Mohagen, sind Sie das?«

»Ja. Worum geht es?«

Lisa stellte fest, dass die Frau vor ihr eine gewisse Ähnlichkeit mit der Frau auf dem alten Foto vom Waldglück hatte,

Agnetha. Die gleichen Augen, der gleiche wohlgeformte Mund. Sie waren schließlich Schwestern.

»Wir sind von der Polizei«, sagte Lisa. »Wir haben heute Morgen telefoniert. Lisa Hedqvist. Das hier ist Olivia Rönning.«

»Aha? Wegen Sara? Ich verstehe …«

Ellinor trat zu ihnen und streckte zur Begrüßung einen Ellenbogen aus. Lisa und Olivia taten es ihr nach.

»Kommen wir ungelegen?«, fragte Lisa.

»Ja, ein bisschen«, antwortete Ellinor. »Es ist gerade etwas traurig hier, wir müssen alle unsere Nerze töten.«

»Warum das?«

»Einige Nerzfarmen in Dänemark hatten ja Covid-Ausbrüche unter den Tieren, und dort hat die Regierung beschlossen, dass sämtliche Nerze getötet werden müssen.«

»Aber hier doch nicht?«

»Nein, noch nicht, aber es gibt mehrere Farmen hier in der Gegend, die schon befallen sind. Wir sind gezwungen, auf Nummer sicher zu gehen, wegen der Pelze. Das Schlimmste ist, dass wir auch alle Zuchtnerze aufgeben müssen, das ist ein enormer finanzieller Rückschlag.«

Lisa und Olivia kannten sich in diesem Metier nicht so gut aus, doch sie begriffen, dass das, was vor sich ging, einen schweren Verlust bedeutete, zumindest für Ellinor Mohagen.

»Sie haben keine Angst vor dem Virus selbst?«, fragte Lisa.

»Von den Nerzen? Dass sie uns anstecken könnten?«

»Ja?«

»Nein, kein bisschen. Aber Sie sind ja wohl nicht wegen der Nerze hier, oder, sondern wegen Sara?«

»Nein«, erwiderte Olivia. »Wir sind hier, um Ihnen mitzuteilen, dass Ihre Schwester Agnetha bedauerlicherweise tot aufgefunden wurde.«

»Mein Gott!«

Ellinor hob eine Hand vor ihr Gesicht, hielt inne und legte sie auf ihre Brust. Ihre Atemfrequenz erhöhte sich merklich, es dauerte eine Weile, bis sie herausbrachte:

»Selbstmord?«

»Nein«, sagte Lisa. »Es ist leider so, dass sie ermordet wurde.«

Ellinor zuckte zusammen, ihr Mund öffnete sich, die Verwirrung in ihren Augen war deutlich sichtbar. Sie drehte den Kopf zu dem Gebäude hinter sich und sah, wie das junge Paar in ihre Richtung blickte.

»Wollen wir nicht reingehen?«, schlug sie vor und zeigte auf das große Haus.

Von außen sah das Haus aus wie ein altes Herrenhaus, was es ja auch war, daher hatten sich Olivia und Lisa eine entsprechende Einrichtung erwartet. Stuckaturen, vertäfelte Wände, schwere Farben, breite Dielenböden, schöne Kachelöfen.

Und all das gab es auch dort drinnen, doch es war mit Gegenständen dekoriert, die einen kompletten Bruch dazu bildeten. In der Eingangshalle hingen viele farbenfrohe Traumfänger, die sich im Lufthauch bewegten, kleine schwarze Steine führten wie ein Pfad in eines der Zimmer, eine eigenartige Totenmaske hing eingerahmt an einer Wand, es duftete nach Räucherstäbchen.

»Wer ist das?«, erkundigte sich Olivia und zeigte auf die Totenmaske.

»Nietzsche«, erklärte Ellinor. »Es ist eine Kopie, die ich in Amsterdam gekauft habe. Haben Sie ihn gelesen?«

Olivia schüttelte den Kopf und nahm an, dass sie für Lisa gleich mit schüttelte.

»Hier herein«, sagte Ellinor.

Sie wies mit einer Geste zu einem Raum. Die drei traten in

einen kleinen, aber sehr hübschen Salon mit breiten dunklen Bodendielen, gewölbten Wänden mit Regalen voller brauner Buchrücken und einem kleinen, dreieckigen Tisch, der zwischen drei Sesseln aus grünem, eingesessenem Leder stand. Die Beleuchtung kam von diskret verborgenen Lampen.

»Wollen Sie etwas zu trinken? Einen Sherry? Kaffee?«

Ellinor blieb stehen, mit geradem Rücken und offensichtlich erschüttert, Lisa und Olivia hatten sich in die Sessel gesetzt.

»Gerne Kaffee«, antwortete Olivia, in erster Linie, um höflich zu sein.

Ellinor verließ den Raum, doch ihre Stimme war deutlich zu hören. Sie bat jemanden im Haus, Kaffee zu machen. Lisa sah Olivia an. Sie hatten nicht beliebig viel Zeit.

»Sie hat gerade erfahren, dass ihre Schwester ermordet wurde«, sagte Lisa. »Und wir haben erfahren, wie schlimm es ist, dass alle Nerze getötet werden müssen. Und jetzt Kaffee?«

Olivia stand auf und ging auf der Suche nach Fotos zwischen den Bücherregalen herum. Sie wurde nicht fündig. Dafür entdeckte sie einen Buchrücken, der sie interessierte. »Mexiko, das Land ohne Gewissen.«

Ellinor kam mit einem Kaffeetablett hereingerauscht. Ein paar Tassen, eine Kanne, ein hübsches Milchkännchen. Sie hatte ein Taschentuch in der Hand.

»Meine Schwester ist also ermordet worden?«, sagte sie und setzte sich ganz außen auf den leeren Sessel.

Ihre Hände wickelten die Finger in das Taschentuch, sie versuchte, gefasst auszusehen.

»Ja.«

»Wie? Wo?«

»Die genaue Todesursache konnte noch nicht festgestellt werden«, erwiderte Lisa. »Die Leiche wurde im Bosarpasee gefunden. Ob sie dort auch umgebracht wurde, wissen wir noch nicht.«

»Warum dachten Sie, sie hätte Selbstmord begangen?«, fragte Olivia. »Das war Ihre erste Reaktion.«

Ellinor schenkte Kaffee in drei Tassen, Lisa wollte keine Milch, Olivia nahm einen Schuss. Beide bemerkten, dass Ellinor zögerte, als wüsste sie nicht recht, wie sie sich ausdrücken sollte.

Dann sagte sie, beinahe vorsichtig:

»Meine Schwester hatte mit inneren Dämonen zu kämpfen … Zwangsgedanken … nicht, als wir noch klein waren, da war sie sehr fröhlich und lebhaft, hat sich ständig irgendwelchen Unfug ausgedacht, aber dann ist etwas passiert, wie wenn sie … ich weiß nicht, sie begann wegzugleiten, hat sich mehr und mehr in sich selbst zurückgezogen … davon geredet, dass das Leben nicht lebenswert sei.«

»Wann war das?«, wollte Olivia wissen.

»Irgendwann in der Teenagerzeit … Dann haben wir uns in unterschiedliche Richtungen entwickelt, sie hat drüben in Ysane Bertil kennengelernt, und ich bin in die Welt hinausgezogen. Danach hatten wir diesen, wie soll man sagen, Geschwisterdraht aus der Kindheit verloren, wir sind uns eher wie erwachsene Verwandte begegnet. Ich fand das traurig, sie war ja trotz allem meine Schwester, aber sie wurde so düster, man konnte keinen Spaß mehr mit ihr haben … Manchmal ist sie hergekommen und nur draußen zwischen den Nerzkäfigen hin und her gegangen, es war unmöglich, vernünftig mit ihr zu reden … und dann hat sie geweint. Ich konnte mit frisch gebackenen Zimtschnecken nach Hosaby rüberkommen, und sie fing nur an zu weinen … das war sehr anstrengend.«

»Und das war vor dem Brand, bei dem Bertil umgekommen ist?«

»Ja.«

»Hatten Sie Kontakt miteinander, als sie aus dem Gefängnis kam?«, fragte Lisa.

»Sie wollte keinen. Sie hat sich da drüben eingesperrt. Ich hab ein paarmal versucht, sie zu besuchen, aber sie hat nicht aufgemacht.«

»Sie hat behauptet, sie sei unschuldig.«

»Ich weiß … was soll man sagen? Es gab Beweise gegen sie, sie wurde jedenfalls verurteilt.«

»Obwohl sie alles geleugnet hat.«

»Ja.«

Olivia hob ihre Tasse von der Untertasse und nahm einen Schluck, Ellinor blickte auf ihre Hände hinunter.

»Fällt Ihnen irgendjemand ein, der einen Grund gehabt haben könnte, sie umzubringen?«, fragte Lisa. »Jemand, mit dem sie in Konflikt stand?«

»Nein. Der Einzige, den ich kenne, der sich über Agnetha ausgelassen hat, ist ihr Ex-Schwager.«

»Thomas Eriksson.«

»Ja. Sie war ja dafür verantwortlich, dass sein Bruder verbrannt ist. Aber sonst weiß ich nicht so viel über ihr Privatleben, seit sie zurückgekommen ist, mit wem sie Umgang hatte, ob sie überhaupt Umgang hatte. Darüber weiß Oskar vielleicht mehr, ihr Sohn.«

»Wissen Sie, ob Sara und sie Kontakt miteinander hatten?«

»Keine Ahnung. Sara hat ja in Stockholm gelebt, aber vielleicht haben sie telefoniert, ich weiß nicht.«

»Glauben Sie selbst denn, dass Agnetha an dem Brand schuld war?«

»Was hat das mit dem Mord an ihr zu tun? … Ja, ich glaube, dass sie schuldig war … allerdings wollte ich es damals nicht glauben, als es passiert ist. Meine eigene Schwester, das war ja völlig unfassbar. Aber dann konnten sie es ja beweisen, und da gab es nicht mehr so viel zu … man musste es einfach akzeptieren … aber es war sehr schwierig.«

Ellinor strich sich mit dem Taschentuch über die Augen und stand auf.

»Ich glaube, ich nehme einen kleinen Sherry.«

Sie ging zu einem runden Barwagen aus blankem Messing hinüber, griff nach einer Flasche und goss etwas Sherry in ein funkelndes Kristallglas. Als sie sich umwandte, hatte sie ihre Fassung wiedererlangt.

»Wir sterben zu früh in unserer Familie«, sagte sie leise.

Als sie an dem Sherryglas nippte, bemerkte Olivia, dass ihre Hand zitterte. Von der Tür war ein Räuspern zu hören, und Ellinor wandte sich um. Dort stand ein kleiner, untersetzter Mann in Gummistiefeln und hielt eine graue Gasflasche in der Hand.

»Ja?«, sagte Ellinor.

»Wir brauchen ein bisschen Hilfe.«

Der Mann sprach Ellinor auf Französisch an.

»Ich komme in einer Minute«, erwiderte sie.

Der Mann verschwand aus der Tür und Ellinor entschuldigte sich.

»Ich muss hier leider abbrechen, es gibt noch viel Arbeit da draußen.«

Lisa und Olivia nickten und standen auf.

Sie traten gemeinsam auf den breiten Treppenabsatz hinaus.

»Aber wenn es noch etwas gibt, womit ich helfen kann, dann bin ich hier«, sagte Ellinor.

»Danke«, antwortete Lisa.

Sie ging neben Olivia die Treppe hinunter. Auf der untersten Stufe drehte sich Olivia zu Ellinor um.

»Haben Sie einen Schlüssel zu Agnethas Haus?«

»In Hosaby?«

»Ja.«

»Nein. Warum fragen Sie? Ich bin seit Ewigkeiten nicht dort gewesen.«

»Wir versuchen herauszufinden, wer alles Zugang zu ihrem Haus hatte.«

»Ach so? Nein, ich habe keinen Schlüssel.«

Olivia nickte und folgte Lisa zum Auto. Ellinor verschwand in Richtung des grauen Hauses. Die Schreie der sterbenden Tiere verfolgten Lisa bis in den Wagen. Sie knallte die Tür zu.

»Gesunde Tiere einfach so zu töten, nur damit irgendwelche verantwortungslosen Frauen und Rapper herumprotzen können, das sollte verboten werden.«

Olivia antwortete nicht. Sie hatte eine etwas zwiespältigere Einstellung zu den Tötungen. Dort, wo sie als Kind die Sommer verbracht hatte, in den Stockholmer Schären, war der Nerz ein Tier, das man verabscheute, ein brutaler Mörder, der Krebspopulationen ausrottete und Vogelkolonien zerstörte. Aus dem See auf Tynningö war der vom Aussterben bedrohte Flusskrebs fast völlig verschwunden.

Also hielt sich ihr Mitleid mit den schreienden Nerzen in Grenzen.

»Aber ist es nicht etwas seltsam, dass sie alle töten, obwohl sie es eigentlich gar nicht müssen?«, fuhr Lisa fort. »Sie hatten ja das Virus gar nicht hier.«

»Präventiv, hat sie doch gesagt.«

»Ja, aber trotzdem. In Dänemark mussten sie es ja, aber hier?«

Und plötzlich fiel Lisa etwas ein. Sie nahm ihr Handy und ging in die Fotogalerie. Als sie das Bild gefunden hatte, das sie suchte, hielt sie es vor Olivia hoch.

»Was ist das?«, fragte Olivia.

»Ein Gemälde, das in Saras Schlafzimmer stand, auf einer Staffelei. Siehst du, was da drauf ist?«

»Eine Art totes Tier?«

»Ein Nerz, vielleicht?«

Olivia vergrößerte das Bild etwas.

»Ja, vielleicht.«

Das Tier auf dem Bild erinnerte an die Kadaver, die man in den Container geworfen hatte. Und es brachte Olivia auf einen Gedanken: Den Gestank und die Schreie, von denen Sara im Keller gesprochen hatte, hatte sie die hier erlebt?

*

Stilton kam mit einem blauen Mundschutz aus dem Haupteingang des Krankenhauses. Er blickte über den Parkplatz und fühlte sich extrem euphorisch. Ein Parkplatz im Halbdunkel, mit vereinzelten Straßenlaternen, die sich in den Autodächern spiegelten. Gibt es etwas Schöneres?, dachte er. Vor einer Weile hatte der Arzt mit dem schwierigen Nachnamen erklärt, das Fieber habe sich gelegt und sein Zustand habe sich so verbessert, dass nun kein Krankenhausaufenthalt mehr nötig sei. Er könne entlassen werden.

Stilton fühlte sich, als hätte er einen Freifahrtschein ins Leben erhalten.

Auch wenn der Arzt ihn darauf hingewiesen hatte, dass er noch lange nicht gesund war.

Er atmete die kühle Abendluft ein und spürte, wie sich seine Brust mit einem Siegesgefühl füllte. Ich hab es überwunden!, dachte er.

Luna würde ihn mit einem Taxi abholen, das wollte sie sich nicht nehmen lassen. Dass er den ganzen Weg zum Kahn laufen oder sich in einen Bus setzen sollte, stand für sie nicht zur Debatte. Also lehnte er sich gegen die weiße Wand und wartete.

Und dann holte er sein Handy heraus und wählte eine Nummer.

»Hi, Mårten, hier ist Tom!«

»Wo bist du?«

»Ich liege mit Beatmungsgerät auf der Intensivstation, hier ist verdammt schlechter Empfang!«

Aus erklärlichen Gründen war Mårten ein paar Sekunden still, bevor er sagte: »Du bist entlassen?«

»Yes!«

Er hörte sofort, dass Tom aufgekratzt war. Ein Mann mit Toms Charakter, der kaum einen Millimeter Selbstmitleid zuließ, hatte natürlich das Bedürfnis, seine eigene Angst herunterzuspielen, wenn die Gefahr vorüber war, das verstand Mårten.

»Das ist ja wunderbar, dann hast du die Qualen jetzt überstanden.«

»Das waren keine Qualen, die schlimmste Qual war dieses verdammte Stäbchen, das ich mir fast bis zum Hirn reinschieben musste!«

Tom lachte auf, und Mårten verzichtete darauf, ihm zu sagen, dass das Virus nach einer vorübergehenden Verbesserung neue Fahrt aufnehmen konnte. Er wollte Toms Enthusiasmus nicht zerstören.

»Wie geht es euch denn?«, fragte Stilton. »Mette?«

»Es geht ihr gut. Sie sitzt unten im Keller, und sie hat auch ab und zu Kontakt zu Olivia, die gerade in Blekinge ist.«

»Aha? Und was macht sie da?«

»Arbeitet an diesem Mordfall.«

»Welchem denn?«

»Diese Sache, bei der Olivia fast verbrannt wäre – die andere Frau wurde offenbar ermordet.«

Zum ersten Mal landete Stilton in der Realität. Der Parkplatz wurde plötzlich komplett uninteressant. Er ließ die Wand los und trat einen Schritt von ihr weg.

»Sie wurde ermordet?«

»Ja, offenbar.«

Stilton hielt das Handy ein Stück vom Ohr weg. Warum hab ich das nicht erfahren?, dachte er. Ermordet? Aber schon eine Sekunde später überlegte er: Es ist ja auch überhaupt nicht mein Bier. Ich bin kein Polizist. Bald bin ich gesund und werde zurück nach Rödlöga fahren und Groppen fischen.

»Tom?«

Mårten versuchte, den Kontakt wieder herzustellen.

»Ja, entschuldige, ich war kurz ein bisschen abwesend, aber grüß Mette! Wenn dieser Mist hier vorbei ist, treffen wir uns und ertränken uns in Abendessen!«

Wir haben uns noch nie »in Abendessen ertränkt«, dachte Mårten. Ab und zu haben wir uns getroffen und hatten einen schönen Abend, aber uns ertränkt, das muss man wohl seinem akuten Zustand zuschreiben.

Also sagte er:

»Absolut. Dann pass jetzt auf dich auf. Ruh dich noch schön aus und bleib zu Hause auf dem Kahn.«

»Werd ich!«, erwiderte Stilton und lachte.

*

Kristianstad kann ein wunderschöner Ort sein, mit Sonne und lebendigen Straßen und dem Naturum Vattenriket, einer originellen Anlage, die auf Holzpfählen mitten in die Wasserquelle der Stadt gebaut wurde, ein Muss für alle Touristen. Jedenfalls vor der Pandemie. Für die etwas nerdiger Veranlagten behauptet die Stadt, der niedrigste Punkt Schwedens zu sein, 2,3 Meter unter dem Meeresspiegel.

Doch an diesem Abend kam der Sturm aus der Hanöbucht angefegt und heulte über das Festland. So zeigte sich die Stadt von ihrer weniger schönen Seite. Der Dezemberseite, mit nassen Straßen und Leuten, die sich vor dem kalten Wind wegduckten, soweit sie sich überhaupt nach draußen wagten.

Lisa war zügig gefahren und innerhalb von zwanzig Minuten angekommen. Olivia hatte Zeit gefunden, mit Lukas zu sprechen und ihm die Lage zu erklären. Es würde vielleicht eine Weile dauern, bis sie wieder zu Hause war.

»Und Kleider? Soll ich dir was schicken?«, hatte er gefragt und sie an ihre Garderobe erinnert.

Das heißt, an die wenigen Kleidungsstücke, die in ihrem Rollkoffer lagen und eigentlich für eine Übernachtung in Ronneby gedacht waren. Nicht für viele Nächte in Kristianstad.

Aber sie würden schon eine Lösung finden.

Sie hielten an einem Seven-Eleven am Stadtrand an, kauften Frühstück, Duschgel und Haarshampoo und fuhren zur Polizeiwache. Isidora hatte die Schlüssel zu der Leihwohnung an der Rezeption hinterlegt.

Es war eine einfach möblierte Dreizimmerwohnung: ein Couchtisch, zwei Sessel, ein spärlich bestücktes Bücherregal, keine Teppiche. Die ganze Wohnung durchwehte ein Hauch aus den Siebzigern. Aber sie hatte ein größeres Schlafzimmer und ein Gästezimmer, Küche und Wohnzimmer, und lag nicht sehr weit von der Wache in der Östra Kaserngatan entfernt.

»Ist doch völlig okay«, sagte Lisa und warf ihre Jacke auf ein graues IKEA-Sofa.

»Besser als Hotel.«

Sie hatten schon ein paarmal zusammen ein Zimmer gehabt, auf verschiedenen Dienstreisen, einmal hatten sie sich sogar ein Bett geteilt. Besser gesagt, ein Doppelbett, das sie zu zwei Betten auseinandergezogen hatten. Das hier war also vergleichsweise luxuriös.

Beide waren müde und hungrig. Früh am nächsten Morgen sollten sie Isidora treffen und gemeinsam ihre beiden Ermittlungen durchgehen. Darauf freuten sie sich.

»Ich mag sie«, sagte Lisa.

»Ja, sie wirkt kompetent. Und Tore Möller scheint ja spannend zu sein.«

»Ja, oder? *Spannend! Wirklich!*«

Lisa imitierte Tores Dialekt, und plötzlich brachen alle Dämme. Beide fingen hysterisch an zu lachen. Aufgrund des langen Tages und ihrer merklichen Erschöpfung dauerte es eine Weile, bis der Lachanfall abklang. Olivia ging in die Küche, öffnete den leeren Kühlschrank, stellte das Frühstück hinein und spürte ein Ziehen im Magen.

»Wir hätten uns auch was zum Abendessen kaufen sollen«, stellte sie fest.

»Ja … war hier um die Ecke nicht eine Pizzeria?«

Die Pizzeria hieß Tre Kronor und war in üblicher Manier eingerichtet, einer Mischung aus Kitsch und Gastfreundlichkeit. Außerdem war sie trotz der Pandemie offen und fast leer. Perfekt für Lisa und Olivia, weniger perfekt für die Betreiber.

Aber so waren die Zeiten.

Sie bestellten jede eine Pizza und setzten sich mit zwei Flaschen Mineralwasser an einen Tisch am Fenster. Lisa zog ihr Handy aus der Tasche und tippte eine Nummer ein.

»Wen rufst du an?«

»Oskar.«

Natürlich, dachte Olivia und nahm einen Schluck Wasser. Es hatte mit einem Telefonat und einem Videomeeting oben in Stockholm angefangen, war mit ein paar Gesprächen in Hosaby und am Flughafen weitergegangen, und jetzt waren sie hier. In Kristianstad. Vielleicht in Laufweite. Klar, dass sie anrief.

»Hallo Oskar, hier ist Lisa. Störe ich?«

»Nein.«

»Wie geht's dir?«

»Na ja, es geht so.«

Das verstand Lisa sehr gut. Er hatte innerhalb kürzester Zeit zwei Todesnachrichten bekommen, er musste ziemlich mitgenommen sein.

»Ich hab gehört, ihr seid in der Stadt«, sagte Oskar.

»Ja.«

»Wie lief es in Hosaby?«

»Gut, denke ich«, antwortete Lisa. »Wir werden morgen alles durchgehen, bist du dann da?«

»Vermutlich.«

»Okay … bist du jetzt zu Hause?«

»Nein, auf der Wache«, erwiderte Oskar.

»Wir sitzen hier und warten auf eine Pizza, in der Östra Storgatan, das ist doch in der Nähe, oder?«

»Nicht so richtig.«

»Ach so.«

»Aber ich kann später kurz vorbeischauen, wenn ihr noch ein bisschen da seid.«

»Sind wir. Im Tre Kronor.«

Lisa legte das Handy weg, ohne Olivia anzusehen. Hätte sie es getan, hätte sie gesehen, dass Olivia ein wenig lächelte.

»Er kommt her?«, fragte sie.

»Ja. Das ist doch okay, oder?«

Eigentlich nicht, dachte Olivia. Sie hatte einige Fragen an Oskar, über ihr Gespräch mit seiner Schwester in Lammåsa. Die hätte sie sich gern für eine Gelegenheit aufgehoben, bei der sie ausgeruhter war.

Aber nun sollte es eben so sein.

Oskar kam, als sie ihre Pizzen ungefähr zur Hälfte gegessen hatten. Sie standen auf und grüßten sich mit den Ellenbogen, und Lisa konstatierte, dass er einen Kopf größer war als sie. Das war im Videomeeting nicht zu erkennen gewesen.

Der Rest war so, wie sie es in Erinnerung hatte.

Oskar wandte sich zum Tresen, bat um ein Mineralwasser und einen Salat und zog einen Stuhl am Ende des Tisches heraus. Lisa wollte gerade fragen, wie es lief, als er sagte:

»Ihr wart also in Agnethas Haus?«

»Ja, mit Isidora und diesem rothaarigen Typen.«

»Tore Möller.«

»Ja. Kennst du ihn?«

Oskar lächelte und dachte: Großstadtmenschen.

»Ja«, sagte er. »Wir sind nicht so viele Polizisten hier in Kristianstad. Habt ihr im Haus was gefunden?«

»Das einzig Auffällige war ihr Schlafzimmer«, antwortete Lisa. »Hast du das gesehen?«

»Nein. Ich bin sehr lange nicht mehr dort gewesen.«

»Die eine Wand war komplett tapeziert mit Material zum alten Brandstiftungsfall, vom Boden bis zur Decke.«

Oskar nickte, als würde er verstehen. Er wich ein wenig zurück und ließ eine Frau mit Mundschutz Salat und Wasser vor ihn hinstellen.

»Danke«, sagte er.

Olivia saß zurückgelehnt und beobachtete Oskar. Sie war neugierig, aus mehreren Gründen. Sie sah, wie er eine Gabel nahm und damit in den Salat stach, ohne den Blick zu heben. Entweder es geht ihm nicht so gut, dachte sie, angesichts all dessen, was passiert ist. Oder er ist einfach so.

Distanziert.

Sie fragte sich, ob Lisa den Faden mit dem Schlafzimmer weiterverfolgen wollte, um zumindest den Dialog in Gang zu halten, aber Oskar kam ihr zuvor.

»Das klingt nach Agnetha«, sagte er und schluckte den Salat hinunter.

»Mit der Wand, meinst du?«, fragte Lisa.

»Ja. Sie war besessen von diesem Brand.«

»Sie war offensichtlich der Meinung, dass sie zu Unrecht verurteilt wurde.«

»Ich weiß.«

Lisa wartete auf eine Fortsetzung, doch es kam keine. Oskar schenkte sich ein Glas Wasser ein und trank zwei große Schlucke.

»Könnte das mit dem Mord an ihr in Zusammenhang stehen?«, fragte Lisa, die mit dem Thema noch nicht fertig war.

»Was? Dass sie behauptet hat, unschuldig zu sein?«

»Ja?«

»Sprich mit Isidora, sie leitet die Ermittlung. Ich weiß es nicht.«

Lisa merkte, dass Oskar auswich. Nicht so verwunderlich vielleicht, sie sprachen schließlich über seine Mutter. Aber sie hatte das in ihren Gesprächen schon ein paarmal bemerkt. Wenn gewisse Dinge berührt wurden, wechselte er das Thema.

»Wie geht es denn deiner Tochter?«, erkundigte sich Lisa, um die Stimmung aufzulockern.

»Gut, aber sie findet es natürlich nicht so lustig mit diesem ganzen Pandemie-Mist.«

»Klar, das geht ja allen so. Wir müssen wohl auf diese Impfung hoffen.«

»Ja.«

Olivia schob ihren Pizzateller weg, sie hatte den Rand übrig gelassen. Das tat sie immer. Jetzt spürte sie, dass das Gespräch ins Stocken geraten und in Small Talk übergegangen war. Vermutlich, weil sie selbst das fünfte Rad am Wagen war. Aber sie hatte Oskar ja auch nicht kontaktiert. Also beschloss sie, die Fragen auf den Tisch zu bringen, die sie eigentlich lieber in einer formelleren Situation gestellt hätte, nicht in einer Pizzeria.

»Ich weiß nicht, wie viel du über das weißt, was in Lammåsa passiert ist«, sagte sie. »Aber ich bin ziemlich lange dort eingesperrt gewesen, vier, fünf Tage. Zum Schluss im Keller.«

Oskar nickte. Wusste er es oder wusste er es nicht? Olivia konnte es nicht deuten.

»Wir haben ziemlich viel geredet, oder meistens eigentlich Sara, und sie hat Sachen gesagt, bei denen ich nicht kapiert habe, was sie meinte. Es ging viel um die Vergangenheit, um Dinge, die ihr passiert waren. Unter anderem hat sie behauptet, dass sie von irgendwelchen Schreien verfolgt wird, die offenbar tiefe Spuren hinterlassen haben. Weißt du, was sie damit gemeint haben könnte? Was das für Schreie waren?«

Oskar stellte sein Wasserglas ab und zuckte kurz mit den Schultern, er mied Olivias Blick.

»Keine Ahnung«, erwiderte er. »Sie hat vielleicht an unsere Eltern gedacht, die haben sich ja ziemlich oft angeschrien.«

Vielleicht, dachte Olivia, aber so wirkte es nicht. Bei den Schreien ging es um etwas anderes.

»Und dann hat sie noch gesagt, dass sie von einem Gestank verfolgt wird, der sie gequält hat, den sie nicht abwaschen konnte. Könnte das etwas mit der Nerzfarm deiner Tante zu tun haben? Die Schreie und der Gestank?«

»Warum sollte das so sein?«

»Weil wir heute dort waren, als sie gerade Nerze getötet haben, und das Offensichtlichste für uns waren exakt die Schreie und der Geruch.«

Oskar stocherte in seinem Salat herum, ohne aufzublicken.

»Ich hab keine Ahnung«, sagte er. »Ich weiß nicht, was in Saras Kopf vorging.«

»Es gibt also nichts in eurer Kindheit oder Jugend, das du damit in Verbindung bringen kannst?«

»Nein.«

Oskar sah Lisa an, als wollte er sie um Hilfe bitten, Olivias Fragen ein Ende zu setzen. Lisa wollte ihm gerade beistehen, als sein Handy zu summen begann. Er nahm schnell ab.

»Ja, hier ist Eriksson … Okay, ich komme.«

Er legte auf und erhob sich.

»Ich muss weg. Sie haben draußen bei Åhus einen Sattelschlepper angehalten. Vielleicht sehen wir uns morgen?«

»Sicher«, sagte Lisa.

Lisa folgte ihm mit dem Blick. Als er nach draußen verschwunden war, sah sie Olivia an.

»Was meinst du?«, fragte sie.

Oskar war nicht so ganz Olivias Typ. Gut aussehend, zurückhaltend, aber kein Mann, den sie sich aussuchen würde. Andererseits würde Lisa sich sicher auch keinen Typen wie Lukas aussuchen.

»Er wirkt sehr gefasst.«

»Ja. Und?«

»Er hat gerade erst erfahren, dass zwei nahe Familienmitglieder ermordet worden sind. Seine Tochter hat eine Großmutter und eine Tante verloren. Das ist schwer zu bewältigen, emotional.«

»Jeder reagiert anders«, erwiderte Lisa.

»Ja, klar.«

»Außerdem kann es ja auch was mit seinem Verhältnis zu ihnen zu tun haben. Er scheint weder mit Sara noch mit Agnetha engeren Kontakt gehabt zu haben.«

»Stimmt. Trotzdem hatte er einen Schlüssel zu Agnethas Haus. Ich hab keinen Schlüssel zu Marias, und wir haben ein gutes Verhältnis. Inzwischen.«

»Worauf willst du hinaus?«

Olivia wollte auf gar nichts hinaus. Sie reflektierte nur, was Lisa offenbar störte. Also sagte sie: »Er scheint in Ordnung zu sein.«

»In Ordnung?«

»Ja.«

Lisa stand auf, um sich noch eine Flasche Mineralwasser zu holen.

Als Olivia ins Bett kroch, war es schon nach Mitternacht. Sie fühlte sich schäbig. Warum war sie Oskar gegenüber nicht wohlwollender gewesen, um Lisas willen? Lisa war offensichtlich an ihm interessiert, in welcher Form auch immer. Morgen würde sie es wiedergutmachen. Sie schaltete die Nachttischlampe aus.

Da rief Tom an.

»Hallo du!«, sagte er. »Ich weiß, es ist spät, aber ich wollte mich einfach melden, ich bin heute aus dem Krankenhaus entlassen worden.«

»Ich weiß, Luna hat es mir schon geschrieben, aber wie schön, deine Stimme zu hören! Wie geht es dir jetzt?«

»Gut. Das Fieber ist weg, das Virus hat aufgegeben.«

Bei ihm klingt es, als wäre er siegreich aus einer Schlacht hervorgegangen, dachte Olivia.

»Wie läuft es bei dir?«, fuhr er fort. »Du bist in Blekinge?«

»Ja, beziehungsweise in Skåne. Wir haben gerade erfahren, dass Saras Mutter ermordet wurde.«

»Ach du Scheiße! Hängt das mit dem Mord an Sara zusammen?«

»Noch keine Ahnung, wir werden morgen damit loslegen.«

»Also bleibst du da unten?«

»Bis auf Weiteres. Und du? Fährst du jetzt wieder raus nach Rödlöga?«

»Nicht sofort, ich muss noch ein bisschen warten mit diesem Covid… Und wir sind uns bei dem Thema auch nicht so ganz einig, Luna findet es ziemlich einsam da draußen.«

»Kann ich verstehen. Wie geht es ihr eigentlich?«

»Gut, erstaunlicherweise. Man könnte ja meinen, ich hätte sie anstecken müssen, aber so funktioniert das offenbar nicht.«

»Sieht so aus. Aber grüß sie und… ach ja! Lisa meinte, du hättest meine Halskette in Saras Auto gefunden, ist sie bei dir auf dem Kahn?«

»Ja.«

»Wenn ihr nach Rödlöga abdampft, kannst du sie ja bei Mette oder Ronny lassen, ich möchte sie gern wiederhaben.«

»Okay, und wenn es noch was gibt, das ich tun kann, dann melde dich. Aber bitte nicht über so einen verdammten Videocall.«

Olivia lachte, sagte gute Nacht und sank auf ihr Kissen. Tom klang wie immer. Das war das Wichtigste.

*

Der Hafen in Åhus ist der größte Containerhafen in Südschweden mit einem kontinuierlichen Güterfluss in beide Richtungen. Er liegt in der Hanöbucht. Dort war mithilfe eines Drogenhundes ein Sattelschlepper gestoppt worden. Er hatte bei einem blauen Container angeschlagen, und Zollbeamte hatten eingegriffen.

Als Oskar und ein Kollege am Hafen ankamen, mitten im strömenden Regen, stand der Sattelschlepper an der Seite in einer gesonderten Reihe, die Türen des Containers waren offen. Sie stiegen aus dem Auto und sahen ein Stück weiter einige Zollbeamte mit einem Mann in einer braunen Jacke reden. Oskar nahm an, es war der Fahrer. Er ging zum Sattelschlepper und begrüßte einen uniformierten Mann. Sie kannten einander gut.

»Komm mit«, sagte der Zollbeamte.

Sie stiegen in den Container hinauf, und der Zollbeamte schaltete eine starke Taschenlampe ein. Der Raum war voller großer Metallkisten. Mehrere von ihnen waren geöffnet worden. Der Zollbeamte ging zu einer offenen Kiste und leuchtete ins Innere. Oskar blickte hinein.

»Nerzfelle«, sagte er.

»Ja.«

Schmuggel von gestohlenen Nerzfellen kam immer wieder vor, war aber wohl kaum ein Fall für Oskars Abteilung.

Also wartete er ab.

Der Zollbeamte schob ein paar Felle beiseite und nahm eines heraus. Es sah aus wie alle anderen Felle. Bis er es umdrehte. Das Fell war an der Unterseite zusammengenäht.

»Wir haben einige solche gefunden«, erklärte der Zollbeamte. »Vermutlich sind in den anderen Kisten noch viel mehr davon.«

Der Zollbeamte holte ein kleines Messer heraus und trennte die Naht auf, die das Fell zusammenhielt. Im Pelz lagen mehrere kleine, durchsichtige Tütchen. Oskars Kollege leuchtete sie mit seiner eigenen Taschenlampe an. Die Tütchen enthielten ein gelbliches Pulver.

»Meth?«, mutmaßte er.

»Kann sein.«

Drogen in Tierfelle eingenäht zu finden war an sich schon ungewöhnlich, aber noch unerwarteter war die Richtung, in der die Drogen unterwegs gewesen waren. Aus dem Land hinaus, nicht herein.

»Was sagt der Fahrer?«, fragte Oskar.

»Nichts, wie üblich«, antwortete der Zollbeamte. »Er hat den Auftrag bekommen, hierherzufahren und den Container abzuladen, er sollte auf ein Schiff nach Amsterdam.«

»Wo hat er die Pelze abgeholt?«

»Er behauptet, er hätte den Container auf einem Abstellplatz abgeholt, woher die Felle kommen, weiß er nicht.«

»Ist er Schwede?«

»Nein, Pole.«

»Okay, wir nehmen ihn mit.«

Oskar warf einen letzten Blick auf die Nerzfelle. Nichts in seinem Gesicht verriet, was er dachte.

Kriminalkommissarin Isidora Diaz-Åstorp wurde 1975 als Kind chilenischer Eltern geboren und war dreißig Jahre später fertig ausgebildete Mordermittlerin. Einer ihrer ersten Fälle war der Brand in Ysane, bei dem Bertil Eriksson von seiner Frau Agnetha getötet worden war. Jetzt, fünfzehn Jahre später, war sie dabei, den Mord an Agnetha aufzuklären.

Ironie des Schicksals.

Isidora hieß Lisa und Olivia in dem geräumigen, aber fensterlosen Ermittlungszimmer willkommen. In der Mitte stand ein ovaler Tisch, der von hellen Neonröhren an der Decke beleuchtet wurde. Ein abgewetzter Linoleumboden zeugte von der häufigen Benutzung des Raums. An der einen Querseite stand ein durchgesessenes Ledersofa, an der Wand darüber hing ein Foto von Per-Åke Åkesson, dem Ermittler, der den Mord an Helén Nilsson aufgeklärt hatte.

An der einen Längsseite war eine große Tafel mit massenhaft Material zum Mord an Agnetha Eriksson angebracht, alles, was sie bisher herausgefunden hatten. Tatortfotos von der Reuse, von der schlimm zugerichteten Leiche und ein Bild von Björn Lundgren, dem Mann, der das Opfer aus dem Bosarpasee gefischt hatte. Mehrere Fotos von der Wand in Agnethas Schlafzimmer und einige, auf denen ihr Haus von außen zu sehen war. Am Rand der Tafel befand sich eine große, detaillierte Karte. Zwei Orte waren eingekreist: Der See und Hosaby, wo Agnetha wohnte.

»Ihr könnt die hier verwenden.« Isidora zeigte auf die andere Längsseite.

Sie war bisher noch vollkommen leer.

»Gut«, sagte Lisa.

Sie hatte Bosse gebeten, alles hierherzuschicken, was sie zum Mord an Sara hatten, und Olivia war bereits auf dem Weg zur Wand. Auch hier gab es schon einiges Material aufzuhängen. Von dem Brand. Dem Opfer. Der Kopfverletzung. Dem Tablettenblister im Garten. Den Reifenspuren. Der Mail von Agnetha an Sara. Plus ein kleines Handyfoto von einem Laptop, aufgenommen durch ein Fenster bei Agnetha.

Und ein Foto von einem amateurhaften Ölgemälde aus Saras Schlafzimmer.

Isidora hatte Kaffee geholt und sich an den Tisch gesetzt. Sie beobachtete, wie die beiden Kolleginnen einander wortlos halfen. Sie arbeiten schon eine Weile zusammen, dachte sie, und sie scheinen effektiv zu sein. Genau wie Mette gesagt hat.

Isidora kannte Mette seit mehreren Jahren, von vielen Fällen, die einander berührt hatten. Sie hatte sie gestern angerufen und sich über Lisa und Olivia erkundigt. Wenn man zusammen eine schwierige Mordermittlung führen will, muss man sich aufeinander verlassen können, sich sicher fühlen, sich trauen, Hypothesen einfach frei von der Leber weg aufzustellen, ohne Angst zu haben, dumm zu wirken. Mette hatte sie beruhigt. Lisa und Olivia wussten, was sie taten.

Isidora stand auf und stellte sich wieder zur Agnetha-Wand.

»Seid ihr fertig?«, fragte sie.

»Ja«, sagte Lisa. »Aber ich möchte gern einen Kollegen aus Stockholm per Videocall dazuholen. Bosse Thyrén. Er ermittelt von dort aus in dem Fall. Ist das okay?«

»Kein Problem.«

Bosse antwortete sofort. Lisa sah, dass er sich ein Sakko angezogen hatte.

»Siehst du die Wand hier?« Lisa drehte den Laptop so, dass Bosse einen möglichst guten Blick darauf hatte.

»Ja«, antwortete er.

»Gut. Das ist Isidora Diaz-Åstorp, sie leitet die Ermittlung hier vor Ort.«

Bosse begrüßte sie, und Isidora stellte sich vor die Wand.

»Das hier wissen wir über den Mord an Agnetha Eriksson«, begann sie. »Die Leiche wurde neulich im Bosarpasee gefunden, von einem Mann, der dort beim Fischen war. Die Todesursache wurde noch nicht festgestellt.«

»Könnte sie ertränkt worden sein?«, warf Olivia ein.

»Das hätte die Obduktion gezeigt. Das war offenbar nicht der Fall. Sie hatte auch keine äußeren Verletzungen, die ihren Tod verursacht haben könnten. Keine von Menschenhand, nur die, die ihr die Krebse in der Reuse zugefügt haben.«

»Wie lange war sie schon tot?«, wollte Lisa wissen.

»Vorläufig geht man von rund drei Wochen aus.«

Lisa und Olivia blickten einander an.

»Was ist?«, fragte Isidora.

»Das besprechen wir, wenn wir an der Reihe sind. Weiß man, wo sie umgebracht wurde?«

»Nein. Die Techniker haben gestern ihr Haus untersucht, ohne etwas Bemerkenswertes zu finden, aber das wird sicher klarer werden, wenn wir wissen, wie sie gestorben ist. Sie haben im Haus einige Fingerabdrücke und anderes gesichert. Was wir dagegen wissen, dank euch, ist, dass ihr Laptop nach ihrem Tod aus ihrem Haus verschwunden ist. Wir haben in Hosaby in der Nachbarschaft eine Befragung durchgeführt, aber die hat nichts ergeben. Niemand hat fremde Personen bei oder in Agnethas Haus gesehen.«

Isidora fingerte kurz an ihrem langen Zopf herum und wandte sich zu Lisa und Olivia.

»Ja, das ist wohl in groben Zügen das, was wir bisher haben«, schloss sie ihre Ausführungen und ging dann zu der anderen Wand hinüber, dicht gefolgt von Olivia. Lisa drehte den Bildschirm mit Bosse in diese Richtung.

»Willst du?«, sagte Olivia zu Lisa.

Lisa erläuterte konkret und effektiv die Umstände um Saras Tod und was sie bis zum jetzigen Zeitpunkt wussten. Leider war das nicht sehr viel.

Als sie fertig war, sagte Isidora:

»Okay. Erste Frage: Hängen die Morde zusammen? Zweite Frage: Gibt es in diesem Fall ein überlappendes Motiv?«

»Wir haben noch kein Motiv zum Mord an Sara«, antwortete Lisa. »Und bei Agnetha?«

»Wir haben gerade begonnen, uns damit zu befassen. Momentan überprüfen wir ihr Kontaktnetz, versuchen herauszufinden, mit wem sie im Gefängnis zu tun hatte, aber das wird etwas Zeit brauchen.«

Es wurde still. Olivia ging zu der anderen Wand und nahm einen Stift vom Tisch. Sie betrachtete die detaillierte Karte und stellte fest, dass sie nicht bis Småland reichte. Also schrieb sie ganz oben »Lammåsa« darauf und rahmte den Namen ein.

»Was ist das?«, fragte Isidora.

»Dort ist Sara verbrannt. Das Haus gehörte ihr und ihrem Bruder Oskar, eine alte Hütte, die sie von ihrem Vater geerbt hatten. Hast du mit ihm über den Brand gesprochen?«

»Nein«, sagte Isidora.

Alle drei richteten ihren Blick erneut auf die Karte.

»Wir sollten vielleicht auch Ysane einkreisen«, schlug Lisa vor.

»Warum?«, wollte Isidora wissen.

»Dort fand die erste Brandstiftung mit Todesfolge statt.«

»Du denkst, sie steht mit unseren Fällen in Verbindung?«

»Sie steht mit Agnetha in Verbindung, und vielleicht auch mit Sara.«

Olivia machte einen Kreis um den Ort Ysane bei Mjällby auf Listerlandet. Als sie einen Schritt zur Seite trat, fiel ihr Blick auf eines der Fotos aus Agnethas Schlafzimmer. Von der Wand mit dem Material über den alten Brandstiftungsfall. Sie zeigte auf die Mitte des Fotos.

»Was ist hiervon zu halten? Was auf dem Zettel steht?«

Lisa und Isidora beugten sich zu dem Foto vor.

»*Jetzt weiß ich, wer das Feuer gelegt hat*«, sagte Olivia. »Wie sollen wir das interpretieren? Ist sie eine Querulantin?«

»Vermutlich«, meinte Lisa.

»Aber wenn wir mal mit dem Gedanken spielen, dass das, was Agnetha hier geschrieben hat, tatsächlich wahr ist«, erwiderte Olivia. »Dass sie an dem Brand unschuldig war und herausgefunden hatte, wer ihn gelegt hat, dann gibt es ja jemanden oder welche, die sich bedroht fühlen müssten, wenn sie wüssten, dass sie darauf gekommen ist, und dann hätten wir ein Motiv.«

»Für den Mord an ihr«, warf Lisa ein. »Nicht an Sara.«

»Das stimmt.«

»Agnetha war schuldig«, sagte Isidora und richtete sich auf.

»Aber sie hat es geleugnet.«

»Das tun viele Mörder. Wir haben gründlich ermittelt, alles deutete auf sie hin.«

»Gab es noch andere Verdächtige?«

»Nein … oder doch, am Anfang, ihr Schwager wurde verhört, ist aber nach einer Weile als Täter ausgeschieden, er hatte ein Alibi für den Zeitpunkt.«

»Thomas Eriksson?«

»Ja. Es gibt übrigens Kaffee, wenn ihr wollt.«

Isidora zeigte auf den ovalen Tisch, und alle drei setzten sich mit etwas Abstand zueinander. Bosse war während der Ausführungen fast vollkommen still gewesen, was vermutlich die Ursache dafür war, dass Isidora völlig unbewusst den Laptop zuklappte, als sie sich hinsetzte. Gleich darauf klingelte Lisas Handy. Es war Bosse.

»Oh, entschuldige! Einen Moment.«

Lisa klappte den Bildschirm schnell wieder auf und holte Bosse zurück. Er trug es mit Fassung.

»Ihr habt reagiert, als ihr den vorläufigen Todeszeitpunkt von Agnetha erfahren habt«, sagte Isidora und goss Kaffee in eine Tasse. »Warum?«

»Weil er weit vor dem Brand liegt, bei dem Sara umgekommen ist, und somit der Anruf nicht von Agnetha gekommen sein kann.«

»Was für ein Anruf?«

Olivia berichtete von dem Telefongespräch, das sie mitgehört hatte, als sie im Keller gefangen gewesen war, und dass sie den Eindruck gehabt hatte, dass Sara die Person kannte.

Und dass es eine Frau gewesen war.

Und dass diese Frau in dem Gespräch herausgefunden hatte, wo Sara sich gerade befand.

»Habt ihr ihre Verbindungsnachweise?«, fragte Isidora.

Damit war endlich Bosse an der Reihe.

»Wir haben sie angefordert«, antwortete er. »Aber bei den Anbietern läuft das immer zäh.«

»Ich weiß«, sagte Isidora.

»Aber ich werde noch mal dort anrufen.«

Lisa drehte sich zur Sara-Wand hinter sich.

»Und dann müssen wir auch den Tablettenblister in unsere Überlegungen mit einbeziehen. Den hier.«

Sie zeigte auf ein paar Fotos auf der Wand.

»Wo wurde der gefunden?«, wollte Isidora wissen.

»Im Garten vor dem verbrannten Haus, kurz nachdem die Polizei dort angekommen war. Es sind Tabletten gegen Schilddrüsenprobleme. Sara hatte keine, aber Agnetha. Wir hatten angenommen, dass sie die wohl dort verloren hat. Als sie Sara ermordet und das Haus angezündet hat.«

»Was sie nicht getan hat«, sagte Olivia. »Also waren die Tabletten nicht von ihr.«

»Könnte sie jemand dort platziert haben, um den Verdacht auf Agnetha zu lenken?«, fragte Isidora.

»Dann muss der Mord geplant gewesen sein.«

»Ja. Kann das nicht sein?«

»Doch, oder jemand anders hat sie dort verloren. Es gibt viele Leute, die Euthyrox nehmen.«

»Gab es irgendwelche DNA-Spuren auf dem Blister?«, erkundigte sich Isidora.

»Das wissen wir nicht, er wurde zum NFZ geschickt, wir haben noch kein Ergebnis.«

Es wurde wieder still. Olivia stand auf und fing an, im Zimmer umherzulaufen, umkreiste zweimal den ovalen Tisch. Als sie zum zweiten Mal an Saras Wand vorbeikam, hielt sie jäh inne und starrte das aufgehängte Material an.

»Was schaust du?«, fragte Lisa.

»Die letzte Mail von Agnetha an Sara. Die mit den Drohungen, die stimmt nicht von der Zeit her. Sie muss geschickt worden sein, nachdem Agnetha getötet wurde.«

Lisa und Isidora waren schnell an der Wand und vergewisserten sich, ob sie recht hatte. Die letzte Mail, in der Agnetha gedroht hatte, Sara aufzusuchen, hatte Saras Computer zwei Tage vor dem Brand in Lammåsa erreicht. Als Agnetha definitiv schon tot gewesen war.

»Also muss jemand anders sie geschickt haben«, sagte Lisa. »Jemand, der die ersten beiden Mails gelesen haben muss, was bedeutet, dass die Person Zugang zu Agnethas Computer hatte.«

»Der verschwunden ist«, warf Olivia ein.

»Und was könnte der Zweck der letzten Mail sein?«, fragte Isidora.

»Agnetha den Brand in die Schuhe zu schieben.«

»Was darauf hinweisen würde, dass Sara und Agnetha von derselben Person umgebracht wurden, oder?«, sagte Lisa.

Sie blickten sich an. Das war ein erster kleiner Durchbruch.

Die Tür öffnete sich, und Tore Möller erschien in einem klein karierten blauen Hemd. Er fuhr sich mit der Hand durch das rote Haar, um Ordnung in seine Frisur zu bekommen, und hielt ihnen ein Blatt Papier hin.

»Das hier ist gerade vom Gerichtsmediziner gekommen«, erklärte er eifrig. »Ein vorläufiger Bericht!«

»Spannend«, sagte Olivia und lächelte Tore an, der fröhlich zurücklächelte.

»Ja super!«, rief Isidora. »Und?«

»Er vermutet, dass sie vergiftet wurde.«

Im Raum wurde es still. Die Frauen nahmen langsam wieder am Tisch Platz, und Tore reichte Isidora den Bericht.

»Womit?«, fragte Lisa Tore.

Sie ging davon aus, dass er den Bericht gelesen hatte.

»Das weiß er noch nicht, die Blutanalyse ist noch nicht fertig.«

»Vergiftet?«, murmelte Olivia vor sich hin. »Und dann in eine Fischreuse gesteckt und in den Bosarpasee geworfen.«

Tore war unsicher, ob er sich setzen sollte, und sagte daher:

»Wir sollten wohl Oskar darüber informieren?«

»Ja«, sagte Isidora. »Ich werde mit ihm reden. Heute Nacht fand ein Zugriff beim Zoll statt, ich glaube also nicht, dass er schon hier ist.«

*

Doch, das war er, in der Cafeteria, allein an einem Tisch mit einer Tasse schwarzem Kaffee und einem Teller Kekse vor sich, nicht sonderlich ausgeschlafen. Sie hatten den polnischen Fahrer noch in der Nacht unter Druck gesetzt, ohne aus ihm herauszubekommen, woher die Pelzladung kam, was darauf hinwies, dass die Drogen vermutlich mit der Nerzfarm selbst in Zusammenhang standen.

Bei dem Fund in den Fellen handelte es sich um Methamphetamin, wie vor Kurzem bestätigt worden war. Was ihn noch immer verblüffte, war die Tatsache, dass der Container auf dem Weg aus dem Land *hinaus* gewesen war. Im schlimmsten Fall bestätigte das eine Information, die vor einer Weile von Europol herausgegeben worden war. Er hatte ihr damals etwas misstrauisch gegenübergestanden, jetzt sah er die Sache anders.

»Aber da sitzt er ja!«

Isidora unterbrach seine Gedanken. Sie war mit Lisa und Olivia im Schlepptau auf dem Weg in die Cafeteria.

»Dürfen wir uns zu dir setzen?«, fragte sie.

Oskar machte eine einladende Geste, das Trio setzte sich, und Isidora kam gleich zur Sache.

»Deine Mutter könnte an einer Vergiftung gestorben sein. Wir haben gerade einen vorläufigen Bericht bekommen. Ich dachte, das würdest du wissen wollen.«

Er nickte, als wäre das nicht sehr überraschend, vielleicht war es aber auch einfach seine Art zu reagieren.

»Das ist ziemlich ungewöhnlich«, sagte er mit seiner schleppenden Stimme. »Giftmord.«

»Ja, relativ«, erwiderte Isidora. »Das deutet ja darauf hin, dass der Mord geplant war.«

»Vermutlich. Was war es für ein Gift?«

»Das wird gerade analysiert. Wie lief es heute Nacht?«

Isidora wollte das Thema wechseln, sie wollte sich in dieser Situation nicht zu lange bei Agnetha aufhalten. In der Cafeteria. »Habt ihr etwas beschlagnahmt?«, fuhr sie fort.

Oskar zögerte und nahm einen Schluck Kaffee. Isidora gehörte zum Haus, Lisa und Olivia nicht.

Isidora verstand sein Zögern und sagte:

»Ich glaube, du kannst es ruhig erzählen.«

Oskar nickte wieder.

»Wir haben einen Container mit einer riesigen Menge Meth beschlagnahmt«, sagte er. »Auf dem Weg nach Amsterdam.«

»Aus dem Land hinaus?«

»Ja.«

»Ist das nicht ein bisschen seltsam?«, bemerkte Isidora.

»Normalerweise schon, aber wir haben vor einer Weile Informationen von Europol gekriegt, die das erklären könnten. Als sie im Frühjahr Encrochat geknackt haben, kam heraus, dass die mexikanischen Kartelle inzwischen Spezialköche hier rüberschicken, um in Europa eigene Meth-Fabriken aufzubauen.«

Alle wussten, wie viele Informationen die französische Polizei gewonnen hatte, als sie das verborgene Netzwerk infiltrierte, auch, was Verbrechen auf schwedischem Boden betraf.

»Köche?«, fragte Lisa.

»Ja, es gibt offenbar große Unterschiede, wie viel man aus dem Kohlenwasserstoff gewinnen kann, je nachdem, wer die Drogen herstellt. Diese Köche, wie sie genannt werden, haben in Mexiko eine Spezialausbildung für Methamphetamin gemacht.«

»Du meinst also, es könnte hier so eine Fabrik geben?«, fragte Isidora. »In Schweden?«

»Sie haben schon zwei in Belgien und eine auf einem Hof in der Bretagne hochgehen lassen, warum also nicht hier? Die Drogen sollten vermutlich zum Kurier der neapolitanischen 'Ndrangheta in Amsterdam.«

»Habt ihr irgendeine Ahnung, woher die Ladung kam?«

»Nein, der Fahrer schweigt. Aber vermutlich von einer Nerzfarm.«

»Nerzfarm?«

Diesmal war Olivia diejenige, die reagierte.

»Die Drogen waren in Nerzpelze eingenäht«, erklärte Oskar.

»Aber dann kann sie doch nicht so schwer zu finden sein, oder?«, meinte Isidora. »Wie viele Nerzfarmen gibt es denn?«

»Mehrere hier in Skåne und mindestens zwanzig in Blekinge. Wie viele es in Småland gibt, weiß ich nicht genau. Außerdem müssen die Farm und die Fabrik ja nicht am selben Ort liegen.«

Wem von beiden der Gedanke zuerst kam, Lisa oder Olivia, war schwer zu sagen, vermutlich tauchte er fast gleichzeitig in ihren Köpfen auf, der Gedanke an Ellinor Mohagens Nerzfarm und die Leute, die sich dort aufhielten und unterschiedliche Sprachen redeten. Ein Gedanke, der vielleicht eher eine unüberlegte Assoziation war. Doch die beiden sahen sich an, lange genug, dass Isidora es bemerkte.

»Was ist?«

»Nichts, nur ein loser Gedanke«, sagte Lisa.

»Ellinor Mohagen«, erklärte Olivia.

»Was ist mit ihr?«, fragte Oskar sofort und blickte Olivia an.

»Wir waren gestern dort, sie hat ja eine Nerzfarm, und Ausländer, die dort arbeiten … es war nur eine Assoziation.«

Zum ersten Mal lächelte Oskar.

»Ellinor ist zu einigem fähig«, sagte er. »Sie hat bei gewissen Dingen ziemlich radikale Ansichten.«

»Wie zum Beispiel?«, wollte Lisa wissen.

»Sie ist sehr dogmatisch, was Medikamente und Impfungen anbelangt, ein bisschen New Age. Aber dass sie eine Meth-Fabrik betreibt … das kann ich mir kaum vorstellen.«

»Weil sie deine Tante ist?«

Es rutschte Olivia heraus, und sie sah, wie Lisa und Isidora zusammenzuckten. Oskar tat das nicht. Er hörte auf zu lächeln und hielt den Blick fest auf Olivias Augen gerichtet. So lange, bis Lisa aufstand und sagte:

»Ich muss mir ein paar T-Shirts kaufen, wir hatten ja eigentlich nicht geplant, so lange hierzubleiben. Gibt es irgendeinen Klamottenladen in der Nähe?«

»Unten am Stortorget ist einer«, antwortete Isidora.

»Perfekt.«

»Dann komme ich mit«, sagte Olivia.

»Wir sehen uns im Ermittlungszimmer«, verabschiedete sich Isidora.

Olivia und Lisa gingen durch die Cafeteria hinaus, und Oskar beugte sich zu Isidora vor.

»Wie sind die beiden?«, fragte er.

»Gut, aber wir sind noch nicht so weit gekommen.«

»Wir haben uns gestern im Tre Kronor getroffen.«

»Aha?« Isidora konnte ihr Erstaunen nur schlecht verbergen. »Alle drei?«

»Ja.«

Oskar stand auf, nahm einen Keks vom Teller und verschwand in Richtung Flur.

Gut, dass ich das Ermittlungszimmer zugesperrt habe, dachte Isidora. Die Fotos von der Leiche seiner Mutter sind wirklich ekelhaft.

Sowohl Lisa als auch Olivia waren schon sehr lange nicht mehr in einem Klamottenladen shoppen gewesen. So etwas tat man in der derzeitigen Situation nur, wenn es absolut notwendig war. Aber mit nur einer Unterhose und einem T-Shirt im Gepäck fanden beide, dass es sein musste. Es wusste ja niemand, wie lange der Aufenthalt hier noch dauern würde.

Es waren nur vereinzelte Kunden im Laden, einige trugen einen Mundschutz. Die beiden Polizistinnen sahen einen langen Ständer mit T-Shirts in verschiedenen Farben und Mustern durch. Olivia, die nicht so wählerisch war, hatte sich sofort drei Stück gegriffen, alle schwarz. Lisa dagegen fiel die Wahl schwer. Sie nahm ein T-Shirt nach dem anderen vom Ständer und hängte es dann wieder zurück. Olivia stand daneben und scharrte mit den Füßen. Sie wollte zurück auf die Wache.

»*Ellinor ist zu einigem fähig*, was hat er damit gemeint?«, sagte sie ungeduldig.

»Da musst du wohl ihn fragen.«

»Er scheint nicht sehr gesprächig zu sein, wenn man auf Dinge kommt, die mit seiner Familie zu tun haben, er wurde ja fast zu einer Muschel, als ich gestern vom Keller in Lammåsa geredet habe.«

»Ja.« Lisa zog ein neues T-Shirt heraus. »Du, mir ist was aufgefallen, du hast ihm gar nicht erzählt, dass Sara deinen Freund gestalkt hat.«

»Nein.«

»Und sich ihm nicht mehr nähern durfte, nachdem sie ihn mit einem Messer bedroht hatte.«

»Nein.«

Olivia wandte sich dem Laden zu und spürte Lisas Blick im Rücken.

»Fandest du das zu privat?«

»Nein«, erwiderte Olivia. »Ich wollte Sara nicht mehr als nötig anschwärzen. Das, was sie mir angetan hat, war krank, aber sie war krank, sie hat nicht gewusst, was sie da tat.«

»Menschenraub und Freiheitsberaubung, wenn du es in strafrechtlichen Begriffen haben willst.«

»Ich weiß, und sie wurde ja wohl mehr als genug bestraft«, fauchte Olivia und ging in Richtung Unterwäscheabteilung.

Lisa blieb stehen. Diesen Ton verwendete Olivia nur selten, und vor allem nicht ihr gegenüber.

Lisa kam vor Olivia aus dem Geschäft, eine Plastiktüte in der Hand. Sie war schon ein Stück gegangen, als Olivia sie einholte.

»Du, es tut mir leid, dass ich vorhin so patzig geworden bin«, sagte sie.

Lisa nickte, es war keine große Sache für sie, eher etwas unerwartet. Aber Olivia wollte sich erklären.

»Es waren wohl die Nächte im Keller, die in mir hochgekommen sind«, fuhr sie fort. »Da ist zwischen Sara und mir irgendwas passiert.«

»Stockholm-Syndrom.«

»Vielleicht nicht ganz, aber sie hat mich sehr berührt… ihr Kampf mit ihren Gefühlen und Erinnerungen, es war, als würde sie heimliche Räume öffnen, die noch niemand gesehen hatte… und mich mit hinein nehmen… um jemanden zu haben, der ihre Hand hält.«

Olivia atmete tief ein, bevor sie weiterredete:

»Es war nicht so einfach, sich dagegen zu wehren.«

Lisa hakte sich bei Olivia unter. Sie gingen langsam zurück zur Polizeiwache, im Wind leicht vornübergebeugt.

*

»Wie ernst sind die Symptome?«

Mette saß vor dem Computer in der Küche und sprach mit einer merklich erschütterten Klinikchefin aus Coventry, einer blonden englischen Frau mit runden Brillengläsern. Coventry war einer der ersten Orte in England, die angefangen hatten, gegen Covid zu impfen.

»Sehr ernst«, sagte die Frau. »Schwere Muskellähmung, akute Kreislaufprobleme.«

»Und ihr bringt das mit der Impfung in Verbindung?«

»Die Symptome sind sofort danach aufgetreten. Die Patienten befanden sich noch in der Impfkabine.«

»Woher kam der Impfstoff?«

»Aus Belgien.«

»Und was macht ihr jetzt?«

»Wir stoppen alle Impfungen mit Dosen aus derselben Charge.«

Mette fuhr mit einer Hand unter ihr Kinn und spürte mehr Falten, als sie sich wünschte, aber der Fokus lag jetzt nicht auf ihren Gewichtsproblemen. Dies hier war eine deutlich beunruhigendere Information als das zerstörte Kühlaggregat vor einer Weile. Falls sich zeigen sollte, dass es sich um eine direkte Nebenwirkung der Impfung handelte, würde vieles umgeplant werden müssen.

Alle Lieferungen hierher nach Schweden. Wenn nicht noch mehr.

»Wie geht ihr jetzt vor?«, fragte sie.

»Wir beobachten die Patienten weiter, natürlich, und hoffen, dass sie überleben, gleichzeitig schicken wir die Impfdosen zur Analyse, um zu untersuchen, ob irgendeine Form von Kontamination stattgefunden hat.«

Sie beendeten das Gespräch, und Mette ging zur Küchenarbeitsplatte. Eigentlich wollte sie nur eine Tasse Kaffee aufsetzen, aber ihre Vergangenheit bei der Polizei, vor allem ihre jahrzehntelange Rolle als Ermittlerin, bewirkte, dass das Wort »Kontamination« die Kaffeezubereitung störte.

Eine Störung, die erneut auftauchen würde, in einem völlig anderen Zusammenhang.

*

Der Nachmittag im Ermittlungszimmer wurde mit Brainstorming verbracht, was bedeutete, dass alle drei die unterschiedlichsten Ideen und Gedanken in den Raum warfen, in der Hoffnung, zu einer haltbaren Hypothese zu kommen, was die beiden Morde betraf. Ausgehend von den Informationen, die sie bereits hatten.

Isidora hatte deutlich gemacht, dass jeder einfach aussprechen sollte, was auch immer ihm durch den Kopf ging, egal, ob es tragfähig war oder nicht, das eine konnte zum anderen führen. An erster Stelle stand das Motiv. Olivias Hypothese, dass Agnetha an dem Brand von 2005 unschuldig gewesen sein und damit eine Bedrohung für den Täter darstellen konnte, stieß bei Isidora auf Widerstand. Sie hielt daran fest, dass das Urteil gegen Agnetha korrekt gewesen war.

Also dachten sie über andere eventuelle Motive nach.

Habgier.

Konnte es jemanden geben, der einen Gewinn aus dem Mord zog?

Agnetha hatte kein substanzielles Vermögen. Sie wohnte zur

Miete in Hosaby, der Wert des Inventars war vernachlässigbar, und auf ihrem Bankkonto lagen gut zweitausend Kronen.

Sara wohnte in einer Mietwohnung in Årsta und hatte keine Ersparnisse. Allerdings hatte sie zusammen mit Oskar eine Immobilie in Småland besessen. Der Schätzwert belief sich auf 600.000, bevor das Haus niedergebrannt war. Was der Marktwert nach dem Brand war, war unklar, aber auf jeden Fall beträchtlich weniger.

Außerdem war Oskar derjenige, der sie erbte.

Ein Kollege.

Also verließen sie das finanzielle Motiv und überlegten, ob es sich um ein größeres Familiendrama handeln konnte. Eine Frau, die durch Brandstiftung ihren Mann tötet, fünfzehn Jahre später selbst vergiftet wird und eine Tochter hat, die im Anschluss daran ermordet wird.

»Für die damalige Brandstiftung mit Todesfolge hatte Agnetha ein Motiv«, sagte Isidora. »Sie und ihr Mann hatten eine sehr chaotische Beziehung, von beiden Seiten waren Drohungen ausgesprochen worden, und es gab Vorwürfe wegen Untreue.«

»Von wem?«, fragte Olivia.

»Beiden, wenn ich mich recht erinnere.«

»Aber wenn wir uns an die Familie halten, dann kommen nicht sehr viele infrage«, überlegte Lisa. »Es gibt nur noch drei lebende Verwandte von Sara, soweit wir wissen. Saras Tante Ellinor, ihren Bruder Oskar und ihren Onkel väterlicherseits, wie heißt er noch?«

»Thomas Eriksson.«

»Genau, ich hab mit ihm telefoniert. Wo wohnt er?«

»In Snårestad.« Isidora zeigte auf die Karte. »Nicht sehr weit von Ystad.«

Und auch nicht sehr weit vom Bosarpasee, konstatierte

Olivia. Wo die Reuse mit der Leiche gefunden worden war. Vielleicht eine Stunde mit dem Auto?

»Dann fangen wir doch mit ihm an, mit Thomas«, schlug sie vor. »Was könnte er für ein Motiv haben?«

»Rache für den Mord an seinem Bruder«, erwiderte Lisa.

»Aber so viele Jahre später? Und Sara? Warum sollte er sie ermorden?«

»Und Ellinor Mohagen?«, sagte Lisa. »Wenn wir mit der Verwandtschaft weitermachen. Motiv?«

»Agnetha fing an zu weinen, als sie ihr Zimtschnecken gebracht hat.«

Der spöttische Kommentar kam von Olivia, ihr fielen keinerlei persönliche Motive ein, warum Ellinor mit dem Mord in Verbindung stehen konnte.

Lisa und Isidora auch nicht.

»Dann bleibt noch Oskar«, sagte Olivia.

»Wie, bleibt noch?«, fragte Lisa.

»Im Trio von möglichen Tätern im Rahmen der Verwandtschaft.«

Olivia drückte sich formell, aber deutlich aus. Es war nicht gegen Oskar persönlich gerichtet, betraf nur seine Eigenschaft als Familienmitglied.

Isidora stand auf, möglicherweise, weil sie sich die Beine vertreten musste, möglicherweise, weil sie ein paar Sekunden brauchte, bevor sie sich äußerte. Nicht sehr laut und nicht ohne eine gewisse Kontrolle in der Stimme.

»Was Oskar Eriksson betrifft, gibt es natürlich ungefähr dasselbe Motivbild wie bei seinem Onkel Thomas. Sein Vater starb durch den Brand, den seine Mutter gelegt hatte. Zwar vor vielen Jahren, aber er könnte all die Jahre einen Hass gegen seine Mutter genährt haben.«

»Hat er das?«

Es war Olivia, die sie unterbrach, sie war neugierig und ging davon aus, dass Isidora Oskar ziemlich gut kannte.

»Ich glaube nicht, dass er sonderlich warme Gefühle für Agnetha hegt«, antwortete Isidora und setzte sich wieder. »Oder gehegt hat«, fügte sie hinzu.

»Eigentlich auch kein Wunder«, bemerkte Lisa.

Die Gedanken zu Oskars eventueller Involvierung waren ihr nicht sonderlich angenehm, auch wenn sie wusste, dass es nur um theoretische Thesen ging.

»Nein«, erwiderte Isidora. »Überhaupt nicht. Im Gegenteil. Aber es widerstrebt mir, in diesem Zusammenhang über das Gefühlsleben eines Kollegen zu spekulieren. Oskar hat ein schweres Päckchen aus der Vergangenheit zu tragen, von der damaligen Brandstiftung, und jetzt wurden seine Schwester und seine Mutter ermordet. Aber wenn ihr mich fragt, in diesem Meinungsaustausch über Familienmotive, dann glaube ich nicht, dass Oskar der Täter ist.«

»Warum nicht?«, wollte Olivia wissen.

Sie sagte es, ohne Lisa anzusehen.

»Weil er ein guter Mensch ist.«

Eine Antwort, die eigentlich zu nichts verpflichtete, die aber bei Lisa verfing und sogar Olivia zum Zurückweichen brachte. Sie hatte Respekt vor Isidora. Auch Olivia hatte Mette heimlich angerufen und sich über Isidora erkundigt, mit der sie jetzt eine Weile eng zusammenarbeiten sollte.

Und Mette war deutlich gewesen.

»Sie ist wie ich.«

Das reichte Olivia.

Also verbrachten Lisa und Olivia die nächsten Stunden damit, die dritte Person mit Familienmotiv unter die Lupe zu nehmen: Thomas Eriksson. Den Mann, der ohnehin anfänglich ein Verdächtiger im ersten Brandstiftungsfall gewesen war. Es zeigte sich, dass er kurz nach dem Brand nach Goa in Indien gezogen war und dort ein Restaurant eröffnet hatte. 2012 brannte das Restaurant nieder. Man vermutete einen Versicherungsbetrug, doch das konnte nie bewiesen werden.

»Es gibt ganz schön viele Brände in dieser Familie«, stellte Olivia fest.

»Ja. Wir sollten vielleicht mit ihm reden? Vielleicht weiß er gar nicht, was mit seiner Ex-Schwägerin passiert ist?«

»Müsste Oskar ihm das nicht erzählt haben? Er ist doch sein Onkel.«

»Vielleicht«, erwiderte Lisa. »Aber das wissen wir nicht.«

Sie blickte auf ein paar Papiere hinunter, die vor ihr lagen, und Olivia hatte das Gefühl, ihr Verhalten vom Abend zuvor wiedergutmachen zu müssen.

»Isidora sagt, er ist ein guter Mensch. Ich glaube, sie hat recht.«

Lisa sah auf und lächelte.

»Morgen besuchen wir Thomas Eriksson«, sagte Olivia.

*

Der Wind pfiff über die Wiese und zerrte an den Schlehenbüschen. Die Sonne war verschwunden, und das schwache Licht der Abenddämmerung reichte kaum bis zu den Ruinen der niedergebrannten Hütte. Der Brandgeruch lag noch immer über dem Garten. An der Straße war das Grundstück nach wie vor abgesperrt, weshalb Oskar ein Stück entfernt geparkt hatte.

Er war nach dem Mittagessen losgefahren und gerade erst angekommen. Jetzt stand er still am Waldrand und betrachtete die Reste des Häuschens. Aus dem Wald, in dem er in seiner Kindheit gespielt hatte, drangen entfernte Rufe. Immer war er von seiner Großmutter ermahnt worden, immer hatte sie ihn vor all den gefährlichen Löchern im Boden gewarnt, die es dort gab. Gerade diese Löcher waren so spannend gewesen.

Bis auf den Wind und die Eulen war es völlig still. Er schaute auf die verkohlten Reste. Dort stand Großmutter, dachte er, und Papa und Mama, und ich hielt Sara an der Hand. Er erinnerte sich, wie sie sich vor dem Eingang aufgestellt hatten, Thomas hatte das Foto gemacht.

Jetzt sind nur noch Thomas und ich übrig.

Er trat ein paar Schritte auf das Haus zu, auf das, was davon übrig war; die Steintreppe, die hinaufführte, war weitgehend unversehrt. *Geh rückwärts runter!*, hatte Großmutter gesagt, wenn er raus in den Garten wollte und auf die Steintreppe zu rannte. Er fiel mehrmals hinunter und musste verarztet werden. Immer war Großmutter diejenige gewesen, die sich um ihn kümmerte.

Er ging ein paar Stufen der Steintreppe hinauf und wandte sich um. Die Straße lag verlassen da, der Wald stand dunkel um ihn herum, er war allein hier.

Er wusste, dass Saras Leiche in der Küche gefunden worden war, das hatte Lisa erzählt. In der Küche, die es nicht mehr gab. Sie war ein Aschehaufen voller verbrannter Dachbalken. Er blickte zu Boden und versuchte sich vorzustellen, wo Sara gelegen hatte.

Einmal, zu Beginn seiner Polizeikarriere, war er nahe an einem brennenden Körper gewesen, einem Jungen, der in einem brennenden Auto feststeckte und den er versucht hatte herauszuziehen. Er erinnerte sich immer noch an den Geruch von brennendem Menschenfleisch.

Aber er war nicht hier, um sich Saras Sterbeort anzusehen.

Er trat über die niedergebrannte Schwelle und sah, dass die Luke zum Keller offen stand. Dort wollte er hin. Er beugte sich vor und fühlte mit den Händen. Die Treppe schien intakt zu sein.

Schritt für Schritt tastete er sich nach unten. Als er den Erdboden erreichte, holte er eine Taschenlampe heraus und leuchtete hinein. Er war so viele Male hier gewesen, hierher hatte er sich geschlichen, wenn die Großmutter mit der Bibel auf dem Bauch eingeschlafen war. Leise, um sie nicht zu wecken.

Er wollte gerade in den Kellerraum hineingehen, als er das Geräusch hörte.

Von oben.

Ein Geräusch von irgendetwas, das brach. Wie ein Holzbalken. Blitzschnell löschte er die Lampe und drückte sich gegen die Steinwand. Jetzt hörte er noch mehr Geräusche, näher, dumpfer. Er konnte nicht ausmachen, was es war. Er hatte keinen einzigen Menschen in der Nähe gesehen, bevor er hinunterstieg. War jemand stehen geblieben und hereingekommen? Wer würde ein abgebranntes Haus betreten? Eines, das von der Polizei abgesperrt worden war? Er fluchte still, dass er seine Dienstwaffe nicht bei sich hatte, hielt den Atem an und überlegte.

Und ging wieder nach oben, vorsichtig, Holzstufe für Holzstufe.

Als er den Rand der Luke erreichte und sich umsah, war alles leer. Jedenfalls konnte er kein Wesen entdecken, das das Geräusch verursacht haben konnte. Er trat in den abgebrannten Flur hinauf und blickte über den Garten hinaus.

Auch er war leer.

Ein Windstoß wirbelte etwas Asche vom Küchenboden auf und brachte ihn zum Husten. Als er den Kopf wieder hob, sah er eine Bewegung zwischen den Bäumen am Waldrand. Einen Schatten. Es konnte ein Tier sein. Oder auch nicht. Mehrere Minuten stand er still da, ohne dass die Bewegung wiederkam.

Da fasste er einen Entschluss.

Ich bin hergekommen, um den Stein herauszuziehen, also werde ich ihn herausziehen. Er stieg wieder in den Keller hinunter, schaltete die Taschenlampe ein und ging hinein. Hier saß sie also, Olivia, mehrere Tage lang, dachte er und leuchtete an den Steinwänden entlang. Was wollte Sara damit erreichen? Er duckte sich ein bisschen und sank an der hintersten Wand auf die Knie. Hier saßen wir als Kinder, wenn uns oben zu viel Streit war. Er horchte, ob es noch immer in den Wasserrohren sauste, doch es war still. Keine traurigen Kinder mehr, die sangen. Er wandte sich um. Unten am Boden ragte ein Stein ein paar Zentimeter heraus. Er fühlte daran. Ein bisschen ließ er sich bewegen. Er nahm ein Taschenmesser und steckte das Messerblatt neben den Stein. Stück für Stück gelang es ihm, ihn zu lockern, bis er ihn schließlich mit beiden Händen fassen und herausziehen konnte. Er leuchtete in das Loch. Es war nicht sehr tief. Er steckte die Hand hinein und tastete.

Sie war noch da.

*

Mette saß in einem bequemen Liegestuhl mit einem Kissen hinter dem Kopf, Mårten ruhte sich in einem Hängesessel aus, hatte sich ein Tee-Ei an den Zeigefinger gehängt und ließ es hin und her schaukeln. Beide waren in warme Decken gehüllt. Es war Dezember, aber ein ungewöhnlich warmer Dezember, man konnte sich draußen aufhalten, wenn man richtig eingepackt war. Keine Sonne, aber immerhin. Ein bisschen im Garten zu sitzen war wie ein Lebenselixier für sie, im Freien zu sein, den einen oder anderen unbekannten Nachbarn auf der Straße vorbeieilen zu sehen.

Schön.

»Das Problem ist, dass alle, die ihn erschießen könnten, Waffengegner sind«, sagte Mårten und folgte dem Tee-Ei mit dem Blick.

Sie hatten über die Unruhen nach der Wahl in den USA diskutiert. Besser gesagt, Mårten hatte das getan, Mette war es inzwischen ziemlich müde, ihm beim Durchkauen all der Idiotien zuzuhören, die Trump sich einfallen ließ. Mårten war besessen davon, ihrer Ansicht nach. In den Nächten sah er sich auf YouTube amerikanische Talkshows an, die sich im Lächerlichmachen des noch amtierenden Präsidenten übertrafen.

»Sie haben auf Lincoln und Ronald Reagan geschossen, auf Kennedy …«

»Reagan wurde doch nicht erschossen?«, sagte Mette.

»Sie haben's versucht, aber er hat überlebt.«

»Und war Republikaner. Verrückte gibt es ja wohl auf beiden Seiten.«

Mårten drehte sich in seiner Hängematte, auch er wusste, dass er ein bisschen besessen war, er hatte in den letzten Tagen wie festgewachsen vor CNN geklebt. Das hatte teilweise seinen Modellbau beeinträchtigt, aber damit konnte er leben. Was gerade in den USA vor sich ging, war extrem beunruhigend. Er hatte in der Zeitung Dagens Nyheter einen langen Leserbrief über die Dummheit der meisten fanatischen Trump-Anhänger geschrieben und darin Parallelen zu gewaltbereiten Rechtsextremisten in Schweden gezogen. Das Resultat war eine Sturzflut von Hasskommentaren gewesen.

»Und was, wenn dieses Schwellschwein rausgeht und seine ganzen bewaffneten Anhänger zur Gewalt anstiftet? Was passiert dann?«

»Das weiß ich nicht, aber bist du ernsthaft der Meinung, jemand sollte Trump ermorden? Ihn erschießen?«

»Nein, natürlich nicht.«

Aktiv zu unterstützen, dass ein anderer Mensch getötet wurde, lag völlig außerhalb von Mårtens Gedankenwelt. Die Todesstrafe empfand er als beklemmende Barbarei.

Also wechselte er das Thema und sagte:

»Wie schön, dass Tom wieder zu Hause ist.«

Und drehte die Sitzhängematte wieder zurück.

Und Mette lächelte und nahm einen tiefen Zug kühle, frische Gartenluft. Sie stellte den Liegestuhl noch eine Stufe nach unten und lag jetzt fast waagerecht, den Blick in den Himmel gerichtet.

So lange, dass Mårten fragte:

»Woran denkst du?«

»Kontamination.«

Mårten kam nicht richtig mit und blickte zur Hecke hinüber.

»Was ist denn das da?«, sagte er und zeigte zur Straße.

Ein großer schwarzer Lieferwagen rollte langsam genau vor ihrem Zaun vorbei.

Als er am Tor stehen blieb, stand Mårten auf.

»Was tust du?«, fragte Mette.

Mårten ging zum Gartentor. Als er nur noch ein paar Meter entfernt war, fuhr der Lieferwagen davon. Er machte ein paar schnelle Schritte und öffnete das Tor. Das Auto hatte Gas gegeben, aber er sah, dass es ein VW war.

Langsam ging er zurück zur Sitzhängematte.

»Konntest du die Autonummer sehen?«, fragte Mette.

»Es hatte keine.«

In Skåne wimmelt es nur so von mehr oder weniger pompösen Schlössern, eine Erinnerung an wohlhabende Zeiten und Feudalsysteme. Eines davon heißt Marsvinsholm und liegt auf dem Weg nach Snårestad. Es ist ein Schloss, das allen Vorstellungen von dieser Art Kulturbauten entspricht, erbaut im 17. Jahrhundert, als Skåne noch zu Dänemark gehörte, aus rotem Ziegel, mit Zinnen und Türmen und idyllisch in einem Teich gelegen. Der erste Schlossherr war ein dänischer Adeliger, der Otte Marsvin hieß, ein Nachname, der heute ausgestorben ist.

Lisa und Olivia hielten an, als sie an dem Park mit dem Schloss vorbeifuhren.

»Cooles Gebäude«, sagte Olivia.

»Ja. Sollen wir aussteigen und kurz hinschauen?«

»Nein, jetzt nicht.«

Olivia wollte wie immer vorwärts, sowohl buchstäblich als auch im übertragenen Sinn. Es war nicht mehr sehr weit bis Snårestad, wo Saras Onkel Thomas Eriksson wohnte. Sie wollte sehen, wie er war und wie er auf die Nachricht vom Mord an Saras Mutter reagieren würde.

Wenn er nicht schon davon wusste.

Sie verließen den Otte Marsvins väg, bogen nach rechts auf den Snårestadsvägen ein und folgten dann einer der schmalen Straßen in den kleinen Ort, vorbei an der Kirche und ein paar pittoresken, gut gepflegten Häusern. Olivia lotste Lisa mithilfe von Google Maps, und bald sahen sie Thomas' Haus.

Es lag am Ortsrand.

Sie parkten das Auto vor dem für die Gegend typischen weiß gekalkten Hof, hübsch gelegen und beinahe mit Meerblick. Hinter den Feldern konnte man die Ostsee erahnen. Hier war Saras Onkel also nach seinen Abenteuern in Indien gelandet. In der wärmeren Jahreshälfte sicher unglaublich charmant, doch momentan stürmte und regnete es, wie es nur in den Küstenregionen vorkam.

Sie stiegen aus dem Auto und zogen die Jacken um sich, mit gebeugten Köpfen steuerten sie ihre Schritte zum Gartentor. Es quietschte laut, als sie in den kleinen, kopfsteingepflasterten Innenhof eintraten und in den Windschatten kamen.

Der Hof war umgeben von dem weißen Hauptgebäude, einer rot gestrichenen Scheune und hübschen knorrigen Obstbäumen. Große Tontöpfe und eine alte Badewanne mit verwelkten Blumen zeugten von der Blütenpracht im Sommer.

»So könnte ich mir auch vorstellen zu wohnen«, sagte Lisa. Im selben Moment öffnete sich das große Scheunentor.

Ein Mann um die fünfzig mit Hipster-Bart und hellen, lockigen, zu Berge stehenden Haaren erschien. Sein Gesicht fühlte sich nicht ganz unbekannt an, fand Lisa. Gewisse Züge hatte Oskar ganz klar von dieser Seite der Familie.

Doch was Olivia und Lisa am meisten auffiel, waren seine Augen.

Die Pupillen waren unverkennbar groß.

»Thomas Eriksson?«

»Ja, das bin ich.«

»Olivia Rönning von der NOA, das ist meine Kollegin Lisa Hedqvist, wir haben wegen Ihrer Nichte Sara und Ihrer Schwägerin Agnetha telefoniert.«

Thomas zog die Tür zur Scheune zu. Etwas zu schnell. Olivia und Lisa begriffen, warum.

»Es riecht nach Amsterdam«, flüsterte Lisa Olivia zu.

Olivia nickte. Thomas hatte ganz klar gekifft und den Geruch mit nach draußen genommen. Das würden sie sich merken.

»Es wäre schön gewesen, wenn Sie sich vorher angekündigt hätten«, sagte Thomas.

»Das verstehen wir, aber wir waren zufällig in der Gegend und haben die Gelegenheit genutzt.«

Eine Notlüge, ich hoffe, du fällst darauf rein, dachte Olivia, während sie Thomas vielsagend anlächelte. Er schlug die Augen nieder und sah auf seine Hände hinunter, ziemlich unmotiviert begann er sie an seiner blauen Jogginghose abzuwischen.

»Ich miste gerade die Scheune aus. Hab ein bisschen was verbrannt. Altes, nasses Heu. Das brennt sehr schlecht.«

»Aber riecht desto mehr?«

»Ja, ganz genau.«

Thomas hustete, sein Blick flatterte unsicher zwischen Olivia und Lisa hin und her.

»Wir sind Polizistinnen, Thomas«, sagte Olivia trocken.

»Ich weiß.«

Thomas wand sich. Die Situation war ihm merklich unangenehm.

»Also, meine Frau ist Krankenschwester, sie arbeitet sich jetzt während der Pandemie den Arsch ab, sie ist eine Heldin, sie würde verrückt werden, wenn sie erfährt …«

»Wir sind nicht hier, weil Sie in der Scheune heimlich kiffen«, unterbrach ihn Olivia. »Jedenfalls nicht heute.«

»Okay, gut, das ist nämlich eine einmalige Sache. Normalerweise mache ich so was nicht … es war nur ein bisschen, das ich von einem Freund bekommen habe.«

»Sicher«, erwiderte Olivia, triefend vor Sarkasmus.

Thomas beschloss, den Kommentar zu ignorieren, und richtete sich auf.

»Also, weswegen sind Sie hier? Haben Sie Agnetha gefunden?«

»Ja, das kann man sagen.«

»War sie diejenige, die …«

»Sie ist leider tot.«

»Was? Tot? Hat sie sich das Leben genommen?«

Dieselbe spontane Reaktion wie Ellinor, dachte Lisa.

»Sie wurde ermordet«, antwortete Olivia.

Vergiftet und in einer Reuse versenkt, um zu verrotten und zu Krebsfutter zu werden, dachte Olivia, aber das sagte sie nicht.

Es war zu ekelhaft.

Stattdessen erklärte sie:

»Sie wurde im Bosarpasee gefunden, zwischen Hörby und Hässleholm, eine knappe Stunde von hier.«

»Ist das wirklich wahr?«

»Ja.«

Thomas taumelte und blickte Olivia und Lisa schockiert an.

»Sie ist also ermordet worden?«

»Ja, leider.«

»Armer Oskar«, sagte Thomas. »Ich muss mich bei ihm melden.«

»Haben Sie Kontakt mit ihm?«, fragte Lisa.

»Nein, nicht viel, leider. Meine Schuld. Ich bin ins Ausland gezogen, als Sara und er mich am meisten gebraucht hätten, damals, vor hundert Jahren. Bin nicht gerade stolz darauf. Aber ich hab die Trauer nicht ertragen, ich hatte einen Bruder und sie ihren Vater verloren. Und ihre Mutter war die Ursache dafür.«

Thomas' dunkle Augen blickten leer vor sich hin.

»Es war eine schwere Zeit, und ich hab es in dieser Situation nicht geschafft, mich wie ein Erwachsener zu benehmen.«

Der Regen hatte zugenommen. Olivia zog die Kapuze ihrer Jacke über den Kopf und fuhr fort:

»Letztes Mal sagten Sie, Sie hätten keinen Kontakt zu Agnetha. Stimmt das?«

»Ja. Oder ja und nein, ich wollte mich deswegen eigentlich schon bei Ihnen melden. Ich hatte keinen Kontakt zu ihr, aber sie hat versucht, mich zu kontaktieren.«

Interessant, dachte Olivia und warf Lisa einen Blick zu, die in den Regenhimmel hinaufblinzelte.

»Entschuldigung, aber könnten wir nicht hineingehen?«, fragte sie.

»Lieber nicht. Bahar, meine Frau, ist da gerade sehr genau, aus Infektionsgründen.«

»Das verstehen wir. Aber wir können vielleicht in die Scheune gehen, wenn wir Abstand halten? Nur damit wir aus dem Regen kommen?«

Thomas warf einen Blick auf die Scheunentür.

»Na ja, ich schätze, ich meine, wenn Sie Masken haben und so, dann können wir schon auch reingehen.«

Lisa und Olivia lächelten ihn an. Ihnen war völlig klar, dass er nicht wollte, dass sie in der Scheune noch mehr »nasses Heu« rochen. Thomas ging vor ihnen her auf die Haustür zu. Lisa und Olivia holten ihre Masken aus der Tasche und folgten ihm ins Haus.

Sie setzten sich in die Küche, jeder an ein Ende eines alten Holztisches. Thomas stellte eine Sprühflasche Desinfektionsmittel vor sie auf den Tisch.

»Leider ist das alles, was ich anbieten kann, aber immerhin ist es Alkohol.«

Thomas lächelte ein schiefes Lächeln. Ein charmantes, nahm Lisa zur Kenntnis.

»Sie sagten, Agnetha hätte versucht, Sie zu kontaktieren«, sagte Olivia, die sich nicht von charmanten Gesten ablenken ließ.

»Ja, aber ich hab nicht geantwortet, ich wollte ja nichts mit ihr zu tun haben. Ich fand, dass sie dieser Familie genug geschadet hat.«

»Wie hat sie Sie kontaktiert?«

»Per Mail.«

»Und warum haben Sie das beim letzten Mal nicht gesagt, als wir uns unterhalten haben?«

»Weil Sie gefragt hatten, ob ich wüsste, wo Agnetha ist und ob ich Kontakt zu ihr hätte, und das hatte ich nicht.«

Olivia seufzte genervt.

»Worum ging es in der Mail?«, fuhr sie fort.

Jetzt seufzte Thomas.

»Dass sie unschuldig an dem Brand war. Dieselbe Leier wie vor Gericht, als sie verurteilt wurde, obwohl es Beweise gegen sie gab. Daran hielt sie verbissen fest. Und außerdem war sie wütend auf mich.«

»Warum das?«

Thomas zuckte mit den Schultern.

»Ich bin Bertils Bruder, Bertil und sie haben oft gestritten, und ich habe für ihn Partei ergriffen. Und das hab ich auch vor Gericht ausgesagt.«

Olivia nickte, Lisa und sie hatten mit Isidora über das Gerichtsverfahren gesprochen und kannten Thomas' Zeugenaussage.

»Haben Sie sie noch? Die Mails?«

»Nein, oder doch, vielleicht, sie könnten noch im Papierkorb sein. Ich kann nachschauen.«

Thomas stand auf und ging in ein angrenzendes Zimmer. Lisa beugte sich vor und nahm etwas Desinfektionsmittel.

Olivia sah sich in der Küche um. Alles war sehr ordentlich, jedes Ding an seinem Platz. An der einen Wand hingen mehrere gerahmte Fotos in unterschiedlichen Größen. Schöne, professionell aussehende Familienfotos, stellte sie fest. Einige von ihnen waren in dem blühenden Garten um das Haus gemacht worden, große Lavendelbüsche rahmten in einem strahlenden Potpourri von Farben hohe Stängel von Blauem Eisenhut und Rittersporn ein. Es war offensichtlich, dass hier jemand mit grünem Daumen wohnte. Abgelichtet war hauptsächlich eine hübsche dunkelhaarige Frau mit ein und demselben Mädchen in variierendem Alter. Auf zwei Bildern war auch Thomas zu sehen. Derselbe Mann, der jetzt mit einem Laptop in der Hand hereinkam.

»Haben Sie Kinder?«, erkundigte sich Olivia.

»Nein, oder doch, ein Bonuskind, wie es so schön heißt. Fatima, das ist Bahars Tochter aus einer früheren Beziehung. Aber ob ein Teenager wirklich ein Bonus ist, darüber lässt sich natürlich streiten.«

Thomas lächelte.

»Nein, im Ernst«, sagte er. »Fatima ist toll. Wenn sie will.«

»Schöne Fotos.« Olivia deutete mit einem Kopfnicken zur Wand.

»Danke, ich bin der Fotograf. Das ist mein Broterwerb. Auch wenn in der Branche momentan fast Stillstand herrscht, aber das ist ja in den meisten Branchen so. Außer in der Krankenpflege natürlich.«

Thomas stellte den Computer vor Lisa auf den Tisch.

»Sie waren noch da.«

Thomas rief die Mails am Bildschirm auf. Olivia stand auf und stellte sich hinter Lisa. Es waren zwei Stück. In der ersten behauptete Agnetha, sie sei an dem Brand unschuldig und werde das der ganzen Welt beweisen. In der zweiten schrieb sie, sie wisse, wer der Schuldige sei, und er werde es noch erfahren. Olivia beugte sich zum Laptop vor.

»Können Sie dort rechts klicken, auf die drei Punkte? Und dann nach unten … nein, da, auf Nachrichten-Quelltext … Können Sie das kopieren und an uns mailen?«

Olivia gab ihm ihre Visitenkarte.

»Okay«, sagte Thomas. »Natürlich, also so …«

Er kopierte den Text, erstellte schnell eine neue Mail und schickte sie ab.

»Danke. Und übrigens, Sie haben keinen Kontakt zu Ellinor Mohagen, oder?«

»Nein, das ist ewig her, das letzte Mal vermutlich, bevor ich ins Ausland gegangen bin.«

»Nach Indien?«, fragte Lisa. »Sie haben dort ein Restaurant betrieben, oder?«

»Ja.«

»Das abgebrannt ist?«

»Ja.«

»Ihre Familie hat kein Glück mit Feuer«, bemerkte Lisa.

»Ja.«

Thomas blickte sie unglücklich an.

»Entschuldigen Sie«, sagte Lisa. »Das war unsensibel, es tut mir leid.«

»Schon okay, es ist ja wahr, aber wenigstens kam niemand zu Schaden, als das Restaurant abgebrannt ist, zum Glück.«

Thomas schielte auf seine Uhr.

»Sonst noch was? Ich habe versprochen, Fatima vom Bus abzuholen. Sie hat ein bisschen Angst im Dunklen.«

Olivia blickte aus dem Fenster. Es war tatsächlich stockdunkel draußen, obwohl es erst halb vier war.

»Nein, ich denke, das war alles«, antwortete sie. »Ach so, übrigens, haben Sie ein Auto?«

»Ja. Aber Bahar ist damit in der Arbeit, sie arbeitet in Malmö und will in diesen Zeiten nicht öffentlich fahren. Wieso?«

Lisa warf Olivia einen raschen Blick zu.

»Ich dachte nur, vielleicht könnten wir Sie zum Bus mitnehmen?«

Das dachte sie überhaupt nicht. Sie hatte völlig andere Hintergedanken, die sie aber nicht offenlegen wollte. Sonst käme Thomas vielleicht auf die Idee, die Reifen zu wechseln.

»Nein danke. Ich muss mich ein bisschen bewegen.«

»Okay.«

Olivia stand auf und ging zum Flur. Lisa und Thomas kamen nach. Als sie den Arm nach ihrer Jacke ausstreckte, sah sie plötzlich ein Foto, das ihr beim Hereinkommen nicht aufgefallen war. Ihr lief ein Schauer über den Rücken, als sie die Hütte erblickte, in der sie gefangen gewesen war. Das Waldglück. Thomas hatte das gleiche Foto, das Lisa in Saras Wohnung entdeckt hatte. Lisa folgte Olivias Blick. Da war erneut die scheinbar glückliche Familie vor ihrem Ferienhaus. Papa Bertil, Mama Agnetha, Großmutter Iris und die Kinder Oskar und Sara. Jetzt waren alle tot. Bis auf Oskar. Thomas bemerkte, was die beiden betrachteten.

»Das ist das einzige Foto, das ich noch von Mama und Bertil habe. Bahar hat es zwischen meinen Sachen gefunden, als wir zusammengezogen sind. Sie hat vorgeschlagen, es aufzuhängen. Ich hatte vergessen, dass ich es überhaupt besitze.«

Thomas klang traurig.

»Ich habe das Foto gemacht. Als alle noch gelebt haben und gut miteinander ausgekommen sind. Ich finde, manchmal ist es wichtig, sich daran zu erinnern, dass es tatsächlich mal so war. Vor dem ganzen Elend.«

»Das verstehe ich«, sagte Lisa und nahm ihre Jacke vom Haken.

»Wann waren Sie zuletzt dort?«, fragte Olivia.

»In Lammåsa?«

»Ja.«

»Tja, das war wohl vor fünfzehn, zwanzig Jahren.«

Olivia nickte und betrachtete das süße kleine Mädchen, das bewundernd zu seinem großen Bruder aufblickte, der wiederum fröhlich in die Kamera lächelte. Nichts Böses ahnend. Wann ist sie wohl krank geworden?, dachte Olivia. Ob es die Familientragödie selbst war, die die Krankheit in Gang gesetzt hat?

Sie ertappte sich dabei, wie ihr fast die Tränen in die Augen stiegen. Saras Schicksal berührte sie auf eine Art, die sie sich nicht richtig erklären konnte.

Sie gingen zusammen hinaus und verabschiedeten sich von Thomas. Der Regen hatte nachgelassen. Olivia und Lisa sahen ihm nach, wie er auf der kleinen Dorfstraße gegen den Wind ankämpfte, dann setzten sie sich ins Auto.

»Was meinst du zu den Mails?«, fragte Olivia.

»In der zweiten schien es fast, als wollte sie andeuten, dass Thomas hinter dem Brand steckt.«

»Ja, vielleicht.«

»Oder es ist einfach eine typische Mail von einer Querulantin«, meinte Lisa. »Wenn er schuldig ist, hätte er uns die Mails ja wohl kaum gezeigt?«

»Oder er ist schlau und will uns hinters Licht führen, indem er entgegenkommend ist.«

»Ja, es ist nur … ich denke, er hat so viel zu verlieren. Eine Familie. Einen schönen Hof. Warum sollte er das durch einen Mord aufs Spiel setzen?«

»Weil Agnetha vielleicht etwas gegen ihn in der Hand hatte?«, mutmaßte Olivia. »Und dann würde er es sowieso aufs Spiel setzen. Er wohnt nur eine Stunde vom Bosarpasee entfernt.«

»Und Sara? Ich weiß nicht, aber ich hab nicht den Eindruck, dass er zu solchen Scheußlichkeiten fähig ist.«

»Weil er sein Stiefkind vom Bus abholt, das Angst im Dunkeln hat? Oder weil er dich an Oskar erinnert?«

»Jetzt hör auf«, sagte Lisa. »Aber mir ist was aufgefallen. Er hat gar nicht gefragt, wie Agnetha ermordet wurde, oder wann.«

An diesem Kommentar knabberte Olivia herum, als sie aus Snårestad herausfuhren. Ihrem Fuß ging es jetzt so gut, dass sie fahren konnte. Also saß sie auf dem Rückweg hinterm Steuer. Und sie genoss es.

»Was denkst du zu seinem Auto?«, fragte sie.

»Wir sollten es kontrollieren. Wenn es die falschen Reifen sind, überprüfen wir, ob er im betreffenden Zeitraum ein Auto gemietet hat.«

Olivia bog auf die große Straße nach Kristianstad ein. Es regnete, und schwere Lastwagen rauschten vorbei. Sie beschloss, sich an die vorgeschriebene Geschwindigkeit zu halten, auch wenn sie ein gewisses Stresslevel hatte.

»Wir hätten vielleicht fragen sollen, ob er Probleme mit der Schilddrüse hat«, meinte Lisa.

»Ich hab daran gedacht, aber das machen wir beim nächsten Mal.«

Lisa nickte und wählte eine Telefonnummer, ohne dass jemand ranging.

»Oskar?«, erkundigte sich Olivia.

»Ja.«

»Hat es dich gestört, als ich ein bisschen auf ihm herumgeritten bin?«

»Wegen Ellinor, meinst du?«

»Nein, als wir über Motive gesprochen haben?«

»Ja, ein bisschen«, gab Lisa zu. »Du warst so extrem förmlich.«

»Das wollte ich nicht, ich fand nur, dass wir auch ihn in Betracht ziehen müssen.«

»Ja … natürlich.«

Lisa ließ ihren Blick über die dunklen Felder schweifen, hier und da drang Licht aus den abgelegenen Höfen. Natürlich musste Oskar überprüft werden.

»Wir sollten vielleicht auch seine Reifen checken?«, sagte sie.

Olivia wusste nicht, ob Lisa angesäuert war, an ihrem Ton konnte man es nicht erkennen. Aber sie spürte, dass sie die Sache mit Oskar klären mussten. Was Lisa für ihn empfand. Eine gefühlsmäßige Beziehung zu einer Person, die Teil einer Mordermittlung war, konnte kompliziert werden. Das wusste sie aus eigener Erfahrung, mit Lukas. Sie hatte ihn kennengelernt, als er wegen eines Bombenanschlags in Stockholm verdächtigt wurde. Seine Ausstrahlung hatte sie sofort beeinflusst. Als er für die Tat verurteilt wurde, war sie am Boden zerstört gewesen. Sie war davon überzeugt, dass er unschuldig war, und hatte alle ihre Zeit mit dem Versuch verbracht, das zu beweisen. Nicht nur um der Gerechtigkeit willen, es waren tiefere Gefühle im Spiel. Letztendlich war er freigesprochen worden, und sie hatte eine Beziehung mit ihm angefangen.

Aber es hatte sie einiges gekostet.

*

»Mette!«

Mårten rief nach seiner Frau. Er hatte gerade den ersten Großmast auf dem Schiffsrumpf zusammengesetzt, eine Millimeterarbeit, und war extrem konzentriert. Der Signalton von Mettes Rechner störte ihn.

»Dein Computer!«, rief er und drückte das untere Ende des Mastes auf das Deck.

Mette kam mit einem Pinsel in der Hand aus dem oberen Stockwerk heruntergeeilt, sie hatte angefangen, die Wände des Schlafzimmers hellrot zu streichen, und musste den Pinsel ins Wasser stellen. Sie riss eine Tasse aus einem Schrank, hielt sie unter den Wasserhahn und warf den Pinsel hinein. Als sie sich vor den Computer setzte, war ihr vermutlich nicht bewusst, dass ein markanter Farbfleck auf ihrem Kinn prangte.

Zoom-Meeting zu dem eventuell kontaminierten Impfstoff.

Diesmal nicht nur mit der Frau mit der runden Brille, Dorothy Wools. Sie erschien heute in Gesellschaft eines Mannes in dunklem Anzug mit dünnem, hellem Haar.

»Hallo, Mette«, sagte Dorothy Wools. »Wo sprechen wir mit dir?«

»In meiner Küche«, antwortete Mette, eine Spur verwundert über die Frage. »Warum?«

»Was wir zu berichten haben ist topsecret«, erklärte der Mann. »Mein Name ist George.«

»Hi George. Was ist denn so topsecret?«

»Es ist niemand sonst in der Nähe?«

»Doch, mein Mann, er baut im Zimmer nebenan gerade ein Modell der Cutty Sark.«

»Kann er das Gespräch mithören?«

Langsam hatte Mette das Gefühl, bei John Le Carré gelandet zu sein.

»Nein«, sagte sie. »Er ist fast taub, können wir zur Sache kommen?«

Die Sache war ziemlich ernst, und nach einer Weile verstand Mette die Sorge, dass jemand mithören könnte. Die Analyse der Impfdosen, die in Coventry so heftige Nebenwirkungen verursacht hatten, hatte gezeigt, dass die Dosen eine fremde Substanz enthielten.

»Die Patienten sind vergiftet worden«, verdeutlichte George.

»Da seid ihr euch ganz sicher?«

»Ja«, erwiderte Dorothy. »Es ist nichts, was mit der Herstellung in Verbindung gebracht werden kann, die Substanz ist durch äußere Einwirkung hineingekommen.«

»Was war es für ein Gift?«

»Das wird noch analysiert.«

Mette versuchte, ruhig und fokussiert zu bleiben, ohne etwas von dem hellroten Fleck auf ihrem Kinn zu ahnen. Dass jemand den Impfstoff absichtlich vergiftet hatte, war schwer zu verkraften.

»Welche Maßnahmen werden jetzt ergriffen?«

»Wir verlängern den Impfstopp und untersuchen, ob es noch andere Lieferungen gibt, die Gift enthalten, oder ob es nur diese Charge war«, antwortete George.

»Wie erklärt ihr das nach außen hin?«

»Wir sagen, es sind Lieferprobleme aufgetreten, weswegen die Impfung für eine Umverteilung der Dosen vorübergehend ausgesetzt werden muss.«

»Und nichts über das, was passiert ist? Mit den Nebenwirkungen?«

»In der jetzigen Situation nicht … es steht ziemlich viel auf dem Spiel.«

Das verstand Mette mehr als gut. Sie beendete das Gespräch und begrub das Gesicht in ihren Händen.

»Fast taub?«

Mårten stand in der Tür und blickte sie an. Als sie sich zu

ihm umdrehte, sah er an ihrem Gesichtsausdruck, dass er sie besser nicht auf den hellroten Fleck auf ihrem Kinn hinweisen sollte.

Das konnte der Tropfen sein, der das Fass zum Überlaufen brachte.

*

»Hallo. Störe ich?«

Oskar stand vor der Tür, ein paar Dosen Bier in der Hand. Er hatte die Jacke unter dem Arm, und sein Haar war trocken. Offenbar hat es aufgehört zu regnen, dachte Lisa.

»Nein, überhaupt nicht.« Sie lächelte. »Komm rein.«

»Ich hab Bier dabei.«

»Wie schön.«

Lisa ging vor ihm in die Wohnung. Olivia saß auf dem Sofa. Oskar blieb in der Tür zum Wohnzimmer stehen und suchte ihren Blick.

»Hallo«, sagte sie.

»Ich war gestern in Lammåsa.«

Das war ein Eröffnungssatz, der Olivia überrumpelte. Sie richtete sich auf und hielt seinen Blick fest.

»Setz dich, ich hole Gläser«, sagte Lisa und verschwand in die Küche.

Mit äußerst gespitzten Ohren.

Oskar setzte sich in den Sessel neben der Stehlampe. Es lag ein behagliches, weiches Licht über dem Tisch. Er öffnete ein Bier.

»Willst du?«, fragte er.

Olivia nickte und nahm die Dose entgegen. Sie blickte Oskar weiter fest in die Augen.

»Was hast du dort gemacht?«

»Es ist ja auch mein Haus, ich wollte sehen, wie es aussieht.«

»Abgebrannt.«

»Ja, leider. Es war eine schöne alte Hütte, mein Großvater väterlicherseits hat sie vor langer Zeit renoviert. Er war derjenige, der sie Waldglück getauft hat.«

Oskar öffnete eine zweite Dose für sich selbst, hielt sie vor Olivia hoch und nahm einen großen Schluck. Sie saß ihm regungslos gegenüber und versuchte, in seinem Gesicht zu lesen.

»Möchtest du kein Glas?«, fragte Lisa und stellte drei Gläser auf dem Tisch ab.

»Nein, alles gut«, sagte Oskar.

Olivia nahm ein Glas und schenkte sich ein. Sie versuchte, nicht mit der Hand zu zittern. Lammåsa? War er hergekommen, um das zu erzählen? Sie spürte, dass sie auf der Hut war.

Lisa setzte sich in den anderen Sessel, sie bemerkte die seltsame Stimmung, sah die Blicke zwischen Olivia und Oskar.

»Ich bin dort in den Keller gegangen.« Oskar sank in den Sessel zurück. »Er ist ja noch fast intakt. Wo du und Sara gesessen habt.«

»Ich habe dort gesessen, sie kam nur ab und zu runter«, warf Olivia ein und fragte sich, worauf er hinauswollte.

Oskar nahm noch einen Schluck aus der Dose.

»Du hast mich neulich Abend in der Pizzeria ein paar Dinge gefragt«, begann er. »Über Sachen, die Sara im Keller gesagt hatte, die du nicht kapiert hast. Schreie und Gestank, meintest du, glaube ich.«

»Ja. Und du konntest mir nicht wirklich helfen.«

Oskar trank wieder einen Schluck und stellte die Dose ab. Lisa blickte Olivia an und sah, wie angespannt ihr Mund aussah. Das Gespräch rief vermutlich Erinnerungen an die Tage im Keller wach. War das Oskars Absicht?

»Dafür will ich mich entschuldigen«, erwiderte er. »Ich glaube, du hattest recht.«

»Ach so? Warum hast du das dann nicht gesagt?«

»Weil es mir schwerfällt, darüber zu sprechen.«

Oskar strich langsam mit den Handflächen über seine Oberschenkel, sein Blick war auf den Tisch gerichtet, die Stimme klang suchend.

»Sara und ich wurden nach dem Brand in Ysane getrennt, ich bin nach Malmö gezogen, dann hab ich mich bei der Polizeischule beworben, sie hat versucht, Kontakt zu halten, aber ich hab sie weggestoßen …«

»Warum?«, fragte Olivia.

»Anfangs war es wohl, weil sie immer nur über diesen Brand gejammert hat, über Mama, was sie getan hat, ich wollte nicht die ganze Zeit daran erinnert werden, ich hab versucht, weiterzugehen … dann fing sie an, über alle möglichen Dinge zu reden, die ihr angeblich angetan wurden, und ich hab nur mit halbem Ohr zugehört, ich wusste, wie oft sie in einer Fantasiewelt verschwand, ich hab es nicht ernst genommen, fand sie nur anstrengend, also bin ich irgendwann nicht mehr ans Telefon gegangen, wenn sie anrief, hab mich selbst nicht mehr gemeldet … ich hab sie ganz einfach weggestoßen … und ich schäme mich dafür … wahnsinnig.«

Lisa sah die Qual in Oskars Augen, sie hatte das Bedürfnis, ihre Hand auszustrecken und sie auf seine zu legen, hielt sich jedoch zurück.

Oskar strich sich ein paar Schweißperlen vom Haaransatz und fuhr mit noch leiserer Stimme fort:

»Sara war der Meinung, ich hätte sie aufgegeben, was ich ja auch getan habe … ich war nicht da, als sie mich gebraucht hat, ihr großer Bruder … das fühlt sich so schrecklich an … und jetzt ist sie tot, jetzt kann ich es nie wiedergutmachen …«

Oskar atmete tief ein, wischte sich den Mund ab und öffnete die dritte Dose. Er hatte die erste ziemlich schnell getrunken. Es war nicht leicht für ihn gewesen, all das zu erzählen, das sah man an seinen Augen und seinen Händen, sie waren nicht besonders stabil.

Seine Stimme auch nicht.

Lisa und Olivia saßen still da. Sie hatten sich mehrmals gefragt, warum er nicht stärker auf das reagierte, was passiert war. Jetzt tat er es, ohne Vorbehalte, und seine intime Selbstauslieferung berührte sie.

Nach einer langen Pause brach Olivia das Schweigen. Sie hatte noch immer keine Antwort auf die Schreie und den Gestank bekommen.

»Wo hat Sara in dieser Zeit gewohnt?«

Die Frage riss Oskar aus seiner Versunkenheit, er blickte Olivia an.

»Hat Ellinor das nicht erzählt?«

»Nein?«

»Bei ihr.«

Sowohl Lisa als auch Olivia zuckten zusammen.

»Bei Ellinor?«, fragte Olivia.

»Ja. Sie und Thomas waren die nächsten Angehörigen, und sie hat angeboten, sich um Sara zu kümmern, als Agnetha ins Gefängnis kam. Ich glaube, dass sie die Schreie und den Gestank bei Ellinor erlebt hat.«

»Als sie Nerze getötet haben?«

»Ja, vermutlich.«

Olivia hielt das für eine völlig plausible Erklärung. Sie hatte selbst daran gedacht. Sie hatte die Todesschreie gehört und den schrecklichen Gestank von all den Kadavern im Container gerochen. Es konnte sehr gut das sein, worauf sich Sara im Keller bezogen hatte.

Aber konnte das Erlebnis derartig tiefe Spuren hinterlassen haben?

»Sara hat also bei Ellinor gewohnt, seitdem sie wie alt war?«, wollte Lisa wissen.

»Dreizehn.«

Oskar holte eine Snusdose heraus und legte sich ein Beutelchen unter die Oberlippe. Olivia hatte ihr Bier ausgetrunken und ein neues geöffnet. Sie spürte den Alkohol ein bisschen, vor allem wegen der Anspannung. Sie wusste, dass sie lange wach liegen und verarbeiten würde, was Oskar erzählt hatte. Ihre eigene Trauer über Saras Schicksal hatte sich in keiner Weise verringert.

»Hast du Kontakt zu Thomas?«, erkundigte sich Lisa.

Sie wollte das Thema Sara kurz verlassen, um Oskars willen.

»Nein«, antwortete Oskar.

»Wir waren heute bei ihm.«

»Warum das?«

»Wir ermitteln in einem Mordfall, Oskar. Seine Nichte wurde ermordet.«

»Und seine Schwägerin«, fügte Olivia hinzu.

»Ex-Schwägerin«, berichtigte Oskar. »Wie ging es ihm?«

»Er hat nach Gras gerochen, als wir kamen, aber ansonsten war er entgegenkommend.«

Oskar lächelte auf diese Art, an die sie sich inzwischen gewöhnt hatten und die absolut nichts verriet.

»Er hat offenbar eine Frau, die im Krankenhaus arbeitet«, sagte Lisa.

»Ja, Bahar. Sie ist wohl die, die das Geld verdient.«

Oskar sah auf die Uhr und stand auf.

»Ich glaub, ich muss jetzt langsam los.«

Lisa folgte ihm, und Olivia konnte sich eine letzte Frage nicht verkneifen:

»Wie kommt es, dass du einen Schlüssel zu Agnethas Haus hast?«

Oskar drehte sich zum Sofa um.

»Ermittelst du jetzt gerade in einem Mordfall?«

»Entschuldige, ich bin nur neugierig.«

»Ich hab das Haus für sie gemietet, als sie aus dem Gefängnis entlassen wurde, sie musste ja irgendwo wohnen. Ich hatte noch einen der Ersatzschlüssel. Isi hat ihn neulich an sich genommen.«

»Wird sie Isi genannt?«, fragte Lisa.

»Ja, unter den Kollegen.«

»Chilenin, oder?«, sagte Olivia.

»Nein, Schwedin. Ihre Eltern sind Chilenen.«

Geschieht dir recht, dachte Lisa und begleitete Oskar in den Flur hinaus.

»Seid ihr mit dieser Drogenfabrik schon weitergekommen?«, erkundigte sie sich.

»Wir haben herausgefunden, dass der Sattelschlepper durch Blekinge gefahren ist, der Pole, der am Steuer saß, hat in der Nähe von Sölvesborg getankt, er ist auf einem Überwachungsfilm zu sehen.«

Oskar blickte ins Wohnzimmer zu Olivia auf dem Sofa.

»Und ich glaube immer noch nicht, dass Ellinor in die Sache verwickelt ist«, lächelte er. »Unabhängig davon, dass sie meine Tante ist und eine Nerzfarm hat.«

Oskar ging zur Tür hinaus, und Lisa folgte ihm, mit dem Fuß schob sie die Tür hinter sich zu.

Olivia fiel es erwartungsgemäß sehr schwer einzuschlafen. Ihre Gedanken kreisten ständig um das, was Oskar über Sara erzählt hatte. Und sie kehrten immer wieder zur selben Frage zurück: Konnten Saras quälende Erinnerungen wirklich aus der

Zeit bei Ellinor stammen? War sie so stark von dem Aufenthalt dort geprägt worden?

Warum?

*Sie hat mich im Gestank eingesperrt.*

Was hatte sie damit gemeint? War das bei Ellinor passiert?

Gerade, als sie den Kopf endgültig im Kissen vergraben wollte, kam wie so oft der Geistesblitz. Sie griff nach ihrem Handy und rief Bosse an.

»Hallo, Bosse, entschuldige, dass ich so spät anrufe, aber du sagtest, du hättest eine ganze Menge Tagebücher in Saras Speicher gefunden, als ihr die Hausdurchsuchung gemacht habt? In irgendeiner Umzugskiste?«

»Ja.«

»Kannst du nachschauen, ob es welche von 2006 und den folgenden Jahren gibt?«

»Jetzt?«

»Ja, jetzt sofort. Nein, Bosse, aber sobald du es schaffst.«

»Okay. Suchst du nach was Speziellem?«

»Ja, nach der Zeit, in der Sara bei ihrer Tante gewohnt hat, nach dem Brand. Ich will sehen, ob sie etwas über diese Phase geschrieben hat.«

»Ich schaue nach. Sofort.«

Olivia lachte und legte auf.

Jetzt konnte sie einschlafen.

*

Der Mann nahm die gelbe Flüssigkeit mit der Pipette auf und beugte sich über den Behälter. Seine Handbewegungen waren langsam, er arbeitete seit neun Stunden, bald würde er abgelöst werden. Als er sich aufrichtete, lief ihm ein Schweißtropfen die Nasenwurzel hinunter.

Es war heiß hier drin.

Das einzige Fenster des Raumes war mit schwarzer Plastikfolie verklebt, die Wände waren weiß gekalkt. Drei starke Neonleuchten an der Decke tauchten den länglichen Tisch in helles Licht, die Glasröhren funkelten vor Reflexen. Die Flüssigkeiten kochten in zwei schmalen Kolben, das Rohr des Destillators endete über einem Plastikbecher.

Der Mann trug helle Gummihandschuhe, jede Bewegung war fokussiert.

Die Handhabung erforderte Präzision. Die Konzentration des Aufgusses beeinflusste das Resultat, die Dichte jedes Tropfens musste exakt sein.

Auf einem niedrigen Rolltisch lagen die Endprodukte, sorgfältig in weiches Plastik eingeschlagen, um Geruchsbildung zu verhindern.

Der Mann öffnete die Tür einen Spalt, um etwas frische Luft hereinzulassen, aus der Ferne hörte er die kurzen, gellenden Schreie der Tiere.

Mårten ließ das Handy sinken und legte es vorsichtig auf das Schachbrett vor sich, zwischen zwei schwarze Türme. Er saß vor dem Kachelofen und hatte gerade mit Luna gesprochen.

Sie klang sehr gefasst, dachte er.

In ihrem Gespräch war es um Tom gegangen.

Als Tom vom Krankenhaus aus angerufen und sich gefreut hatte, dass es vorbei war, hatte Mårtens Feingefühl ihn daran gehindert, zu erklären, dass die Gefahr alles andere als vorüber war, er wollte die Freude des Augenblicks nicht trüben. Außerdem war er davon ausgegangen, dass sowohl Tom als auch Luna sich des Risikos bewusst waren.

Jetzt hatte Luna bestätigt, dass genau das passiert war: Tom war wieder krank geworden, und zwar deutlich schwerer als letztes Mal. Das Rettungspersonal hatte bereits auf dem Kahn Sauerstoffgas eingesetzt und das Krankenhaus auf das Eintreffen eines Patienten mit akuter schwerer Atemnot vorbereitet.

Und dieses Mal bekam Mårten Angst, richtige Angst. Ein akuter Rückfall mit schweren Atemproblemen konnte Intensivstation und einen deutlich ungewisseren Ausgang bedeuten. Einen Ausgang mit sehr beängstigenden Alternativen.

»Wer hat angerufen?«, fragte Mette, als sie im Kaminzimmer auftauchte.

Sie hatte in der Küche in einem Meeting gesessen und nur vage mitbekommen, dass Mårten mit jemandem sprach.

»Luna«, sagte Mårten und zog mit einem weißen Läufer über

das Brett, ohne einen Gedanken daran zu verschwenden, wo er ihn platzierte.

»Und was wollte sie?«

Mette sank in den tiefen braunen Sessel neben ihrem Mann. Sie war aufgedreht von dem Meeting, Aktionen zu leiten und zu koordinieren war wirklich ihr Ding. Nachher würde sie einen langen Spaziergang machen und sich mit jedem Schritt leichter fühlen.

Mårten dagegen war alles andere als aufgedreht. Er versuchte, einen Weg zu finden, zu sagen, was er sagen musste, ohne zu viel Dramatik zu schaffen.

Ein Ding der Unmöglichkeit, wie er wusste.

Also sagte er es, wie es war:

»Tom wurde vom Rettungsdienst abgeholt, es geht ihm wieder schlechter, sie mussten ihm Sauerstoff geben.«

Mette verzog keine Miene.

Mårten sah sie an. Hörte sie nicht?

»Diesmal könnte er auf der Intensivstation landen«, fügte er hinzu, um die Information zu verdeutlichen.

Mette stand auf und ging ohne ein Wort aus dem Zimmer.

»Mette?«

Mårten sah den Rücken seiner Frau aus der Küche verschwinden. Dann wurde es still. Er blickte auf das Schachbrett hinunter und fragte sich, wie der weiße Läufer zwischen den schwarzen Bauern gelandet war.

*

Oskar ging auf der Polizeiwache durch einen kurzen Flur und öffnete eine graue Tür. Im Zimmer dahinter saßen zwei Kollegen in Hemdsärmeln und studierten Fotos. Resultate der nächtlichen Fahndung.

Oskar schloss die Tür und blickte auf den Tisch.

Es fiel ihm keineswegs so schwer, sich vorzustellen, dass seine Tante in Drogengeschäfte verwickelt war, wie er den Anschein gegeben hatte. Er blickte ziemlich unsentimental und unvoreingenommen auf die Situation. Jemand hatte eine Drogenfabrik in Verbindung mit einer Nerzfarm, und Ellinor hatte eine Farm, die nicht weit weg von Sölvesborg lag, wo der polnische Fahrer an einer Tankstelle gesehen worden war. Er hatte außerdem keinerlei Kontakt zu seiner Tante und wusste nicht, was sie heutzutage so trieb. Außer Nerzzucht.

Also hatte er beschlossen, diese Information mit seinen Kollegen hier im Zimmer zu teilen. Es ging schnell. Als er fertig war, fragte einer von ihnen:

»Wo liegt diese Farm?«

»Auf Listerlandet, Runaby«, sagte Oskar.

»Die richtige Gegend.«

»Ja.«

Einer der Kollegen holte eine Karte heraus.

*

Der Anruf kam um kurz nach sechs Uhr morgens, Ortszeit Gambia, und er hatte ein Erwachen zur Folge, das Abbas el Fassi sich nicht gewünscht hatte. Am Telefon war Luna aus Schweden.

Abbas lag im Bett neben seiner geliebten Mariama und hatte sich auf einen neuen, langsamen Tag gefreut. Langsam in der Bedeutung von gemütlich, sorgenfrei, spielerisch. Wie fast alle Tage hier, aus seiner Sicht. Er hatte es sich in seinem ziemlich chaotischen Leben endlich einmal gegönnt, den Kampf ums Überleben komplett beiseitezuschieben. Und nur zu genießen. Die Wärme, die Umgebung, seine Frau. Die Tage vertrieb er sich damit, Mariama bei ihren wenigen Trophäen-Fischtouren für Touristen zur Hand zu gehen, die Pandemie hatte im Grunde den ganzen Betrieb zum Erliegen gebracht. Aber unten im Hafen gab es immer etwas zu tun, am Boot, an der Ausrüstung, in gemächlichem Tempo. Das Leben hier war billig, wenn man ein schwedisches Sparkonto hatte, das man anzapfen konnte, das Paar litt keine Not. Er befand sich wirklich, auch wenn das nach einer Plattitüde klang, gerade am richtigen Platz im Leben.

Zumindest bis vor etwa einer Minute.

Zu diesem Zeitpunkt hatte er das relativ kurze Gespräch mit Luna beendet und sich auf sein Kissen zurückfallen lassen.

Und eingesehen, dass das süße Leben vorbei war.

»Wer war das?«, wollte Mariama wissen. »Schweden?«

Sie hatte sich umgedreht und einen warmen Arm über Abbas' Brust gelegt. Der Arm spürte die kurzen, stoßweisen Atemzüge im Brustkorb.

»Es war Luna, Toms Freundin. Er hat Covid, ziemlich schwer.«

Mariama setzte sich mit einem Ruck auf. Sie hatte unglaublichen Respekt vor dem Virus, es hatte vor einem Monat ihre Großmutter befallen, sie hatte den Kampf der alten Frau begleitet und ein Leiden miterlebt, das schrecklich war. Und die Götter dafür verflucht, dass es ausgerechnet ihre Großmutter getroffen hatte. Gambia war, wie viele afrikanische Länder, bisher verhältnismäßig gut durch die Pandemie gekommen. Ein Höhepunkt im Frühling, den Sommer über ruhig, ein gewisser Anstieg im Herbst. Insgesamt handelte es sich bisher um ungefähr hundert Tote. Eine niedrige Todesziffer, verglichen mit anderen Teilen der Erde. Hauptsächlich waren die Hauptstadt Banjul und Umgebung und dort weitestgehend ältere Menschen betroffen.

Eine davon war Mariamas Großmutter gewesen.

»Wie schwer?«, fragte sie mit angespannter Stimme.

»So schwer, dass Luna mich hier anruft.«

Abbas setzte sich im Bett auf und rieb sich das Gesicht. Er ließ seinen Blick von der weiß gekalkten Wand durchs Fenster nach draußen gleiten, zum Strand hinunter und aufs Meer hinaus. Das Meer, auf dem Tom und er dem Tod näher gewesen waren als jemals zuvor.

Und trotzdem überlebt hatten.

Er stand auf und ging in die einfache Dusche, ein Viereck mit offenem Dach und kleinen, munteren Eidechsen auf den weißen Kacheln. Mariama und er hatten oft über das Virus in Schweden geredet, wie hart es zugeschlagen hatte, wie viele Menschen gestorben waren, sie hatten die Daumen gedrückt, dass keiner von Abbas' Freunden erkranken würde.

Jetzt war es passiert.

»Wann fliegst du?«

Mariama stand in der Tür, ein dünnes Stück Seidenstoff um ihren Körper gewickelt. Sie wusste, was den gut aussehenden, braun gebrannten Mann unter dem Wasserstrahl quälte.

Den Mann, den sie liebte.

»Abbas?«

Abbas drehte das Wasser ab und blickte Mariama an.

»Ich hab nicht gesagt, dass ich hinfliegen werde.«

»Natürlich wirst du das«, sagte sie.

»Warum? Wenn ich fliege, hänge ich dort vielleicht Ewigkeiten fest.«

»Tom ist dein engster Freund, du hast gesagt, er ist wie ein großer Bruder für dich, du musst zu ihm. Ich bin hier, das weißt du.«

Sie drehte sich um und ging zurück ins Bett. Abbas zog ein Handtuch vom Haken und begann sich mit langsamen Bewegungen abzutrocknen. Er war als Fremder aus einem anderen Kontinent der Welt in Mariamas Leben gekommen, fast unmittelbar hatte es zwischen ihnen gefunkt, und er war nicht nach Schweden zurückgekehrt. Hatte sich entschieden, bei ihr zu bleiben und ein Teil ihres Lebens zu werden.

Musste er es jetzt wieder verlassen?

Er ging ins Schlafzimmer und setzte sich auf die Bettkante. Mariama lag auf dem Bauch, das Gesicht abgewandt. Er strich mit einer Hand über ihren Rücken, langsam, zwischen den Schulterblättern hinauf. Er wusste, wie sehr sie Tom mochte, sie waren sich in der kurzen Zeit, die Tom hier gewesen war, nahegekommen, sie fand, er war ein Mann, der das Maß hielt. Eine Eigenschaft, die sie Ausländern nicht sehr oft attestierte.

»Sei vorsichtig, versprich mir das.«

Er konnte ihre Stimme kaum hören, der Mund war im Kissen vergraben. Er beugte sich hinunter und küsste sie vorsichtig am Nacken.

»Ich liebe dich«, sagte er. »Es wird alles gut werden.«

Obwohl er keine Ahnung hatte.

*

Von der anderen Seite der Bucht aus gesehen war das Söderkrankenhaus nur ein großer, grauweißer Betonkoloss, der ein Stück den Hang hinauf lag. Kein architektonisches Meisterwerk, lediglich ein funktioneller Bau, in dem man heilen und Leben retten sollte.

Genau das fand gerade in mehreren Räumen statt, besonders in einem.

Die Ärzte hatten schnell festgestellt, dass Stilton Bakterien in der Lunge hatte, und ihm Antibiotika und High-Flow-Sauerstoff gegeben, um die Atmung zu erleichtern. Das war eine temporäre Maßnahme, um die akute Situation auszubalancieren. Es bestand das Risiko, dass die Entzündung im Körper Amok laufen, kleine Blutgerinnsel bilden und dadurch Herzinsuffizienz verursachen würde. Wenn die Entwicklung nicht aufzuhalten war, musste er an ein Beatmungsgerät angeschlossen werden, um die Lunge zu unterstützen. Das würde bedeuten, dass man ihn in medizinisches Koma versetzen musste, einen Zustand, der einen langwierigen und beschwerlichen Verlauf nehmen konnte.

Im schlimmsten Fall für Wochen.

Von all dem wusste der blasse Mann im Bett nichts. Er lag mit einer Sauerstoffmaske über dem Gesicht da und war vollkommen abhängig von anderen Menschen.

Komplett ausgeknockt, mit einem Herzen, das sich abmühte, ihn am Leben zu erhalten.

*

Felder und Wälder waren in Dunkelheit versunken, der steife Wind vom Meer fegte über die Landschaft. Alles sah verlassen und leer aus.

Für ein untrainiertes Auge.

Für einen geübteren Blick oder jemanden, der sich aller Wahrscheinlichkeit zum Trotz ein Nachtsichtgerät vor die Augen hielt, verhielt es sich anders. Es gab nämlich überall Bewegung in der Dunkelheit. Schattenhafte Gestalten, die sich vorsichtig aus unterschiedlichen Richtungen einem Gebäude näherten. Einige geduckt, andere kriechend, alle schwarz gekleidet und leise.

Es war eine umfassende Operation.

Sie hatten diskutiert, wie der Zugriff ablaufen sollte. Sie konnten den Ort umstellen und die Personen auffordern, herauszukommen. Dann bestand das Risiko, dass noch Beweismaterial zerstört werden würde. Die Alternative war, das Gebäude zu stürmen.

Sie hatten das Haus seit mehreren Stunden beobachtet und gesehen, dass sich dort drinnen Menschen bewegten. Wie viele, wussten sie nicht, auch nicht, ob sie bewaffnet waren. Aber wenn man bedachte, was dort drinnen vermutlich vor sich ging, nämlich die illegale Herstellung von Methamphetamin, war das Risiko von Waffen im Gebäude sehr hoch. Auch das sprach fürs Stürmen.

Eine große Anzahl schwer ausgerüsteter Einsatzpolizisten aus der Region Süd war vor Ort, und Oskars gesamte Truppe. Inklusive er selbst. Sie hatten die Dunkelheit abgewartet, um die Operation so effektiv wie möglich zu gestalten und das Risiko zu minimieren, entdeckt zu werden. Die Straßen rundherum waren gesperrt worden, um den Zugriff nicht zu stören. Eine lautlose Drohne überwachte das Gebiet.

In der Minute vor der Stürmung war alles still. Niemand bewegte sich, alle wussten genau, was sie tun mussten. Sie warteten nur auf das Startsignal. Ein Teil der Polizisten, die erfahreneren, fokussierten sich mit niedrigem Puls auf ihre Aufgabe. Für ein paar andere war es das erste Mal, dass sie bei einer Operation von dieser Bedeutung dabei waren. Ihr Puls war deutlich höher. Es bestand die Möglichkeit, dass geschossen wurde, es konnte Verletzte und im schlimmsten Fall Todesopfer geben. Sie wussten, dass sie gezwungen sein könnten, innerhalb weniger Sekunden lebenswichtige Entscheidungen zu treffen.

Oskar war ruhig.

Er lag hinter einem Busch versteckt, mit einer Waffe in der Hand, den Blick auf das Gebäude gerichtet. Das Einzige, was ihm Sorgen machte, war die Vorstellung, was wäre, falls sich zeigte, dass der Tipp nicht stimmte.

Falls sie am falschen Ort zuschlugen.

Als das Startsignal kam, stürmte man aus mehreren Richtungen. Türen wurden aufgestoßen, und Polizisten mit Helmen und erhobenen Sturmgewehren drangen ein. Oskar und ein paar Kollegen warteten draußen mit einsatzbereiten Waffen. Sie hörten Gebrüll und Schreie, aber keine Schüsse.

Das Überraschungsmoment hatte funktioniert. Die Männer im Raum hatten nicht reagieren können, ehe sie zu Boden gezwungen wurden. Ein einziger Mann schaffte es, nur mit einer Unterhose bekleidet aus einem Fenster zu springen. Er landete auf der Rückseite des Gebäudes und begann in der Dunkelheit geradewegs auf einen Acker hinauszulaufen. Einer der Hundeführer schüttelte leicht den Kopf und ließ den Hund los.

*

Die beiden älteren Männer trugen blaue OP-Masken, als sie die Metalltreppe zum Kahn hinaufkletterten. Luna wartete an der Reling, ohne Maske. Es war ein wolkenloser Abend, zum ersten Mal seit sehr Langem, der Mond warf ein kaltes blaues Licht über das Vordeck.

»Wie geht es ihm?«, war das Erste, was Benseman sagte.

»Hast du noch mal was gehört?«, fügte Ronny hinzu.

Sie blieben ein paar Meter von Luna entfernt stehen und sahen ihre rot geränderten Augen. Das war eigentlich Antwort genug auf ihre Fragen.

»Nicht so gut«, sagte Luna leise. »Das Atmen fällt ihm schwer, sie geben ihm Sauerstoff oder so was.«

Benseman starrte über das Wasser, zum Stadshuset hinüber. Die Oberfläche war dunkel und still. Er schluckte und versuchte, die Tränen zurückzuhalten. Er wollte Luna das Herz nicht noch schwerer machen.

Sauerstoff oder so was? Tom, der mehrere Jahre in Müllräumen und Parks überlebt hatte, er, der wieder stark und gesund geworden war? Der ihm auf die Beine geholfen hatte? Jetzt lag er hilflos in einem Bett und konnte kaum atmen? Was war das für eine verdammte Gerechtigkeit?

Benseman drehte sich von Luna weg.

»Gibt es irgendetwas, das wir tun können?«, fragte Ronny.

»Danke, aber nein, er liegt, wo er liegt.«

»Ich meine für dich.«

Luna lächelte, machte einen Schritt nach vorn und streckte eine Hand nach Ronny aus, der sie nahm. Virus hin oder her. Er spürte, wie fest sie sie drückte.

»Ja, eine Sache.« Luna ließ die Hand los. »Tom hat eine Halskette hier, die Olivia gehört, sie wollte, dass er sie bei dir lässt, wenn er … wenn wir … aber jetzt kommt es vielleicht ganz anders.«

»Wenn ihr nach Rödlöga fahrt?«

Luna nickte. Der Gedanke, wieder nach Rödlöga zu fahren, hatte sie nicht besonders begeistert, bevor Tom sich angesteckt hatte. Jetzt gab es nichts, was sie lieber getan hätte.

Mit ihm.

Und unendlich lange zu bleiben.

Lisa und Olivia waren allein im Ermittlungszimmer. Isidora und Tore saßen in einem Meeting mit der Chefetage. Vermutlich ging es um finanzielle Priorisierungen. Der Kampf gegen die Bandenkriminalität hatte auch Auswirkungen auf die Polizei in Kristianstad. Die Schießereien in der Region Süd waren im letzten Jahr weniger geworden, doch sie forderten noch immer große Ressourcen. Gleichzeitig standen die brutalen Morde an Agnetha Eriksson und ihrer Tochter weit oben auf der Einsatzliste der Polizei.

Also versuchte Isidora, so viel Unterstützung wie möglich zu bekommen.

Olivia schenkte sich die dritte Tasse Kaffee ein. Sie war müde, die Nacht war durch einen Anruf von Luna um kurz nach zehn Uhr abends ein Stück weit ruiniert worden. Es war um Tom gegangen.

»Er ist auf der Intensivstation gelandet?«, hatte Olivia nachgefragt.

»Ja. Ich hab es gerade erst erfahren.«

Viel mehr hatte Luna auch nicht gewusst.

Aber für Olivia hatte es gereicht, um sich einige Stunden im Bett zu ängstigen. Zu schwitzen, das Fenster zu öffnen, es wieder zu schließen und an die Decke zu starren. Irgendwann glitt sie in einen unruhigen Nebel, der sich mit den auffordernden Signaltönen ihres Handyweckers lichtete.

Eine lange Dusche war nötig gewesen, um ihren unausgeschlafenen Körper in Gang zu bringen.

Jetzt saß sie mit Kaffee in der Hand da, rieb sich die Augen und versuchte sich auf das zu konzentrieren, was in diesem Raum wichtig war.

Zwei Morde.

Lisa stand auf und ging zur Wand mit dem Material über Sara.

»Ich frage mich, warum sie das nicht erwähnt hat, als wir da waren?«, sagte sie.

Sie hatten die Tatsache diskutiert, dass Sara in ihrer Jugend mehrere Jahre auf Ellinors Hof in Runaby gewohnt hatte.

»Wir haben das wohl gar nicht angesprochen, Saras Kindheit, wir waren ja vor allem an Agnetha interessiert.«

»Ja schon, aber trotzdem. Glaubst du, dass diese schrecklichen Erinnerungen, die sie hatte, von dort kamen?«

»Vielleicht ... aber das war alles so unzusammenhängend, Oskar hat ja gesagt, dass sie ab und zu in einer Fantasiewelt gelebt hat.«

»Wie diese Sache mit Lukas, sie hat sich ja anscheinend eingebildet, dass sie zusammen sind?«

»Ja.«

Die Tür öffnete sich, und Oskar kam herein, mit Jacke und grauer Strickmütze.

»Hallo«, sagte er.

Isidora hatte erzählt, dass Oskar und seine Gruppe diese Nacht eine Razzia auf einer Nerzfarm auf Listerlandet durchgeführt hatten. Sie wusste nicht genau, wo sie lag.

Die Neugier im Raum war also auf maximaler Stufe.

»Ihr habt heute eine Nerzfarm gestürmt«, sagte Olivia.

»Ja. Isi?«

»Ja, sie hat es erzählt. Wo?«

»In Runaby, bei einer Verwandten.«

Olivia stand blitzschnell vom Stuhl auf. Sie war schon ein paar Schritte auf Oskar zugegangen, als er sagte:

»War ein Scherz. Es war eine andere Farm, südlich von Mjällby Ljunga. Die Nerzfelle kamen von dort. Und die Drogen.«

Olivia sank wieder auf ihren Stuhl zurück. Sie fand Oskars Witz nicht besonders lustig. Lisa dagegen kicherte mit nach unten gewandtem Blick vor sich hin. Niemand von ihnen hatte ernsthaft geglaubt, dass Ellinor Mohagens Hof eine Meth-Fabrik mit mexikanischen Köchen beherbergte, aber sie hatten den Gedanken doch nicht ganz ad acta legen können.

Jetzt war er vom Tisch.

»Wie gut, dass ihr sie gefunden habt«, sagte Lisa.

»Ja. Macht ihr Fortschritte?«

»Wir versuchen's.«

Olivias Handy summte. Es war Bosse.

»Hallo Olivia! Wir haben jetzt die Verbindungsnachweise von Saras Handy.«

»Gut! Kannst du sie rübermailen?«

»Schon erledigt. Wie läuft es ansonsten?«

»Schleppend. Danke, Bosse, wir melden uns, wenn wir weiter sind.«

Olivia war schnell beim Computer und öffnete Bosses E-Mail. Die Verbindungsliste. Sie scrollte bis zum betreffenden Datum, dem Sonntag im Keller. Es gab einen eingehenden Anruf auf Saras Handy. Sie schrieb die Nummer auf einen Post-It-Block.

Oskar hatte sich vor die Kartenwand gestellt. Zum Glück hatte Isidora die Fotos von seiner Mutter abgenommen. Aber er sah die Bilder von der manischen Wand in ihrem Schlafzimmer und dem Zettel mit der Aufschrift *Jetzt weiß ich, wer das Feuer gelegt hat!*. Er senkte ein wenig den Kopf.

»Hast du die Liste?«, fragte Lisa und setzte sich neben Olivia.

»Ja. Diese Nummer hat auf Saras Handy angerufen, als ich im Keller saß.«

Lisa blickte auf den gelben Block.

»Die kenne ich«, sagte sie.

*

Abbas saß am Fenster in einem spärlich besetzten Flugzeug, er war allein in seiner Reihe. Normalerweise hatte er keine Probleme, im Flieger einzuschlafen, meistens dämmerte er weg, sobald die Maschine abgehoben hatte, und schlief, bis er von diversen Durchsagen geweckt wurde.

Diesmal nicht.

Er war aus einem sehr speziellen Grund auf dem Weg nach Schweden. Er wollte so nah bei Tom sein, wie es ging, während der um sein Leben kämpfte, und nicht gute 8.000 Kilometer entfernt in Gambia sitzen.

Sofern der schlimmste Fall eintreten sollte.

Wenn man in einem Flugzeug sitzt und nicht schlafen kann, hat man viel Zeit für unerwünschte Gedanken. Wenn es einem schlecht geht. Das Angebot an Bildschirmunterhaltung war für Abbas uninteressant, außerdem trank er nur im Notfall starken Alkohol.

Das hier war ein Notfall.

»Einen Gin Tonic, bitte.«

Er bekam seinen Drink, während sie über die Sahara flogen, saugte einen kleinen Schluck durch den Strohhalm und blickte aus dem Fenster.

Sofern der schlimmste Fall eintreten sollte.

Er hätte unzählige Male zuvor eintreten können, sowohl bei ihm als auch bei Tom. In den Regenwäldern von Thailand oder den Hinterhöfen von Marseille, vielleicht in einer Bucht auf Möja in den Stockholmer Schären? Aber es war nicht passiert. Nicht einmal, als sie auf dem offenen Meer vor Gambias Küste unter Beschuss geraten waren.

Würde er jetzt eintreten?

Sollte Tom in einem Zimmer dahinsiechen, das niemand betreten durfte? Allein? Und dann sterben?

Asche in einer Urne?

Abbas leerte seinen Drink und winkte einen neuen herbei.

*

An diesem Vormittag tat Mårten etwas, das er nur sehr selten tat – kollegiale Kontakte ausnutzen. Er rief Sten Brockman an, Oberarzt im Söderkrankenhaus. Sie kannten einander seit Jahrzehnten, hatten teilweise an gemeinsamen Forschungsprojekten gearbeitet und sich hin und wieder privat getroffen.

Trotzdem widerstrebte es ihm.

Er wusste, dass das, was er fragen wollte, gegen ethische Regeln verstieß.

Aber der Tod hat kein Gesetz, dachte er.

In den ersten Minuten kreiste das Gespräch um den Gesundheitszustand der Familie, um Kinder und Enkelkinder, dann kamen sie auf die Situation in den USA zu sprechen. Sie teilten die Sicht auf – oder besser: die Unruhe über – das, was dort gerade passierte. Biden war zum Präsidenten gewählt worden, doch Trump weigerte sich, seine Niederlage anzuerkennen. Er heizte seine fanatischen Anhänger mit Reden über Wahlbetrug und manipulierte Wahlmaschinen auf.

»Im schlimmsten Fall wird das Ganze mit Gewaltausbrüchen enden«, sagte Brockman.

Er hatte einige Jahre in Berkeley studiert und war ein großer Amerika-Freund, was seine Angst nicht verringerte. Im Gegenteil.

»Meinst du, man kann das Land wieder heilen und einen?«, fragte Mårten.

»Ich hoffe es, aber ich habe meine Zweifel … die Kluft ist tiefer als der Grand Canyon.«

»Und Biden?«

»Biden ist ein alter Mann, ich weiß nicht, wie viel er bewältigen kann.«

»Aber er hat doch Harris?«

»Ja, sie ist wohl diejenige, auf die wir hoffen müssen. Dass sie stark genug ist. Aber es wird kein Spaziergang.«

»Nein. Düstere Aussichten. Du, ich rufe an, weil ich dich um etwas bitten will, um das ich dich eigentlich nicht bitten darf, und du musst nicht antworten, wenn du dich nicht gut dabei fühlst.«

»Ein Patient?«

Was sonst? Das hatte Brockman sich bereits ausgerechnet, als Mårten begonnen hatte, über die USA zu sprechen, so gut kannten sie einander. Small Talk war nicht Mårtens Stärke.

»Ja«, sagte Mårten und holte tief Luft. »Ein sehr enger Freund von mir liegt bei euch auf Intensiv, Tom Stilton, und wir wissen nicht, was mit ihm passiert, wie die Lage ist, wie ernst, wir machen uns einfach so verdammte Sorgen.«

Allein die Tatsache, dass Mårten fluchte, war ein Signal für Brockman. Mårten fluchte äußerst selten, zumindest ihm gegenüber.

Jetzt tat er es.

Also antwortete Brockman: »Es gibt unterschiedliche Phasen bei Patienten auf der Intensivstation, abhängig von mehreren Faktoren. Ist er vorbelastet?«

Mårten wusste nicht sofort, was er darauf antworten sollte. War Tom »vorbelastet«? Was zählte man dazu?

»Er hat keine Krankheiten, soweit wir wissen, aber er ist kein Jugendlicher mehr und hat zeitweise ein ziemlich ungesundes Leben geführt.«

»Aber er war gesund, bevor er sich angesteckt hat?«

»Ja. Zuerst hat er Covid bekommen und kam ins Krankenhaus, dann wurde er entlassen, und kurz danach ging es ihm plötzlich extrem schlecht, er hatte sehr hohes Fieber, konnte kaum atmen, der Krankenwagen kam mit Sauerstoff.«

»Das klingt ziemlich ernst«, sagte Brockman.

Es war ein paar Sekunden still. Mårten wusste nicht, was er noch sagen sollte. Dass Tom der Taufpate eines seiner Kinder war? Nicht sonderlich relevant. Also erklärte er:

»Also, du musst entschuldigen, Sten, ich hatte nur das Gefühl, du bist der Einzige, an den ich mich wenden kann, es ist gerade alles ein bisschen stressig.«

»Das verstehe ich gut, es ist in vielerlei Hinsicht stressig, es ist ein teuflisches Virus, das wir noch nicht richtig kennen. Tom Stilton?«

»Ja. Wie der Käse.«

»Ich melde mich. Grüß Mette.«

»Werd ich. Danke!«

Mårten legte auf. *Wie der Käse?* Woher hatte er das denn? Er sah, wie seine Hand, die das Telefon hielt, zitterte. Das Gespräch hatte ihn einiges gekostet. Er hatte einen engen Freund ausgenutzt. Aber da der Mensch die Tendenz hat, immer zu versuchen, eine Rechtfertigung für seine weniger vorteilhaften Handlungen zu finden, fiel ihm ein Gespräch von vor vielen Jahren ein, als Sten angerufen und ihn über ein Kind aus Skå-Edeby ausgefragt hatte. Einen kleinen Jungen. Mårten hatte, mit etwas schlechtem Gewissen, einige Informationen über den Jungen herausgegeben, was er später tief bereut hatte.

Also war einer nicht besser als der andere, dachte er und kehrte zur Cutty Sark zurück.

*

Lukas malte und war im Gleichgewicht. Er hatte kein Problem damit, allein zu sein, solange er wusste, wo Olivia war, und dass es ihr gut ging. Er konnte in seiner kreativen Blase verschwinden und tagelang darin aufgehen.

»Aber ich vermisse dich«, sagte er.

»Das hoffe ich.«

Olivia lachte. Lukas hatte sein Handy eingeschaltet, als er eine Kaffeepause machte, und gesehen, dass Olivia versucht hatte, ihn zu erreichen.

»Wie läuft es bei euch?«, fragte er.

»Mühsam. Ich hab einiges über Sara erfahren, von ihrem Bruder, sie scheint es in ihrer Kindheit und Jugend ziemlich schwer gehabt zu haben.«

»Das erstaunt mich nicht... Wie lange bleibst du noch?«

»Keine Ahnung, wir haben ja zwei Mordfälle zu lösen, ich glaube, es wird noch ein bisschen dauern«, sagte Olivia.

»Okay. Hast du noch was von Tom gehört?«

»Ja. Es geht ihm beschissen, er liegt auf Intensiv.«

»Oh! Auf Intensiv? Da landet man wahrscheinlich nur, wenn es ernst ist?«

»Ja.«

Olivia wollte nicht daran erinnert werden.

»Und niemand darf ihn im Krankenhaus besuchen«, fuhr sie fort. »Die arme Luna muss gerade die Hölle durchleben.«

»Ja. Ist sie auf dem Kahn?«

»Ich nehme es an, in dieser Situation wird sie wohl kaum nach Rödlöga fahren.«

»Nein.«

Beide verstummten und hingen ihren Gedanken nach. Tom war der Erste in ihrem Bekanntenkreis, den es so schwer erwischt hatte, dass es schiefgehen konnte.

Nach langem Schweigen sagte Lukas:

»Und wie geht's Lisa?«

»Gut.«

»Hat sie erzählt, dass sie anfangs den Verdacht hatte, ich hätte was mit deinem Verschwinden zu tun?«

»Wirklich?«

»Ja, ganz am Anfang, sie fand, ich hätte nicht beunruhigt genug gewirkt, als du weg warst.«

»Und, warst du's?«

»Nein.«

Sie hatten schon darüber gesprochen, in der Nacht, als Olivia nach Hause gekommen war. Dass Lukas versucht hatte, hoffnungsvoll zu sein, um nicht wieder in ein schwarzes Loch zu fallen.

Olivia gab das Sicherheit.

»Aber du, ich muss jetzt weitermalen«, sagte Lukas. »Ich mach das Handy aus. Ich kann dich ja heute Abend wieder anrufen, oder morgen.«

»Mach das. Ich liebe dich.«

»Ich liebe dich auch. Mach's gut!«

Lukas legte auf und nahm den Spatel in die Hand. Die Palette war voller fetter Farbstränge. Mit etwas gutem Willen konnte man in dem abstrakten Motiv ein dreiköpfiges Pferd erahnen.

Olivia legte das Handy weg. Sie hatte sich auf der Polizeiwache ein Zimmer gesucht, in dem sie für sich sein konnte. Einerseits, um mit Lukas zu sprechen, andererseits, um in aller Ruhe über die Ermittlung nachzudenken. Ellinor Mohagen? Was wussten sie über sie? Dass sie eine Nerzfarm hatte, auf der sie vermutlich kein Methamphetamin herstellte. Und dass Sara mehrere Jahre bei ihr gewohnt hatte.

Sie setzte sich an einen stationären Computer und fing an, »Ellinor Mohagen« zu googeln. Sie erwartete nicht, mehr als die normalen persönlichen Daten zu finden, und wurde überrascht. Der Name ergab eine Anzahl Treffer, die mit Impfthemen in Verbindung zu stehen schienen. Sie klickte einen Artikel an, in dem es um ein Informationstreffen in Linköping ging. Ein Seminar mit dem Titel *Impfung – ja oder nein?*. Eine der Vortragenden war Ellinor Mohagen.

Sie fand noch ein paar weitere Texte, die von verschiedenen Auftritten von Ellinor handelten, alle zum selben Thema. Es war offensichtlich, dass Ellinor Mohagen nicht sehr begeistert vom Impfen war.

Eine Einstellung, die heutzutage ziemlich viele Menschen teilten.

In einem der Artikel wurde Ellinor interviewt und führte einige Argumente an, die aus ihrer Sicht prinzipiell gegen Impfungen sprachen. Die Argumente waren wohlformuliert und, laut Ellinor, statistisch untermauert. Olivia kannte sich nicht gut genug aus, um den Wahrheitsgehalt von Ellinors Behauptungen beurteilen zu können, doch sie nahm an, dass es gute Gegenargumente gab. Das Interview enthielt auch ein Foto von Ellinor. Sie trug ein helles T-Shirt mit der Aufschrift SAFE HAVEN auf der Brust.

Olivia googelte den Begriff und landete bei einem romantischen Spielfilm von 2013 und einer Babytrage.

*

In einem grauen Gebäude in Belgien wurde gerade eine neue Lieferung des lange erwarteten Covid-Impfstoffs vorbereitet. Die Flaschen waren klein, eigentlich weniger Flaschen als kleine Ampullen. Aus Glas, mit blauem Plastikdeckel. Vorsichtig wurden die Behälter in weiße, eigens dafür hergestellte Kisten gestellt, 48 in jede. Die Kisten kamen in eine kleine Gefrierbox mit Trockeneis. Die ganze Prozedur fand unter polizeilicher Überwachung statt. Die letzte Lieferung von hier war aufgrund einer defekten Kühlanlage zerstört worden. Noch immer war nicht klar, ob es ein technischer Fehler oder bewusste Sabotage gewesen war.

Deshalb die Polizei.

Die Gefrierboxen wurden in einen Lastwagen von Frigicargo verladen und aus der Fabrik transportiert.

Der Impfstoff war heiß ersehnt.

Aus vielen verschiedenen Gründen.

*

Luna hatte zwei Überlebensstrategien: Routinen und Verdrängung. Die Routinen bedeuteten, dass sie einkaufen ging, mit Mundschutz, sich sorgfältig die Hände desinfizierte, drei Mahlzeiten am Tag aß, zu schlafen versuchte, duschte, sich um ihre Hygiene kümmerte, auf dem Kahn staubsaugte. Die Verdrängung bestand darin, dass sie im Salon laute Musik hörte, Wein trank und an all das dachte, was Tom und sie tun würden, wenn er nach Hause kam. Lieben, leben, träumen!

Im letzteren Stadium war sie, als es an der Tür zum Vordeck klopfte. Schnell schaltete sie die Musik aus und atmete tief ein. Wappnete sich. Es war nach zehn Uhr. Wer kam jetzt zum Kahn?

Sie ging die Treppe hinauf und öffnete die Tür. Auf dem

Deck stand ein Mann mit feuerroter Tauchermaske und Schnorchel, die das halbe Gesicht bedeckten. Das Licht der Laterne auf dem Kai schuf einen merkwürdigen Schatten um die Figur.

»Hi!«

Der Mann hob die Arme. Es dauerte ein paar Sekunden, bis Luna begriff, wer es war, vor allem auch aufgrund der Stimme und des Tonfalls des Mannes.

Leif Minqvist, der Nerz, einer von Toms eigentümlicheren Freunden, der einmal eine Zeit lang zusammen mit seiner damaligen Freundin Bettan auf dem Lastkahn gewohnt und versucht hatte, im Salon regionales Gemüse anzubauen.

»Hallo«, sagte sie, immer noch leicht überrumpelt.

Der Nerz zog sich die Tauchermaske aus und enthüllte ein Lächeln, das vom einen Ohrläppchen zum anderen reichte, bevor er loslegte:

»Kapierst du, Luna! Corona! Was für ein verdammt geiler Infektionsschutz! Oben Luft rein, raus und rein, da oben wieder raus! So verdammt bombensicher! Ich hab mit Anders darüber geredet! Also, Tegnell! Wenn diese verdammten Freaks vom Gesundheitsamt 'n bisschen was dazugeben, kann ich in null Komma nix 10.000 machen! Was sollen die bescheuerten Mundschutze? Das Ding hier ist perfekt! Tom und du, ihr könnt mit ein paar Tausendern einsteigen, das gibt big money! Ist er unten?«

»Nein, er liegt auf der Intensivstation.«

Das Lächeln des Nerz verschwand sofort von seinen Ohrläppchen, der Mund zog sich zu einem klaffenden Loch zusammen. Er war nicht dumm. Wenn Tom auf der Intensivstation lag, dann sicherlich nicht, weil er ausgerutscht war.

»Covid?«, fragte er gedämpft.

»Ja.«

Der Nerz stieg in den Salon hinunter und setzte sich auf die Bank, ein Stück von Luna entfernt.

»Willst du ein Glas Weißwein?«, fragte sie.

»Hast du nichts Stärkeres?«

»Desinfektionsmittel.«

Der Nerz lächelte. Luna schenkte ihnen beiden Wein ein und setzte sich auf den Stuhl neben dem Tisch. Mit einigermaßen beherrschter Stimme erklärte sie die Lage. Das wenige, was sie wusste. Der Nerz kannte Tom schon lange. Zuerst als einer seiner besten Spitzel, als Tom Kriminalkommissar war, in letzter Zeit eher als ein etwas schräger Freund, der von Zeit zu Zeit kam und ging.

Aber der Tom am Herzen lag.

Der Nerz hörte sich ihren Bericht an, ohne sie zu unterbrechen. Er hatte trotz allem ein gewisses Gefühl dafür, wann die Lage ernst war. Als Luna geendet hatte, sagte er:

»Prost… na ja, prost, verdammt falsches Wort, aber du kapierst schon.«

Das tat Luna, und sie hob ihr Glas in Richtung des Nerz.

»Hat er mal erzählt, wie wir uns zum ersten Mal getroffen haben?«, fragte der Nerz.

»Ich kann mich nicht erinnern.«

»Ich mich auch nicht, da war einiges an Koks im Spiel damals, aber ich glaube, es war in einem Pissoir im Kungsträdgården, vor dem alten Victoria, ich hatte mich da versteckt, weil irgendwelche Drogenfahnder rumgeschnüffelt haben, und da kam er rein und hat mich gesehen und sich totgelacht. Er hat sich totgelacht! Er hat mich angeschaut und dann den Kopf geschüttelt und mich vom Boden hochgezogen, und da hab ich gesagt: »Du, das ist die Chance deines Lebens, Bulle! Eine Direktverbindung zu den Gaunern!« Und irgendwie hat er ernst genommen, was ich gesagt hab, vielleicht lag es an meiner Ausstrahlung, was weiß ich, jedenfalls hat er mich mit rausgezerrt und den Drogenfahndern gesagt, er würde sich selbst um mich kümmern, und dann, ja, dann wurde ich sein persönlicher Informant… und jetzt hat er Covid.«

»Ja.«

Luna füllte ihre Gläser nach, die Flasche zitterte ein wenig. Als sie sie abstellte, legte der Nerz eine Hand auf ihren Arm. Und ließ sie dort.

Und ihre Blicke trafen sich.

Und vielleicht war es der einfache körperliche Kontakt, der bewirkte, dass Luna plötzlich zusammenbrach. Das und der Wein. Alles, was sie vor den anderen um Tom herum abgeschirmt hatte, brach sich Bahn. Vor einem ziemlich peripheren Freund. All das Verdrängte, das sie versucht hatte wegzutanzen und wegzuträumen.

Plötzlich lief alles heraus.

Der Nerz zog seine Hand zurück und ließ sie weinen. Er hatte schon neben anderen Frauen gesessen, die in schwierigen Situationen waren und zu weinen begonnen hatten, ohne ihn besonders gut zu kennen, als wäre er eine Art Katalysator für Trauer, die sie vor anderen nicht ausdrücken konnten.

Aber das war okay.

Es tat ihr gut zu weinen.

»Es wird alles gut«, sagte er nach einer Weile.

»Aber wenn nicht? Was passiert dann?«

Luna wischte sich mit der Hand über die Wange und stand auf. Der Nerz sah, wie sie die Arme anspannte und anfing, in dem kleinen Salon auf und ab zu gehen.

»Was passiert, wenn er stirbt?«, fragte sie. »Er könnte tatsächlich sterben! Massenhaft Menschen sterben auf der Intensivstation, und was mache ich dann? Soll er kremiert werden? Wo soll er begraben werden? Im Meer verstreut? Er hasst doch

Pfarrer und Kirchen und all das. Kann man überhaupt eine Beerdigung machen?«

Die Worte kamen schneller und schneller aus Lunas Mund, sie waren eigentlich nicht an den Nerz gerichtet, es waren rhetorische Fragen, die in ihren Gedanken eingesperrt gewesen waren und jetzt als Schwarm von unzusammenhängenden Sätzen herausgeflogen kamen.

»Und was soll ich selbst machen?«, sagte sie. »Was passiert mit Rödlöga? Wer erbt es? Sein Boot? Wie soll ich denn …«

»Luna.«

Luna hielt an einer der Schotten inne und blickte den Nerz an.

»Kannst du dich nicht wieder hinsetzen«, schlug der Nerz vor und wies mit einer Geste auf den Sessel. »Setz dich hin …«

Luna hielt beide Arme fest um ihren Brustkorb geschlungen, ihr intensiver Atem beruhigte sich eine Spur, langsam ging sie zum Sessel und setzte sich. Der Nerz goss etwas Wein in ihr Glas.

»Hier«, sagte er.

Luna nahm das Glas und umfasste es mit beiden Händen. Der Nerz beugte sich zu ihr.

»Es ist so«, erklärte er. »Tom wird nicht sterben. Männer von diesem Kaliber sterben nicht auf diese Art. Darauf hast du mein Wort. Weißt du, was ich gerade beschlossen habe?«

»Nein?«

»Ich werde mich nicht rasieren, bis er wieder gesund ist. Kein Barthaar soll aus meinem Gesicht entfernt werden, bevor Tom wieder hier auf dem Kahn steht, das schwöre ich dir.«

Luna sah den Nerz an. Er war todernst. Du bist ja komplett verrückt, dachte sie und spürte, wie der Druck auf ihrer Brust ein klein wenig abnahm.

Sie trennten sich auf dem Vordeck. Der Nerz drehte sich um, bevor er die Stahltreppe hinunterstieg, lächelte und zeigte mit dem Daumen nach oben. Luna lächelte zurück und ging wieder in den Salon, der Nerz trat auf den Kai hinaus. Als er an der ersten Straßenlaterne vorbeikam, offenbarte ihr Schein, dass Sturzbäche von Tränen sein Gesicht hinunterströmten, was ihn nicht daran hinderte, die Tauchermaske wieder über seinen Kopf zu zwängen.

*

Spät, sehr spät, war Abbas in Arlanda gelandet und zu seiner Wohnung in der Dalagatan in Vasastan gefahren. Sie war verschlossen und ungeputzt geblieben, seit er damals nach Gambia geflogen war, es gab also einiges zu tun.

Abbas war ein Pedant.

Eine relativ große Wohnung zu saugen und zu wischen war genau, was er brauchte, um die Unruhe und Angst von sich fernzuhalten. Trotz der späten Stunde. Er ging jeden einzelnen Schrank und jedes einzelne Regal durch, und als er zum zweiten Mal die Fensterbretter zur Straße hin abwischte, sah er ein, dass er jetzt wohl fertig war.

Er sank aufs Sofa, und sein Blick fiel auf das Backgammon-Spiel auf dem Tisch.

Nicht so gut.

Im Lauf der Jahre hatte er einige Partien mit dem Mann gespielt, der jetzt auf der Intensivstation lag. Meist hatte er selbst gewonnen, aber ab und zu auch verloren. Oft, um das Selbstvertrauen seines Gegners zu stärken und ihm nicht die Lust auf weitere Partien zu verderben.

Abbas klappte das Spiel auf und begann die Steine auszulegen, schwarze und weiße in einem speziellen Muster. Er gab

Tom die weißen Steine, würfelte und beschloss, Tom anfangen und gewinnen zu lassen.

In der nächsten halben Stunde spielte er mit einem unsichtbaren Gegner und versuchte, wie Tom zu denken, die Steine so zu bewegen, wie er es getan hätte. Als er merkte, dass er selbst wieder dabei war zu gewinnen, fegte er plötzlich das ganze Spiel auf den Boden und sah, wie die Steine über den Parkettboden tanzten.

Was zum Teufel mache ich da eigentlich?, dachte er und sank ins Sofa zurück. Was tue ich hier? Warum bin ich hergekommen? Tom? Klar, natürlich, Tom. Aber was hilft es ihm, dass ich hier sitze und ein idiotisches Backgammon-Spiel spiele? Einen Scheißdreck. Warum muss ich hier sein? Ist das nur ein Egotrip? Um zu zeigen, was er mir bedeutet? Wem? Luna? Mette und Mårten? Die wissen das doch, ohne dass ich Mariama Knall auf Fall allein lassen muss.

Also?

Abbas blickte auf seine schmalen, sehnigen Hände hinunter, seine gepflegten Nägel, und nach einer Weile begriff er.

Es geht um die Vergangenheit. Nicht um die Gegenwart. Nicht um das, was sich jetzt gerade auf der Intensivstation abspielt. Es geht um das, was Tom und ich im Lauf der Zeit zusammen erlebt haben. Hier zu sein bedeutet, dem Respekt zu zollen. Dem, was vorüber ist, aber den Kitt in unserer Beziehung bildet.

Unsere eigene Geschichte.

Die, die anfing, als Tom mich aus der Kriminalität gerettet und mich in Kontakt mit Mette und Mårten gebracht hat. Die damit weiterging, dass ich versucht habe, ihn in all seinen Obdachlosenjahren im Auge zu behalten, und dann, als er wieder auf den Beinen war, ein neues Kapitel in unser beider Leben eingeleitet hat. Als wir angefangen haben, rund um die Welt Verbrecher zu jagen.

Es geht um den Respekt vor dieser Geschichte.

Abbas blickte auf die Uhr und sah, dass es fast zwei war. Er spürte keinen Jetlag, zumindest nicht im Körper. Sein Kopf war schon auf Reisen, seit Luna sich gemeldet hatte. Er griff nach seinem Handy und überlegte, wen er anrufen konnte, zu dieser Uhrzeit.

Nicht sehr viele, ohne sie zu wecken.

Mariama hatte er schon angerufen, als er gelandet war, und ihr versprochen, so vorsichtig zu sein, wie es nur irgend ging.

Maske und Desinfektionsmittel.

Luna wollte er nicht stören, sie würde er ohnehin morgen treffen. Mette und Mårten? Schliefen jetzt sicher tief und fest. Also versuchte er es bei Olivia, der Jüngsten aus seinem Bekanntenkreis.

»Hast du geschlafen?«, fragte er.

»Ja, wie ein Stein.«

Zum ersten Mal seit ziemlich langer Zeit war es Olivia gelungen, schnell einzuschlafen und in einer barmherzigen Dunkelheit ohne Albträume zu versinken.

Sie klang also ziemlich groggy, als sie abhob.

»Tut mir leid«, erwiderte Abbas. »Ich wollte dich nicht wecken.«

»Um zwei Uhr nachts?«

»Ist es schon so spät?«

»Ist schon okay, bist du in Stockholm?«

»Ja. Und du bist in Skåne«, sagte Abbas.

»Ja. Wie geht es dir?«

»Ich weiß nicht, ich fühle mich leer.«

Und das verstand Olivia. »Leer« beschrieb die Lage momentan ziemlich gut, auf allen Ebenen.

»Hast du mit Luna gesprochen?«, fragte sie.

»Ja, wir treffen uns morgen. Ich finde, sie wirkt ziemlich ruhig.«

»Ich glaube, sie versucht, die Fassade aufrechtzuerhalten.«

»Vielleicht«, sagte Abbas.

Es wurde still.

Unter normalen Umständen hätte ein Gespräch zwischen ihnen aus Lachen, Tratsch und Freude bestanden. Abbas war einer von Olivias engsten Freunden, ein Mann, von dem sie bereits fasziniert gewesen war, als sie sich zum ersten Mal begegnet waren. Sie hatte in einem Sessel in seinem Wohnzimmer gesessen und gefragt, ob er wirklich immer Messer bei sich trug, wie Tom behauptete. Eine Sekunde später zitterte ein schmales schwarzes Wurfmesser nur ein kleines Stück von ihrem Kopf entfernt. Seitdem hatten seine brillanten Fähigkeiten als Messerwerfer sowohl sie als auch Tom bei mehr als einer Gelegenheit gerettet, und ihre Freundschaft war gewachsen.

Jetzt wohnte er seit letztem Jahr in Gambia, und sie hatten nur ein paarmal telefoniert, ziemlich kurz, es hätte also allen Grund zur Ausgelassenheit gegeben.

Aber nun waren die Dinge eben nicht normal.

»Man kann ja nicht sehr viel tun, außer abzuwarten«, fuhr er fort.

»Nein … und Daumen drücken.«

»Ja.«

*Daumen drücken*, dachte Abbas. Als ginge es um ein Spiel oder einen Wettkampf, als würde man entweder zum einen oder zum anderen halten. Zum Leben oder zum Tod. Aber was sollten sie tun? So war es eben. Und genau das war so anstrengend.

Die Ohnmacht.

»Wie ist die Situation bei euch unten?«, fragte Olivia.

»Wir sind gut klargekommen, aber Mariamas Großmutter ist an Covid gestorben. Ansonsten sind die Todeszahlen in Gambia sehr niedrig.«

»Wie schön ... und sonst, geht es euch gut?«

»Ich finde schon, wir lieben uns, sie ist eine sehr besondere Frau.«

»Inwiefern?«

»Sie ist einfach anders ... das ist schwer zu erklären. Du musst wohl kommen und uns besuchen.«

»Vielleicht nicht gerade jetzt«, lächelte Olivia und dachte, dass es wohl ziemlich lange dauern würde, bis sie wieder auf eine längere Flugreise ging.

»Und du?«, erkundigte sich Abbas. »Wie geht es Lukas?«

»Gut. Er malt, wir lieben uns, leider haben wir uns in letzter Zeit nicht so oft sehen können.«

»Okay ... und du hast irgendeinen schrecklichen Brand miterlebt, hab ich gehört.«

»Ja, und davor saß ich in einem Keller gefangen, eine psychisch kranke Frau hatte mich entführt. Dann ist sie in diesem Haus verbrannt. Ich hab es in letzter Sekunde geschafft, dort rauszukommen.«

»Mette hat es erzählt«, sagte Abbas.

Abbas hatte eine langjährige Verbindung mit der Familie Olsäter und pflegte kontinuierlichen Kontakt mit ihnen, er war also über das meiste informiert, was zu Hause in Schweden vor sich ging.

Dann glitt Stilton wieder in ihre Gedanken.

»Weißt du noch, in Mae Phim?«, fragte Abbas. »Als Tom zeigen wollte, wie gut er in verschiedenen Yogastellungen war und dann eine Sehnenzerrung in der Hüfte gekriegt hat?«

Olivia kicherte.

»Er war wirklich nicht der Gelenkigste.«

»Nein«, lächelte Abbas.

Unbewusst hatten sie in der Vergangenheitsform von Tom gesprochen.

»Diese Morde in Skåne, brauchst du da irgendwie Hilfe?«, fuhr Abbas fort. »Wenn ich schon mal hier bin?«

Hilfe von Abbas?

Olivia dachte nach. Die Hilfe, die Tom und sie normalerweise von Abbas bekamen, war oft mit großem körperlichem Einsatz und Gewaltanwendung verbunden. Sie sah keinen unmittelbaren Bedarf dafür.

»Danke, aber ich glaube nicht.«

»Okay.«

Abbas betrachtete die Spielsteine, die auf seinem frisch gewischten Boden verstreut lagen.

»Aber du, jetzt schlaf mal weiter«, sagte er. »Wir hören voneinander.«

»Ja.«

Abbas legte auf, stand vom Sofa auf und sammelte alle Spielsteine ein. Langsam legte er sie wieder auf das Brett und nahm die Würfel.

Diesmal sollte Tom gewinnen.

»Was tust du da jetzt rein?«

»Geriebenen Ingwer«, sagte Mårten.

Eine der wenigen Freuden der Pandemie war das wachsende Interesse am Kochen, das Mette an den Tag legte. Die Küche war normalerweise Mårtens Domäne, er liebte das Kochen fast so sehr wie das Essen. Jetzt hatte er immer öfter Mette an seiner Seite, neugierig mitwirkend, in einer roten Schürze, die ein nichtsahnendes Enkelkind ihr vor vielen Jahren zu Weihnachten geschenkt hatte, im Glauben, dass Oma gern kochte.

Nun kam sie zur Anwendung.

»Kannst du Zwiebeln in Spalten schneiden?«, fragte Mårten. »Zwei müssten reichen.«

Mette tat, worum er sie gebeten hatte, stellte sich neben ihren Mann an die Arbeitsplatte und kümmerte sich um die Zwiebeln. Heute sollte es Eintopf geben.

»Wie läuft es mit dem ollen Kahn?«, erkundigte sie sich.

Mårten registrierte die Respektlosigkeit, eines der schönsten Segelschiffe der Welt als »ollen Kahn« zu bezeichnen, überging sie jedoch.

»Langsam«, sagte er. »Es ist viel schwerer, als ich dachte, es sind Tausende von Details.«

»Vielleicht solltest du nächstes Mal ein Ruderboot nehmen? Zwei Ruder und eine Planke in der Mitte?«

»Ruderbank, Schatz, Ruderbank.«

Bevor sie in eine Diskussion über Haarspaltereien geraten konnten, ertönte ein Signal von Mettes Computer am Esstisch, etwas früher als gedacht, doch sie wusste, worum es ging. Sie wischte sich die Hände an der Schürze ab und setzte sich vor den Bildschirm. Es war ein Meeting, das von Europol arrangiert worden war.

Acht Personen nahmen daran teil, drei Frauen und fünf Männer. Mette kannte alle von früher. Der Mann, der das Meeting leitete, hieß Ruud van Everdingen, ein fülliger Herr mit einem kurzen, gepflegten Schnurrbart. Er war von Beginn an klar und deutlich.

»Gestern um neun Uhr Ortszeit haben wir Informationen zu neuen Problemen mit einer Impfstofflieferung aus Belgien bekommen. Während des Fährtransports nach Großbritannien wurde festgestellt, dass mehrere Kühlaggregate ausgeschaltet worden waren. Genau wie beim letzten Mal.«

»Sabotage?«, fragte Mette.

»Das wissen wir nicht, aber wir haben inzwischen Material, das in diese Richtung deuten könnte.«

»Was?«

»Es gibt Hinweise, dass organisierte Versuche geplant sind, die Covid-Impfung auf unterschiedliche Arten zu stoppen«, sagte Juliette Deland.

Deland hatte viel Erfahrung in der Analyse verschlüsselter Systeme im Netz. Eigentlich arbeitete sie derzeit im Operationszentrum von Europol in Den Haag daran, die enorme Masse an Informationen aus dem geknackten Encrochat-Netzwerk durchzugehen. Das hier war ein akuter Spezialauftrag.

»Wissen wir, wer das plant?«, erkundigte sich Mette und rieb sich ein wenig am Auge.

Was keine gute Idee ist, wenn man gerade Zwiebeln geschnitten hat. Für den Rest des Gesprächs kämpfte sie mit einem tränenden Auge.

»Fanatische Impfgegner«, antwortete Juliette. »Es scheint, als hätten Gruppen in England und auf dem europäischen Festland Kontakt zu einer Gruppe in Schweden und würden derzeit ihre Aktionen koordinieren.«

»Und das sind keine normalen Impfgegner«, fügte Ruud hinzu. »Diese hier sind fast mit Terroristen vergleichbar, es sind sektiererische Menschen, Extremisten, Leute, die glauben, dass der sogenannte *deep state* existiert.«

»Haben wir Namen?«, wollte Mette wissen.

»Nein«, sagte Juliette. »Sie verwenden nur anonyme Decknamen. Was ist mit deinem Auge passiert?«

»Zwiebeln«, antwortete Mette und beließ es dabei.

Die Diskussion ging noch eine ganze Weile weiter. Unterschiedliche Strategien wurden besprochen und verworfen. Bisher gab es zu wenig konkrete Information, um agieren zu können. Doch in einer Sache waren sich alle einig: Diese Menschen stellten eine große Bedrohung dar und konnten eine schwerwiegende Störung der Pläne, die Weltbevölkerung zu impfen, verursachen.

Mette sank zusammen, als das Meeting beendet war. International koordinierte Attacken gegen das Impfprogramm? Das würde Millionen von Menschen betreffen.

Worst Case.

Sie spürte, dass ihr Handy in der Hosentasche vibrierte, brachte es aber beinahe nicht heraus. Als es ihr schließlich gelang, sah sie, dass es Olivia war.

»Hallo«, sagte sie. »Können wir ein bisschen später telefonieren, ich muss noch ein Meeting auswerten.«

»Okay.«

Mette legte auf und ging zur Spüle hinüber. Sie brauchte Wasser. Viel Wasser. Sie trank zwei Gläser hintereinander, bevor sie zu ihrem Stuhl zurückkehrte. Sie musste den Nachrichtendienst kontaktieren und die entstandene Lage im Hinblick auf die geplanten Lieferungen nach Schweden diskutieren.

Das Sabotagerisiko war beträchtlich angestiegen.

Die Zwiebeln mussten warten.

*

Oskar hatte ein Stück von Agnethas Haus entfernt geparkt, er wollte nicht, dass jemand sein Auto vor dem Gartentor sah. Es war ein Zivilfahrzeug, aber trotzdem.

Er kletterte von hinten über die Steinmauer in den Garten und erreichte die Haustür, ohne gesehen zu werden. Hoffte er. Den Hausschlüssel hatte er von Isidora zurückbekommen, die technische Untersuchung war abgeschlossen. Es gab keine formalen Gründe, die dagegensprachen hierherzukommen.

Trotzdem wollte er vorsichtig sein.

Agnethas Mörder war noch immer unbekannt.

Jetzt saß er im Schlafzimmer auf dem Bett und hielt den Zettel in der Hand, er hatte sich von der Wand ablösen lassen. Der Text war mit schwarzem Permanent Marker geschrieben, die Buchstaben waren krakelig. Er las ihn erneut. JETZT WEISS ICH, WER DAS FEUER GELEGT HAT!

Acht Wörter.

Warum hatte sie das geschrieben? Und es sich ins Schlafzimmer gehängt? Nicht geschrieben, wer, sondern nur diesen Satz? Wen hatte sie gemeint? Er saß still da, die Hände im Schoß. Dreizehn Jahre hast du im Gefängnis gesessen, für ein Verbrechen, das du nicht begangen hattest, dachte er. Deiner Ansicht nach.

Konnte das wirklich wahr sein? Es fiel ihm schwer, den Gedanken zuzulassen. Wenn es stimmte, war ein großer Teil seines Lebens von einer Lüge geprägt gewesen. Von halsstarrigem

Hass auf einen Menschen, der unschuldig war. Seine Mutter. Jetzt war sie tot. Er würde es nie wiedergutmachen können.

Was da auf dem Zettel steht, darf nicht wahr sein, dachte Oskar. Es würde mich auch umbringen.

*

Mette hatte ihre schwedischen Kollegen über das erhöhte Sabotagerisiko informiert. Alle hatten die Sache sehr ernst genommen, sie wussten, dass es Chaos im Umgang mit den Impfstoffen bedeuten konnte.

»Bist du jetzt so weit?«, fragte Mårten.

Für das Gericht, das er gerade kochte, einen raffinierten indischen Eintopf, war er im Grunde mit allen Vorbereitungen fertig.

Mette hatte nicht sehr viel dazu beigetragen.

»Gleich«, sagte Mette. »Ich muss nur noch Olivia zurückrufen.«

Sie klickte auf die Nummer, während sie sich über den Mund wischte, ein paar winzig kleine Schweißperlen hatten sich auf ihrer Oberlippe gesammelt.

»Was wolltest du?«, fragte sie sofort.

»Du klingst gestresst.«

»Bin ich, das Essen wartet. Was wolltest du?«

»Ich stelle gerade Nachforschungen zu Ellinor Mohagen an, Saras Tante.«

»Aha? Und?«

»Sie ist offenbar Impfgegnerin, fährt herum und hält Vorträge, ich hab ein Foto von einem T-Shirt gesehen, das sie anhatte, darauf stand *Safe Haven*. Ich weiß nicht, ob das mit ihren Vorträgen zusammenhängt, aber ich bin neugierig geworden. Könntest du das überprüfen?«

Für Mette war das im Hinblick auf ihr Videomeeting von vorhin ein merkwürdiges Zusammentreffen. Doch das behielt sie für sich und sagte:

»Klar, Olivia, ich überprüfe es.«

Sie legte auf und rief sofort Juliette Deland in Den Haag an.

»Safe Haven?«, fragte Juliette.

»Ja, sagt dir das was?«

»Irgendwo klingelt etwas, aber das ist ein Dschungel da draußen im Netz. Willst du, dass ich nachforsche?«

»Gerne, wenn du Zeit hast. Ruf an, sobald du was herausfindest«, sagte Mette und legte auf.

So.

Endlich.

Mette stand auf und rückte ihre Schürze zurecht.

»Jetzt kümmere ich mich um die Zwiebeln!«

Als sie sich umwandte, war Mårten weg, und der Eintopf köchelte auf dem Herd.

*

Seit eineinhalb Jahren war er nicht mehr in dieser Stadt gewesen, er hatte in Gambia gelebt. Jetzt trat er auf die Dalagatan hinaus und wollte einen Spaziergang machen. In einer Stunde war er mit Luna verabredet, auf Södermalm, in fußläufiger Entfernung. Das Erste, was ihm auffiel, war natürlich die Stille. Die Abwesenheit. Von Menschen, Autos, Aktivität. Das Zweite, was ihm auffiel, war, dass sein Lieblingsrestaurant um die Ecke zugemacht hatte. Es hatte schon existiert, als er vor vielen Jahren nach Stockholm gekommen war, jetzt war es in Konkurs gegangen. Er schlenderte weiter auf den Vasaparken zu, mit den Augen eines Fremden. So vieles war so anders. Überall waren Schilder, wie viele sich im Geschäft aufhalten durften, alle wurden aufgefordert, Abstand zu halten und am besten Masken zu tragen. Vor dem Systembolaget stand eine kurze Schlange Menschen zwischen gelben Strichen auf dem Gehsteig, alle warteten, bis sie an der Reihe waren, um sich durch Alkohol eine kleine Flucht zu verschaffen. Als er die Straße überqueren wollte, wurde er fast von einem erwachsenen Radfahrer auf einem Kinderfahrrad überfahren, der ihn anschrie, er solle doch aufpassen. Auf dem Rucksack des Radfahrers stand *Foodora*. Abbas wusste nicht, was das war. Er erreichte das Viertel um seinen alten Arbeitsplatz und sah, dass das Casino Cosmopol geschlossen hatte. Normalerweise ein brodelndes Glücksspiel-Mekka, jetzt ein leerer, unbeleuchteter Saal. Er ging ein Stück die Kungsgatan entlang. Die Weihnachtsdekoration hing wie üblich zwischen den Häusern, doch als er zur Kreuzung Drottninggatan kam, war er etwas erstaunt. Hier wimmelte es normalerweise vor einigermaßen hysterischen Weihnachtseinkäufern, die mit vollgestopften Tüten und Taschen zwischen den Konsumtempeln hin und her liefen und alles kauften, was die Klimakrise verschärfte. Jetzt waren nur vereinzelte Kauflustige zu sehen, fast überhaupt keine.

Etwas Positives hat Corona doch mit sich gebracht, dachte er und beschloss, einen Bus nach Södermalm zu nehmen. Es hatte zu regnen begonnen.

»Sie dürfen hier vorne nicht rein, Sie müssen die Tür in der Mitte nehmen, Corona, verstehen Sie?«, erklärte ihm eine erschöpft wirkende Frau mit einer IKEA-Tasche über dem Arm die neuen Regeln für den Nahverkehr.

Er stieg mit Mundschutz in der Mitte ein und sehnte sich danach, Luna zu treffen.

Ein trostloses Södermalm diente ihrer Umarmung als Kulisse. Trostlos im Vergleich zu einem Stadtteil, dessen Gehsteige zu diesem Zeitpunkt normalerweise von einer Mischung aus Hipstern, Tagedieben und Jugendlichen bevölkert waren, die von einem Pub zum nächsten zogen. Und von dem ein oder anderen Renovierungsfreudigen auf der Suche nach einem kleinen Spezialgeschäft für teure Werkzeuge, um der Wohnung das gewisse Extra zu verleihen.

Das normale Treiben auf den Straßen eben.

»Wollen wir nach Tanto gehen?«

Luna stellte diese Frage, sowie sie sich aus Abbas' Umarmung gelöst hatte. Sie waren zu dem Schluss gekommen, dass der körperliche Kontakt einigermaßen sicher war. Alle zwei hatten sich getestet, Abbas in Arlanda, Luna mit einem erneuten Schnelltest auf dem Kahn, keiner von ihnen war positiv. Eine Sicherheitsmaßnahme, die inzwischen zu einer Selbstverständlichkeit geworden war, so absurd war das Dasein momentan.

Können wir uns umarmen oder nicht?

Sie gingen langsam am Zinkensdamm vorbei nach Tanto, dicht nebeneinander, lange Zeit sagten sie beide nichts. Als sie die Kleingartensiedlung erreicht hatten, begann Luna:

»Ich hatte gestern auf dem Kahn einen Zusammenbruch.«

Abbas hatte vollstes Verständnis dafür. Tom und Luna waren wie füreinander geschaffen, sie hatte sein Leben komplett verändert. Wie Mariama bei ihm. Jetzt lag Tom auf der Intensivstation, schwer krank.

»Wie geht es dir jetzt?«, fragte er.

»Gut. Es ist okay.«

»Okay?«

»Tom wird nicht sterben. Der Nerz hat geschworen, sich nicht zu rasieren, bis Tom gesund ist, und darauf muss man sich wohl verlassen.«

Abbas sah, dass Luna ein wenig lächelte. Er hatte den Nerz ein paarmal getroffen und ihn nicht gerade als Fels in der

Brandung erlebt. Aber in unsicheren Situationen greift der Mensch nach jedem sich bietenden Strohhalm.

Auch nach Barthaaren, offenbar.

»Ich finde, das Schlimmste ist die Ungewissheit«, sagte er. »Dass man absolut gar nichts tun kann. Ein Mensch, den man liebt, liegt eingesperrt und kämpft um sein Leben, und man kann nicht mal … das ist so verdammt frustrierend!«

»Ja.«

Sie kamen zum Ringvägen und folgten ihm in Richtung Krankenhaus. Luna blickte zu dem großen, grauweißen Gebäude hinauf.

Dort drinnen lag er.

Sie wusste, wie oft Abbas ausgerückt war und Tom aus wirklich lebensbedrohlichen Situationen gerettet hatte. Mithilfe seiner Messer und seiner Intelligenz. Dass diese Erfahrungen eine einzigartige Solidarität zwischen ihnen geschaffen hatten. Jetzt konnte er, wie er selbst es ausdrückte, absolut gar nichts tun.

Und das war frustrierend.

So wie momentan für alle anderen Angehörigen in diesem Land.

Die absolut gar nichts tun konnten.

Sie hakte sich bei Abbas unter.

*

Der Anruf kam um die Mittagszeit. Juliette Deland hatte weitere Nachforschungen angestellt und Safe Haven im Darknet entdeckt, dem dunklen Netz, in dem sich alle möglichen obskuren Machenschaften fanden. Sie teilte Mette mit, was sie herausbekommen hatte. Mette hörte zu und machte Notizen, stellte ein paar Fragen und machte erneut Notizen.

»Ist das eine der Gruppen, die du schon vorher gefunden hattest, die versuchen, die Impfungen zu stoppen?«

»Es gibt Verbindungen, ja.«

Als das Gespräch zu Ende war, rief Mette Olivia an und erläuterte ihr, was sie erfahren hatte.

»Safe Haven ist eine hierarchisch organisierte Bewegung«, sagte sie. »Einer der Anführer nennt sich Samariter. Sie haben Verbindungen und Kontakte zu verschiedenen verschwörungstheoretischen Bewegungen in der ganzen westlichen Welt. Unter anderem sind sie der Ansicht, dass die Covid 19-Impfung injiziert wird, um die DNA der Menschen zu verändern, und dass es eine versteckte Agenda der Machtelite der Welt gibt, also von Kapitalisten, Globalisten und Juden. Viele in der Gruppe sind Holocaustleugner, einige auch Anhänger der QAnon-Bewegung in den USA.«

»Sind das die, die glauben, dass die Welt von satanistischen Pädophilen beherrscht wird?«

»Ja, und dass man Kinder ermordet, um eine lebensverlängernde Substanz aus ihrem Blut zu gewinnen.«

»Wie krank ist das denn?«

»Es gibt schon 200.000 Deutsche, die die QAnon-Theorien glauben, so krank das auch ist. Wie viele es in Schweden gibt, weiß man nicht.«

»Eine schöne Welt, in der wir da leben.«

»Ja. Ich möchte, dass du Ellinor Mohagen noch einmal kontaktierst und versuchst herauszufinden, wie sie zu Safe Haven steht. Sie muss nicht persönlich involviert sein, viele Impfgegner sind nicht extremistisch, aber wir sollten es prüfen.«

»Absolut. Wir kümmern uns darum. Was Neues von Tom?«

»Nein, leider nicht«, sagte Mette.

Lisa kümmerte sich darum, jedenfalls war sie diejenige, die Ellinor anrief. Sie hatte den Eindruck, dass sie einen besseren Draht zu ihr hatte. Olivia hatte das nicht so empfunden, aber sie ließ Lisa machen.

»Hallo, hier ist Lisa Hedqvist, haben Sie eine Minute?«

»Im Moment nicht«, sagte Ellinor. »Ich bin am Flughafen.«

»In Ronneby?«

»Ja.«

»Wollen Sie verreisen?«

»Nein, kann ich Sie später zurückrufen?«

»Ja, das wäre gut, danke.«

Lisa senkte ihr Handy und sah Olivias fragenden Gesichtsausdruck.

»Ronneby?«

»Ja, sie war am Flughafen.«

»Will sie weg?«

»Nein«, antwortete Lisa.

»Was hat sie dann dort gemacht?«

»Jemanden hingebracht oder abgeholt, nehme ich an. Sie will zurückrufen.«

Olivia stand auf. Nicht aus einem speziellen Grund, sie musste sich nur bewegen. Wir bewegen uns viel zu wenig, dachte sie, fahren Auto oder sitzen im Büro oder essen Pizza. Ich muss wieder anfangen, Laufen zu gehen und Schießtraining zu machen.

Sie blieb an einer der Wände stehen und drehte sich um.

»Ich finde, wir sollten zu ihr fahren«, sagte sie.

»Jetzt?«

Olivia blickte auf die Uhr.

»Morgen früh.«

*

Der Mann stand im Sand und sang geradewegs auf das dunkle Meer hinaus, die Einleitung einer Arie aus Figaros Hochzeit. Seine kräftige Stimme drang durch den heftigen Wind. Ein Stück weiter oben in den Sanddünen saß eine Frau in der Hocke und lächelte, die Arme um ihre herangezogenen Knie gelegt. Er hätte Opernsänger werden sollen, dachte sie.

Der Mann schwang sich ins Tenorregister empor und schloss die Darbietung mit einem lang gezogenen Ton gen Horizont ab. In der Stille, die folgte, hörte man das Rauschen schwerer Wellen, die über den Strand hereinrollten. Der Mann wandte sich um und streckte die Arme aus. Die Frau war auf dem Weg aus den Sanddünen herunter, sie trafen sich in einer Umarmung und einem innigen Kuss. Arm in Arm begannen sie am Strand entlangzugehen.

Zunächst schweigend, erfüllt von Nähe und Liebe. Sie hatten sich lange nicht gesehen, einerseits aus Pandemiegründen, aber auch, weil der Mann in Australien lebte. Doch jetzt war er hier, endlich, und sie würden einige Zeit miteinander verbringen.

Auf diese Zeit hatten sie sich gefreut.

Olivia und Lisa waren gerade in die Weidenallee abgebogen, die zu Ellinors Hof führte, als sie das Paar sahen, das bei starkem Gegenwind Hand in Hand auf den Hofplatz zustrebte. Olivia bremste ab. Das Paar vor ihnen verlangsamte seine Schritte und wandte sich um. Die Frau erwies sich als Ellinor, den Mann kannten sie nicht. Er war groß, braun gebrannt und trug einen eleganten, dunkelgrünen Mantel. Olivia hielt am Straßenrand an und stieg zusammen mit Lisa aus dem Auto. Auch das Paar blieb stehen. Olivia und Lisa gingen auf die beiden zu.

»Hallo«, sagte Ellinor. »Das ist Gary, ein guter Freund aus Australien.«

Lisa und Olivia stellten sich vor. Ellinor wandte sich zu Gary, wies mit einer Geste zum Haus hinauf und sagte auf Englisch:

»Geh du schon rauf, ich komme gleich.«

Gary machte eine leichte Verbeugung und schritt weiter auf den Hof zu. Sein langer, blau gestreifter Schal wirbelte im Wind.

»Entschuldigen Sie, ich wollte gestern zurückrufen«, sagte Ellinor zu Lisa. »Ich hab es einfach vergessen.«

»Das passiert.«

»Womit kann ich behilflich sein?«

»Kennen Sie eine Bewegung, die Safe Haven heißt?«, fragte Olivia, die gern auf Konfrontationskurs ging.

»Warum?«, erwiderte Ellinor, ohne eine Miene zu verziehen.

»Eine Organisation, die gegen das Impfen ist. Sie haben ein T-Shirt mit ihrem Namen darauf.«

»Ach so? Wo haben Sie …«

»Ich hab es in einem Interview zum Thema Impfen gesehen, das Sie gegeben haben.«

»Aha«, sagte Ellinor. »Das war vielleicht ein Geschenk von irgendeinem Zuhörer, wir bekommen oft Dinge, wenn wir unterwegs sind und Vorträge halten, die Leute sind sehr dankbar.«

»Sie wissen also nicht, womit Safe Haven sich beschäftigt?«

»Es gibt so viele Organisationen. Klingt wie eine Müttergruppe.«

Ellinor lenkte ihre Schritte Richtung Hof, Lisa und Olivia folgten ihr, jede auf einer Seite.

»Sie sind also Impfgegnerin?«, fragte Lisa.

»Gegnerin ist vielleicht etwas zu viel gesagt, aber ich bin sehr skeptisch.«

»Warum?«

Ellinor senkte den Kopf, wie um sich zu sammeln. Als sie zu sprechen begann, war ihr Blick noch immer auf die Straße gerichtet, ihre Stimme war gedämpft, der Wind zerrte an ihrem Haar.

»Mitte der Neunzigerjahre hab ich in England gewohnt, einen Mann kennengelernt, wir haben geheiratet und eine Tochter bekommen. Sie ist gestorben, als sie vierzehn Monate alt war … die Ärzte konnten nicht genau erklären, weshalb, aber sie war kurz zuvor geimpft worden, und ich hatte den Verdacht, dass es einen Zusammenhang gab, dass sie eine Impfreaktion hatte, die zu ihrem Tod führte …«

Ellinor schluckte und schwieg einige Sekunden.

»Ich war völlig verzweifelt und wollte Antworten, also hab ich mich ins Thema Nebenwirkungen von Impfungen bei Kindern eingelesen … es gab Unmengen von Artikeln und Überlegungen dazu ... betroffene Eltern, die berichteten, und allmählich kam ich zu der Überzeugung, dass die Risiken einer Impfung größer sind als die Vorteile. Heute sind wir viele, die diese Ansicht vertreten.«

Ellinor richtete sich wieder auf.

»Darf ich fragen, warum Sie das wissen wollen?«, fuhr sie fort. »Es ist ja wohl kaum illegal, eine kritische Einstellung zu Impfungen zu haben?«

»Nein, überhaupt nicht«, sagte Lisa.

»Solange es nicht aus dem Ruder läuft.«

Olivia hatte das gesagt. Sie spürte, dass Ellinor auswich.

»Und was meinen Sie damit?«, fragte Ellinor.

»Dass einige Impfgegner in Bewegungen gelockt werden, die ziemlich zweifelhafte Ziele verfolgen, das wissen Sie sicher.«

»Ja, und zu denen gehöre ich nicht, falls Sie das denken. Sie dürfen sich gern das Informationsmaterial ansehen, zu dem ich Vorträge halte, es gründet auf statistisch gut fundierter Forschung aus der ganzen Welt.«

Ihr Tonfall war merklich distanziert geworden.

»Wollen Sie sonst noch etwas wissen?«, fuhr sie fort.

Sie hatten den Hofplatz erreicht. Aus den langen Reihen von Nerzkäfigen war kein Geräusch zu hören, die Nerze waren alle tot, der Gestank der Kadaver war verflogen. Ein paar junge Frauen gingen ein Stück entfernt zwischen den Bäumen vorbei, in einem Fenster konnte man Gary erahnen. Er blickte über den Hofplatz hinaus.

»Wie viele Leute wohnen hier auf dem Hof?«, erkundigte sich Olivia.

»Eine ganze Menge. Wir haben Gastarbeiter, die beim Abziehen der Felle helfen, Leute, die sich um die Ländereien kümmern, junge Menschen, die Praktika oder ein Arbeitstraining absolvieren. Es ist ein großer Hof.«

Ellinors Gesichtsausdruck zeigte deutlich, wie irrelevant sie diese Frage fand.

Also wechselte Olivia die Spur.

»Hatten Sie in den letzten Jahren irgendeinen Kontakt zu Sara?«, fragte sie.

»Nein, überhaupt nicht, leider.«

»Wir haben gehört, dass sie nach dem Brand hier bei Ihnen gewohnt hat«, sagte Lisa.

»Ja. Ich hab mich um die Arme gekümmert«, antwortete Ellinor.

»Wie war sie?«

»Sie war, wie Teenager eben so sind, manchmal sehr introvertiert, und dann wieder plötzlich aufbrausend, ein bisschen wie ihre Mutter.«

Olivia dachte an Oskars Worte, dass Saras Erinnerungen an Schreie und Gestank vermutlich von diesem Hof stammten, von Dingen, die sie hier erlebt hatte.

»Ging es ihr gut?«, fragte sie. »Als sie hier gewohnt hat?«

»Ja, das würde ich schon sagen, aber man wusste nie bei Sara, sie war ziemlich wankelmütig, wie gesagt. Warum fragen Sie?«

»Weil wir den Mord an ihr aufklären wollen.«

Ellinor nickte, als würde sie verstehen, und begann, auf die Treppe zum Eingang zuzugehen.

»Wir haben neulich mit ihrem Onkel gesprochen, Thomas Eriksson«, sagte Lisa. »Haben Sie Kontakt zu ihm?«

»Nein, ganz bestimmt nicht«, erwiderte Ellinor und ließ es klingen, als hätte man ihr eine äußerst unsinnige Frage gestellt.

Ein Mann in Arbeitsoverall kam mit einem Armvoll getrockneter Pflanzen aus der großen Tür. Er machte ein paar Schritte auf die Treppe hinaus, bis Ellinor ihn bemerkte und zusammenzuckte.

»Jetzt nicht!«

Der Mann trat schnell zurück und verschwand wieder im Haus. Ellinor wandte sich mit einem Lächeln um.

»Neben der Nerzfarm betreiben wir ein kleines Unternehmen, das sich mit der Herstellung von Naturmedizin aus unterschiedlichen Pflanzen beschäftigt«, erklärte sie. »Jetzt, wo die Nerze getötet worden sind, ist das unsere Rettung. Aber nun muss ich reingehen, ich habe einen Gast hier zu Besuch, wenn Sie entschuldigen.«

Ellinor betrat das Haus. Olivia und Lisa blickten einander an, beiden war Ellinors heftige Reaktion auf den Mann, der herausgekommen war, aufgefallen.

»Bauen die hier Marihuana an?«, sagte Olivia.

Sie ging einen Schritt auf die Treppe zu. Der Mann mit dem Overall hatte ein Stück von einer getrockneten Pflanze auf der Treppe verloren. Olivia nahm es, steckte es in ihre Tasche und folgte Lisa zum Auto. Sie sah nicht, dass der Mann im Fenster alles beobachtet hatte.

*

»Die Herzinsuffizienz hat sich verschlimmert.«

Es war die trockene Feststellung eines Arztes, der neben dem Patienten in Zimmer 14 stand. Tom Stilton. Er lag auf dem Bauch, mit einem Schlauch in einer Arterie, der mit einem Instrument zur Kontrolle der Sauerstoffsättigung des Blutes verbunden war. Der Arzt zeigte auf den Bildschirm vor sich, die Intensivschwester stimmte ihm zu.

»Wir müssen ihn zur Beatmung vorbereiten«, sagte sie. »Ich hole Ulla.«

Ulla war Anästhesieschwester und verantwortlich für die Narkose. Stilton musste in ein künstliches Koma versetzt werden, seine Atmung würde eine Maschine übernehmen, seine Herzfunktion außerhalb seines Körpers geregelt werden. Alle in dem engen Raum, ein Team von sieben Personen, wussten genau, was sie tun mussten.

Sie wussten auch, dass es eilte.

Diese Information erhielt Mårten ein paar Stunden später. Er saß im Afrikazimmer über seinen chaotischen Bausatz gebeugt, als der Anruf von Sten Brockman kam.

»Beatmungsgerät?«, sagte er.

»Ja.«

»Was bedeutet das?«

»Rein medizinisch, dass die Ärzte die Kontrolle über seinen Körper übernehmen. Sein Herz und seine Lunge können ihre Funktionen nicht mehr erfüllen.«

Mårten legte die Klebstofftube weg, ohne den Deckel darauf zu setzen, und warf einen Blick in die Küche hinüber. Mette war nicht dort.

»Wie ernst ist es?«, fragte er.

»Das kann ich nicht beurteilen, er ist nicht mein Patient. Im besten Fall gelingt es, seine Herzinsuffizienz in den Griff zu bekommen und die Atemfunktionen wieder in Gang zu bringen.«

»Im besten Fall?«

»Ja. Wenn ein Patient ins Koma versetzt wird, ist es immer ernst, das heißt, dass der Körper es nicht mehr schafft, von selbst zu überleben. Es geht dann auch darum, was hinzukommen kann, es gibt immer ein Risiko für Infektionen, bakterielle Lungenentzündungen, andere Dinge, die …«

»Wird er überleben?«, unterbrach ihn Mårten.

Er wusste, dass das eine gleichermaßen verzweifelte wie sinnlose Frage war, die für Brockman zudem noch unangenehm war.

»Das kann ich nicht beantworten, Mårten. Du hast mich gebeten, dich über Tom Stilton auf dem Laufenden zu halten, und jetzt weißt du, was ich weiß.«

»Absolut. Danke, Sten. Ich war nur ein bisschen geschockt, entschuldige. Du weißt, wie sehr ich das hier schätze.«

»Das weiß ich, obwohl es keine sehr erhebende Information ist. Aber so sind die Zeiten. Pass auf dich auf und grüß Mette.«

Mårten legte auf und betrachtete die Klebstofftube. Ein langer Strang Klebstoff war über das Deck der Cutty Sark geflossen und näherte sich einem Vormast. Er wischte ihn mit Küchenpapier weg, stand auf und ging in die Küche. Noch immer keine Mette dort. Gut. Rasch verdrückte er sich in den Keller, in sein Musikzimmer, seine Krypta. Er holte eine Flasche Rotwein aus ihrem schmalen Versteck und zog den Korken heraus, er hatte sie gestern geöffnet und verwendete dasselbe Glas. Nach dem ersten Schluck sank er in den abgewetzten Sessel. Und dachte nach. Weiß es Luna oder weiß sie es nicht? Wenn sie es weiß, brauche ich nicht anzurufen, aber weil ich nicht weiß, ob sie es weiß, muss ich anrufen. Er reflektierte, als hätte er schon deutlich mehr intus.

Schließlich rief er Luna an.

Sie wusste es.

Eine Krankenschwester hatte ihr das Wesentliche erzählt: Ihr Mann hat akute Herzinsuffizienz. Er ist an ein Beatmungsgerät angeschlossen worden. Momentan ist alles unter Kontrolle.

»Da muss man sich wohl darauf verlassen«, sagte Luna.

»Ja.«

»Woher weißt du davon? Sten Brockman?«

»Ja? Weißt du, wer das ist?«

»Er hat mich kontaktiert und gefragt, ob es okay ist, dass er einem engen Freund und Arbeitskollegen von Toms Situation erzählt«, erklärte Luna. »Offenbar dürfen sie das, wenn ein Angehöriger einwilligt. Ich dachte mir schon, dass er dich meinte.«

»So war es.«

Es wurde ein paar Sekunden still.

»Wie fühlst du dich?«, fragte Mårten.

»Tom ist stark, und ich versuche es auch zu sein.«

»Gut. Ich auch. Pass auf dich auf, Luna, wir hören voneinander.«

»Danke. Grüß Mette.«

Mårten ließ das Handy sinken und fühlte sich alles andere als stark. Er war ein alter Mann mit einem zähen Körper, fit trotz gewisser Exzesse, aber mental war er ab und zu zerbrechlich.

Wie jetzt.

Er stand auf und zog seinen Lieblingsmusiker heraus, Gram Parsons, legte die Schallplatte auf den abgewetzten Plattenspieler und ließ sich mit seinem Glas wieder im Sessel nieder. Als die ersten Strophen von *Return of the Grievous Angel* aus den Lautsprechern strömte und Parsons' raue Stimme sich mit Emmylou Harris' heller Klangfarbe mischte, wanderte sein Blick zu dem Spalt in der Wand. Er wusste, dass es sich nur um Sekunden handeln konnte, bis Kerouac aus seinem Versteck kriechen würde, die Kellerspinne, die ihm hier unten seit fast zehn Jahren Gesellschaft leistete und immer auf Parsons' Musik reagierte.

Doch es kam keine Spinne.

Er leerte sein Glas, ließ den Song verklingen und ging zum Spalt. Er war nicht sehr tief, aber breit. Breit genug, dass Mårten ein Stück weiter innen einen zusammengeschrumpelten schwarzen Klumpen sehen konnte. Kerouac. Ein toter Kerouac. Die schwarzen Beine unter dem vertrockneten Körper angezogen.

Mårten stand lange vor dem Spalt, bevor er sein Glas auffüllte und sich wieder in den Sessel setzte. Er erinnerte sich an eine alte Redensart seiner Großeltern auf dem Land: *Wenn eine Spinne stirbt, ist der Tod im Haus.*

Es war ein Omen, das er in diesem Moment nicht brauchen konnte.

*

Gary streichelte ihr Haar, vorsichtig, sie konnte den Duft seines Rasierwassers riechen. Das erregte sie. Als sie sich zum ersten Mal gesehen hatten, war sie zunächst nicht in seine Nähe gekommen. Er hatte in einem voll besetzten Raum auf einem Podium gestanden und erklärt, warum es Gründe gab, sich Impfungen gegenüber äußerst skeptisch zu verhalten. Mit pädagogischem Geschick und Charisma widerlegte er die Behauptungen der Medizin. Sie sog alles auf, was er sagte. Gegen Ende des Vortrags bat er die Zuschauer, nach vorn zu kommen und ihre persönlichen Erlebnisse in Zusammenhang mit dem Thema zu teilen. Zum Schluss hatte sie allen Mut zusammengenommen und von ihrer toten Tochter erzählt. Ihre Tragödie berührte ihn tief. Das ist genau die Art von Berichten, die wir brauchen, hatte er gesagt. Diese Art von persönlichen Erlebnissen. Nach dem Treffen fragte er, ob sie ein leichtes Abendessen mit ihm einnehmen wolle. Sie nahm an. Während des Essens erzählte er, dass er eigentlich Opernsänger hatte werden wollen, sich jedoch stattdessen für den Arztberuf entschieden hatte. Ein paar Stunden später liebten sie sich in einem Hotelzimmer.

Jetzt standen sie in dem warmen Salon mit den gewölbten Wänden. Gary küsste sie und wies mit einer Geste auf die Sessel.

»Etwas zu trinken?«, schlug er vor.

»Ein bisschen Wermut.«

Gary nahm eine Flasche aus dem Barwagen und schenkte ein wenig Wermut in zwei Gläser. Das eine reichte er Ellinor.

»Eine Mordermittlung?«, fragte er und setzte sich ihr gegenüber.

»Ja. Meine Schwester und meine Nichte wurden erst kürzlich ermordet.«

»Wie schrecklich!«

»Ja.«

»Davon hast du gar nichts erzählt?«

»Ich weiß, wie viel du gerade um die Ohren hast«, sagte Ellinor. »Oder eigentlich wir beide. Ich wollte nicht auch noch mein Privatleben mit hineinmischen. Außerdem hatte ich schon lange keinen Kontakt mehr mit ihnen, leider.«

»Aber deshalb war also die Polizei hier?«

»Ja.«

»Glaubst du, sie kommen wieder?«, wollte Gary wissen.

»Das weiß ich nicht, ich weiß nicht, wie sie arbeiten, sie versuchen wohl gerade herauszufinden, wie diese Morde passiert sind, sprechen mit Angehörigen, aber ich hoffe, sie tauchen nicht noch mal auf.«

»Das hoffe ich auch.«

Gary erhob sein Glas, und beide nippten an dem Wermut. Ellinor dachte an die gemeinsame Nacht, die vor ihnen lag, Gary dachte an die dunkelhaarige Polizistin, die eine getrocknete Pflanze von der Treppe aufgehoben hatte.

*

»Ich hab eine Cousine, Kerstin, ihre Tochter hat nach der Schweinegrippe-Impfung Narkolepsie bekommen.«

Lisa hatte auf dem Weg zurück nach Kristianstad das Steuer übernommen. Sie war durch das, was Ellinor über Impfungen gesagt hatte, ins Grübeln gekommen, und dabei war ihr Kerstins Tochter eingefallen. Heute hatte das Mädchen große Schwierigkeiten, sich tagsüber wach zu halten, war fast immer traurig und konnte sich in der Schule kaum konzentrieren. Als Folge der Impfspritze, die sie gegen die Schweinegrippe bekommen hatte. In Schweden waren gut 200 geimpfte Kinder betroffen, viermal so viele wie normal.

Olivia saß daneben, tauschte Nachrichten mit Luna und Lukas aus und hörte nur mit halbem Ohr zu.

»Entschuldige, was hast du gesagt?«, fragte sie.

»Die Schweinegrippe. Kerstins Tochter hat Narkolepsie bekommen, sie will sich oder ihre Kinder nie wieder impfen lassen.«

»Okay? Und du meinst, das bedeutet, dass sich niemand impfen lassen sollte?«

»Nein, aber ich hab Verständnis dafür, dass man es nicht tut.«

»Und wie viele wurden von der Schweinegrippe verschont, weil sie geimpft waren?«

»Sicher viel mehr, aber ist man bereit, dieses Risiko einzugehen?«

Olivia beendete ihre Nachricht an Lukas und blickte Lisa an.

»Welches Risiko?«

»Dass es Nebenwirkungen gibt, die niemand vorhergesehen hat? Vor allem, wenn man Kinder hat? Ich finde, es ist ganz gesund, vorsichtig zu sein.«

»Während man gleichzeitig riskiert, andere, anfälligere Menschen anzustecken, wenn man es nicht tut. Ich finde, es geht hier um Solidarität.«

»Und ich finde, es ist ein demokratisches Recht, selbst zu

entscheiden, was einem in den Körper gespritzt wird. Was es nach schwedischem Gesetz ja auch ist.«

An dieser Stelle verstummte das Gespräch, während das Auto eine Landstraße entlangtuckerte, die beide in dieser Situation als enorm eintönig empfanden. Dunkelheit draußen, Flaute drinnen. Also rief Olivia Mette an und informierte sie über das Gespräch mit Ellinor Mohagen.

»Wie heißt dieser Freund von ihr?«, fragte Mette.

»Gary, warum?«

»Puzzleteile«, erklärte Mette. »Tausend Teile, und ein Muster ist unmöglich zu sehen. Fünfhundert Teile, und du kannst ein Muster erahnen. Fünfzig Teile, und du kannst die Konturen erkennen. Verstehst du?«

Olivia fragte sich, ob Mettes erzwungene Isolation sie aufs Puzzeln gebracht hatte, wusste jedoch, dass sie aus Erfahrung sprach. Einer Erfahrung, die deutlich größer war als ihre eigene.

Also sagte sie:

»Er hatte einen langen blau-weißen Schal. Gary.«

»Interessant«, sagte Mette.

»Groß, braun gebrannt, hilft das?«

»Hat er Englisch gesprochen?«

»Ich glaub schon, jedenfalls hat Ellinor Englisch gesprochen, als sie ihm gesagt hat, er soll ins Haus gehen. Aber die halbe Welt spricht ja Englisch.«

»Die halbe Welt ist nicht in Blekinge bei einer Person zu Besuch, die eine Verbindung zu der internationalen Bewegung Safe Haven haben könnte. Puzzleteile.«

»Scheiß auf deine Puzzleteile«, sagte Olivia, die langsam ermüdete. »Habt ihr noch was von Tom gehört?«

»Ich nicht, Luna vielleicht. Frag sie.«

Olivia schrieb Luna eine Nachricht, in der sie fragte, wie es

Tom ging, und bekam eine kurze, brutale Antwort: *Er wurde ins künstliche Koma versetzt.*

In einem ähnlichen Zustand befand sich Olivia die nächsten paar Kilometer auf dem Weg nach Kristianstad. Koma? Wie, Koma? Ins Koma versetzt? Als sie in die dunkle Nacht hinausblickte, spürte sie, wie ihr die Tränen in die Augen stiegen. Sie unternahm keinen Versuch, sie vor Lisa zu verbergen.

Es dauerte noch eine Weile, bis Lisa das Gefühl hatte, fragen zu können: »Tom geht es nicht so gut?«

»Nein.«

Olivia wischte sich die Wangen trocken und blickte durch die Windschutzscheibe hinaus, direkt in die Rücklichter eines Lastwagens.

»Er ist offenbar… sie haben ihn ins Koma versetzt«, sagte sie.

»Und das heißt?«

»Was weiß ich denn, verdammt!«

Olivia presste sich gegen die Rücklehne, atmete tief ein und sank wieder zusammen.

»Entschuldige, Lisa, es ist nur so beschissen schwer…«

Lisa nickte und schwieg. Sie spürte, dass sie sich nicht in ihre Situation versetzen konnte, Olivias und Toms Beziehung war sehr speziell. Sie war genauso beunruhigt wegen Toms Covid-Erkrankung wie Olivia, aber sie hatte nicht die eng miteinander verwobene Vergangenheit der beiden.

Nicht annähernd.

Also wartete sie und ließ die Scheibenwischer immer schneller über die Windschutzscheibe fegen. Bis Olivia die Hände zu Fäusten ballte und fast flüsternd sagte: »Er ist wie mein zweiter Vater… oder eher dritter…«

Lisa kannte Olivias Geschichte. Mit einem Vater, den sie nie kennenlernen konnte, bevor er ermordet wurde, einem

Adoptivvater, der sich um sie gekümmert hatte, seit sie ein Baby war, und einem engen Freund, der übernahm, als der Adoptivvater starb. Oder übernehmen hätte sollen, wenn er nicht für lange Zeit als Obdachloser auf der Straße gelandet wäre. Aber das hatte er in den letzten Jahren zur Genüge ausgeglichen.

Tom Stilton.

Jetzt lag er im Koma.

»Es ist so verdammt ungerecht«, sagte Olivia. »Tom ist in jeder Lage für mich da gewesen, wir sind in schreckliche Situationen geraten, und er hat es immer geschafft, sie abzuwenden, hat sich um mich gekümmert, mich aus der Scheiße geholt, und diesmal, als er das wieder tun will, kriegt er dieses beschissene Covid und landet im Koma. Kapierst du?«

Lisa wartete ein paar Sekunden ab.

»Aber du weißt doch gar nicht, ob er sich in Lammåsa angesteckt hat«, erwiderte sie. »So wie ich Luna verstanden habe, könnte er es sich schon eingefangen haben, bevor er dorthin gefahren ist.«

Olivia wischte sich über die Augen und blickte in den Regen hinaus.

»Als ob das was ändern würde …«

*

Sie hatten einen langen Spaziergang in Kummelnäs gemacht, am See vorbei, und über absolut nichts geredet. Mette konnte nicht mit Mårten über ihren Koordinationsauftrag sprechen, und er konnte nicht mit ihr über die Cutty Sark sprechen. Das hatten sie eingesehen.

Also strichen sie wie die Katze um den heißen Stilton, kommentierten die mehr oder weniger gepflegten Hecken der

Nachbarn und dachten über all das nach, was sie tun würden, wenn Corona vorbei war.

Das Haus verkaufen, zum Beispiel.

Diese Pläne waren durch die Pandemie aufgeschoben worden. Früher oder später würde sie jedoch vorüber sein, und dann konnte das Thema Hausverkauf wieder angegangen werden.

»Willst du das Haus wirklich verkaufen?«, fragte Mårten.

»Willst du es?«

»Ich hab dich gefragt.«

»Hast du mal wieder mit Luna gesprochen?«

Mette wollte nicht diejenige sein, die im Hinblick auf das Haus die Entscheidung traf. In der Pandemie hatte sie den vielen Platz schätzen gelernt, all die Zimmer und Stockwerke, Orte, an die man sich zurückziehen konnte, all die Erinnerungen an die Vergangenheit. Der Gedanke, in dieser Zeit statt in einem Haus mit Garten in einer Wohnung eingesperrt zu sein, sprach nicht gerade für einen Verkauf. Also wiederholte sie ihre Frage, nachdem Mårten sie offenbar nicht gehört hatte.

»Luna?«, sagte sie. »Hast du mal wieder von ihr gehört?«

Und da gab es für Mårten keinen Ausweg mehr. Er hatte in dem verzweifelten Bemühen, seine Frau zu schonen, bisher für sich behalten, was Brockman ihm vorhin gesagt hatte.

Er wusste, wie sie reagieren würde.

Er bog auf einen schmalen Kiesweg mit schönen Jahrhundertwende-Häusern zu beiden Seiten ein, ein vergeblicher Versuch, Mettes Gedanken wieder auf den Hausverkauf zu lenken.

»Das hier war vorige Woche für 19 Millionen ausgeschrieben«, sagte er und zeigte auf eine Villa. »Ich glaube, wir könnten …«

»Mårten!«

Er gab auf und berichtete. Von der Narkose und dem Beatmungsgerät und kollabierten Atemfunktionen und dem schwachen Herzen und möglichen Komplikationen. Als er fertig war, waren sie am Ende des kleinen Gartenwegs angelangt, kehrten um und gingen auf demselben Weg zurück.

Schweigend.

Mette warf einen Blick auf die 19-Millionen-Villa, bevor sie sagte:

»Koma?«

»Ja, oder künstliches Koma, keine Ahnung, auf jeden Fall Koma.«

»Gestern war ein Mann im Radio, der erzählt hat, er hätte 50 Tage im Koma gelegen.«

»Und? Offenbar hat er es überlebt?«

»Ja. Aber seine Lunge war wohl völlig zerstört. Außerdem hatte er schreckliche Albträume, Ärzte, die Stücke aus seinem Körper geschnitten und als Sushi gegessen haben.«

Mårten verstand nicht ganz, was diese Information zum Gespräch beitragen sollte, vermutlich war es für Mette eine Möglichkeit, den Gedanken an Tom wegzuschieben.

Sie kamen zu ihrem eigenen Gartentor und betraten den Garten.

»Wie nimmt Luna es auf?«, fragte Mette.

Bevor Mårten antworten konnte, klingelte Mettes Handy. Es war ein Kollege aus England. Die Ärzte aus Coventry, die die Patienten mit den Vergiftungssymptomen nach der Impfung untersucht hatten, hatten zwei Dinge festgestellt: Es handelte sich definitiv um Vergiftung, und das Gift war Aconitin. Eine Substanz, die sich unmöglich in den verwendeten Impfdosen befunden haben konnte. Es sei denn, jemand hatte sie bewusst dort eingeschleust.

»Also Sabotage«, sagte Mette.

»Das ist momentan die wahrscheinlichste Interpretation, aber sie ermitteln noch.«

Mette beendete das Gespräch und spürte, dass ihre Handflächen feucht waren. Jemand hatte die Impfstoff-Fläschchen mit Gift präpariert, mit dem Ziel, Patienten zu schaden oder sie zu töten. Der Grund dafür war schwer zu verdauen, aber plausibel: Es ging nicht ums Töten, sondern darum, die Impfungen zu stoppen.

Was in England vorübergehend gelungen war.

Sie sank in einen Gartenstuhl und zog eine Decke über sich.

Und Tom liegt im Koma, dachte sie.

Hinter ihr machte Mårten das Licht in der Küche an. Sie hatte keine Lust hineinzugehen.

*

Bahar Eriksson hatte einen weiteren höllisch anstrengenden Arbeitstag hinter sich. Die anhaltende Flut schwer kranker Covidpatienten raubte ihr und ihren Kollegen vom Universitätskrankenhaus Malmö die letzten Kräfte.

Sie gingen auf dem Zahnfleisch.

Der Albtraum vom Frühjahr war mit voller Kraft zurückgekommen, und Skåne war von der zweiten Welle, die sich wie eine Hydra über Schweden ausbreitete, hart getroffen worden. Auch Kollegen von Bahar waren erkrankt, über die Hälfte des Personals von Infektionsabteilung 2, trotz rigoroser Hygienemaßnahmen.

Aber Bahar war verschont geblieben.

Bis jetzt.

Die Situation brachte einige Doppelschichten mit sich, die kranken Kollegen mussten vertreten werden. Die langen Arbeitstage waren an sich schon anstrengend, doch in Schutzkleidung, mit Mundschutz und Visier war es manchmal fast nicht auszuhalten. Schon mehrmals war sie der Ohnmacht nahe gewesen.

Doch gleichzeitig ließ die Bedeutsamkeit der Arbeit, die sie leistete, sie unverdrossen weiterschuften, mitten in allem Chaos. Denn auch wenn es sie psychisch niederdrückte, Patienten sterben zu sehen, gab es ihr auch viel zurück, wenn jemand gesund wurde. Sie und ihre Kollegen hatten auf Station eine Tafel aufgehängt, auf die sie die Zahl der Personen notierten, die für gesund erklärt und entlassen worden waren. Das half dabei, das Licht in der Dunkelheit erahnen zu können, zu sehen, dass es trotz allem einen Unterschied machte. So mussten sie denken, um überhaupt weiter durchhalten zu können.

Es war also nicht weiter verwunderlich, dass Bahar völlig erschöpft war, als sie durch die Tür zu ihrem Haus in Snårestad trat. Am liebsten wollte sie sich aufs Sofa werfen, eine Decke über sich ziehen und nur noch ausruhen.

»Thomas?«

Sie hängte ihren Mantel auf, löste das lange schwarze Haar aus dem straffen Knoten im Nacken und ging in die Küche. Sie hatte gehofft, das Essen würde auf dem Tisch oder zumindest schon auf dem Herd stehen, wenn sie nach Hause kam. Das war nicht der Fall. Die Küche war leer, und nichts wies darauf hin, dass irgendjemand irgendein Abendessen geplant hatte. Bahar blieb auf der Schwelle stehen, strich sich ein paar Haarsträhnen hinters Ohr und seufzte.

»Fatima!«

Sie wandte den Kopf in Richtung Treppe zum oberen Stock, als sie den Namen der Tochter rief. Sie hatte von draußen gesehen, dass ihr Fenster erleuchtet war, sie musste also zu Hause sein.

Was sie auch war.

Als Bahar die Tür zu Fatimas Zimmer einen Spalt öffnete, saß sie in ihrem Sessel, mit Kopfhörern auf den Ohren und ihrem Laptop auf dem Schoß. Völlig versunken in irgendeine Fernsehserie.

»Fatima?«

Noch immer keine Reaktion. Bahar ging zu ihr und legte langsam die Hand auf ihre Schulter. Fatima fuhr zusammen.

»Mann, hast du mich erschreckt, Mama!«

Hastig nahm Fatima die Kopfhörer ab, legte sie sich um den Hals und warf ihrer Mutter einen wütenden Blick zu.

»Entschuldige, das wollte ich nicht. Wo ist Thomas?«

Die Tochter zuckte mit den Schultern.

»In der Scheune, glaub ich. Er mistet aus.«

»Mein Gott, das macht er doch schon seit Wochen!«

»Ich weiß, und ich hab tierisch Hunger.«

Fatima sah ihre Mutter mit einem leidenden Gesichtsausdruck an, der andeutete, dass sie aller Wahrscheinlichkeit nach in wenigen Sekunden verhungern würde.

»Dann musst du wohl erst mal eine Banane essen oder so«, sagte Bahar müde.

»Warum klingst du so sauer?«

»Ich bin nicht sauer. Ich sage nur, dass du was essen sollst, wenn du Hunger hast. Das kann doch nicht so schwer sein?«

»Natürlich klingst du sauer«, erwiderte Fatima. »Ständig motzt du mich an. Ich kann doch nichts dafür, dass ich Hunger habe?«

Fatima setzte sich demonstrativ die Kopfhörer auf und wandte sich wieder dem Bildschirm zu. Bahar blieb eine Weile stehen und überlegte, ob sie den Kampf aufnehmen sollte. Sie beschloss, sich zurückzuhalten, um ihrer selbst und des lieben Friedens willen.

Als sie die Treppe hinunterkam, stand Thomas im Flur und zog sich die matschigen Stiefel aus.

»Ja hallo! Bist du schon daheim?«, sagte er erstaunt.

»Schon? Es ist fast sieben Uhr!«

»Ach verdammt, tut mir leid. Ich hab völlig die Zeit vergessen.«

»Was machst du eigentlich da draußen? Es fühlt sich an, als dürfte es inzwischen keine einzige Schraube mehr geben, die am falschen Platz liegt.«

Thomas lächelte sie an. Ein etwas abwesendes Lächeln, fand Bahar.

»Du bist doch hoffentlich nicht krank?«, fragte sie.

»Krank, nein, wie sollte das denn zugehen? Ich bewege mich doch kaum über die Grundstücksgrenze.«

»Bist du sicher?«

Sie trat auf Thomas zu und fühlte an seiner Stirn.

»Deine Augen sind ein bisschen glasig.«

»Das ist nur der Rauch, ich verbrenne ein paar Sachen hinter der Scheune. Was gibt es zum Abendessen?«

Ja, das frag ich mich auch, dachte Bahar.

»Ich glaub, wir haben noch Hackfleischsoße im Gefrierschrank, die wir auftauen können«, antwortete sie.

»Perfekt. Holst du sie raus? Ich muss mich nur kurz abduschen.«

Thomas verschwand im Badezimmer. Bahar wandte sich um und ging in die Küche. Ihr Körper war schwer. Mechanisch nahm sie die Hackfleischsoße aus dem Gefrierschrank und setzte einen großen Topf Wasser auf. Dann sank sie auf einen Stuhl. Sie war heute früh um halb sechs Uhr von zu Hause losgefahren und hatte seit sieben gearbeitet. Sie hatte sterbenden Patienten die Hand gehalten, um sie zu beruhigen und zu trösten, und dann gesehen, wie sie ihren letzten Atemzug taten, ohne ihre Lieben. Sie hatte sich um eine weinende Kollegin gekümmert, die dabei war, unter dem Arbeitsdruck zu kollabieren. Thomas war den ganzen Tag hier gewesen und hatte es nicht einmal geschafft, ein Abendessen zu planen.

Bahar kratzte mit dem Fingernagel ein Stück Wachs vom Tisch. Sie wusste, dass er es nicht leicht hatte, und versuchte, ihn in seiner Trauer über den schrecklichen Tod seiner Verwandten zu unterstützen, aber es gab eine Grenze. Sogar für sie. Soweit sie wusste, hatten sie nicht einmal mehr Kontakt gehabt, sie hatte die beiden nie persönlich kennengelernt. Außerdem war es die Schwägerin, die seinen Bruder ermordet hatte, daher wunderte sie sich ein wenig über seine Reaktion. Dass er sich verschloss, nicht mehr richtig anwesend war und die meiste Zeit fanatisch in der Scheune und der Werkstatt herumräumte. Es war, als kompensierte er sein chaotisches Inneres durch manisches Aufräumen.

So ist es natürlich, dachte Bahar. Eigentlich geht es bei all dem wohl um den tragischen Tod seines Bruders. Alles kommt wieder hoch. Thomas war immer wortkarg gewesen, was diese Geschehnisse betraf, es tat zu weh, sagte er immer. Sie wusste auch, dass er kurz nach dem Brand nach Indien gezogen war. Um von allem wegzukommen.

Jeder geht anders mit Trauer um, dachte Bahar, aber sie holt einen immer ein, und jetzt hat sie Thomas eingeholt.

Sie hatte im Leben selbst ihren Teil abbekommen, daher wusste sie das.

»Es kocht.«

Thomas kam mit nassem, zerzaustem Haar in die Küche.

»Siehst du nicht, dass es kocht?«

Bahar wandte sich um und sah, wie der Dampf zwischen Deckel und Topf herausdrang. Thomas ging zum Herd und zog den Topf von der Platte.

»Wo ist die Hackfleischsoße?«

Bahar deutete auf die Plastikbox, die sie aus dem Gefrierschrank genommen hatte. Thomas öffnete sie und stellte sie in die Mikrowelle. Er ging zu Bahar und legte eine Hand auf ihre Schulter.

»Wieder ein anstrengender Tag?«, fragte er.

Bahar legte die Wange auf seine Hand.

»Ja.«

»Ich versteh nicht, wie du das schaffst.«

»Ich auch nicht, aber die ersten Impfstofflieferungen kommen bald, also kann man ein Licht am Ende des Tunnels erahnen.«

»Lässt du dich impfen?«, wollte Thomas wissen.

»Natürlich.«

Sie blickte Thomas an. Er nahm vorsichtig die Hand von ihrer Schulter und wandte sich wieder zur Arbeitsfläche.

»Du nicht?«, fragte Bahar.

»Ich weiß nicht. Glaub nicht.«

Die Antwort erstaunte Bahar extrem. Für sie war es so selbstverständlich. Sie hatten nicht einmal darüber diskutiert. Sie war nie auf den Gedanken gekommen, dass Thomas skeptisch sein könnte. Thomas entkorkte eine Flasche Wein und schnupperte daran.

»Man will ja gern sicher sein, dass es keine Nebenwirkungen gibt«, sagte er.

»Aber es wird Leben retten!«, rief Bahar.

»Und um welchen Preis? Impfstoff, der innerhalb so kurzer Zeit entwickelt wurde, ich weiß nicht, das ist mir irgendwie suspekt. Es ist viel zu schnell gegangen.«

Thomas schenkte sich ein Glas Wein ein und nippte daran.

»Sag das mal den Forschern, die sich den Arsch aufgerissen haben, um die Welt zu retten«, erwiderte Bahar.

Während du in deiner Scheune herumgewühlt und dir selbst leidgetan hast, weil du dein soziales Leben einschränken musstest, wollte sie noch hinzufügen, ließ es aber bleiben.

Thomas lehnte sich mit dem Glas in der Hand an die Arbeitsplatte.

»Die Pharmafirmen profitieren ziemlich von dieser Pandemie«, sagte er. »Also tun sie mir nicht besonders leid.«

Bahar seufzte.

»So ist es doch gar nicht, Thomas.«

»Doch, so ist es. Ich bin mir nicht so sicher, ob es nicht große Marktmächte waren, die den ganzen Mist in Gang gesetzt haben.«

»Jetzt hör aber mal auf! Woher kommen denn diese Verschwörungstheorien? Aus dem Internet?«

Die Mikrowelle piepste, die Hackfleischsoße war aufgetaut. Thomas nahm sie heraus, schüttete sie in einen Topf und setzte das Nudelwasser wieder auf. Bahar stand auf, um den Tisch zu decken.

»Ich hab ein bisschen recherchiert, ja«, sagte Thomas. »Wieso? Man muss sich doch eine eigene Meinung bilden dürfen.«

»Absolut, aber …«

»Ist das Essen bald fertig?«

Fatima tauchte in der Küchentür auf und unterbrach die Diskussion. Vielleicht besser so, dachte Bahar. Das hier war etwas, das sich wirklich zu einem ausgewachsenen Streit entwickeln konnte.

Und dazu fühlte sie sich nicht wirklich in der Lage.

»In genau acht Minuten«, antwortete Thomas und gab die Spaghetti ins kochende Wasser.

Fatima setzte sich an den Tisch. Bahar stellte einen Teller vor sie hin.

»Warum habt ihr dieses Foto abgenommen?«, fragte Fatima.

»Was für ein Foto?«

»Das im Flur, von Thomas' Familie.«

Bahar wandte sich fragend zu Thomas um. Sie hatte das Foto nicht abgenommen, sie hatte noch nicht einmal gesehen, dass es weg war. Thomas antwortete nicht. Er stand mit dem Rücken zu ihnen und rührte mit einer Holzgabel in den Spaghetti.

»Thomas?«

»Ja? Entschuldigt, ich bin in meinen Gedanken hängen geblieben. Was hast du gesagt, Fatima?«

»Das Foto im Flur, von dieser Hütte, hast du es abgenommen?«

»Ja, es ist mir heute früh versehentlich runtergefallen, der Rahmen ist kaputtgegangen. Ich wollte stattdessen ein Foto von uns dreien dort aufhängen.«

Er rührte weiter im Topf. Bahar betrachtete nachdenklich den Rücken ihres Mannes. *Aus Versehen runtergefallen.* Er hatte es überhaupt nie an der Wand haben wollen. Sie war diejenige, die das vorgeschlagen hatte, als sie es bei seinen Sachen gefunden hatte, und er hatte nachgegeben. Jetzt war es weg, ob absichtlich oder nicht.

Bahar glaubte an Ersteres.

*

Luna hatte es bis zuletzt hinausgezögert.

Schon beim Anruf bei Abbas in Gambia hatte sie ihre Zweifel gehabt. War es wirklich sinnvoll, Menschen aufzuschrecken, die sich auf der anderen Seite des Erdballs befanden? Die ohnehin nichts tun konnten?

Jetzt hatte sie Abbas getroffen und begriffen, dass es darum nicht ging. Menschen auf anderen Kontinenten mit schlechten Nachrichten zu »stören«, war ihre verdammte Pflicht.

Jedenfalls, was enge Freunde betraf.

Also rief sie Aditi an. Toms Halbschwester in Thailand. Die Frau, die sowohl Tom als auch sie unter ihre Fittiche genommen und ihnen vor nicht allzu langer Zeit in ihrem Retreat in Mae Phim einen völlig neuen Lebensfunken eingehaucht hatte. Luna hatte während ihres Aufenthalts dort eine sehr enge Verbindung zu ihr aufgebaut.

»Wie krank ist er?«, war das Erste, was Aditi fragte.

»Sehr krank.«

»Darfst du ihn besuchen?«

»Nein, es herrscht Besuchsverbot. Außerdem liegt er im künstlichen Koma.«

»Also liegt er, wo er liegt, und die Ärzte kümmern sich um ihn.«

»Ja«, sagte Luna.

»Und wie geht es dir?«

Luna zögerte etwas mit der Antwort, sie saß auf dem Kahn im Salon und hatte sich in eine Decke gehüllt. Auf dem Tisch brannte eine einfache Kerze, eine leere Flasche diente als Kerzenständer. Heute früh hatte sie das Bett in Toms Koje frisch bezogen. Sie hielt sich tapfer.

»Es geht so«, antwortete sie.

»Du hast Angst, dass er stirbt?«

»Ja.«

»Und wenn es passiert?«

Luna wollte diese Frage nicht an sich heranlassen. Warum fragte sie das?

»Er muss überleben«, sagte sie langsam.

»Das verstehe ich, aber nachdem du sagst, dass er sterben könnte, musst du ja darüber nachgedacht haben«, erwiderte Aditi.

»Ja, natürlich.«

»Es vielleicht sogar für dich selbst ausgesprochen? Laut?«

Luna dachte an den Abend mit dem Nerz, wie die Worte aus ihrem Mund gesprudelt waren, über Toms Tod, seine Einäscherung, die Beerdigung.

»Ja«, antwortete sie.

»Gut.«

»Warum?«

»Ich glaube, es ist wichtig, das Undenkbare zu formulieren, das, was nicht passieren darf, aber passieren kann, in Worte zu fassen. Wenn er nicht stirbt, hat es keine Bedeutung, wenn er stirbt, hast du schon darüber nachgedacht und kannst die Trauer schneller zulassen.«

Luna war nicht ganz klar, was Aditi meinte, sie konnte hin und wieder sehr esoterische Gedanken haben, verschwurbelte, wie Tom es ausdrückte. Die Trauer schneller zulassen? Sie wollte überhaupt keine Trauer erleben.

»Hat er ein Testament geschrieben?«, erkundigte sich Aditi.

Die Frage überraschte Luna.

»Das weiß ich nicht«, sagte sie zögernd. »Ich glaub nicht, er hat jedenfalls nie was davon gesagt.«

»Die Leute sind schlampig, was das angeht, finde ich. Alle sollten ein Testament aufsetzen, wenn sie älter werden.«

»Aber er hat ja keine Kinder.«

»Das weiß man nie, ab und zu passiert es ja, dass unbekannte Nachkommen auftauchen, die Anspruch auf das Erbe erheben, und dann ist es gut, etwas in der Hand zu haben. Außerdem seid ihr nicht verheiratet, vielleicht will er dir etwas vermachen? Seid ihr zusammen gemeldet?«

»Nein.«

Luna begriff nicht so recht, worauf Aditi hinauswollte. Warum fing sie von so etwas an? Unbekannte Nachkommen und Testament? Stand sie wegen Toms Zustand unter Schock?

»Wie geht es dir denn selbst?«, fragte Luna, um das Thema zu wechseln.

»Es ging mir sehr gut, bis du angerufen hast. Jetzt fühlt es sich schwer an, ich muss das mit Tom erst mal verdauen, es ist so traurig zu hören.«

»Vielleicht war es dumm von mir anzurufen?«, meinte Luna.

»Nein, ganz im Gegenteil, es war gut. Jetzt weiß ich Bescheid.«

Es wurde still. Luna sah, dass die Kerze ausgegangen war, vom Docht ringelte dünner schwarzer Rauch empor.

»Luna«, sagte Aditi.

»Ja.«

»Du weißt, dass ich dich und Tom liebe. Wo auch immer ihr seid und wie auch immer es euch geht. Ich denke jeden Tag an euch und sehne mich nach euch. Wenn Tom diese Sache überstanden hat, müsst ihr wieder herkommen. Versprichst du mir das?«

»Ja. Wenn er will.«

»Das entscheidest du. Wenn du hier sein willst, wird er herkommen, früher oder später. Er kommt nicht ohne dich klar, das weißt du.«

Luna lächelte und beendete das Gespräch. Und spürte, dass sie noch eine Weile durchhalten würde. Für Tom. Er kam schließlich nicht ohne sie klar.

Sie schälte sich aus der Decke und stand auf. Auf dem Weg in die Kapitänskajüte hielt sie inne. Testament? Sie drehte um und ging zurück zu Toms alter Kajüte. Sie wusste, dass dort unter der Koje eine Kiste stand, sie stand dort, seitdem er eingezogen war. Was sich darin befand, wusste sie nicht, nur, dass es die zusammengewürfelten Habseligkeiten waren, die Tom besaß, als sie sich kennengelernt hatten. Sie ging in die Kajüte, bückte sich und zog die Kiste heraus. Sollte ich das wirklich tun?, dachte sie. Das sind seine Privatsachen. Darf ich darin herumschnüffeln? Sie öffnete den Karton und blickte hinein. Er war voll bis zum Rand, eine Mischung aus Gegenständen und Papieren und allem möglichen anderen. Luna zögerte, dann begann sie, den Inhalt vorsichtig auf der Decke der Koje auszulegen. Gegenstände links, Papiere und Dokumente rechts. Sie überflog das, was dort lag.

Es war kein Testament dabei.

Ganz unten in der Kiste lag eine blaue Plastikmappe. Sie nahm sie und zog ein fleckiges Dokument heraus. Auf der einen Seite war eine Bleistiftzeichnung, die aussah wie eine Amateurkarte. Auf der Rückseite stand ein handgeschriebener Text. Sie las ihn genau durch, zweimal, ihr war sehr unbehaglich, das Blatt in ihrer Hand zitterte. Als sie fertig war, schob sie das Dokument wieder in die Mappe und ließ sie in den Karton fallen.

Warum hat er nie davon erzählt?, dachte sie.

Ihr Blick blieb an dem ausgestopften Rotkehlchen unterhalb des Bullauges hängen.

Konnte das wirklich wahr sein?

Beide hatten schlecht geschlafen. Olivia wegen Tom, sie hatte in der Nacht all das hin und her gewälzt, was man nachts nicht hin und her wälzen sollte, vor allem nicht, wenn es den Tod enger Freunde berührte.

Lisa hatte über die Morde nachgegrübelt. Hingen sie zusammen? Und wenn ja, wie? Irgendwann war sie in einen Dämmerzustand geglitten, in dem alle möglichen Leute alle möglichen seltsamen Dinge taten. Einer davon war Oskar. Er war ein kleiner Junge, der mit Streichhölzern spielte. Eine Frau nahm ihm die Streichhölzer weg und schlug ihm auf die Wange. Als Lisa erwachte, versuchte sie sich an das Gesicht der Frau zu erinnern.

Vergeblich.

Jetzt waren sie gerade ins Ermittlungszimmer gekommen.

Isidora stand an dem ovalen Tisch und hatte eine sehr hübsche Strickjacke mit aufgestickten bunten Blumen an, in dem grauen Raum sah sie aus wie ein funkelnder Regenbogen. Lisa warf einen Blick auf Olivias neu erworbenes schwarzes T-Shirt und ihr eigenes aschgraues Polohemd. Zum Glück war Tore Möller auch da, sein cremefarbenes Hemd passte zu den Wänden.

Aber es war noch ein weiterer Mann im Raum, ein sehr gut gekleideter Mann mittleren Alters in einem Nadelstreifenanzug, der dicht neben Isidora stand. Sicher ein hohes Tier bei der Polizei, dachte Olivia. Jetzt müssen wir wohl über Budgets und Priorisierungen und anderen Mist diskutieren.

»Das ist Stefan Landh«, sagte Isidora. »Unser Gerichtsmediziner. Vielleicht kannst du wiederholen, was du mir erzählt hast?«

Olivia schluckte ihr Vorurteil hinunter und sah Stefan an. Er nickte und wandte sich an Lisa und sie.

»Ich habe jetzt das Ergebnis der Blutprobe von Agnetha Erikssons Leiche. Ich hatte ja den Verdacht, dass sie irgendeiner Form von Vergiftung zum Opfer gefallen ist, und es hat sich herausgestellt, dass das stimmt. Die Probe enthielt eine sehr hohe Konzentration des Giftes Aconitin. Meiner Einschätzung nach war das die Todesursache.«

»Was ist Aconitin?«, fragte Tore.

»Das ist eine Substanz, die man aus Blauem Eisenhut gewinnt, einer recht häufig vorkommenden Pflanze. Man mahlt es aus der Wurzel oder den Samen, ein kristallisches Pulver. Es ist wasserunlöslich, löst sich aber leicht in Alkohol. Früher wurde es als Beruhigungsmittel bei Neuralgie eingesetzt.«

»Wie viel braucht man, um einen Menschen zu töten?«, wollte Isidora wissen.

»Extrem kleine Mengen. Schon wenn man, sagen wir, 0,5 Milligramm einnimmt, bekommt man schwere Vergiftungssymptome. Noch ein wenig mehr führt zu Ersticken und Kreislaufkollaps. Es ist kein schöner Tod.«

Isidora war froh, dass Oskar nicht im Raum war.

»Hat es einen Geschmack?«, erkundigte sich Olivia.

»Ja, einen scharfen, brennenden Geschmack. Aber es riecht nach nichts. Das Problematische an einer Aconitinvergiftung ist, dass es eigentlich kein Gegengift gibt.«

»Also hat Agnetha eine tödliche Dosis davon abbekommen, ist das die Schlussfolgerung?«, fragte Lisa.

»Meiner Meinung nach schon.«

»Danke, Stefan«, sagte Isidora. »Wir melden uns, wenn wir mehr wissen wollen.«

Stefan verließ den Raum, und die Übrigen setzten sich um den ovalen Tisch.

»Dann wissen wir das jetzt«, konstatierte Isidora. »Wie sie gestorben ist und woran.«

»Die Frage ist, wie dieses Gift in ihren Körper gekommen ist«, wandte Lisa ein. »Es schmeckt ja offenbar widerlich.«

»Ist aber leicht löslich in Alkohol«, entgegnete Olivia. »Und riecht nach nichts.«

»Aber trotzdem, da muss sie ja fast gezwungen worden sein, es zu trinken?«

»Oder sie hat es in einer Spritze bekommen«, meinte Isidora.

Sie stand auf und ging zur Wand. Neben die Karte schrieb sie Aconitin. Dann legte sie den Stift weg und blickte auf den Tisch hinunter.

»Wer kommt an so ein Gift heran?«, überlegte sie.

»Oder kann es herstellen?«, ergänzte Lisa.

Olivia stand rasch auf. Auf Ellinors Treppe hatte sie ein Stück von einer Pflanze aufgehoben, im Glauben, dass es vielleicht Cannabis wäre. Sie hatte es in ihre Jacke gesteckt, die Jacke, die jetzt in der Wohnung hing.

»Ich muss kurz weg«, sagte sie und verließ den Raum.

*

Die Jacke hing im Flur, und die Pflanze war noch in der Tasche. Es war keine ganze Pflanze, sondern nur ein kleines Stück, und außerdem getrocknet. Dass es kein Cannabis war, hatte sie bereits festgestellt. Als sie versuchte, es über Google zu bestimmen, fand sie keine Information. Sie rief Isidora an und fragte, wo sie Hilfe beim Identifizieren der Pflanze bekommen konnte.

»Versuch's mal mit dem Kräutergarten im Tivoliparken, da haben sie sicher Personal, das dir helfen kann.«

Der Park lag im Zentrum von Kristianstad. Ganz unten am Wasser gab es eine schöne Orangerie. Den Kräutergarten. Olivia hatte das Glück, eine Spezialführung von einer der Projektleiterinnen des Gartens zu erhalten, Amanda. Sie gingen in dem großen Gewächshaus herum, und Olivia war völlig absorbiert von der ganzen Pflanzenpracht. Warum bin ich nicht Gärtnerin geworden?, dachte sie. Für eine Weile vergaß sie alles, was Mord und Koma hieß. Erst als sie sich dem Ausgangspunkt der Rundtour näherten, fiel ihr ihr Anliegen wieder ein.

Zum Glück.

»Ach ja«, sagte sie, »eigentlich bin ich hergekommen, weil ich Hilfe bei der Bestimmung einer Pflanze brauche, die ich gefunden habe, besser gesagt, eines Teils von einer Pflanze.«

Sie holte das Pflanzenstück von Ellinors Hof heraus.

»Dieses hier, wissen Sie, was das ist?«

Amanda brauchte nur ein paar Sekunden, das war ein Heimspiel für sie.

»Das stammt von einem Blauen Eisenhut«, erklärte sie. »Damit müssen Sie vorsichtig sein, die Pflanze ist sehr giftig.«

»Ich weiß. Verwendet man sie im Bereich Naturmedizin?«

»Früher hat man das getan, das Gift darin wirkt schmerzstillend, man hat es als Betäubungsmittel benutzt, aber heute ist das nicht mehr üblich. Jedenfalls nicht in Schweden. Es ist zu gefährlich.«

Olivia bedankte sich bei Amanda, steckte das Pflanzenstück wieder in die Tasche und verließ den Garten.

Ein kleines Unternehmen, das Naturmedizin herstellt, hatte Ellinor gesagt. Als Erklärung für den Mann mit dem Arm voller getrockneter Pflanzen. Blauem Eisenhut. Der Pflanze, die das lebensgefährliche Gift Aconitin enthielt. Das Gift, das Agnetha Eriksson getötet hatte.

Auf dem Weg zurück zur Polizeiwache rief sie Luna an, um zu erfragen, wie es Tom ging. Luna hob nicht ab. Mette schon.

»Soweit ich weiß, gibt es nichts Neues«, sagte Mette. »Er liegt immer noch im Koma. Es ist so schwer, Informationen zu bekommen.«

»Aber dieser Oberarzt, den Mårten kennt, kann er nicht mehr sagen?«

»Mårten will es nicht zu sehr ausreizen, das Ganze ist ein bisschen heikel.«

Das verstand Olivia, und es beruhigte sie nicht gerade. Sie bog in die Östra Kaserngatan ein und duckte sich vor dem Wind.

»Wie läuft es bei euch da unten?«, erkundigte sich Mette. »Neuigkeiten?«

»Wir wissen jetzt, wie Agnetha gestorben ist, sie wurde vergiftet, mit Aconitin, einem Gift, das man …«

»Blauer Eisenhut. Ich kenne es. Wie seltsam.«

Mette verstummte und Olivia wartete. Lange.

»Was ist denn so seltsam?«, fragte sie schließlich.

Mette war immer noch still. Sie überlegte. Sollte sie es erzählen?

Dann entschied sie sich.

»Was ich jetzt sage, bleibt unter uns, es ist absolut vertraulich.«

»Okay?«

»In England hatten zwei Personen lebensbedrohliche Nebenwirkungen, nachdem sie gegen Covid geimpft wurden. Den Ärzten zufolge handelt es sich um eine Vergiftung. Gestern hab ich erfahren, welches Gift es war.«

»Aconitin?«

»Ja. Man befürchtet, dass das Gift in den verwendeten Impfdosen war.«

»Was meinst du damit? Dass jemand es bewusst da reingemischt hat?«

»Das weiß ich nicht, es ist noch nicht endgültig geklärt, aber es gibt nicht sehr viele andere logische Erklärungen. Zumindest wurden sie nicht im Labor kontaminiert.«

Ein paar Sekunden lang drehte sich in Olivias Kopf alles wie in einem Glücksrad. Gab es eine Verbindung zwischen dem Mord an Agnetha und dem, was in England passiert war? Das wirkte unglaublich weit hergeholt. Als das Glücksrad stehen blieb, sagte sie:

»Auf Ellinors Hof bauen sie Blauen Eisenhut an.«

Mette war eine Weile still.

»Das tun sie in vielen schwedischen Gärten«, sagte sie schließlich. »Ich hab zum Beispiel auch welchen in meinem.«

Es kann reiner Zufall sein, dachte Mette, aber falls Ellinor Mohagen auf ihrem Hof wirklich Gift herstellen sollte, dann wäre das hochinteressant, wenn man ihre möglichen Verbindungen zu Safe Haven und deren Verschwörungstheorien bedenkt.

»Wo bist du jetzt?«, fuhr Mette fort.

»In Kristianstad, auf dem Weg zur Wache.«

»Nimm Lisa mit und fahr zu Ellinors Hof. Währenddessen versuche ich, über Isidora eine Genehmigung für eine Hausdurchsuchung zu bekommen.«

»Kann ich das nicht übernehmen?«

»Jetzt machen wir es so, Olivia, okay?«

Olivia hörte an Mettes Tonfall, dass gerade nicht der richtige Moment für Einwände war.

Mette wusste, dass sie sich irren konnte, sich in etwas verrannt haben konnte, doch sie verließ sich auf ihren Instinkt und ihre langjährige Erfahrung als Mordermittlerin.

Außerdem gab es noch einen weiteren Grund für ihre Entscheidung. Juliette Deland hatte ihr mit einem ihrer Puzzleteile geholfen, dem Australier Gary. Er hieß mit Nachnamen Woodman und trat in unterschiedlichen Zusammenhängen in Verbindung mit Impfgegnern in Erscheinung. Von einigen wurde er als Pionier betrachtet, als Wahrheitsverkünder, von anderen als Quacksalber und Scharlatan.

Hier und da wurde er als einer der Strategen hinter der *Neuen Weltordnung* gesehen.

»Was ist denn das?«, hatte Mette gefragt.

»Es gibt nirgendwo Details dazu. Es scheint, als wüssten alle, die dabei sind, ganz genau, was damit gemeint ist.«

Mette rief Isidora an.

*

Luna knotete sich die Schutzkleidung um den Körper zusammen. Das Haar hatte sie schon in ein grünes Haarnetz gestopft, ihr Gesicht war von Mundschutz und Visier bedeckt, die Schuhe steckten in Plastikhüllen. Sie hatte die Erlaubnis bekommen, einen der Patienten in Zimmer 14 zu treffen, Tom Stilton. Wobei »treffen« hieß, dass sie hinter einem transparenten Vorhang stehen sollte, vier Meter von dem Beatmungsgerät entfernt, das ihn am Leben erhielt.

Aber trotzdem.

Sie ging die wenigen Schritte zum Vorhang und blickte die Gestalt an, die im Bett lag. Ihren Geliebten. *Ich stamme aus einem Geschlecht von Robbenjägern.* So hatte er sich ihr vorgestellt, als sie sich zum ersten Mal auf dem Lastkahn getroffen hatten, als Andeutung, aus welchem Holz er geschnitzt war. Jetzt lag er mit geschlossenen Augen da, den Körper voller Schläuche, mit einem Herzen, das von einer Maschine angetrieben wurde.

Völlig bewegungslos.

Luna schluckte schwer, sie wusste nicht, was sie mit ihren Händen machen sollte, also verschränkte sie sie und sah zu Boden. Es ist so unfair, dachte sie, wir haben doch wirklich versucht, uns zu schützen. Haben halb draußen in der Ostsee gewohnt, um uns nicht anzustecken. Sie zwang ihren Kopf wieder nach oben und ließ den Blick zum Bett gleiten. Zu ihrem Mann. Sollte er hier liegen und sterben? Ohne aufzuwachen? Sie spürte, wie ihr die Angst die Kehle zuschnürte. Ich muss stark sein, dachte sie und atmete tief ein. Er wird aufwachen. Er muss aufwachen. Sie sah, wie eine Haarsträhne an seiner Stirn klebte, als würde er schwitzen.

Was sie jedoch nicht sehen konnte, war das, was im Inneren des Kopfes der bewegungslosen Gestalt im Bett vor sich ging. Dort spielte sich eine grauenvolle und morbide Szene ab, ein nackter Mann, der in eine Badewanne voller blutiger Groppen gepresst wurde, bis man ihn wieder herausriss, eine Harpune durch sein eines Auge jagte und ihn aus dem Fenster warf, wo er kopfüber dem dunklen Asphalt entgegenstürzte. Er versuchte zu schreien, doch es kam kein Laut aus seinem Mund.

Luna stand still am Vorhang und betrachtete den bewegungslosen Tom. Noch lebt er, dachte sie. Niemand hat gesagt, dass er sterben wird. Die Tränen, die ihr die Wangen hinunterliefen, konnte und wollte sie nicht wegwischen.

»Luna.«

Die leise Stimme der Krankenschwester war dicht hinter ihr zu hören. Die Besuchszeit war vorbei. Sie verließ Zimmer 14.

Als sie sich die Schutzkleidung auszog und die Hände desinfizierte, dachte sie an die Kiste in Toms Kajüte, an den unangenehmen Text, den sie gelesen hatte. Was, wenn ich ihn nie mehr danach fragen kann?

Sie trat mit den Füßen ein paarmal in einen Eimer mit Desinfektionsmittel, nahm sich die Schuhüberzüge ab, ging in den Flur hinaus und verschwand nach draußen.

*

Die Dunkelheit hatte sich bereits über Blekinge gesenkt, als sie sich Runaby näherten. Das letzte Stück fuhren sie mit Fernlicht. Sie hatten während der Fahrt aus Kristianstad nicht sonderlich viel geredet. Beide spürten, dass die Ermittlung langsam anzog, dass sie sich der einen oder anderen Antwort näherten. Wie diese aussehen würde, lag jedoch bislang genauso im Nebel wie die Felder in diesem Moment. Noch immer konnten sie keine Verbindung zwischen den Morden an Sara und ihrer Mutter erkennen, momentan war die Richtung nicht ganz klar, und sie hatten kein GPS für diese Art von Terrain.

Aber wie gesagt, sie kamen der Sache näher, das spürte sowohl Lisa als auch Olivia.

»Sollen wir gleich zum Hof rauffahren?«, fragte Olivia.

Sie saß heute hinterm Steuer.

»Nein, wir warten auf Isidora, sie wollte schreiben, sobald sie die Genehmigung für die Hausdurchsuchung kriegt.«

»Wenn wir sie kriegen«, erwiderte Olivia.

Davon war sie nicht ganz überzeugt. Sie hatten nicht viel Konkretes gegen Ellinor Mohagen in der Hand, das eine solche Maßnahme rechtfertigen würde. Eigentlich zum Verzweifeln wenig. Aber sie wusste, dass Mette die Fähigkeit hatte, Dinge zu erwirken, wo alle anderen auf Widerstand stießen.

Also vielleicht.

Sie fuhren ein gutes Stück abseits vom Hof in eine Straßenbucht und schalteten den Motor ab. Weit entfernt sah man die Lichter der Fenster des großen Hauses, sogar eines der Turmzimmer war erleuchtet.

»Wir können ja trotzdem ein bisschen spähen«, sagte Olivia, die sofort ihre Rastlosigkeit spürte.

Sie stieg aus dem Auto, und Lisa folgte ihr.

»Hast du eine Taschenlampe dabei?«

»Ja, aber die sollten wir besser nicht einschalten.«

Sie gingen am Straßenrand auf die Weidenallee zu und wussten, dass sie in der Dunkelheit so gut wie unsichtbar waren.

»Wir halten uns von der Straße fern«, schlug Olivia leise vor. »Komm.«

Sie traten auf den Acker hinaus, der Ellinors Hof umgab. Ein Stück weiter oben wuchsen hohe Bäume und Büsche, die Schutz boten. Langsam gingen sie auf die Stelle zu. Wenn sie ihren Spaziergang geplant hätten, hätten sie Gummistiefel angezogen, aber so weit hatte keine von ihnen gedacht. Also sanken sie hier und da in den weichen Lehm.

Als sie sich der Baumgruppe näherten, hielten beide inne. Bisher hatten sie keine anderen Geräusche gehört als die der Natur. Einzelne Vogelschreie in der Ferne, den Wind, der in den Weiden rauschte. Jetzt vernahmen sie gedämpfte Stimmen. Vom Hof her. Sie schlichen vorsichtig durch das Gebüsch voran. Bald konnten sie den Hofplatz durch die Zweige sehen, er war hell erleuchtet. Dort herrschte fieberhafte Aktivität. Ein grauer Volvo stand mit geöffnetem Kofferraum vor dem Eingang zum Haus.

»Was machen die da?«, flüsterte Olivia so leise sie konnte.

Im Schatten bewegten sich weitere Menschen, trugen Gegenstände aus dem Haus zu dem grauen Gebäude. Olivia holte ihr Handy heraus und begann zu filmen. Sie war sich nicht sicher, ob es in der Dunkelheit funktionieren würde.

»Da ist Ellinor«, flüsterte Lisa.

Die Hausherrin kam in einem dunklen Mantel die große Treppe herunter. Hinter ihr in der Türöffnung konnte man Gary Woodman erahnen. Olivia filmte weiter. Ellinor ging zum Auto. Zwei Männer stellten rasch eine weiße Box in den Kofferraum und warfen die Klappe zu. Ellinor öffnete die Fahrertür des Volvos und setzte sich hinters Steuer.

»Was machen wir?«, flüsterte Lisa.

Ellinor startete das Auto und bog vom Hofplatz in die Allee ein. Olivia und Lisa duckten sich hinter die Büsche. Als das Auto vorbeifuhr, konnte Olivia das Nummernschild erkennen. Sie wählte auf ihrem Handy Isidoras Nummer.

»Hallo«, sagte sie leise. »Wir sind an Ellinors Hof. Sie haben gerade etwas in einen grauen Volvo geladen, der eben hier losgefahren ist. Wir können ihm nicht folgen. Ich will, dass er gestoppt wird. Ich hab das Kennzeichen.«

Isidora bekam die Nummer, und Olivia legte auf. Lisa begann in der Dunkelheit über den Acker zurückzurennen. Sie würden Ellinor nicht einholen, aber wenn sie angehalten wurde, wollte Lisa so schnell wie möglich vor Ort sein.

Olivia hastete im rutschigen Lehm hinterher.

Wenn sie geblieben wären, hätten sie den Australier mit einer Tasche in der Hand aus dem Haus eilen sehen.

Dass ein blauer Arztkittel darin lag, hätten sie nicht sehen können.

*

»Kannst du dich nicht hinsetzen?«

Mårten malte gerade ein paar winzige Details der Kapitänskajüte der Cutty Sark an und war genervt von seiner Frau, die draußen in der Küche hin und her tigerte und in regelmäßigen Abständen auf die Arbeitsplatte schlug.

»Bitte?«

Mette blieb am Kühlschrank stehen und lehnte den Kopf gegen die weiße Tür. Ein Magnetbild hing daran, vermutlich sollte es lustig sein, Mårten hatte es dort platziert, und manchmal hatten sie nicht denselben Humor. Sie öffnete die Tür und holte eine kleine Flasche Tabasco heraus. Vor Kurzem hatte sie irgendwo gelesen, dass ein paar Tropfen in einem Glas Wasser erhöhter Herzaktivität entgegenwirken konnten. Sie füllte ein Glas, tropfte ein wenig hinein und kippte alles in einem einzigen großen Schluck herunter.

Es schmeckte widerwärtig.

Aber jetzt hatte sie es versucht.

Und musste einsehen, dass Tabasco das Problem nicht löste. Das physische. Dass sie nicht vor Ort sein konnte, wenn die Lage sich zuspitzte.

Sie wollte in Runaby sein und sehen, was passierte.

Mette ging zu Mårten hinein und strich ihm über den Rücken.

»Entschuldige, ich bin bloß ein bisschen gestresst«, sagte sie. »Wie geht's mit dem Boot?«

»Dem Schiff. Es geht langsam.«

Mårten nahm seine Lesebrille ab und sah zu Mette hinauf. Sie begegnete seinem Blick und ahnte einen Hauch von Wehmut darin.

So gut kannten sie einander.

»Was ist?«, fragte sie.

»Kerouac ist tot.«

Mårten wandte sich wieder um, und Mette atmete leise auf. Sie wusste, was dieses schwarze Krabbeltier Mårten im Lauf der Jahre bedeutet hatte, eine Art bizarre Gesellschaft unten im Musikzimmer, sie musste ihre Worte also mit Sorgfalt wählen.

»Das ist ja traurig«, sagte sie und hoffte, er würde eine gewisse Empathie in ihrer Stimme bemerken.

»Ja. Aber das musste ja passieren, früher oder später.«

Mette nickte und strich ihrem Mann übers Haar. Sie dachte daran, wie sie einmal versehentlich die Spinne mit dem Staubsauger aufgesaugt und dann zusammen mit Olivia eine Stunde lang den Staubsaugerbeutel durchwühlt hatte, um zu sehen, ob das Tier noch lebte. Das war nicht der Fall. Ihre Erleichterung war groß, als Mårten später am Abend erklärt hatte, dass die tote Spinne nicht Kerouac war, sondern eine ganz normale, uninteressante Kellerspinne.

Aber jetzt war die richtige Spinne tot, und das erforderte ein gewisses Maß an emotionaler Anteilnahme. Obwohl Tom gleichzeitig im Krankenhaus um sein Leben kämpfte. Es war nicht die passende Situation, um auf den Mangel an Verhältnismäßigkeit hinzuweisen.

»Willst du ein Glas Wein?«, fragte sie und dachte an Runaby.

*

Isidora hatte einen Streifenwagen alarmiert, der auf Listerlandet unterwegs war, und ihm die Autonummer eines grauen Volvos gegeben, der von Runaby aus auf dem Weg nach Westen war. Nachdem klar war, auf welcher Straße er sich befand, dauerte es nicht sehr lange, bis die Polizisten das Auto entdeckten, es einholten und dazu brachten, am Straßenrand anzuhalten. Dort ließen sie es warten, bis sie weitere Instruktionen erhielten.

Es dauerte ungefähr eine Viertelstunde, dann waren Lisa und Olivia an der Stelle angekommen. Sie hielten kurz hinter dem Volvo an und stiegen aus.

»Eine Frau sitzt am Steuer«, sagte einer der Polizisten.

Olivia nickte, ging zum Auto und blickte durch das Seitenfenster beim Fahrersitz. Ellinor erwiderte ihren Blick und ließ die Scheibe herunter.

»Was soll das?«

»Könnten Sie bitte aussteigen«, forderte Olivia sie auf.

»Denken Sie, ich bin nicht nüchtern?«

»Steigen Sie bitte aus.«

Ellinor öffnete die Tür und stieg aus dem Auto. Als sie Lisa hinten am Kofferraum sah, schüttelte sie den Kopf.

»Ihr nervt echt«, sagte sie leise.

Lisa zeigte weiter auf den Kofferraum. Schließlich ging Ellinor nach hinten und öffnete ihn. Lisa blickte ein paar Sekunden hinein, bevor Olivia dasselbe tat.

Der Kofferraum war leer.

Es brauchte ein paar Sekunden der Selbstbeherrschung, bis Olivia herausbrachte:

»Sie haben Ihren Hof vorhin mit einer Kiste im Kofferraum verlassen. Wo ist sie hingekommen?«

»Ich weiß nicht, wovon Sie sprechen.«

Olivia überlegte, ob sie den Handyfilm zeigen sollte, den sie auf dem Hof gemacht hatte, doch sie war sich nicht sicher, wie viel man darauf erkennen konnte. Diesen Trumpf hebe ich mir besser noch auf, dachte sie und umrundete das Auto.

Ellinor wandte sich an einen der Polizisten.

»Was ist das hier? Wieso belästigen Sie mich? Können Sie einfach jeden grundlos anhalten? Es scheint ja keinen …«

»Wohin sind Sie unterwegs?«, unterbrach Lisa sie und warf den Kofferraumdeckel zu.

»Warum muss ich darauf antworten?«

»Weil ich Sie frage. Wir können Sie auch mit auf die Wache nehmen und die Frage noch mal stellen.«

Ellinor betrachtete Lisa. Das war absolut nicht dieselbe Frau, die so mitfühlend gewirkt hatte, als sie von ihrer toten Tochter erzählt hatte.

»Ich will mir in Sölvesborg eine Pizza holen«, antwortete sie. »Eine Frutti di Mare, dazu nehme ich einen Weißkohlsalat, eventuell esse ich auch alles zusammen vor Ort.«

Ellinors Lippen verzogen sich zu einem leicht herablassenden Lächeln.

»Nach diesem Erlebnis bin ich wirklich hungrig«, fügte sie hinzu.

»Dann werden Sie wohl noch hungriger werden«, erwiderte Olivia und trat zu ihr. »Ihr Auto wird noch eine Weile hier stehen bleiben.«

»Warum das?«

»Sie können sich reinsetzen, wenn Sie wollen.«

Olivia hatte einen Kriminaltechniker angerufen und ihn gebeten herzukommen, um Abdrücke von den Reifen des Volvos zu nehmen. Es war eine spontane Eingebung gewesen, getrieben von ihrer Lust, Ellinor unter Druck zu setzen, aber auch motiviert durch die Mordermittlung, die sie gerade betrieben.

Verteidigte sie sich.

Also blieb die ganze Gesellschaft vor Ort, nichts von dem dunkelblauen Opel Kombi ahnend, der bereits die große Straße erreicht hatte.

Mit einem Australier am Steuer.

*

Die Hausdurchsuchung wurde nicht genehmigt.

Weder Mettes Bauchgefühl noch ihre Argumente reichten aus, um den hinzugezogenen Staatsanwalt in Kristianstad zu überzeugen. Er war sogar eine Spur kurz angebunden, als er sagte:

»Sie mit Ihrer Erfahrung sollten doch wissen, dass das hier nicht haltbar ist. Sie haben ja so gut wie nichts in der Hand!«

Leider wusste Mette das durchaus. Hab ich die Kontrolle verloren?, dachte sie.

Da rief Olivia an und berichtete ihr, was in Runaby passiert war.

»Sie müssen die Kiste irgendwo umgeladen haben«, sagte sie. »Bevor wir das Auto anhalten konnten.«

Es wurde kurz still.

»Ein paar Reifenabdrücke sind also alles, was dabei rumgekommen ist?« Es fiel Mette schwer, ihre Enttäuschung zu verbergen.

»Ja, bisher. Aber es ist ganz klar, dass sie da auf dem Hof irgendetwas treiben. Haben wir die Genehmigung zur Hausdurchsuchung?«

»Nein.«

Die Antwort ließ keinen Raum für irgendwelche Folgefragen, das hörte Olivia an Mettes Stimme.

»Aber wir fahren hin und hören uns ein bisschen um«, sagte Olivia. »Wir sind sowieso in der Nähe.«

»Tut das.«

Mette legte auf und fühlte sich plötzlich komplett außen vor. Da saß sie nun in ihrem Haus mit einem Mann, der Modellschiffe baute und die halbe Nacht um eine tote Spinne getrauert hatte. War das jetzt ihr Leben?

Ende ich jetzt als alte Dilettantin, die glaubt, dass sie noch dabei sein kann und die Fäden in der Hand hat? Und die dabei von Leuten, die früher kaum an meine Tür zu klopfen wagten, noch fast verhöhnt wird? Instinkte? Ich hab keine Instinkte mehr, dachte sie, ich bin bis in die Hirnrinde hinein schlaff geworden.

»Ich liebe dich.«

Der Modellbauer war hinter ihr aufgetaucht und hatte begonnen, ihre Schultern zu massieren. Das ist der Vorteil an wirklich zusammengeschweißten Beziehungen: Der eine merkt, was der andere braucht.

Es gibt auch Nachteile.

*

Während sie darauf warteten, dass der Techniker kam und die Reifenabdrücke nahm, fuhren Lisa und Olivia zurück zu Ellinors Hof. Sie wollten wissen, was dort vor sich ging. Auf der Fahrt brach der Mond durch die Wolken, zum ersten Mal seit sehr langer Zeit, und als sie Runaby erreichten, war der Himmel fast sternenklar. Sie fuhren zum Haus hinauf und in den Innenhof hinein. Er war völlig leer.

»Wo zum Teufel sind die ganzen Leute hin?«, sagte Lisa und stieg aus dem Auto.

Olivia blieb ein paar Sekunden sitzen. Sie dachte darüber nach, ob sie Ellinor beschatten lassen sollte, sehen, wohin sie fuhr, wenn der Techniker fertig war. Bevor sie eine Entscheidung treffen konnte, winkte Lisa.

Olivia öffnete die Tür.

»Der ganze Ort wirkt völlig verlassen.« Lisa machte eine umfassende Geste. »Siehst du?«

Nirgendwo brannte Licht. Weder im Hauptgebäude noch im Turmzimmer noch in all den kleinen Häusern rundherum oder dem grauen Gebäude. Keine Menschenseele war zu sehen.

Olivia stieg aus und ging zu Lisa.

»Merkwürdig«, sagte sie.

»Was machen wir jetzt? Sollen wir …«

Olivia zog sie an der Jacke.

»Was?«

»Da drüben bei den Bäumen ist jemand«, flüsterte Olivia.

Lisa blickte in die Richtung. Zwischen den Stämmen konnte man im Mondlicht eine kleine Gestalt erahnen, die regungslos neben einem großen Baum stand. Lisa holte ihre Taschenlampe heraus und begann auf das Waldstück zuzugehen. Sie war erst ein paar Meter weit gekommen, als die Gestalt hervortrat und auf den Hofplatz zusteuerte. Es war ein Mann mit langem, blondem Haar und lebendigen Augen. Er trug eine graue Jacke.

»Hallo«, sagte er. »Was wollen Sie?«

Er sprach mit leichtem Akzent.

»Wohnen Sie hier?«, fragte Lisa.

»Ja.«

»Wir sind von der Polizei«, sagte Olivia, die jetzt bei ihm angekommen war. Sie zeigte ihren Dienstausweis und fuhr fort: »Wo sind all die Leute hin?«

»Das weiß ich nicht«, antwortete der Mann freundlich. »Sie sind wohl abgereist.«

»Wohin denn?«

»Das weiß ich auch nicht.«

»Wie heißen Sie?«

»Warum wollen Sie das wissen?«

»Weil ich Polizistin bin.«

Der Mann kratzte sich am Kinn und blickte Olivia an.

»Geert de Jong«, sagte er.

»Wird hier auf dem Hof Blauer Eisenhut angepflanzt?«

»Ja?«

»Für Naturmedizin?«

»Nein, das ist viel zu gefährlich, er ist giftig, wir pflanzen ihn, weil er schön aussieht. Warum fragen Sie?«

»Hier auf dem Hof herrschte vor ungefähr einer Stunde noch sehr viel Aktivität«, sagte Lisa. »Worum ging es da?«

»Kadaver. Wir haben hier eine Menge Nerze töten müssen, Tausende, wir mussten alle aus dem Schlachtraum in den Container bringen, es stinkt schrecklich da drinnen.«

»Aber es wurden Gegenstände aus dem großen Haus in dieses graue Gebäude getragen.«

»Das waren neue Kisten, wir haben bemerkt, dass die Nerze länger gelebt haben, als zulässig ist, also haben wir neue gebaut, niedrigere, bei denen das Gas eine größere Wirkung hat.«

Olivia und Lisa blickten zuerst einander und dann den jungen Mann mit den treuherzigen Augen vor ihnen an.

»Kennen Sie eine Bewegung, die Safe Haven heißt?«, wollte Olivia wissen.

»Ja.«

Olivia und Lisa zuckten zusammen.

»Die sollten mehr Leute kennen«, fuhr Geert fort. »Das sind Menschen, die versuchen, Dinge zurechtzurücken, die Erde und die Menschen wieder ins Gleichgewicht zu bringen.«

Geert strich sich mit einer nonchalanten Geste das blonde Haar aus der Stirn.

»Versucht Ellinor, Dinge zurechtzurücken?«, fragte Lisa.

Sie drückte sich bewusst auf eine leicht naive Art aus, vielleicht verleitet von Geerts treuherzigem Gesicht. Er sah nicht aus wie ein Impfterrorist.

»Sie tut, was sie kann.« Geert lächelte. »Das sollten Sie auch tun, dann hätten wir eine bessere Welt.«

Zwei enttäuschte Polizistinnen saßen anschließend im Auto nach Kristianstad, Olivia steuerte den Wagen. Alles war zu schnell gegangen. Der Zugriff bei Ellinor war missglückt. Ihnen wurde klar, dass es dumm gewesen war, auf Mettes Einfall hin zu agieren und sich von ihrem Bauchgefühl mitreißen zu lassen. Diesmal war ihre Mentorin etwas übereifrig gewesen.

Außerdem hatte es wieder zu regnen angefangen.

»Aber wir sind trotz allem einer Sache auf der Spur«, sagte Olivia.

Sie war lange Zeit still gewesen und hatte über die Begegnung mit Geert de Jong nachgedacht. Irgendetwas war an ihm, das sie nicht ganz greifen konnte, es fühlte sich so an, als hätte sie ihn schon einmal gesehen.

»Ja, aber welcher?«, erwiderte Lisa. »Wir wissen ja überhaupt nicht, was Ellinor Mohagen da eigentlich macht.«

»Nein. Ich nehme an, Mette hat gehofft, dass wir eine Verbindung zwischen Ellinor und dem, was in England passiert ist, finden können. Dass sie in irgendeiner Form in eine Art Sabotageaktion verwickelt sein könnte.«

»Was sie ja vielleicht auch ist.«

»Und wenn, dann wurde sie jetzt mehr als deutlich von uns gewarnt.«

Beide krümmten sich innerlich zusammen, sie hatten sich blamiert, und es hatte keinen Sinn, die Schuld auf jemand anderen zu schieben.

Lisa spürte, wie ihr Handy vibrierte, und zog es heraus.

»Hallo, Oskar. Wie geht's dir?«

»Beschissen.«

Aha?, dachte Lisa. Willkommen im Club.

»Ist was passiert?«, fragte sie.

»Ich war in Agnethas Haus, im Schlafzimmer, und hab diesen Zettel gesehen.«

»Dass sie weiß, wer das Feuer gelegt hat?«

»Ja. Was, wenn das wahr ist?«

»Ist es nicht, laut Isidora. Agnetha hat das Feuer selbst gelegt.«

Oskar antwortete nicht. Lisa blickte auf die vorbeiziehende Landschaft hinaus. Ihr war gerade nicht danach, die Schuldfrage in einer fünfzehn Jahre alten Brandstiftung mit Todesfolge zu diskutieren. Auch wenn sie mit Oskar sprach.

»Wo bist du?«, fuhr sie fort.

»Zu Hause. Seid ihr in der Stadt?«

»Nein, wir sind auf dem Weg dorthin. Wir waren bei Ellinor und haben uns blamiert.«

Lisa erzählte von dem missglückten Zugriff, vor allem, um das Gespräch von dem Zettel in Agnethas Schlafzimmer wegzulenken.

»Aber ihr glaubt trotzdem, sie macht irgendwas Zwielichtiges?«, sagte Oskar, als sie fertig war.

»Ja.«

»Mir ist was eingefallen, als ich da im Schlafzimmer saß …«

Lisa seufzte lautlos, sie hatte gehofft, das Thema Agnetha erfolgreich abgewendet zu haben.

»Was denn?«, fragte sie.

»Wenn es nun so war, dass sie herausgefunden hatte, wer das Feuer gelegt hat – lass mich ausreden, ich weiß, was Isidora sagt, aber rein hypothetisch –, wenn sie das nun dachte, hat sie vielleicht irgendwelche Notizen dazu gemacht? Wer es war oder was für Beweise sie hatte?«

»Ja, vermutlich.«

»Wahrscheinlich auf dem Computer.«

»Vielleicht.«

Lisa schielte zu Olivia hinüber, die eine Hand am Lenkrad hatte und mit der anderen auf dem Armaturenbrett herumtrommelte. Sie sah ziemlich gleichgültig aus.

»Habt ihr ihren Laptop gefunden?«, erkundigte sich Oskar.

»Noch nicht. Wenn wir eine Hausdurchsuchung bei Ellinor hätten machen dürfen, hätten wir ihn jetzt vielleicht, aber das durften wir nicht.«

Eigentlich gab es überhaupt keinen Grund zu glauben, dass der Computer bei Ellinor war, ihr Kommentar sollte nur dazu dienen, das Gespräch mit einem Mann, dem es schlecht ging, am Laufen zu halten.

Aber so einfach war es nicht.

»Warum sollte der Computer bei Ellinor sein?«, fragte Oskar.

»Das ist mir nur so rausgerutscht, wir haben ja darüber nachgedacht, ob das Mordmotiv mit der Familie zusammenhängen könnte, und Ellinor ist ein Teil der Familie.«

»Und Thomas.«

»Ja.«

Und du, dachte Lisa, behielt es aber für sich.

»Wie schade, dass ihr nicht ins Haus durftet«, sagte Oskar.

»Das finden wir auch, noch aus ein paar anderen Gründen. Können wir uns heute Abend kurz sehen?«

»Nein, ich hab Emma hier.«

»Ach so. Okay. Na dann, bis bald.«

Lisa legte auf und rieb sich mit der Hand die Wange. Ihre Verbindung war offenbar noch nicht reif für ein Treffen mit seiner Tochter.

»Er hat verquere Ideen zu diesem Zettel?«, fragte Olivia.

»Ja. So ähnlich wie du.«

»Ich?«

»Du hattest doch diese fixe Idee, dass das ein Motiv wäre, wenn es stimmen würde, was auf dem Zettel steht. Wie verquer war das denn?«

Beide verstummten.

Sie waren müde und schlecht gelaunt, und die Gedanken schweiften ab, eine eher suboptimale Situation, wenn man auf einer regnerischen Landstraße im Dunkeln Auto fährt.

»Vorsicht!«, schrie Lisa.

Das Wildschwein war schon halb auf der Straße, als es ins Scheinwerferlicht geriet. Olivia versuchte zu bremsen, doch sie spürte, wie die Reifen auf dem nassen Untergrund durchdrehten. Mit einer reflexartigen Bewegung riss sie das Lenkrad nach links und donnerte an dem Tier vorbei, während gleichzeitig das Auto ins Schleudern geriet. Sie schlitterten seitlich direkt auf einen entgegenkommenden Sattelschlepper zu. In letzter Sekunde gelang es Olivia, die Kontrolle über das Auto wiederzuerlangen und einen Frontalzusammenstoß zu verhindern. Sie bremste, so sanft sie konnte, und blieb am Straßenrand stehen. Lisa warf sich herum und sah, wie der Sattelschlepper anhielt. Als sie sich wieder zurückdrehte, hatte Olivia den Kopf auf das Lenkrad gelegt, ihre Hände zitterten am Armaturenbrett.

*

Es war schon spät am Abend, als die erste Impfstofflieferung im Universitätskrankenhaus Malmö anlangte. Der Lastwagen von Frigicargo fuhr auf die Rückseite des Nordflügels und rollte rückwärts an die Laderampe heran. Die beiden eskortierenden schwarzen Autos blieben auf beiden Seiten des Lastwagens stehen. Der Transport hatte schon von der Fabrik in Belgien an unter Begleitschutz gestanden.

Jetzt war die Lieferung am Ziel.

Krankenhausmitarbeiter mit durchsichtigen Visieren kamen heraus und halfen mit. Einige Kisten wurden auf gelbe Sackkarren geladen und durch mehrere Doppeltüren gefahren.

Nicht weit davon entfernt hielt auf dem allgemeinen Parkplatz des Krankenhauses ein dunkelblauer Kombi am schattigen Rand. Ein Mann stieg aus. Er trug einen blauen Arztkittel. Mit einem raschen Griff öffnete er die Heckklappe und hob eine weiße Box heraus.

Sie sah den Kisten, die durch die Doppeltüren verschwunden waren, auffallend ähnlich.

*

Mette unternahm einen langen Spaziergang durch Kummelnäs. Sie wartete auf einen Anruf vom Verwaltungschef in Malmö, es ging um die Impfstofflieferungen. Wenn alles funktioniert hatte, würde sie die Information an ihre Sicherheitsgruppe weiterleiten und diesen Sorgenfaktor hoffentlich ad acta legen können.

Der andere, bei dem es um Tom ging, würde nicht so leicht weggehen.

Sie hatte Luna vor einer Stunde eine Nachricht geschrieben und eine sehr kurze Antwort bekommen: Noch im Koma. Nicht ein Wort mehr. Sie nahm an, dass Luna nicht die Kraft hatte, zu Diensten zu sein und rund um die Uhr Lageberichte an beunruhigte Freunde zu schicken. Mårten hatte sie zu einem coronakonformen Eintopf im Garten eingeladen, aber sie hatte abgelehnt. Es war verständlich, dass sie Zeit für sich brauchte.

Das mussten sie akzeptieren.

Mette folgte der kleinen Villenstraße hinunter zu den Klippen und blickte aufs Meer hinaus. Normalerweise glitten dort mehrmals am Tag in beiden Richtungen Finnlandfähren vorbei, jetzt verging zwischen den Touren deutlich mehr Zeit. Nur wenige Lichter durchbrachen die Dunkelheit.

Wie lange soll das noch so weitergehen?, dachte sie und schaute zur Insel Lidingö auf der anderen Seite des Wassers hinüber. Dort waren an Land einige Lichter zu sehen, von Häusern oder Straßenlaternen, aber die Bucht Kyrkviken lag genauso schwarz und leer da wie die, auf die sie hinuntersah.

Sie wandte sich um und machte sich auf den Rückweg. Unbewusst spähte sie durch die Hecken, an denen sie vorbeikam, in der Hoffnung, Menschen in den Häusern dahinter zu sehen, selbst wenn es nur eine einzelne Gestalt in einem Fenster war. So ausgehungert nach menschlichen Kontakten war sie.

Da rief der Verwaltungschef aus Malmö an.

Sie blieb an einem abgeblätterten Holztor stehen und meldete sich, beinahe eifrig:

»Mette Olsäter! Hallo! Wie ist es gelaufen?«

»Gut. Die Lieferung ist da, alles wurde genauestens überwacht, keine Probleme. Jetzt können wir bald mit den Impfungen anfangen.«

»Und keine Störungen bei der Kühlanlage?«

»Nein, alles lief perfekt.«

»Das ist unglaublich erleichternd. Danke für den Anruf!«

Mette legte auf und betrachtete das Tor. Das muss dringend gestrichen werden, dachte sie und ging leichten Schrittes auf ihren eigenen Garten zu.

*

Im Kühlraum war es dunkel.

Der Lichtstreifen aus der Tür glitt ein Stück die Wand hinauf und verschwand, als die Tür wieder geschlossen wurde. Von innen. Der schmale Lichtkegel einer Taschenlampe tastete sich zu einem der Gefrierschränke vor. Kalte Luft strömte heraus, als er geöffnet wurde, dort herrschten minus 70 Grad.

Die kleinen Flaschen standen dicht nebeneinander in weißen Styroporbehältern. Dort wurden sie verwahrt, bis es Zeit für die Impfungen war, die planmäßig morgen beginnen sollten.

Der Austausch der Styroporbehälter ging schnell vonstatten. Als der Gefrierschrank wieder geschlossen wurde, sah innen alles unverändert aus. Die gleichen kleinen Flaschen mit der gleichen farblosen Flüssigkeit darin.

Fast.

Niemand würde den Unterschied bemerken.

Zumindest anfangs. Und dann wäre es zu spät.

*

Oskar lag im Doppelbett neben Emma und las aus einem Buch vor. *Die Brüder Löwenherz*. Emma liebte es. Er las es bereits zum dritten Mal vor, und inzwischen konnte er schon einige Passagen auswendig. Vielleicht war das eine der Ursachen dafür, dass seine Gedanken auf Wanderschaft gingen, eine andere war noch viel offensichtlicher.

Agnethas Computer.

»Papa?«

»Ja?«

»Warum liest du nicht weiter?«

»Entschuldige, ich … vielleicht sollten wir hier Schluss machen? Wir müssen ja morgen früh raus, Mama kommt dich um sieben abholen.«

»Darf ich in deinem Bett schlafen?«

»Das weißt du doch, ich mag es, wenn du bei mir schläfst.«

Also kroch Emma unter die Decke und bohrte ihren Kopf in das Kissen neben Oskars. Er küsste sie auf die Wange.

»Schlaf gut«, sagte er.

Und das tat sie, schon nach ein paar Minuten. Tief genug,

dass Oskar sich aus dem Bett in die Küche schleichen konnte. Er holte ein Bier aus dem Kühlschrank und öffnete es.

Ich weiß, dass es ein Schuss ins Blaue ist, dachte er und setzte sich an den Küchentisch. Darum geht es nicht. Agnetha war schuld an dem Brand. Es geht darum, jeglichen Zweifel auszulöschen. Nicht den Rest meines Lebens mit einer Frage zu leben. Was wäre, wenn? Ich will diese Frage beantwortet haben. Ich will reinen Tisch haben. Ich hab genug Trauer, mit der ich klarkommen muss.

Er trank in einem langen Zug, bekam ein paar Tropfen aufs Kinn, wischte sie weg und dachte an Lisa. Schon als sie das erste Mal auf seinem Bildschirm erschienen war, hatte er reagiert. Auf ihre hübschen Gesichtszüge, ihre gewölbten Nasenflügel, aber vor allem auf ihre Augen, ihre Art, ihn anzusehen. Ein Reflex, wie ihn die meisten Männer haben, wenn sie intuitiv spüren, dass sie auf eine gewisse Art betrachtet werden. Von einer Frau.

Und umgekehrt.

Als sie zu sprechen anfing, war das, was sie sagte, für ihn genauso wichtig wie die Art, wie sie es sagte, der Klang ihrer Stimme. Bei einer Gelegenheit, gegen Ende der Videokonferenz, musste er den reflexartigen Impuls unterdrücken, die Hand nach ihr auszustrecken. Durch den Bildschirm. Das war gewesen, als sie nach Emma gefragt hatte.

Er stand mit dem Bier in der Hand auf und ging zum Küchenfenster. Der Regen peitschte gegen die Scheibe.

Morgen werde ich mich aufmachen, dieses Fragezeichen zu beseitigen, dachte er.

Sie liebten sich.

Die Decke war in einem Haufen auf dem Boden gelandet, und beide lagen in das weiße Baumwolllaken eingehüllt. Es war das zweite Mal innerhalb kurzer Zeit. Das erste Mal war kurz nach Mitternacht gewesen, als Gary aus Malmö zurückgekommen war. Seine erfolgreiche Aktion hatte beide erregt, die Details des reibungslos verlaufenen Austauschs der Impfdosen waren in körperliche Erregung übergegangen, sie waren euphorisch.

Jetzt, beim zweiten Mal, war die Dämmerung noch kaum angebrochen, und die Bauern auf Listerlandet mühten sich in den Ställen mit Kuheutern ab. Ellinor entglitt ein gedämpfter Schrei, als sie kam.

Sie hatten beschlossen, sich über Nacht in einer Pension nördlich von Kristianstad einzumieten. Es war Ellinors Vorschlag gewesen, veranlasst durch den allzu aufdringlichen Besuch der Polizei auf dem Hof am vorigen Abend und eine gewisse Sorge, dass der Ort unter Beobachtung stand.

Gary drehte sich zur Seite, der Schweiß lief ihm die Stirn herunter. Er war kein Jugendlicher mehr, intensiver Sex forderte seinen Tribut. Sein Vater hatte beim Geschlechtsverkehr einen Herzinfarkt erlitten, das spukte immer in seinem Hinterkopf herum, wenn er einen Orgasmus hatte.

Doch es ging gut, auch dieses Mal.

»Die Polizei war also gestern bei dir«, sagte er und wischte sich den Schweiß mit einem Zipfel des Lakens ab.

Ellinor lag auf dem Rücken und versuchte, den Augenblick

auszudehnen, den engen physischen Kontakt mit Gary, sie wollte seinen Körper noch eine Weile in sich behalten.

Oder zumindest das Gefühl davon.

»Ja«, antwortete sie und schob sich ein Stück das Kissen hinauf. »Sie sind offenbar noch hingefahren, nachdem sie mich auf dem Weg belästigt haben. Ein Glück, dass wir Autos getauscht hatten.«

»Ja. Was haben sie dort gemacht? Auf dem Hof?«

Gary zündete eine Zigarette an und setzte sich auf die Bettkante. Ellinor war nicht gerade begeistert davon, dass er rauchte, sobald sie sich geliebt hatten, doch sie ließ sich nichts anmerken.

»Ein paar Fragen gestellt«, erwiderte sie.

»Worüber?«

»Blauen Eisenhut. Ob wir Blauen Eisenhut anpflanzen. Was wir ja tun, weil er so schön ist.«

»Schön?«, sagte Gary.

»Das hat Geert zu ihnen gesagt.«

»Und warum haben sie gerade nach Blauem Eisenhut gefragt?«

»Woher soll ich das wissen?«

Ellinor stand aus dem Bett auf, sie brauchte eine Dusche. Ihr Vertrauen in die Leute, die auf dem Hof wohnten und arbeiteten, war unverrückbar, sie setzten sich für ihre Sache ein. Sie waren aus unterschiedlichen Teilen Europas gekommen, alle mit derselben Überzeugung, alle bereit zu tun, was nötig war, um eine neue Weltordnung zu schaffen. Jetzt waren sie auf der Weiterreise, mit Ausnahme von Geert.

Er würde sich um die letzten Dinge kümmern.

»Wann fahren wir?«, fragte Gary und sah sich nach einer Möglichkeit um, die Zigarette auszudrücken.

»Sobald alle ihre Anweisungen bekommen haben. Im Nachttisch ist ein Aschenbecher.«

Ellinor verschwand nach draußen, und Gary holte den Aschenbecher heraus. Er drückte die Zigarette aus und sank ein wenig zusammen. Ihm war nicht ganz wohl dabei, dass Ellinor in eine Ermittlung zum Mord an zwei nahen Verwandten verwickelt war. Polizisten, die auf dem Hof herumschnüffelten, konnten alles vermasseln, sogar in diesem Stadium. Sie hatten Monate damit verbracht, die Aktion zu planen, sie durfte nicht auf der Zielgeraden gefährdet werden.

»Beeil dich«, rief er ins Badezimmer hinaus.

Ellinor spülte ihren Körper ab und putzte sich die Zähne. Sie war ruhig. Alles lief nach Plan. Morgen um diese Zeit würde das Manifest sich in der Welt verbreitet haben, und sie würde längst im Ausland sein.

*

Die Enttäuschung des gestrigen Tages war in Frustration übergegangen, vor allem bei Olivia. Sie hasste es, auf der Stelle zu treten. Lisa hatte ihre Gereiztheit beim Frühstück abbekommen, weshalb sie sich direkt nach dem Kaffee in die Dusche zurückzog. Es war ihr gerade gelungen, etwas Wärme in den Wasserstrahl zu bringen, als sie ein Brüllen hörte. Lisa schnappte sich ein Handtuch und stieß die Badezimmertür auf.

»Was ist los?«

Olivia schlug gerade mit der Faust gegen einen Küchenschrank. In der anderen Hand hielt sie ihr Handy.

»Es sind nicht die richtigen.«

»Ellinors Reifen?«

»Ja!«

Lisa spürte, dass Olivia langsam verzweifelte. Oder zumindest massiv unzufrieden war. Das war sie selbst auch, aber sie hatten recht unterschiedliche Temperamente.

Olivia stand im Flur und war rastlos, sie wollte los zur Polizeiwache. Die Antwort, nach der sie suchten, musste irgendwo in ihrem Material verborgen sein. Oder zumindest ein Hinweis auf den Täter.

»Bist du bald fertig?«, rief sie.

Isidora stand vor der Kartenwand. Gerade hatte sie noch vor der anderen Wand gestanden. Davor hatte sie dasselbe getan wie Olivia, sie war ein paarmal um den ovalen Tisch herumgelaufen. Sie war schon früh zur Arbeit gekommen, um kurz vor acht.

Alles, was sie an technischen Untersuchungsergebnissen hatten, war sie bereits durchgegangen. Es war nicht sehr viel. Jedenfalls nicht genug, um in eine eindeutige Richtung zu weisen. Und sie fand nichts, was die beiden Morde wirklich miteinander in Verbindung brachte. Es gab ein paar Details, einen Tablettenblister, einen verschwundenen Computer, ein paar gefakte E-Mails, aber nichts, das eine hieb- und stichfeste Beweiskette liefern konnte.

Vor allem nichts, das auf einen Täter hindeutete.

Als nun Lisa und Olivia den Raum betraten, hoffte sie daher auf neuen Sauerstoff. Neue Ideen. Anstöße. Hinweise. Was auch immer.

»Wir stecken fest!«, sagte Olivia, während sie ihre Jacke über einen Stuhl warf.

Damit sanken Isidoras Hoffnungen in die Zimtschnecke hinunter, die sie in der Hand hielt.

»Wir haben heute früh das Ergebnis vom Techniker bekommen«, erklärte Lisa. »Die Reifenproben von Ellinors Auto stimmen nicht mit den Spuren in Lammåsa überein.«

»Habt ihr geglaubt, das würden sie?«

»Ich nicht«, sagte Lisa.

Sie blickte Olivia an, sie war diejenige, die die Polizei gebeten hatte, Proben zu nehmen.

»Wir versuchen nur, alle Eventualitäten auszuschließen«, erwiderte Olivia forciert. »Falls es sich doch um irgendeine Familiengeschichte handelt.«

»Hat Thomas Eriksson ein Auto?«, fragte Isidora. »Wenn wir diesen Strang weiterverfolgen.«

»Ja«, antwortete Lisa. »Aber wir haben es noch nicht überprüft.«

Isidora merkte, dass sowohl Olivia als auch Lisa kurz angebunden waren. Nicht direkt ihr gegenüber, mehr aus Enttäuschung, hatte sie den Eindruck.

»Und der Besuch auf Ellinors Hof gestern hat offenbar auch nicht viel ergeben«, sagte sie.

»Woher weißt du das?«, wollte Olivia wissen.

Weder sie noch Lisa waren bisher dazu gekommen, mit Isidora darüber zu reden.

»Mette Olsäter hat es erzählt«, erklärte Isidora.

Sowohl Lisa als auch Olivia zuckten leicht zusammen.

»Du hast mit Mette gesprochen?«, fragte Olivia.

»Ja.«

Das war eine ziemlich überraschende Information für sie. Ein bisschen fühlte es sich an wie ein Eindringen in ihre Welt. Als wäre Mette ihr Eigentum.

»Ach so?«, sagte Olivia. »Hat sie noch mehr gesagt?«

»Sie war der Meinung, sie hätte voreilig reagiert, euch mit einer Sache geködert, die nicht handfest genug war.«

Das hat sie zu mir nicht gesagt, dachte Olivia. Verdammt, macht Mette da was hinter meinem Rücken?

Isidora fand, es war an der Zeit, zu ihren Ermittlungen überzugehen, und zeigte auf die Wand neben sich.

»Wir haben immer noch keine Beweise dafür, dass Ellinor

Mohagen Aconitin hergestellt hat, auch wenn sie auf dem Hof Blauen Eisenhut anpflanzt. Aber wenn sie es getan hat, dann könnte sie sehr gut die Täterin sein.«

»Und was wäre das Motiv?«, fragte Lisa.

»Das weiß ich nicht.«

»Jeder kann googeln, wie man Aconitin aus Blauem Eisenhut gewinnt, und viele haben welchen in ihren Gärten.«

»Mette zum Beispiel«, sagte Olivia. »Und Thomas Eriksson, ich hab es auf ein paar Fotos bei ihm im Haus gesehen.«

Isidora nahm sich eine neue Zimtschnecke, sie fühlte sich im Moment nicht ausreichend unterstützt.

»Wisst ihr, wo Oskar ist?«

Olivia wandte sich um. Ein uniformierter Polizist stand in der Tür, ein Blatt Papier in der Hand.

»Nein?«, antwortete Isidora.

»Wir hätten jetzt eigentlich eine Besprechung, aber ich weiß nicht, wo er steckt. Wenn er sich meldet, sag ihm bitte, dass es eilt. Wir haben in einer Stunde einen Zugriff, da ist er wichtig.«

Der Mann zog die Tür wieder zu, und Olivia blickte Lisa an, als müsste sie wissen, wo Oskar sich befand. Das tat sie nicht.

Sie dachte an ihr letztes Gespräch.

Das über Agnetha und ihren Zettel.

*

Bahar stand im Flur und kämpfte mit ihren neuen Lederstiefeln. Oder mit ihren etwas zu dicken Waden, wie man es nun sehen wollte. Jedenfalls stellte sie fest, dass ihr letzter Internetkauf viel zu eng war, aber vielleicht würden die Stiefel sich weiten, wenn sie ihnen etwas Zeit gab. So wie die meisten Dinge im Leben, dachte sie.

»Wo gehst du hin?«

Fatima kam die Treppe heruntergeschlendert und sah ihre Mutter durch ihre langen Ponyfransen, die effektiv das halbe Gesicht verdeckten, fragend an.

»Zur Arbeit.«

»Aber wir wollten doch Safranschnecken für Lucia backen? Du hast doch versprochen, dass wir das machen, bevor du wieder arbeiten musst.«

Bahar drückte den Reißverschluss des Stiefels herunter und richtete sich auf. Es fühlte sich an, als hätte sie ihre Füße und Beine in dreifache Stützstrümpfe gepresst.

»Ich weiß, und ich hab gestern auch versucht, dich dazu zu animieren, aber da wolltest du nicht.«

Fatima setzte sich demonstrativ auf die Treppe.

»Aber da wusste ich ja nicht, dass du heute nicht kannst«, schmollte sie.

Bahar versuchte, dem Blick ihrer Tochter mit einem tröstenden Lächeln zu begegnen. Sie wusste, dass Fatima sich zu Tode langweilte. Die Isolation zehrte extrem an ihr. Sie selbst hatte ja ihre Arbeit, und Thomas, ja, der hatte seine Scheune und schien ganz zufrieden damit, zu Hause herumzuräumen. Fatima dagegen litt darunter, nicht wie gewöhnlich ihre Freunde treffen zu dürfen. Die meisten Schulstunden waren auf Distanzunterricht umgestellt worden, weil die Infektionszahlen stiegen. Es war nicht einfach, in diesen Pandemiezeiten ein Teenager zu sein, erst recht nicht in den dunkelsten Monaten des Jahres, und sie saß in einem kleinen Dorf auf dem Land fest. Sie konnte ihr nicht viel bieten, außer vielleicht mit ihr zu backen. Und heute konnte sie nicht einmal das.

»Du kannst vielleicht was mit Thomas machen?«

Bahar hörte an Fatimas langem Seufzer, dass das keine besonders verlockende Alternative war.

»Ich will doch mit dir zusammen sein«, sagte sie mit einer Stimme, die sie von ihrem sechsjährigen Ich geborgt hatte.

Das war an sich ein Kompliment, aber Bahar hörte auch noch etwas anderes im Tonfall hinter den Worten. Dieses Gefühl bestätigte sich, als Fatima ihr Gesicht in den Händen vergrub.

»Aber was ist denn los, meine Süße? Bist du traurig?«

Bahar ging zur Treppe und strich ihr übers Haar. Fatima schüttelte den Kopf.

»Ich mach mir einfach so wahnsinnige Sorgen.«

»Worüber?«

»Um dich. Dass du dich ansteckst.«

Bahar setzte sich neben Fatima und legte den Arm um sie. Fatima kroch noch näher an ihre Mutter heran und lehnte den Kopf an ihre Schulter. Bahar sog den Duft ihrer Tochter ein, eine merkwürdige Mischung aus Zahncreme und Kokos. Dies hier war einer der Momente im Leben, die man auffangen und für die man sich Zeit nehmen musste, auch wenn man zur Arbeit schon spät dran war, das spürte sie instinktiv.

»Ich verstehe, dass es schwierig ist, das ist es für alle«, sagte sie.

»Aber es sind nicht alle jeden Tag mitten in diesem Virus.«

»Das ist wahr. Und ich kann dir leider nicht versprechen, dass ich mich nicht anstecke, aber ich kann dir versprechen, dass ich alles tue, was ich kann, damit das nicht passiert.«

Fatima schaute zu ihr hoch. Bahar schob vorsichtig ihren Pony beiseite, um ihre hübschen braunen Augen überhaupt sehen zu können, und als sie hineinblickte, glänzten sie vor Tränen. Das traf sie mitten in ihr Mutterherz. Bahar streichelte ihrer Tochter zärtlich über die Wange.

»Denn weißt du was, heute werde ich geimpft«, sagte sie.

»Wirklich? Warum hast du das nicht erzählt?«

Fatima richtete sich auf und wischte eine Träne weg, die aus ihrem Augenwinkel geglitten war.

»Weil ich es gerade erst erfahren habe. Ich wusste vorher nicht sicher, wann es sein würde.«

»Aber was, wenn es gefährlich ist? Wenn du lauter schlimme Nebenwirkungen kriegst? Ich hab im Netz gelesen, dass jemand gestorben ist, nachdem er die Spritze bekommen hat.«

Dieses verdammte Internet, dachte Bahar. Es spuckt einfach eine unüberschaubare Mischung aus Wahrheiten, Halbwahrheiten und reinen Lügen aus. Wie soll ein Teenager wissen können, wie man mit einer solchen Suppe aus Spekulationen umgeht?

»Man weiß nicht, ob das an der Impfung lag«, erwiderte Bahar.

»Aber wenn, Mama? Wenn?«

»Ich denke so, Fatima: Alle Impfstoffe und Medikamente können in irgendeiner Form Nebenwirkungen haben. Oft sind sie sehr milde, und man muss es dagegen abwägen, wie gefährlich die Infektion ist. Das Risiko, an Covid zu sterben oder schwer zu erkranken, ist astronomisch viel größer als das, von der Impfung krank zu werden. Deshalb nehme ich die Spritze.«

»Aber kannst du nicht noch ein bisschen warten? Bis man vielleicht etwas mehr Erfahrung hat, was passieren kann?«

»Mein Schatz, ich verstehe deine Sorge, aber das ist einfach nicht moralisch vertretbar für mich.«

Bahar hörte selbst, dass sie vielleicht etwas hochtrabend klang, aber das nahm sie in Kauf. Sie wollte ihrem Kind erklären, wie sie dachte, und da durfte es ruhig ein bisschen nach Moralpredigt klingen, wichtig war nur, dass die Botschaft ankam.

»Ich finde, ich muss mit gutem Beispiel vorangehen. Meine Arbeit besteht darin, Menschenleben zu retten, und ich darf nicht riskieren, jemanden anzustecken, der eine Covid-Erkrankung schlechter wegstecken würde als ich.«

Sie warf einen Blick auf Fatima, die dasaß und an einem Fleck auf ihrer Hose herumkratzte. Hatte sie ihre Aufmerksamkeit verloren oder hörte sie noch zu? Schwer zu sagen.

Aber zumindest blieb sie sitzen.

»Außerdem ist der Impfstoff der einzige Weg, aus dieser Pandemie herauszukommen«, fuhr sie fort. »Das Virus wird es noch lange Zeit geben, es wird nicht einfach so mir nichts, dir nichts verschwinden, leider. Und niemand will doch, dass es für immer und ewig so weitergeht wie jetzt.«

»Nee, das ist klar.«

Fatima ließ von dem Fleck ab und fuhr sich mit der Hand durch den Pony, der eigensinnig wieder in dieselbe Lage zurückfiel. Bahar konnte nicht anders, als den Mund ein wenig zu verziehen.

»Ich finde, du bist mutig, Mama. Nicht nur, weil du die Spritze nimmst, sondern weil du diese Arbeit machst. Du bist megamutig. Weißt du das?«

»Nein, das wusste ich nicht«, antwortete Bahar. »Aber es macht mich sehr froh, dass du das sagst.«

Sie stieß Fatima leicht mit der Schulter an. Ihre pubertierende Tochter diese Worte aussprechen zu hören war tatsächlich etwas überwältigend für Bahar, besonders nach ihren vorherigen Ausführungen. Normalerweise hätte Fatima schon in dem Moment die Augen verdreht, in dem sie *moralisch vertretbar* sagte, und ihre Zimmertür zugeknallt, bevor sie überhaupt fertig geredet hatte. Aber jetzt schien sie tatsächlich zugehört zu haben.

»Sehr froh«, fuhr Bahar fort, und wollte gerade hinzufügen, wie sehr sie ihre Tochter liebte, als sie abrupt von einem Handyklingelton unterbrochen wurde.

Fatima riss ihr Handy aus der Hosentasche und blickte auf das Display.

»Das ist Nahid«, sagte sie laut, bevor sie ranging. »Hallo!«

Sie stand auf, stieg die Treppe hinauf und verschwand in ihrem Zimmer, wild debattierend, was irgendein Typ gesagt und getan hatte. Nur ein schwacher Kokosduft blieb in der Luft hängen. Bahar lächelte und stand auf. Der Moment, in dem es gelang, einander zu erreichen, war für diesmal vorbei, aber sie war unglaublich zufrieden mit sich selbst, dass sie sich die Zeit genommen hatte.

Als sie auf den Hof hinauskam, empfing sie der übliche graue Nieselregen und der Anblick von Thomas, der vor der Scheune stand und einen Haufen Schrott in eine Schubkarre lud. Gerümpel, das bei Gelegenheit zum Wertstoffhof musste.

»Fährst du jetzt?«, fragte er, als er sie bemerkte.

»Ja. Du musst mir die Daumen drücken. Heute ist ein großer Tag.«

Thomas runzelte die Stirn. Er war nicht so freudig erregt wie sie, dass ihre Abteilung an der ersten Impfstofflieferung teilhaben durfte, das wusste sie. Deshalb wechselte sie rasch das Thema.

»Ist das hier der letzte Kram?«

Sie zeigte auf die Schubkarre.

»Ja, ich glaube schon. Es wird superschön da drinnen. Ich überlege, ob ich nicht die ganze Scheune zu einer Galerie umgestalten und meine Fotos dort ausstellen sollte. Was hältst du davon?«

»Klingt wie eine großartige Idee!«

»Ja, oder? Und es muss gar nicht so teuer werden. Ich finde, ein bisschen Rohzustand kommt ganz gut. Nur schöne Beleuchtung, etwas Farbe und fertig.«

Er klatschte in die Hände und sah sie glücklich an. Sie lächelte zurück. Sein ansteckender Enthusiasmus war einer der Gründe gewesen, dass sie sich damals in ihn verliebt hatte. Im letzten Jahr hatte sie viel zu wenig davon gesehen. Sein manisches Räumen schien bisher in keine bestimmte Richtung zu gehen, doch jetzt glänzten seine Augen vor Eifer. Ein bisschen Farbe, und das Leben wird wie neu.

Für fast alles gibt es Hoffnung, dachte Bahar.

»Aber was ist denn das hier?«, fragte sie. »Ein alter Kaninchenkäfig, oder was? Du willst dir doch wohl keine Kaninchen anschaffen?«

Sie zeigte auf eine Art Käfig aus Kaninchendraht, der neben der Schubkarre stand.

Thomas lachte.

»Nein, bist du verrückt? Ich würde da drin kein armes Kaninchen quälen. Das ist Papas alte Fischreuse. Da haben wir viele Hechte drin gefangen, als ich noch klein war. Aber das ist die letzte, die ich noch habe, und jetzt wird sie aussortiert.«

»Aha«, sagte Bahar und warf dabei einen Blick auf ihre Armbanduhr.

»Spät dran?«

»Ja, ziemlich.«

»Dann beeil dich, wir sehen uns zum Abendessen. Bist du um sieben zu Hause? Ich wollte Hähnchen machen.«

»Normalerweise schon, wenn nicht irgendwas dazwischenkommt. Ich melde mich!«

Thomas sah, wie seine Frau sich ins Auto setzte und davonfuhr. Heute Abend würde er sich richtig anstrengen und ein schönes Essen für sie kochen.

*

Lisa war beunruhigt. Sie hatte mehrmals versucht, Oskar zu erreichen. Anrufbeantworter. Schließlich beschloss sie, zu seiner Wohnung zu fahren. Sie wusste, wo er wohnte, im Zentrum von Kristianstad.

Als sie an der Tür klingelte, schwitzte sie leicht unter den Armen. Nicht wegen der Treppen zu seiner Wohnungstür, sondern aufgrund des Risikos, dass nicht er selbst öffnete, sondern seine Tochter. Emma. Aber sie hatte geübt, sie würde sagen, dass sie eine Kollegin war, die Emmas Papa sprechen musste. Das würde sicher funktionieren. Vielleicht hatte Oskar ihren Namen erwähnt, dann würde es noch leichter werden.

Doch niemand öffnete.

Als sie aus der Haustür trat und einen halben Regenschauer ins Gesicht bekam, rief Olivia an.

»Hallo Lisa! Erinnerst du dich noch, dass jemand in der Nähe von Agnethas Haus in Hosaby stand, als wir das erste Mal von dort weggefahren sind, hinter der Steinmauer? Ein Mann?«

»Nein?«

»Ich hab ihn nur ganz kurz gesehen, aber ich glaube, er war es.«

»Wer?«

»Geert de Jong.«

Olivias Gefühl von gestern Abend hatte plötzlich Gestalt angenommen.

»Was sollte er da gemacht haben?«, sagte Lisa.

»Vielleicht hat er Agnethas Computer gestohlen? Der war ja am Tag danach verschwunden.«

*

Er hatte am Rand der großen Straße geparkt, seine dunkle Kapuzenjacke angezogen und war auf den Acker hinausgegangen. Er wusste, dass er sich mit seinem Vorhaben auf dünnes Eis begab, doch er hatte sich entschieden. Sein Ziel war das Herrenhaus dort oben. Er bewegte sich vorsichtig vorwärts, es war bereits dunkel. Die vielen Jahre des Beschattens hatten sich eingebrannt, er konnte sich völlig unsichtbar einem Ziel nähern. Wie es dort am Ziel aussah, würde sein weiteres Vorgehen bestimmen.

Bisher wirkte alles verlassen.

Er hatte bereits das Gebüsch um den Hof erreicht, kein Mensch war in Sichtweite. Keine Autos, keine Lichter. Er wartete etliche Minuten, versuchte Bewegungen, Geräusche, menschliche Aktivität zu registrieren.

Es war überall still und leer.

Von hinten näherte er sich in einem Halbkreis dem Haus. Noch immer keine Menschen. Völlig tot. Er zwängte sich durch eine dichte Ligusterhecke und kam auf der Rückseite des Hauses heraus. Der große Eingang war an der Vorderseite, hier befand sich nur eine einfache Holztür. Er wusste, dass sie ins Untergeschoss führte, er war öfter in diesem Haus gewesen, damals, vor vielen Jahren. Er zog sich die Kapuze vom Kopf und ging zur Tür.

Sie war verschlossen.

Er holte einen Dietrich aus der Tasche und schaffte es relativ leicht, die Tür zu öffnen. Daran, dass es Hausfriedensbruch war, verschwendete er keinen Gedanken. Hier ging es um ganz andere Dinge.

Hinter der Tür lag ein schmaler Flur, der vor einer Holztreppe nach oben ins nächste Stockwerk endete. Er schaltete seine Taschenlampe ein und ging so leise er konnte die Treppe hinauf. Es knarzte ein paarmal, was ihn innehalten ließ.

Und horchen.

Er wusste, wo die Zimmer lagen und wie sie genutzt wurden. Zumindest früher. Wohnzimmer, Esszimmer, Bibliothek, Salon, ein kleineres Arbeitszimmer. Die Schlafzimmer waren im nächsten Stockwerk. Er schlich sich in die Bibliothek und ließ den Lichtstrahl vorsichtig durch den Raum gleiten. Saubere, leere Tische. Dasselbe im Arbeitszimmer. Er zog ein paar größere Schubladen heraus, die allesamt leer waren. Leer geräumt?, dachte er. Ist Ellinor abgehauen?

Der nächste Raum war der elegante Salon.

Er leuchtete langsam über ein paar grüne Sessel, einen Barwagen, gewölbte Wände mit Regalen voller Bücher. Unter einem der Regale gab es zwei schmale Schubladen. Er zog sich Handschuhe über und öffnete sie. In der ersten lagen zwei Kartenspiele und eine Lupe.

In der anderen lag ein Atlas.

Er schob die Schubladen wieder zu.

Ein Stück weiter weg stand zwischen den Bäumen ein kleineres Holzhaus, eines seiner Fenster war beleuchtet. In dem engen Wohnzimmer saß ein blonder Mann vor einem Computer. Geert de Jong. Er hatte gerade einen langen Text beendet. Die Überschrift lautete: *Gemeinsam in die Neue Weltordnung zum Wohle der Menschheit!* Es war eine Art Manifest, das von einer alternativen Wirklichkeit handelte. Von den Menschen, die die Wahrheit gesehen hatten: *Wir, die wir die Regierungen der Welt durchschaut haben. Wir, die wir gegen eine weltumspannende Verschwörung satanistischer Pädophiler kämpfen. Gegen alle Reichen und Mächtigen, die das Blut von Kindern trinken. Wir, die wir gegen das kosmopolitische Kapital aufstehen. Wir, die wir die verborgenen Mächte durchschaut haben, die die Weltbevölkerung versklaven und eine globale Diktatur errichten wollen. Wir sind die Einzigen, die es wagen, die Wahrheit über das gezüchtete Coronavirus zu sagen. Wir sind die Einzigen, die wissen, dass es benutzt wird, um uns krank, dumm und empfänglich für Überwachung und Kontrolle zu machen. Wir sind die einzigen Garanten für eine neue Weltordnung! Jetzt geht der Kampf in die nächste Phase. Es wird schon sehr bald in einem Krankenhaus in Schweden geschehen. Menschen, die dort geimpft werden, werden plötzlich kollabieren. Die Behörden werden lügen und leugnen, dass es passiert ist. Doch Medien in der ganzen Welt werden diese Worte lesen und verstehen. Wir stecken dahinter! Wir, die wir die Wahrheit über den Impfstoff wissen. Wie, die wir eine neue und bessere Welt wollen!*

Das ganze Manifest war mit *Der Samariter* unterzeichnet. Er war angewiesen worden, diese Unterschrift zu verwenden.

Geert klappte den Laptop zusammen, steckte ihn in eine braune Tasche und machte den Reißverschluss zu. Er hatte den Ort von allen persönlichen Spuren gesäubert, eigentlich eine unnötige Sicherheitsmaßnahme. Wenn die Polizei das Häuschen in ein paar Tagen untersuchte, würde er sich bereits in Mitteleuropa befinden. Mit Gleichgesinnten. Mit Menschen, die dachten wie er. Die wussten, was zu tun war, um die Menschheit zu retten.

Die Plastiktüte im Garderobenschrank durfte bleiben.

Er trat aus der Tür und ging auf den Hofplatz zu. Jetzt war nur noch das große Haus übrig. Er hatte einen Auftrag bekommen, und er würde ihn ausführen. Er vertraute Ellinor zu hundert Prozent. Sie war nicht nur eine Frau, nicht nur ein Mensch, sie war die Inkarnation von allem, woran er glaubte. Von allem, was die Hoffnung auf eine neue Welt hochhielt. Es war ihr Manifest, das er ins Reine geschrieben hatte.

Er öffnete die Tür zu dem grauen Gebäude, holte einen Plastikkanister heraus und blickte zum Herrenhaus hinüber. Es lag in völliger Dunkelheit. Als er sich dem Eingang näherte, sah er plötzlich etwas aufblitzen. Ein Licht? Er hielt inne. Woher kam es? Er ließ seinen Blick über den Hof schweifen. Leer. Kam es aus dem Haus? Er ging in die Hocke und spähte. Da sah er das Blitzen erneut.

Aus einem der Zimmer.

Schnell lief er die Treppe zur Eingangstür hinauf. Sie war verschlossen. Hatte sich jemand von der Rückseite her Zutritt verschafft?

Er stellte die Tasche und den Kanister ab und sprang in zwei Schritten die Treppe hinunter.

Oskar war mit dem Salon fertig, er hatte den Computer dort nicht gefunden. Als er gerade aus dem Zimmer ging, hörte er das Geräusch. Das trockene Knarzen. Er hielt den Atem an und horchte. Es knarzte noch zweimal. Jemand ist im Haus, dachte er, drüben im Wohnzimmer.

Er hatte die Fähigkeit, sich leise und fokussiert zu bewegen, über die Jahre gut trainiert und schlich lautlos zur Holztreppe, die nach unten führte, außer Sichtweite des Wohnzimmers.

Keine neuen Geräusche.

Er wusste, welche Treppenstufen früher geknarrt hatten, mied sie und gelangte in den schmalen Flur. Mit drei schnellen Schritten erreichte er die Tür nach draußen und stellte fest, dass sie verschlossen war. Wer auch immer sich im Haus befand, musste sie abgesperrt haben. Als er den Dietrich herausholte, hörte er deutliche Schritte, die sich der Treppe näherten. Er würde es nicht schaffen, die Tür rechtzeitig aufzubekommen. Er drehte sich um und öffnete eine Seitentür. Eine Eisentreppe führte in den Keller hinunter. Leise schob er die Tür wieder zu und tastete sich die Treppe hinunter. Als er den

Boden unter sich spürte, traute er sich, die Taschenlampe einzuschalten. Er war in einem neuen Gang gelandet, der direkt auf eine halb offene Stahltür zuführte. Er drückte sie mit einer Hand auf und leuchtete hinein.

Es dauerte nur wenige Sekunden, bis er begriff, dass er sich in einer Art unterirdischem Labor befand. Auf einem Metalltisch standen Glaskolben und Gefäße, ein paar Mörser mit einem weißen Pulver darin und ein Gaskocher. Was zum Teufel …?, dachte er. Haben sie hier unten doch Meth hergestellt? Er trat näher an den Tisch heran und sah eine Anzahl kleiner Flaschen, die an der Wand aufgereiht standen. Alle hatten weiße Etiketten.

Er verstand überhaupt nichts.

Oskar zog sein Handy heraus und horchte nach hinten. Alles war still. Er richtete die Taschenlampe auf den Tisch und begann zu filmen. Langsam ließ er die Kamera über den Tisch gleiten, über die Flaschen, die Kolben, die getrockneten Pflanzen, die auf dem Boden lagen. Er bewegte sich rückwärts auf die Tür zu und machte mit dem Handy einen letzten Schwenk durch den Raum.

Da kam der Schlag.

Von hinten.

*

Olivia war das letzte Stück nach Runaby ziemlich schnell gefahren. Wenn sie recht hatte, wenn die Person, die sie bei Agnethas Haus gesehen hatte, Geert de Jong gewesen war, hatte sie allen Grund, ihn darauf anzusprechen. Auf Agnethas verschwundenen Computer. Wenn er überhaupt noch auf dem Hof war, alle anderen schienen ja von dort verschwunden zu sein.

Das Erste, was Lisa und sie sahen, als sie sich näherten,

überraschte sie. Oskars Auto, am Straßenrand kurz vor der Weidenallee geparkt. Und ein Stück weiter oben und deutlich beängstigender: ein Haus, das in hellen Flammen stand. Ellinors Herrenhaus. Was ist passiert?, dachte Lisa. Olivia rief die Feuerwehr an. Sie war bereits von Leuten aus der Umgebung alarmiert worden, die es hatten brennen sehen, und war schon auf dem Weg.

Lisa rief Oskar an.

Keine Antwort. Das Handy hatte kein Netz.

Sie versuchte es dreimal mit demselben Resultat, während sie vom Auto aus auf das brennende Haus zurannte.

Das Blut sickerte noch immer aus der Kopfwunde, er spürte, wie es über sein Gesicht lief, und versuchte es mit der Hand wegzuwischen. Als er sich umdrehen wollte, bekam er einen heftigen Hustenanfall. Der Kellergang war voller Rauch. Beim Versuch, sich auf seine Arme zu stützen, sank er zusammen. Näher am Boden bekam er mehr Sauerstoff. Er begann auf die Treppe zuzukriechen, krabbelte ein paar Stufen hinauf und drückte gegen die Tür. Sie war verschlossen. Er schleppte sich wieder hinunter. Auf der rechten Seite gab es noch eine andere Tür. Er legte sich auf den Rücken und versuchte, die Tür mit den Beinen aufzustemmen. Nach einiger Kraftanstrengung gab sie nach. Er zog sich über die Schwelle in die pechschwarze Dunkelheit und bekam einen neuen Hustenanfall.

Da gab sein Handy einen Ton von sich.

Es hatte wieder Netz.

Mit Mühe holte er es heraus und sah, dass Lisa angerufen hatte. Mit einem blutigen Finger versuchte er zurückzurufen, der Finger rutschte auf dem Schirm herum, doch schließlich gelang es ihm.

»Wo bist du?«, schrie Lisa in sein Ohr.

»Unten im Keller, bei Ellinor, ich glaube, das Haus brennt, ich …«

»Wir sind hier! Kannst du raus?«

»Nein, hier ist alles voller Rauch, ich weiß nicht, wie …«

»Wir finden dich!«

Lisa hatte keine Ahnung, wie sie das anstellen sollten. Sie und Olivia kamen gerade an dem brennenden Haus an, als zwei Feuerwehrautos zum Hofplatz hinaufdonnerten. Große, lodernde Flammen schlugen aus den Fenstern des unteren Stockwerks.

»Er sitzt im Keller fest«, sagte Lisa. »Wir müssen ihn finden!«

Lisa rannte auf das brennende Haus zu, Olivia rannte hinterher und bekam ihren Arm zu fassen.

»Du kannst da nicht einfach reingehen«, rief sie.

Als ein Stück der Außenwand über dem Eingang zusammenbrach, sah das auch Lisa ein. Aber sie war verzweifelt.

»Vielleicht gibt es auf der Rückseite ein Kellerfenster.«

Sie rannte ums Haus, Olivia dicht auf den Fersen.

»Da!«

Lisa zeigte auf eine Reihe kleinerer Fenster nahe am Boden, stürzte nach vorn und begann Scheibe um Scheibe einzutreten, ohne einen Gedanken an die Risiken zu verschwenden.

»Oskar!«, schrie sie durch die zersplitterten Scheiben.

Keine Antwort.

Schließlich gab es keine intakten Fenster mehr.

»Wo führt die hier hin, meinst du?«, fragte Olivia.

Sie zeigte auf eine halb verrottete Doppeltür im Boden. Bevor sie sich auch nur danach bücken konnte, hatte Lisa die eine Tür schon aufgerissen. Unten waren ein kurzes Treppchen und eine dunkle Öffnung zu sehen. Sie stieg sofort hinab und verschwand.

»Lisa!«

Olivia rief zu ihr hinunter und öffnete die andere Türhälfte.

Oskar saß in der Hocke und keuchte, das Blut hatte aufgehört zu fließen, in seinem Kopf drehte sich alles. Er schaffte es, die Taschenlampe herauszuziehen und sah, dass er sich in einem fast quadratischen Raum mit groben Steinwänden befand.

Hier sieht's scheiße noch mal aus wie in Lammåsa, dachte er. Soll ich hier sterben? Er leuchtete mit der Taschenlampe umher. In der einen Ecke war ein großes Loch mit durch Bretter verstärkten Seiten. Dort muss etwas hoch oder runter transportiert worden sein, dachte er, und versuchte sich zu dem Loch zu schleppen. Auf halbem Weg dorthin sank er zusammen.

Lisa war in einem engen Gang gelandet, die Decke war so niedrig, dass sie sich bis zu den Knien hinunterbücken musste, um vorwärtszukommen. Sie zog ihr Handy heraus und rief Oskar wieder an. Es tutete mehrmals, bis er abhob, das Einzige, was sie hörte, waren ein paar schwere Atemzüge.

»Ich bin hier unten in irgendeinem verdammten Erdgang, der in irgendeinen Raum münden muss, einen Kartoffelkeller oder irgendwas. Hallo! Oskar! Hörst du mich?«

»... da sind Bretter ...«, brachte er heraus.

»Was für Bretter?«

Es wurde still. Lisa sah, dass an den Wänden verrottete Bretter saßen.

»Ja«, sagte sie. »Da sind Bretter! ... Hallo? Oskar?«

Am anderen Ende blieb es stumm.

Lisa legte auf und versuchte, weiter in den Gang vorzudringen. Er führte nach unten und wurde immer schmaler, die Wände schlossen sich um ihren Körper. Sie wand sich aus ihrer dicken Jacke und versuchte es noch einmal. Jetzt ging es etwas besser. Nach ein paar Metern sah sie weiter vorn einen schwachen Lichtschein.

»Oskar!«, rief sie.

Keine Antwort.

Sie schob sich in dem erstickenden Rauchgeruch nach vorn. Brennt es dort, wo er ist? Verzweifelt stieß sie sich mit den Füßen weiter und schaffte es zur Mündung des Gangs.

Sie konnte in den Kellerraum hineinsehen.

Auf dem Boden ein paar Meter entfernt lag Oskar auf dem Rücken, das Gesicht zur Seite, regungslos, seine Taschenlampe warf einen dumpfen Schein in den Raum. Lisa schrie auf, zwängte sich aus dem Loch und fiel neben ihm zu Boden.

»Oskar!«

Er reagierte nicht.

Sie fühlte an seinen Halspulsadern. Das Herz schlug noch. Sie wischte das Blut aus seinem Gesicht, öffnete seinen Mund und begann mit Mund-zu-Mund-Beatmung. Nach jedem zweiten Versuch bekam sie heftige Hustenanfälle.

Seine Atmung war kaum spürbar.

Olivia hatte Lisa in dem Erdgang verschwinden sehen. Sie hatte versucht, durch Rufen mit ihr Kontakt zu halten, aber keine Antwort bekommen. Das Haus vor ihr brannte lichterloh. Ein Feuerwehrmann kam um die Ecke gerannt und brüllte: »Weg von da!«

»Ein Polizist ist im Keller eingesperrt, und eine Polizistin ist auf dem Weg dort runter!«

»Sie müssen da weg! Das Haus wird bald einstürzen, Sie können nicht hier stehen bleiben. Wir werden einen Atemschutztrupp runterschicken, sobald es geht! Kommen Sie jetzt mit. Das ist hier lebensgefährlich!«

»Aber da unten sind Menschen!«

Ein großes Stück der Außenwand fiel direkt auf sie zu. Der

Feuerwehrmann zerrte an Olivias Arm und zog sie in letzter Sekunde fort. Nach ein paar Metern riss sie sich los und rannte um die Ecke zur Vorderseite des Hauses.

Es dauerte eine Weile, bis die Feuerwehr das Feuer unter Kontrolle gebracht oder besser gesagt so weit eingedämmt hatte, dass es sich nicht auf andere Gebäude ausbreitete. Der obere Teil des Hauses war nicht zu retten, doch wie so oft bei älteren Gebäuden mit voll ausgebautem Keller gab es noch einiges zu tun. An der Rückseite das Hauses waren brennende Teile des Dachs heruntergefallen und hatten den Erdeingang blockiert, die Atemschutzgeräteträger mussten also versuchen, den Keller von oben zu erreichen.

Als sie hinunterzusteigen begannen, wurde deutlich, dass durch das Feuer große Teile des Erdgeschosses eingestürzt waren. Geradewegs in den Keller. Mühsam, aber vorsichtig, bewegten sie sich durch Schichten von verbrannten Balken, Stück für Stück.

Olivia hatte versucht den Brandmeister zu überreden, sie mit Schutzausrüstung auszustatten, damit sie mit hinunterkommen konnte.

Die Antwort war Nein gewesen.

Also stand sie in dem unangenehm stechenden Rauch am Rand des Hofplatzes und kämpfte mit ihren quälenden Erinnerungen an Lammåsa. Und irrationalen Bildern von Lisa in unterschiedlichen Situationen. Zum Beispiel von damals, als sie bei Olivia zu Hause gesessen und sie nach dem Brand getröstet hatte.

Unten an der abgesperrten Straße hatten sich lange Reihen von Autos gebildet, Menschen standen dicht an dicht in der Dunkelheit, das Knistern verglimmender Glut war über den Acker zu hören.

Ein Krankenwagen war auf dem Weg die Allee herauf.

Olivia betrachtete das Haus, das mehr und mehr einer verbrannten Ruine glich, sie zerbiss sich einen rußigen Finger, ohne es zu merken, ihre Hände wanden sich ununterbrochen.

»Wie geht es jetzt weiter?«, rief sie dem Mann zu, den sie als Brandmeister identifiziert hatte.

»Wir gehen runter. Wir müssen vorsichtig arbeiten, die Personen dort unten könnten Einsturzmasse abkriegen, wenn sie am Leben sind.«

Olivia warf sich herum und starrte über den Acker. Wenn sie am Leben sind? Sie holte ihr Handy heraus und rief Lisa an. Mailbox. Sie suchte Oskars Nummer heraus, Lisa hatte ihn ja dort unten erreicht.

Einen Versuch war es wert.

Lisa saß neben Oskar, der Schweiß rann ihr die Stirn herunter. Noch immer hatte er Puls. Ein Teil der verputzten Decke war über ihnen eingestürzt, Gips und anderes trockenes Füllmaterial, der Raum war voller Staub und heißem Rauch. Durch den Nebel hörte sie ein Handy klingeln. Ihres war es nicht, das lag noch in der Jacke, die sie im Gang abgestreift hatte. Sie ließ ihren Blick umherschweifen und entdeckte ein Handy drüben an der Wand. Oskars. Sie kroch hinüber, nahm es und hob ab.

»Lebt ihr?«, schrie Olivia.

»Ja, aber Oskar ist bewusstlos, er hat einen verdammt schwachen Puls, und man kann hier drin kaum atmen, was passiert jetzt?«

»Sie versuchen zu euch runterzukommen!«

Da brach ein Teil des Gebälks zusammen.

Der Atemschutztrupp arbeitete methodisch und schnell. So schnell die Umstände und die Hitze es zuließen. Einer von ihnen zog einen verbrannten Balken beiseite und hielt inne.

»Still!«, sagte er.

Er beugte sich zu dem Loch unter dem Balken hinunter und horchte hinein. Er hatte ein Geräusch gehört und nahm seine Maske ab.

»Hallo!«, rief er in das Loch. »Hört ihr mich?«

»Ja!«

Die Antwort kam von Lisa. Nicht mit lauter Stimme, es war eher ein hustendes Flüstern.

Aber sie antwortete.

»Seid ihr okay?«, fragte der Atemschutzgeräteträger.

»Nein! Bringt uns bloß schnell raus!«

So rasch ging es nicht, aber nach geduldigem Graben erreichte der Atemschutztrupp die beiden und konnte sie herausholen. Lisa war völlig erschöpft und Oskar nach wie vor bewusstlos. Er hatte viel Brandrauch in der Lunge und bekam fast keinen Sauerstoff mehr.

Die Lage war ernst.

*

Die Lichtkegel der Scheinwerfer durchschnitten die Dunkelheit, es war kaum Verkehr. Sie fuhren in dem dunkelblauen Opel, da Ellinors eigenes Auto sich auf dem Radar der Polizei befand. Ellinor selbst saß mit einem Laptop auf dem Schoß da. Sie hatte gerade eine sehr positive Mail von Geert bekommen, dem blonden Spurenbeseitiger. Ihr Manifest war ins Netz gestellt und an alle ihre Follower geschickt worden, das Haus war niedergebrannt, alles war nach Ellinors Anweisungen durchgeführt worden.

Geert hatte darauf verzichtet, den Mann zu erwähnen, den er im Labor niedergeschlagen hatte, er war ohnehin mit dem Haus verbrannt.

»Willst du ein Stück hören?«, fragte Ellinor.

»Gerne.«

Ellinor zitierte aus dem Text auf dem Bildschirm.

»*Wir, die wir gegen das kosmopolitische Kapital aufstehen. Wir, die wir die verborgenen Mächte durchschaut haben, die die Weltbevölkerung versklaven und eine globale Diktatur schaffen wollen. Wir sind die Einzigen, die es wagen, die Wahrheit über das gezüchtete Coronavirus zu sagen.*«

»Gut! Steht auch was über Malmö drin?«

»Ja … *Jetzt geht der Kampf in die nächste Phase. Es wird schon sehr bald in einem Krankenhaus in Schweden geschehen. Menschen, die dort geimpft werden, werden plötzlich kollabieren. Die Behörden werden lügen und leugnen, dass es passiert ist. Doch Medien in der ganzen Welt werden diese Worte lesen und verstehen. Wir stecken dahinter! Wir, die wir die Wahrheit über den Impfstoff wissen. Wie, die wir eine neue und bessere Welt wollen!*«

»Perfekt«, sagte Gary.

Ellinor nickte, klappte den Laptop zu und packte ihn in die Reisetasche auf dem Rücksitz.

Das Paar, das sich nun der Öresundbrücke näherte, war sehr zufrieden. Und dankbar, dass Dänemark momentan kein Einreiseverbot für Schweden ausgesprochen hatte.

»Was glaubst du, wie groß die Wirkung sein wird?«, fragte Gary.

Er hatte die eine Hand auf Ellinors Oberschenkel, die andere hielt das Lenkrad.

»Enorm«, antwortete sie. »In dem Moment, in dem sie kapieren, dass die Dosen vergiftet sind, müssen sie alle Impfungen stoppen. Sie haben ja keine Ahnung, welche Flaschen Aconitin enthalten, und würden nie ein Risiko eingehen. Sie müssen das ganze Programm unterbrechen und jede einzelne

Dose analysieren. Das wird die Glaubwürdigkeit der Impfstoffproduktion zerstören und die halbe Welt aufschrecken.«

Ellinor beugte sich hinüber und küsste Gary auf die Wange.

»Menschen, die einen Kreislaufkollaps bekommen und ersticken, sind keine gute Werbung für den Impfstoff«, sagte sie und lächelte. »Und dann werden den Leuten endlich die Augen für unseren Kampf geöffnet.«

Sie war überzeugt davon, dass die Impfungen umfassende DNA-Veränderungen auslösen und die Menschen zu genetisch modifizierten Organismen machen würden. Gary teilte ihre Überzeugung. Er war auch der Ansicht, dass der Impfstoff verborgene Substanzen enthielt, die Unfruchtbarkeit verursachen, die Immunabwehr zerstören und Teile der Erdbevölkerung auslöschen würden.

»Wir retten die Welt vor einer Katastrophe«, sagte Gary und lächelte zurück.

Er fuhr auf die Mautstation der Öresundbrücke zu. 535 Kronen für eine einfache Überfahrt, gut investiertes Geld. Wenn sie erst einmal auf der Brücke waren, auf dem Weg außer Landes, würde er seiner Geliebten eine Arie singen.

*

Bahar hatte ihre Schutzausrüstung endlich ablegen dürfen, der Arbeitstag war zu Ende, und sie stand im Schwesternzimmer und desinfizierte sich zum sicher tausendsten Mal an diesem Tag die Hände. Als sie einen Blick in den Spiegel vor sich warf, sah sie die tiefen roten Furchen, die über Nase und Wangen verliefen. Sie waren das Resultat eines ganzen Tages mit Mundschutz und ließen sie eine Spur grotesk aussehen, als wären es die Reste von Clownschminke.

Die Schicht war stressig gewesen, das war sie immer, aber

heute hatten sie sich zumindest über eine Genesung freuen können, und das fühlte sich jedes Mal wieder großartig an.

Wenn wir das im Januar geahnt hätten, als wir diese absurden Bilder aus Wuhan gesehen haben, mit Ausgangssperre und leeren Straßen und zugeschweißten Haustüren, dachte Bahar. Wenn man einen Menschen sah, trug er Mundschutz. Dazu die Berichte über ein mysteriöses Virus, das sich von einem Tiermarkt aus verbreitet hatte und Atembeschwerden auslöste. Und dann die schrecklichen Bilder aus Italien, Karawanen von Autos, die Leichen transportierten. Alles war wie aus einem Katastrophenfilm, etwas, das weit weg passierte, aber nicht hier.

Absolut nicht hier.

Jetzt entstammte jeder Tag in der Arbeit dem gleichen Film.

Sie wusch sich noch einmal die Hände, zuerst mit Seife, anschließend mit Desinfektionsmittel, nur, um wirklich auf Nummer sicher zu gehen. Dann gönnte sie sich selbst ein Lächeln im Spiegel. Sie hatte heute das Ihrige getan, bald würde sie ihre Impfung bekommen, der Höhepunkt des Tages, und dann konnte sie nach Hause fahren.

Heim nach Snårestad zu frisch zubereitetem Hühnchen.

»Da bist du ja!«

Anki, eine ihrer Kolleginnen, blickte durch die Tür des Schwesternzimmers herein. Bahar sah nicht, wer es war, weil sich durch Visier, Mundschutz und Haarschutz nur schwer feststellen ließ, wer sich hinter der Montur verbarg, doch sie erkannte sie an der Stimme. Anki war die einzige Norrländerin in der Abteilung.

»Es tut mir leid«, sagte Anki mit ihrem sympathischen, weichen Dialekt, »aber wir müssen die Impfung noch ein oder zwei Stunden aufschieben. Wir kriegen gleich drei neue Patienten mit akuten Atembeschwerden und müssen erst dafür sorgen, dass sie Sauerstoff bekommen. Und dann brauchen Lena und Amara noch Hilfe, um einige Patienten aus Zimmer 3 umzubetten. Wenn du die Möglichkeit hättest, zu bleiben, wäre das unglaublich toll.«

Bahar überkam ein Anflug von Enttäuschung, doch sie ließ Anki nichts davon merken. Sie hatte selbst schon unzählige Male Kollegen gebeten, länger zu arbeiten, und wusste, dass Anki nie fragen würde, wenn es nicht wirklich absolut unumgänglich war.

»Na klar, mach ich«, antwortete sie.

»Danke, Bahar, du bist die Beste!«

»Ich komme gleich, muss nur kurz zu Hause anrufen und Bescheid geben.«

Anki hielt einen Daumen hoch und verschwand wieder im Flur. Bahar nahm ihr Handy und drückte auf Thomas' Nummer. Er nahm sofort ab.

»Bist du okay?«

Ein Lächeln breitete sich auf ihren Lippen aus. Thomas' Sorge um sie war rührend.

»Ja.«

»Hast du die Impfung bekommen?«

»Nein, noch nicht, und leider verspäte ich mich.«

Sie hörte sein enttäuschtes Seufzen und verstand ihn. Dieses Gespräch fand nicht zum ersten Mal statt.

»Es tut mir leid, aber es sind Patienten mit akuten Beschwerden reingekommen, und wir haben Personalmangel. Ich bleibe noch mindestens ein, zwei Stunden, also wartet nicht mit dem Essen.«

»Okay, aber dann hebe ich das Hühnchen vielleicht lieber für morgen auf und mache nur irgendwelche Nudeln für Fatima und mich.«

»Das klingt super.«

»Und ... du?«

»Ja?«, antwortete Bahar, während sie einen neuen Mundschutz aus einer Pappschachtel fischte.

»Ruf mich an, wenn du die Spritze bekommen hast.«

»Ich versprech's dir.«

»Und ... du?«

Sie lachte über seine Wiederholung.

»Ja?«

»Ich liebe dich.«

»Wie gut, ich liebe dich nämlich auch«, erwiderte sie, bevor sie sich verabschiedete und auflegte.

Dann zog sie den Mundschutz an. Er würde sich noch ein paar Stunden länger in die bereits wunden Furchen drücken. Genau wie das Visier. Aber das kurze Gespräch mit Thomas hatte ihr noch einen kleinen Energieschub gegeben. Es schien, als sei er auf irgendeine magische Weise aus seiner Blase herausgekommen, um was auch immer es dabei gegangen war, und das machte sie glücklich.

Der letzte Teil der Schutzausrüstung war angezogen, und Bahar blickte noch einmal in den Spiegel. Sie rückte das Visier zurecht, das etwas schief saß, und lächelte ihr Spiegelbild an, dann hörte sie Stimmen auf dem Flur und eilte hinaus, um zu helfen.

*

Der Rettungsdienst kümmerte sich um Oskar, sobald der Atemschutztrupp ihn herausgeholt hatte. Sie setzten sofort Sauerstoff ein und erklärten, dass er ins Krankenhaus musste, die Lage war kritisch. Lisa stand leicht unter Schock, war aber einigermaßen im Gleichgewicht.

»Ich fahre mit«, sagte sie.

»Das geht leider nicht.«

»Okay.«

Lisas Enttäuschung war deutlich sichtbar. Olivia umarmte sie, wischte etwas Ruß von ihren Wangen und folgte ihr mit dem Blick, als sie zur Trage hinüberging. Lisa hatte überlebt, das war das Wichtigste.

Und Oskar.

Warum er in Ellinors Haus gewesen war, als es zu brennen begann, wusste sie nicht. Sie hatte auch keine Ahnung, wer es angezündet haben konnte. Doch sie musste an den blonden jungen Mann denken, der am Abend zuvor der Letzte auf dem Hof gewesen zu sein schien.

Lisa hielt Oskars Hand, bis er im Krankenwagen verschwand. Als sie ihn gerade hineinheben wollten, drehte er den Kopf und bewegte die Lippen.

»Wartet!«, rief Lisa und beugte sich zu Oskar vor. »Was hast du gesagt?«

Seine Stimme war kaum vorhanden, aber sie trug die Worte gerade noch bis zu Lisas Ohr, das dicht an seinem Mund lag.

»... Handy ... 3942 ...«

Hörte sie.

Sie hatte sein Handy unten im Kellerraum gefunden, jetzt steckte es in ihrer Tasche. Nachdem er ihr den Code sagte, ging sie davon aus, dass er nicht wollte, dass sie es ihm mit in den Krankenwagen gab, sondern etwas ganz anderes. Also holte sie es heraus und reichte es Olivia.

»Geh das hier mal durch«, sagte sie. »Der Code ist 3942.«

Lisa rannte zu ihrem Auto, während der Krankenwagen mit Blaulicht davondonnerte. Olivia nahm das Telefon und begann es durchzusehen. Recht schnell kam sie zu den letzten Aktivitäten. Es waren ein paar Anrufe während des Brandes und ein neues Element in der Fotogalerie. Ein Film.

Sie klickte darauf und schaute ihn sich an.

Er war kurz.

Als sie fertig war, hob sie den Blick und ließ ihn zu den Resten von Ellinors Haus wandern. Noch immer flogen einzelne Funken in die Luft und wurden über den Hofplatz getragen, in der Ferne verschwanden die Blaulichter in der Dunkelheit.

Mette hatte recht, dachte sie.

*

Aus einiger Entfernung sah das hübsche alte Holzhaus in Kummelnäs aus, als wäre bereits alles dunkel. Nicht sehr verwunderlich, es war nach zehn Uhr abends, und dort wohnten zwei ältere Menschen.

Eine müde, abgehärmte Frau, die spürte, dass ihre Kräfte nicht mehr so recht ausreichten, um alles, was gerade passierte, in den Griff zu bekommen. So, wie man sich manchmal eben fühlt, wenn alles ein bisschen zu viel wird.

Und ihr noch älterer Mann, der gemerkt hatte, dass es ihm nicht sonderlich guttat, sich mehrere Stunden am Stück auf winzig kleine Objekte zu konzentrieren. Die Augen schmerzten. Außerdem schlug ihm die bohrende Sorge um einen engen Freund auf den Magen. Er schmerzte ebenfalls.

Als daher die letzte Lampe im Haus erlosch, neben ihrem Doppelbett im oberen Stockwerk, erwarteten sie einen langen, angenehmen Schlaf, um ausgeruht und mit etwas neuer Lebensfrische wieder zu erwachen.

Da rief Olivia an.

Mette hatte überlegt, ob sie das Handy dieses eine Mal ausschalten sollte, war aber zu dem Schluss gekommen, dass das verantwortungslos wäre.

In der Zeit, die es brauchte, um die Lampe einzuschalten,

sich im Bett aufzusetzen und das Handy vom Nachttisch zu nehmen, bereute sie ihre Entscheidung.

Als sie feststellte, wer der Anrufer war, änderte sie ihre Meinung.

»Hallo, Olivia!«

»Hast du schon geschlafen?«

»Fast, was hast du auf dem Herzen?«

»Ich hab dir einen kurzen Film rübergeschickt. Er wurde vor ein paar Stunden von Oskar Eriksson von der Polizei Kristianstad gemacht. Kannst du ihn dir anschauen?«

Mette hörte an Olivias Stimme, dass das keine Frage war, sondern eine Aufforderung. Also stieg sie aus dem Bett, zog sich den Bademantel an und ging zum Computer hinunter, der auf dem Küchentisch stand.

Mårten rollte sich hinüber und schaltete die Nachttischlampe wieder aus.

Es dauerte ein paar Sekunden, bis Mette ihren Laptop hochgefahren hatte, währenddessen blieb Olivia am anderen Ende der Leitung.

»Ist er angekommen?«, fragte Olivia.

»Ganz ruhig, gleich«, sagte Mette und legte das Handy auf den Tisch.

Mit zwei Händen ging es schneller, den Film auf den Bildschirm zu holen. Mette drückte auf Start und hob das Handy wieder.

»Jetzt sehe ich ihn … oh, was glaubst du, ist …«

»Ich glaube, er hat das unten im Keller von Ellinor Mohagens Haus gefilmt.«

»Sagt er selbst?«

»Er liegt gerade im Krankenwagen, ihr ganzes Haus ist niedergebrannt, das erzähl ich dir später. Siehst du, dass das wie eine Art Labor aussieht?«

»Ja.«

Mette klickte auf Wiederholung und sah sich den Film erneut an. Die Glaskolben, die Behälter, die Mörser mit weißem Pulver darin, den Gaskocher.

Sie war erschüttert.

»Das, was da auf dem Boden liegt, sieht aus wie getrockneter Blauer Eisenhut«, sagte Olivia.

»Wieso weißt du das?«

»Weil ich es weiß. Siehst du die ganzen kleinen Ampullen?«

»Ja.«

»Sehen aus wie solche, in denen man zum Beispiel Impfstoff abfüllt, oder?«

»Ja.«

Für ein paar Sekunden wurde es still. Beide zogen denselben Schluss, doch Olivia sprach es aus:

»Könnten in der Kiste, die aus dem Kofferraum verschwunden ist, solche Ampullen gewesen sein?«

»Und wo sind sie in dem Fall gelandet?«

Es war eine rhetorische Frage, die beiden Angst einjagte. So sehr, dass Mette aufstand und einmal um den Küchentisch lief, das Handy an ihre Brust gedrückt.

»Hallo?«, sagte Olivia.

Mette hielt inne und hob das Handy.

»Jetzt machen wir es so«, sagte sie. »Ich kontaktiere sofort die Behördenvertreter, die eingebunden werden müssen, du fährst zu Isidora und sorgst dafür, dass ihr einen Haftbefehl für Mohagen und Woodman kriegt, und dass gleich danach die Fahndung rausgeht! Diesmal haben wir etwas in der Hand. Gute Arbeit!«

Mette handelte, so schnell sie konnte.

Ohne Rücksicht auf die Uhrzeit veranlasste sie ein Videomeeting mit drei Personen. Die wichtigste war der Verwaltungschef des Universitätskrankenhauses in Malmö, der ihr gestern versichert hatte, dass die Impfstofflieferungen ohne Zwischenfälle angekommen waren. Die anderen Teilnehmer waren eine Frau von der Säpo und ein männlicher Repräsentant der Polizei der Region Malmö. Alle waren korrekt gekleidet außer Mette, die mit ungekämmtem Haar und einem Glas Milch in der Hand im Bademantel dasaß.

Sie wandte sich zuerst an den Verwaltungschef. Sie war sich nicht sicher, wie viel er über die Impfstoffsabotage in England wusste, also fasste sie die Fakten dazu kurz für ihn zusammen.

»Sie waren mit Aconitin vergiftet worden?«, sagte er.

»Ja.«

Mette sah, wie die Säpo-Frau reagierte, doch sie ignorierte es.

»Ich habe Grund zu der Annahme, dass im Universitätskrankenhaus gerade ein ähnlicher Sabotageakt auf den Weg gebracht werden könnte«, erklärte Mette.

»Was gibt es denn für Informationen, die dafür sprechen?«, fragte der Mann von der Polizei.

»Genug, um Alarm zu schlagen.«

Möglicherweise litt Mettes Autorität ein wenig unter dem Bademantel und dem ungekämmten Haar, doch das kompensierte sie durch die Schärfe in ihrer Stimme und ihren unbeirrten Blick. Außerdem hatte sie ihren Lebenslauf, über den zumindest die Säpo-Frau und der Polizist aus Malmö sehr wohl Bescheid wussten.

»Aber hier ist doch alles komplett vorschriftsmäßig abgelaufen?«, erwiderte der Verwaltungschef mit leicht gepresster Stimme. »Die Dosen werden in unserem Kühlraum aufbewahrt, seit wir sie bekommen haben. Wir bringen sie direkt von dort zu den Impfungen.«

»Ist der Kühlraum bewacht?«

»Nein. Aber ausschließlich medizinisches Personal hat Zugang dazu.«

»Wann sollen die Impfungen beginnen?«

»Jetzt, jeden Moment, das Personal in der Infektionsabteilung fängt mit den Impfungen an, wenn die Schicht vorbei ist.«

»Heute Abend?«, fragte Mette.

»Ja.«

»Brechen Sie das Ganze ab.«

»Warum das?«

»Um zu verhindern, dass Ihr Personal vergiftet wird.«

Sechs Augen auf dem Bildschirm betrachteten Mette. Zwei von ihnen, die des Verwaltungschefs, flackerten merklich.

»Sind Sie sich bei dieser Sache absolut sicher?«, fragte er schließlich.

»Nein. Aber wollen Sie es darauf ankommen lassen?«

*

Im Universitätskrankenhaus in Malmö betrat Bahars Kollegin Anki Lidell im selben Moment den Kühlraum, in dem der Impfstoff verwahrt wurde. Sie machte Licht, ging zum Gefrierschrank und öffnete die Tür. Vorsichtig nahm sie eine Palette mit kleinen Fläschchen heraus und stellte sie auf die Ablagefläche. Sie sollten auftauen, und das dauerte ein bisschen.

Als es so weit war, nahm sie die Palette wieder und ging mit den Fläschchen zur Tür. Sie war gut gelaunt. Jetzt würde es endlich passieren. Ein erster Schritt in Richtung Normalität, der den Druck auf das Personal verringern würde.

Sie schaltete das Licht aus und zog die Tür zu.

Sieben Kollegen und Kolleginnen sollten geimpft werden. Die Reihenfolge hatten sie bereits vereinbart.

Bahar sollte die erste Spritze bekommen.

Sie saß auf dem Stuhl und hatte ihr kurzärmeliges Oberteil über die linke Schulter gezogen. Die Spritze sollte fast ganz oben platziert werden. Es lag eine gewisse Spannung im Raum, die anderen, die danach an der Reihe waren, standen stumm an den Wänden. Endlich geimpft zu werden und sich darauf freuen zu können, ohne ständige Angst vor Ansteckung zu arbeiten, war ein Segen.

Es war für alle ein großer Augenblick.

»Du hast keine Allergien?«

Anki stellte diese Frage, sie sollte die Impfung durchführen und fragte halb im Scherz.

»Nein«, lächelte Bahar. »Ich nehme nur Schilddrüsenmedikamente, aber das macht ja wohl nichts?«

»Nein«, lächelte Anki zurück.

Sie stach die Nadel durch den dünnen Gummideckel, drehte die kleine Glasflasche auf den Kopf und begann, durchsichtige Flüssigkeit in die Spritze zu saugen. Langsam, die Dosierung war wichtig, aus jeder Flasche sollten so viele Dosen wie möglich gewonnen werden.

Bahar schloss für eine Sekunde die Augen, sie war ruhig. Ob Thomas sich wohl weiterhin weigern wird, sich impfen zu lassen?, dachte sie. Auf jeden Fall kriegt Fatima eine Spritze, sobald ihre Altersgruppe an der Reihe ist.

»Jetzt, Bahar«, sagte Anki und desinfizierte einen kleinen Bereich auf Bahars Oberarm.

Sie hob die Spritze, beugte sich vor und legte die Nadel an Bahars Haut. Gerade, als sie die Spitze hineindrückte, begann die gewölbte Alarmleuchte hinter ihrem Rücken hektisch rot zu blinken. Sie spritzte die Dosis und wandte sich um. Eine ihrer Kolleginnen hob einen Telefonhörer an der Wand ab, horchte und drehte sich rasch um.

»Wir müssen die Impfung abbrechen!«

Da sank Bahar zu Boden.

*

Isidora kam mit einem Blatt Papier in der Hand ins Ermittlungszimmer. Olivia stand vom ovalen Tisch auf, offensichtlich gespannt.

»Wie lief es?«, fragte sie.

»Gut, der Staatsanwalt war sofort dabei. Es wurde ein Haftbefehl gegen sie ausgestellt. Vor ein paar Minuten ist die Fahndung rausgegangen.«

»Auch international? Sie könnten sehr gut auf dem Weg außer Landes sein.«

»Sie ist erst mal im Norden rausgegangen, es dauert etwas länger, bis sie auch im Rest von Europa raus ist. Aber weiter können sie ja wohl kaum gekommen sein, das wollen wir zumindest hoffen. Hast du Hunger? Du hast doch sicher heute Abend noch nichts gegessen?«

»Nein, und ich hab einen Scheißhunger.«

»Dann bestelle ich Pizza.«

Isidora nahm ihr Handy, Olivia sank auf ihren Stuhl zurück. Sie war nicht nur hungrig, sie war zudem völlig erschöpft. Die Dinge hatten sich überstürzt, seit sie bei Ellinors brennendem Haus angekommen waren.

Und es war noch nicht vorbei.

Isidora schloss ihre Bestellung ab und ging zu Olivia hinüber.

»Hast du noch was von Lisa gehört?«

»Ja. Oskar ist okay, aber sie sind noch eine Weile im Krankenhaus.«

»Hat er gesagt, was er in dem Haus gemacht hat?«

»Nach dem Computer seiner Mutter gesucht.«

»Idiot«, sagte Isidora.

Ein Urteil, das Olivia in gewisser Weise teilte, Oskars Eindringen in Ellinors Haus war nicht besonders durchdacht gewesen, aber andererseits hatte es ihnen den enthüllenden Handyfilm eingebracht.

*

Gary wollte die Geschwindigkeitsbegrenzung nicht überschreiten, er wollte nicht riskieren, in eine Kontrolle zu geraten, also dauerte es fast zwei Stunden von Kopenhagen nach Rødby. Sie würden die Fähre nach Puttgarden nehmen und dort von Anhängern ihrer Bewegung abgeholt werden. Ihr Ziel war ein Hof im Osten von Belgien, ihre neue Basis, nachdem sie Runaby aufgegeben hatten. Dort würden sie weiter an ihren Plänen für die große Veränderung arbeiten, zusammen mit Gleichgesinnten aus der ganzen Welt.

Die Anspannung im Auto erhöhte sich, je näher sie dem Fährhafen kamen, Sakskøbing, Maribo, Gary blickte immer öfter in den Rückspiegel, Ellinor schwitzte unter den Armen. Bald würde die Nachricht über den vergifteten Impfstoff in Malmö nach außen gedrungen sein. Im besten Fall würde sie einen Schock auslösen. Die Ereignisse in England waren zwar vertuscht worden, der Impfstopp war auf Lieferschwierigkeiten geschoben worden, doch die gewünschte Wirkung hatten sie erreicht, temporär. Dieses Mal würde ihr Manifest dafür sorgen, dass die Information über die vergifteten Impfdosen über alle verfügbaren Kanäle des Internets auf der ganzen Welt verbreitet wurde. Der Abschreckungseffekt würde verheerend für die Impfkampagne sein.

Am späten Abend erreichten sie den Hafen und stellten sich in die Autoschlange, die zur Fähre führte. Sie waren schon seit dem Morgengrauen wach, und Gary fühlte sich erschöpft vom Autofahren und der Anstrengung. Er kippte die Lehne nach hinten und schloss die Augen. Ellinor saß daneben und schrieb ihrem jungen Adepten Geert eine Nachricht. Er sollte sich eigenständig nach Belgien begeben und sie in Liège treffen. Sie wollte gerade einen Smiley schicken, als es am Seitenfenster klopfte. Nicht an ihrem, sondern an Garys. Er fuhr hoch und blinzelte. Draußen standen zwei uniformierte Polizisten. Sie zeigten durch Gesten, dass er die Scheibe herunterfahren sollte.

»Yes?«, sagte er und lächelte.

»Passport.«

Gary holte seinen Pass heraus und streckte ihn aus dem Fenster, während der andere Polizist mit einer Taschenlampe ins Auto leuchtete, direkt in Ellinors Gesicht. Sie blickte nach unten, um dem Licht auszuweichen.

Die Polizisten gingen ein paar Meter weg und stellten sich mit dem Rücken zum Auto.

»Was machen die?«, fragte Ellinor.

»Nur den Pass kontrollieren, alles gut«, sagte Gary.

Es dauerte ein bisschen, bis einer der Polizisten zum Auto zurückkehrte. Er beugte sich zu Gary hinunter und erklärte, dass er aus der Autoschlange ausscheren und an die Seite fahren sollte.

»Why?«, sagte Gary.

»Just do it«, sagte Ellinor leise.

Gary fuhr den Opel aus der Schlange. Einer der Polizisten wies auf eine Stelle ein Stück weiter vorne, an der ein SEK-Bus parkte. Davor standen drei uniformierte Männer mit Automatikwaffen. Gary steuerte in ihre Richtung. Nach ein paar

Metern drückte er das Gaspedal durch, fegte an den Polizisten vorbei und raste mit Vollgas den Kai entlang. Es dauerte einige Sekunden, bis die Männer vom SEK reagierten, aufgrund der Warteschlangen wagte niemand zu schießen. Sie sprangen in den Bus, legten einen Blitzstart hin und folgten dem Opel.

Es wurde eine Verfolgungsjagd, die für den Gejagten von Anfang an zum Scheitern verurteilt war, eine verzweifelte Flucht vorbei an einem großen Containerlaster und zwischen ein paar rote Lagerhäuser hinein. Eine Jagd, die damit endete, dass der Wagen außer Kontrolle geriet und frontal in einen gigantischen Kran krachte. Die Motorhaube des Kombis wurde zusammengedrückt, ein riesiger Balken des Krans durchbrach frontal die Windschutzscheibe und bohrte sich in Garys Brustkorb.

Er war sofort tot.

*

»Wir hatten also recht?«

»Ja. Die Dosen waren vermutlich vergiftet«, sagte Mette.

Eine aufgeregte Olivia saß einsam auf dem Sofa im Ermittlungszimmer, einen leeren Pizzakarton neben sich. Diesmal hatte sie auch den Rand gegessen.

»Aber du konntest die Impfung verhindern?«, fragte sie.

»Ja. Leider hatte eine Krankenschwester gerade schon die erste Spritze bekommen, als sie gestoppt wurde.«

»Ist sie gestorben?«

»Nein, aber es geht ihr offenbar sehr schlecht.«

Olivia sank im Sofa zusammen. Sie war merklich aufgewühlt. Sie hatten richtig gelegen. Von dem Moment an, als Lisa und sie gesehen hatten, wie auf dem Hof eine Kiste in Ellinors Auto verladen wurde. Oder noch früher, als sie herausgefunden hatte, dass die Pflanze von Ellinors Treppe Blauer Eisenhut war.

»Es ging also um Vergiftung?«, sagte sie.

»So scheint es.«

»Unglaublich. Was passiert jetzt?«

»Eine Menge«, antwortete Mette. »Ich muss gleich in ein Meeting, alle sind voll im Einsatz. Ich melde mich.«

Olivia ließ das Handy sinken und streckte sich auf dem Sofa aus. Sie hätte diesen Moment gern mit Lisa geteilt, sie hatten die ganze Arbeit zusammen gemacht, aber Lisa war noch bei Oskar im Krankenhaus.

Seltsam mit dem Brand, dachte sie. Er wird niedergeschlagen und verbrennt beinahe. Genau wie Sara. Wer hat das getan? Der Ort war doch komplett verlassen? Nicht ganz, erinnerte sie sich. Es gab eine Person, die noch vor Ort war, als sie das letzte Mal dort gewesen waren. Geert de Jong. Der Blauen Eisenhut gepflanzt hatte, weil er so schön aussah. Lügner. Hatte er den Brand gelegt? Und hatte er auch etwas mit den anderen Morden zu tun?

Ihre Überlegungen wurden von Isidora unterbrochen. Sie trat mit einem schwer zu deutenden Gesichtsausdruck durch die Tür.

»Was ist los?«, fragte Olivia.

Isidora zog einen Stuhl heraus und setzte sich vor das Sofa.

»Die dänische Polizei hat sich gerade gemeldet. Mohagen und Woodman wurden in Rødby auf dem Weg nach Puttgarden gestoppt, sie haben versucht, aus einer Kontrolle zu fliehen, und sind dabei verunglückt. Woodman ist vor Ort gestorben, Mohagen liegt im Krankenhaus.«

»Wie schwer ist sie verletzt?«

»Das wussten sie nicht.«

»Wir müssen sie verhören!«

»Auf jeden Fall, ich hab den Dänen die Lage erklärt, sie wird so bald wie möglich hierher überführt werden.«

»Können wir sie nicht im Krankenhaus verhören? Jetzt?«

Isidora blickte Olivia an, sie nahm deren Frustration wahr, ihre jüngere Kollegin lief auf Hochtouren, doch sie wusste, dass es das Klügste war, das Verhör mit Mohagen ganz in Ruhe hier im Haus durchzuführen. Wenn sie in vernehmungsfähigem Zustand war.

»Nein, das wäre nicht optimal«, sagte sie. »Wir müssen ein bisschen abwarten.«

»Okay…«

Olivias Enttäuschung war deutlich sichtbar, ein paar Sekunden lang, dann richtete sie sich auf.

»Was für ein Auto sind sie gefahren?«

»Einen Opel Kombi.«

»Kannst du die Dänen noch mal kontaktieren und sie bitten, so schnell wie möglich eine Reifenprobe zu nehmen?«

»Okay, und jetzt finde ich, du solltest mal abschalten und nach Hause gehen und schlafen.«

»Und du?«

Isidora betrachtete Olivia, ihre müden Gesichtszüge, sie beugte sich vor und umarmte sie fest.

»Gute Arbeit«, flüsterte sie.

Hat sie wieder mit Mette gesprochen?, dachte Olivia, blieb jedoch in der Umarmung.

Die brauchte sie gerade.

Als Olivia am nächsten Tag in den Ermittlungsraum kam, stand mitten auf dem Tisch ein großer Karton. Isidora saß mit einer Tasse Kaffee in der Hand an der Stirnseite des Tisches.

»Hast du ein bisschen geschlafen?«, fragte sie.

»Einigermaßen, im Moment schlafe ich nicht besonders gut. Und du?«

»Ich schlafe gut.«

Du hast auch keinen engen Freund, der im Koma liegt und um sein Leben kämpft, dachte Olivia und zog ihre Jacke aus.

»Mohagen bleibt noch im Krankenhaus in Kopenhagen«, erklärte Isidora.

»Wie lange?«

»Ein paar Tage.«

»Und wir sollen sie immer noch nicht vernehmen?«

»Nein, wir haben ihre Auslieferung beantragt, und außerdem haben wir alles Material hier.«

Olivia hängte ihre Jacke über einen Stuhl, legte ihren Laptop auf den Tisch und zeigte auf den Karton.

»Was ist das denn?«

»Für dich. Das hat dein Kollege Bosse hergeschickt. Offensichtlich ein Haufen Tagebücher.«

Bosse war Saras Tagebücher durchgegangen und hatte, wie er meinte, eine Menge interessanter Dinge gefunden. Doch jetzt sollte Olivia selbst entscheiden, was relevant war und was nicht. Schließlich hatte sie im Keller gesessen und Saras wiederkehrende Ausfälle ausgehalten und ihre gequälte Miene gesehen. Und schließlich war es sie, die hoffte, Hinweise darauf zu finden, was in der Vergangenheit geschehen war.

Olivia klappte den Karton auf. Er war bis zum Rand mit kleinen Tagebüchern in verschiedenen Farben gefüllt.

»Shit«, sagte sie, »das sind ja Unmengen!«

Sie holte ihr Handy raus und rief Bosse an.

»Hallo Bosse! Danke für den Karton, aber das sind echt viele Bücher.«

»Ich weiß, und es sind noch nicht mal alle. Ich habe nur die geschickt, die aus der Zeit sind, zu der du was lesen wolltest, nämlich als sie bei Ellinor Mohagen gewohnt hat.«

»Hast du sie gelesen?«

»Ja, die meisten. Ich habe farbige Zettel an den Stellen eingeklebt, von denen ich glaube, dass sie interessant für dich sein könnten … viel Spaß scheint sie auf dem Hof da nicht gehabt zu haben.«

Das war Olivia inzwischen schon klar. Aber was genau war dort passiert?

»Ich fange gleich an zu lesen«, versprach sie.

»Mach das. Ich melde mich später noch mal.«

Olivia setzte sich vor den Karton und zog das oberste Buch von einem der Stapel heraus.

»Da kann ich dir im Moment wohl nicht viel helfen«, sagte Isidora und stand auf. »Ich fahre mal meine Schießübungen machen.«

Olivia nickte abwesend – sie hatte bereits angefangen zu lesen und merkte schnell, dass Bosse sehr gründliche Arbeit geleistet hatte. Im Prinzip konnte sie seinen Markern folgen, denn was dazwischen stand, schien nicht so interessant zu sein. Saras Handschrift war gut zu lesen, die Sätze oft kurz, keine schnörkeligen Ergüsse, sondern eher nüchterne Berichte. »Donnerstag. Von der Schule zu Hause. E. in Sölvesborg. Schön.«

Der immer wieder auftauchende Buchstabe »E« stand wahrscheinlich für Ellinor.

Drei Stunden später war sie fast durch. Sie stand auf, um eine Pause zu machen. Die Lektüre hatte ihr vor Verzweiflung und Wut mehrmals den Brustkorb zugeschnürt. Einerseits, weil Saras Art, sich auszudrücken, die unverstellte Wortwahl eines Teenagers, alles über ihre seelische Lage offenbarte. Andererseits wegen der faktischen Umstände, die sie beschrieb und die anzuzweifeln Olivia keinen Anlass hatte.

Sie schenkte sich ein Glas Wasser ein, ihre Kehle war staubtrocken, und sie trank das Glas in einem Zug aus. Da rief Bosse an.

»Bist du fertig?«, fragte er.

»So gut wie.«

»Was hast du rausgefunden?«

»Was ich befürchtet hatte.«

Sie wusste, dass Bosse die Bücher gelesen oder sie zumindest durchgeschaut hatte, aber sie musste das, was sie erfahren hatte, doch in Worte fassen. Um es richtig aufzunehmen.

»Für mich handelt es sich hier um eine sehr ausgefeilte Form des Quälens«, sagte sie und setzte sich auf das schmale Sofa in der Ecke.

»Das war auch mein Eindruck.«

»Sie zieht zu ihrer Tante, nachdem ihre Mutter im Gefängnis sitzt, weil sie Saras Vater ermordet hat. Sie ist also bereits ein extrem verletztes Kind. Dann landet sie bei einer Frau, die ihr einziges eigenes Kind verloren hat. Da könnte man jetzt eigentlich denken, dass Sara als eine Art Kompensation für das verlorene Kind fungieren sollte, ein Mädchen, für das zu sorgen Ellinor die Gelegenheit bekommen hat.«

»So scheint es aber nicht gewesen zu sein.«

»Nein, im Gegenteil.«

Olivia verstummte und versank wieder in die Geschichte, von denen die Tagebücher erzählten.

Sara war ein Kind gewesen, das Tiere liebte. Katzen, Kaninchen, Hunde, Eichhörnchen. Als sie zu Ellinor zog, war sie empört und traurig, all die eingesperrten Nerze zu sehen, die an ihren Gittern zerrten, einander bissen und die ganze Zeit schrien. Sie fand, es sei Tierquälerei, dass die Käfige so klein waren. Ellinor hingegen fand die Nichte lächerlich. In einer Nacht schlich Sara raus, öffnete ein paar Käfige und ließ ein paar Nerze frei. Als Ellinor das erfuhr, war sie außer sich vor Wut und beschloss, Sara zu bestrafen. Sie zwang sie, bei der Tötung einiger Nerze dabei zu sein. Sara weigerte sich zunächst, doch man zerrte sie in das graue Gebäude. Da wurde sie genötigt, selbst einen lebenden Nerz in die Kiste mit Gas zu tun. Sie beschreibt, wie das Tier in Panik geriet, als es das Gas einatmete, und tobte, um herauszukommen. Nach einer knappen Minute wand es sich in Krämpfen. Dann lag es fast still und keuchte, bis die Lungen zusammenfielen und es erstickte. Das alles dauerte ungefähr fünf Minuten. Dann wurde der Nerz aus der Kiste genommen und abgezogen, das Fell wurde auf ein Metallregal neben die anderen Felle gelegt, der Körper in eine auf dem Boden stehende Schubkarre geworfen.

Und das erlebte sie nicht nur einmal.

Ellinor institutionalisierte diese Bestrafungsmethode. Jedes Mal, wenn Sara etwas tat oder sagte, was Ellinor nicht passte, wurde sie in das graue Gebäude gezwungen und musste einen Nerz töten. Die Strafe wurde sogar noch dadurch verschärft, dass Sara die Nerze, die sie getötet hatte, auch abziehen musste. Saras Beschreibung der roten, nackten Tierkörper, die immer noch warm waren, wenn sie in der Schubkarre landeten, waren quälende Lektüre. Als zusätzliche Bestrafung musste sie zusehen, wie alle Kadaver auf der Rückseite des Gebäudes in einem großen Feuer verbrannt wurden.

»Dieser eklige Rauch, der über den ganzen Hof zieht. Als er mir in den Augen brannte, habe ich versucht, keine Tränen zu zeigen. E. durfte mich nicht weinen sehen, denn dann würde sie mich wieder ins Schlachthaus zwingen.«

Olivia sah Sara vor sich, im Keller, die verletzte Frau, ständig zwischen verschiedenen Gefühlszuständen hin und her geworfen, die erzählen wollte, es aber nicht schaffte. Und dann wieder doch nicht wollte. Die mehr erlitten hatte, als sie zu verarbeiten vermochte. Jetzt konnte Olivia sie verstehen, und ihr wurde klar, dass Sara über die Jahre hinweg seelisch misshandelt worden war.

Wenn ich nur damals im Keller von dem hier gewusst hätte, dachte sie, von der Sache mit der Brandstiftung und dem Mord am Vater und von der Nerzfarm, hätte ich sie dann vielleicht retten können? Sie dazu bringen, mir zu vertrauen und sich Hilfe zu suchen? Stattdessen wurde Sara niedergeschlagen und verbrannte im Haus.

»… ›meine kleine Lachkatze‹ …«, sagte Olivia leise.

»Wie bitte?«

Bosse war noch in der Leitung und hatte geduldig gewartet.

»So hat ihr Vater sie genannt.«

»Sara?«

»Ja.«

Olivia ließ den Kopf sinken.

»Du hast diese Ellinor kennengelernt, oder?«, erkundigte sich Bosse.

»Ja.«

Olivia richtete sich auf dem Sofa auf.

»Wie ist sie?«

»Eloquent, selbstsicher, manipulativ. Und eine Giftmörderin.«

Eine Behauptung, für die der Beweis noch erbracht werden musste.

Olivia beendete das Gespräch und kehrte zu den Tagebüchern zurück. Ein paar standen noch aus. Kaum hatte sie sich hingesetzt, gab ihr Telefon einen Ton von sich. Eine SMS von Mette: »Habe dir gerade ein Dokument geschickt. Ruf mich an, wenn du es aufgemacht hast.« Olivia zog sich ihren Rechner heran und öffnete das Dokument. Als Erstes sah sie ein körniges Bild von einem Bürgersteig. Sie rief Mette an.

»Hallo, jetzt habe ich es offen. Was ist das?«

»Ein Film von einer Überwachungskamera, aufgezeichnet auf einer Straße in Coventry. Ich hab ihn vorhin von Scotland Yard bekommen.«

Olivia sah sich den kurzen Film an.

»Siehst du die Frau da?«, fragte Mette.

»Ja.«

»Erkennst du sie?«

»Ich glaube ja.«

Sie war sich nicht ganz sicher, sondern wollte das alles gern auf einem größeren Bildschirm anschauen und schob ihren Computer ein Stück weg.

»Wann werdet ihr Mohagen vernehmen?«, fragte Mette.

»Bald. Sie ist nur leicht verletzt. Ich hoffe, wir können sie bald dingfest machen.«

»Aber sicher bist du nicht?«

Das war sie nicht. Sie wusste, was sie alles herausgefunden hatten, und das war ziemlich viel, aber sie wusste auch, dass es in der Ermittlung noch Lücken gab.

»Nein, ganz sicher bin ich nicht«, gestand Olivia.

»Isidora auch nicht.«

Olivia fuhr zusammen.

»Hast du mit ihr gesprochen?«, fragte sie.

»Ja, selbstverständlich.«

Für Olivia war das überhaupt nicht selbstverständlich. Wieder hatte sie das Gefühl, als würden die beiden hinter ihrem und Lisas Rücken miteinander reden. Das störte sie.

»Habt ihr die ganze Zeit Kontakt?«, fragte sie.

»Nein, nur ab und zu. Wieso?«

Darauf gedachte Olivia nicht zu antworten, also sagte sie: »Hat sie denn erwähnt, warum sie nicht ganz sicher ist?«

»Ja, aber das weißt du ja wohl selbst. Du, ich muss auflegen, wir kriegen Besuch.«

»Ach so, wer kommt?«

»Ein enger Freund von uns und dir.«

»Abbas?«

»Genau«, sagte Mette.

»Grüß ihn.«

»Mache ich, und melde dich, wenn was passiert.«

»Versprochen. Du, sag mal, weißt du was von der Krankenschwester, die vergiftet worden ist?«, fragte Olivia.

»Ja, ihr Zustand ist sehr kritisch, denn es gibt ja kein Gegengift gegen Aconitin. Ich weiß jedenfalls, dass sie auf Intensiv liegt.«

*

»Du musst kämpfen, du musst überleben, meine liebste, beste Bahar«, flüsterte Anki in Bahars Ohr.

Sie stand über Bahars Krankenbett gebeugt und sprach die Worte ganz leise aus. Wie eine Beschwörung. Der Schweiß lief ihr innen am Visier herunter, und sie war von den vielen Wachen völlig erschöpft, weigerte sich aber, nach Hause zu gehen, obwohl alle Kolleginnen und Chefs sagten, sie müsse sich ausruhen. Ein paar Stunden Schlaf auf einer Pritsche im Umkleideraum hatte sie heute Nacht bekommen, das musste reichen.

Sie musste dafür sorgen, dass Bahar überlebte, so war es einfach. Es war ihre verdammte Pflicht. Sie hatte die Spritze in Bahars Arm gesetzt. Und obwohl sie wusste, dass sie überhaupt keine Schuld an dem traf, was geschehen war, hatte sie doch exakt dieses Gefühl.

Schuld ist nicht immer logisch, nicht einmal für eine erfahrene Krankenschwester wie Anki.

Sie hatte schon früher mit Vergiftungsfällen zu tun gehabt, aber das waren Überdosen von Medikamenten oder Drogen gewesen. Das hier war etwas anderes, hier lag eine Kollegin und Freundin und kämpfte um ihr Leben, und sie selbst hatte ihr das Gift gespritzt. Es war nicht absehbar, wie es ausgehen würde, da man nicht wusste, welche Menge Aconitin sie abbekommen hatte. Die kontaminierten Dosen waren ins Labor geschickt worden, aber die Antwort, wie konzentriert das Gift war, ließ immer noch auf sich warten. Das Einzige, was man wusste, war, dass es kein Gegengift gab, und das war kein schöner Gedanke.

Anki nahm ein Handtuch, feuchtete es ein wenig an, wischte Bahars Stirn ab und rückte die Sauerstoffmaske zurecht. Bahar war nicht bei Bewusstsein, die Lage war immer noch kritisch, denn es bestand ein über die Atmung ausgelöstes zirkulatorisches Sauerstoffproblem, weshalb eine Überwachung durch das Beatmungsgerät notwendig war. Ein Schlucktubus war eingesetzt worden, um die Atmung zu sichern. Blutdruck und Puls wurden in regelmäßigen Abständen kontrolliert, ebenso der Sauerstoffgehalt des Blutes. Sie sah aus wie einer der Covid-Patienten, die sie selbst bis heute täglich versorgt hatte.

»Soll ich dich ablösen?«

Helena, eine der Ärztinnen der Abteilung, schob die Tür einen Spalt auf und schaute herein.

»Danke, aber es ist schon okay.«

»Aber du solltest wenigstens mal einen Kaffee trinken und dir ein bisschen die Beine vertreten, oder?«

Anki sah Helena an und merkte, dass Kaffee und ein Toilettengang vielleicht doch mal angesagt wären.

»Okay, ich gehe ganz schnell«, sagte sie und richtete sich auf.

Da begann sich Bahars Körper plötzlich zu verkrampfen. Es sah aus, als würde sie sich in Angst winden. Anki sah Helena an und registrierte die besorgte Miene der Ärztin.

»Stesolid«, sagte Helena, »wir müssen ihr noch mal Stesolid geben.«

*

Mårten hatte vier große Schüsseln aus Leichtmetall, die sich drehten und Infrarotwärme verbreiteten, in jede Ecke des großen Gartens gestellt. Das wärmte ein bisschen, solange der Wind nicht zu stark war. Außerdem hatte er sich einen Feuerkorb aus Cortenstahl gegönnt, den man mit mehreren Holzscheiten auf einmal befüllen konnte, und damit ein Stück entfernt ein anständiges Feuer gemacht.

Somit hatte er alles getan, was er konnte, damit sie an dem milden Dezemberabend draußen eine angenehme Zeit verbringen konnten.

Wegen Abbas.

Sie hatten ihn nicht gesehen, seit er nach Gambia gezogen war, aber jetzt saß er hier, an einem Ende des Tisches, mit Mette am anderen Ende und Mårten selbst an der Längsseite. Sie hatten eine solide Paella gegessen und ein paar Gläser Rotwein getrunken. Die Zeit sollte für alles Positive genutzt werden, das überhaupt möglich war.

Was bedeutete, dass sie so wenig über Tom sprachen wie möglich.

Alle drei kannten sie die Situation, und soweit sie wussten, war nichts Neues geschehen.

»Luna wird sich melden, wenn sich etwas verändert«, hatte Mårten gesagt und damit dieses Gesprächsthema für beendet erklärt.

Nun musste jeder mit der Lage fertigwerden, so gut er konnte.

»Wie lange hast du vor, in Gambia zu bleiben?«, fragte Mårten.

»Ich weiß es nicht, vielleicht sogar für immer. Mariama hätte gern Kinder.«

»Und du?«

»Wenn sie welche will, dann will ich auch.«

»Wir würden dich hier vermissen«, warf Mette ein.

»Ich weiß, und ich euch natürlich auch, aber wir lieben uns, und das ist ihre Heimat. Ich kann mir nicht vorstellen, mit ihr hierherzuziehen.«

»Warum nicht?«

»Darauf gibt es eine Reihe von Antworten, Mette, und die meisten haben mit Rassismus zu tun. Und das weißt du.«

Das wusste Mette. Sie nahm noch einen Schluck Wein.

»Und was ist mit Tom?«, versuchte Mårten auf Abbas einzuwirken – und merkte, dass er sich gerade ziemlich egoistisch verhielt. »Wir gehen schließlich davon aus, dass er wieder gesund wird, und du weißt doch, was du ihm bedeutest.«

»Und er dir«, fügte Mette ebenso selbstbezogen hinzu.

»Tom und ich haben, was wir haben. Und was wir hatten. Er fühlt sich im Grunde auf Rödlöga am wohlsten, oder zusammen mit Luna in Aditis Retreat in Thailand. Er hat sein Leben, und ich habe meines. Wir werden älter, Mette.«

»Definitiv.«

»Das Einzige, was schwer für mich wird, ist Jolene.«

Jolene war Mettes und Mårtens Tochter. Sie hatte das Downsyndrom, und ihr war es schließlich gelungen, Abbas' harte Schale zu durchbrechen und ihn weicher zu machen. Sie hatte ihn einfach direkt erreicht, seinen Schutzpanzer heruntergerissen und einen Kontakt geschaffen, der ein Lächeln in ihm ausgelöst hatte, das ihn all die Jahre nicht verließ. Jetzt wohnte sie allein, und Abbas versuchte, so viel Kontakt wie möglich zu ihr zu haben. Doch von Gambia aus war das schwer.

»Dann wird sie wohl mal runterkommen und dich besuchen müssen, wenn diese Infektionsgeschichte vorbei ist«, schlug Mårten vor.

»Das wäre großartig. Sie würde Mariama lieben.«

Plötzlich klingelte Mårtens Handy. Er zog es heraus und warf einen Blick aufs Display. Dann stand er auf und verließ den Tisch. Abbas und Mette sahen ihm nach.

Mårten ging weit genug weg, um außer Hörweite zu sein. Er beugte sich ein wenig vor und sagte leise: »Hallo, Sten, hast du etwas Neues gehört?«

Die nächsten Minuten über schwieg Mårten, umso mehr sprach Sten Brockman. Mårten warf ab und zu einen Blick hinüber zum Tisch.

»Danke, Sten.«

Mårten beendete das Gespräch. Er ging langsam zurück und stellte fest, dass das Feuer in der Schale zusammengefallen war. Er blieb kurz stehen, als wollte er die Glut inspizieren, doch in Wirklichkeit ging es ihm darum, Zeit zu gewinnen. Wenigstens ein paar Augenblicke, ehe die Frage kommen würde, von der er wusste, dass sie schon lauerte.

»War das Luna?«, fragte Mette mit genau dem Unterton in der Stimme, vor dem Mårten sich fürchtete.

»Nein, das war ein Freund.«

»Der vom Söderkrankenhaus?«

»Ja.«

»Was hat er gesagt?«

Und wieder standen Mårten zwei Antworten zur Wahl, oder eigentlich drei. Lügen, die Wahrheit sagen oder eine Notlüge versuchen.

Er wählte Letzteres.

»Er sagt, die Lage ist unverändert. Ernst, aber stabil.«

»Und was heißt das?«, hakte Abbas nach.

»Habe ich doch gesagt, dass die Lage unverändert ist.«

Mårten setzte sich, schenkte sich noch ein Glas Wein ein und wich Mettes Blicken aus. Er wusste, dass sie ihn durchschaute, dass sie es aber hoffentlich durchgehen lassen würde.

Als sie Abbas eine halbe Stunde später jeder am Gartentor mit einem Ellenbogenkick verabschiedeten und ihn zum Bus gehen sahen, wusste Mårten, dass es so weit war.

»Und was hat er wirklich gesagt?«, fragte Mette und schaute ihrem Mann tief in die Augen.

»Dass sie versucht haben, ihn aus dem Koma zu holen, aber die Reaktion negativ war. Der Körper hat es nicht geschafft.«

»Und?«

»Ein schwerer Rückschlag.«

*

Ein Rückschlag, von dem der dünne Mann mit dem schütteren Pferdeschwanz keine Ahnung hatte. Denn in dem Fall hätte er sich noch ausgehöhlter gefühlt als sowieso schon. Leif Minqvist war normalerweise ein sehr einsamer Mensch, ein alter

Dealer, der alle Brücken, die man in Brand setzen konnte, hinter sich zerstört und alle Schiffe gleich mit abgefackelt hatte. Ihm waren nicht viele Freunde geblieben. Er wohnte in einer Einzimmerwohnung in Kärrtorp mit einem fleckigen Korkfußboden in der Küche und einem niedrigen Einzelbett in einer Kammer dahinter.

Das war nicht immer so gewesen. Zeitweilig hatte das Dasein eine Goldkante gehabt und war mit glücklichen Gewinnen bestreut gewesen, und er hatte sogar eine Beziehung zu einer Frau gehabt, die ihn in ihrer Betriebsamkeit wie einen lahmen Gaul hatte aussehen lassen.

Bettan.

Das war leider nicht unbedingt von Dauer gewesen.

In den letzten Jahren war er ein Schatten seiner selbst geworden, der herumgeisterte und versuchte, mit nichts zu überleben. In seiner Seele, in der inneren Welt, in der unsere Träume groß wie Ballons sind und niemand uns Grenzen setzt, in dieser Welt war er immer noch überzeugt von seiner Großartigkeit, seiner genialen unternehmerischen Begabung, seinem richtigen Ich. In dieser Welt war es nur eine Frage der Zeit, ehe er wieder in goldenen Schuhen auf der Erde stehen und seine Mitmenschen mit Wohlstand überschütten würde.

Doch so weit war er momentan nicht.

Momentan machte er kleine Schritte auf einem Bürgersteig, der ebenso verlassen war, wie er sich selbst fühlte. Doch er hatte ein Ziel. Er wusste, dass da vorn ein Geschäft war. Ein Antiquariat, in dem sich Freunde des Mannes aufhielten, der zurzeit auf den Tod lag. Ein Mann von einem gewissen Kaliber. Mit denen würde er seine Einsamkeit und seine Trauer über das, was möglicherweise zu geschehen in Begriff war, teilen.

Darüber, dass er vielleicht eine der wenigen Rettungsleinen verlieren würde, die er noch in seinem Leben hatte.

Den alten Stilton.

»Wer ist denn das da?«

Benseman hatte den Mann vor dem Fenster des Antiquariats erspäht. Ein bleiches Gesicht, das sich an die Scheibe drückte, und eine zittrige Hand, die aussah, als würde sie winken.

»Der Nerz«, sagte Ronny. »Toms Kumpel. Lass ihn rein.«

Ronny war sein ganzes erwachsenes Leben lang von ausgegrenzten und heimatlosen Menschen umgeben gewesen, sein Laden war eine Zuflucht für die »Angeschlagenen«. Sein großes Herz hatte diese ausgegrenzte Klientel zu unterschiedlichen Teilen mit Wärme, Wein und Würde versehen. Als nun also der Nerz an die Scheibe klopfte, war er ein willkommener Gast.

»Du kannst da hinten sitzen«, sagte Ronny, »dann halten wir ein wenig Abstand.«

Der Nerz verbeugte sich leicht, um sich dann auf den ihm zugewiesenen Stuhl zu setzen.

»Ein bisschen Roten?«, fragte Ronny und hielt ihm einen Karton hin.

»Gern. Ein Chablis?«

Der Nerz lachte über seinen eigenen Witz – als ob es Chablis in einer Bag-in-Box geben würde! Dass Chablis ein Weißwein war, davon wusste er nichts.

Ronny reagierte nicht darauf, er kannte das schon. Der Nerz bekam einen Plastikbecher und goss sich Rotwein ein. Ronny hob seinen eigenen Becher, und beide nahmen einen Schluck.

Benseman hatte sich in den Sessel unter der Stehlampe gesetzt und verhielt sich der Figur an der Tür gegenüber abwartend. Im Unterschied zu Ronny akzeptierte er Krethi und Plethi nicht einfach so, obwohl er Ronnys Offenheit vieles in seinem Leben zu verdanken hatte.

Doch etwas Wohlstand wäscht die Vergangenheit schnell weg und lässt viele Menschen auf diejenigen herabsehen, zu denen sie selbst einmal gehörten. In Bensemans Fall zur Gruppe schwer alkoholkranker Penner. Heute war er Assistent in einem etablierten Antiquariat, mit Lohn und eigenem Schlüssel zum Laden.

»Ihr habt sicher schon von Tom gehört«, begann der Nerz und wischte sich ein paar Tropfen Wein aus den Mundwinkeln.

»Ja. Schrecklich«, sagte Ronny. »Offenbar ist er sehr krank.«

»So verdammt krank, wie man nur sein kann.«

»Ja.«

Sie prosteten sich wieder mit den Plastikbechern zu, und Ronny wandte sich an Benseman, der seinen Becher nicht erhoben hatte.

Ronny, der die Lage erkannte, sagte: »Darf ich fragen, wer von euch kennt Tom eigentlich länger?«

Benseman richtete sich im Sessel auf, und fast unmerklich bewegte sich auch der Nerz nach oben.

»Tom und ich haben über zehn Jahre lang den Rinnstein miteinander geteilt«, erklärte Benseman, sah den Nerz an und nahm einen Schluck aus dem Becher.

Als sei das eine Auszeichnung.

»Da war Tom leider ziemlich auf den Hund gekommen«, bestätigte der Nerz. »Das war lange nachdem wir unsere Zusammenarbeit begonnen hatten. Ich fand es beklemmend, dass er dort gelandet ist.«

So leicht gab Benseman nicht auf.

»Was heißt denn Zusammenarbeit? Was hatte er mit dir zusammenzuarbeiten?«

»Ich habe es oft als die Beziehung zwischen einem Informanten und einem Auftraggeber beschrieben, wir nahmen und gaben.«

»Du warst Toms Spitzel«, erklärte Ronny, der das Gefühl hatte, dieses Duell ein wenig ausbalancieren zu sollen.

»So kann man es auch formulieren. Darf man noch einen Schluck haben?«

Ronny schenkte dem Nerz nach und merkte, dass dies hier mitten in allem Elend durchaus eine nette Runde werden konnte.

Und der Nerz spürte dasselbe.

Einsamkeit ist ein Zustand, der für eine Weile aufgehoben und vergessen werden kann, ehe er wieder zuschlägt.

## IMPFGEGNER BEI DRAMATISCHER AUTOJAGD AUFGESPIESST

Es hatte mit nach Klicks gierenden Sensationsheadlines zum Thema »Impfskandal« begonnen und war mit hartnäckigem Graben nach schmutzigen Details weitergegangen. Gleichwohl mit sehr magerem Ergebnis. Die Polizei hatte einen Deckel draufgehalten. Alle Fragen wurden mit dem Hinweis auf die laufende Ermittlung abgeblockt. Und diese Ermittlung würde nicht fortgesetzt werden können, bis die Hauptperson von einem Krankenhaus in Kopenhagen zum Polizeirevier in Kristianstad gebracht würde.

Ellinor Mohagen.

Heute sollten die ersten Vernehmungen mit ihr stattfinden.

Aufgrund des großen Medieninteresses hatte die Polizei Ort und Uhrzeit bekannt gegeben, was dazu führte, dass sich vor dem Polizeigebäude auf der Östra Kaserngatan trotz Regen und Kälte schon mehrere Stunden vor Beginn des Verhörs eine große Schar Menschen versammelte. In den Seitenstraßen warteten ein paar Polizeiwagen. Versammlungen von mehr als acht Personen waren verboten, wobei dieses Verbot allerdings mit dem Gesetz der Versammlungsfreiheit und dem Demonstrationsrecht kollidierte.

Eine schwierige Situation für die Ordnungsmacht.

Die Mischung aufgeregter Menschen auf der schmalen

Straße war bunt. Ältere wütende Frauen, jüngere Männer mit Kinderwagen, junge Mädchen mit rasierten Köpfen und geballten Fäusten, und alle skandierten sie so zutiefst erkenntnisreiche Devisen wie »Die Medien sind das Virus!«. Einige von ihnen hielten Banner hoch, auf denen stand: »Pasteur irrte sich!«, andere wedelten frenetisch mit Plakaten, auf denen schlicht stand: »Impfen tötet!« Dazu trommelten sie auf leere Tonnen und Töpfe und mitgebrachte leere Flaschen.

Mitten im Regen.

Isidora stand im ersten Stock des Polizeireviers an einem Fenster. Sie fuhr sich mit der Hand an ihrem dicken Zopf entlang und betrachtete derweil die Volksmenge auf der Straße. Jahrestreffen der Aluhüte, dachte sie.

Was sie nicht sah, war der Mann im dunkelgrünen Kapuzenpullover, der schweigend unter seiner Kapuze am äußeren Rand der Menge stand. Und selbst wenn sie ihn gesehen hätte, hätte sie ihn nicht erkannt. Im Gegensatz zu Lisa und Olivia. Er war es gewesen, der behauptet hatte, er züchte Blauen Eisenhut, weil die Pflanze so schön sei.

Geert de Jong, der blonde Saubermacher.

Er skandierte nichts.

Der Vernehmungsraum war nicht sonderlich groß. Graue Wände, grauer Fußboden. In der Mitte stand ein robuster Stahltisch mit zerkratzter Oberfläche. Wegen der allgemeinen Ansteckungsgefahr waren die beiden Parteien durch eine Plexiglasscheibe geteilt, die von der Decke hing. Auf jeder Seite standen zwei Stühle aus Stahl, ein weiterer an der Tür.

Ein Fenster hatte der Raum nicht.

Olivia machte eine Geste.

»Bitte sehr.«

Ellinor setzte sich auf die eine Seite des Tisches, allein.

Einen Anwalt hatte sie abgelehnt. Auf der anderen Seite nahmen Olivia und Lisa Platz.

Isidora wählte den Stuhl an der Tür. Dieser Teil der Vernehmung würde von den Polizistinnen der NOA geleitet werden, während sie lediglich als Backup dabei war. Sie bemerkte, dass Ellinor heute ein schmales schwarzes Trauerband am einen Oberarm trug, ein seltsamer Anblick. Ungeschminkt, die Haare elegant zu einem Knoten aufgesteckt, ein einfaches blaues Kleid. Dafür, dass sie kürzlich erst in einen schweren Autounfall verwickelt gewesen war, sah sie erstaunlich vital aus, lediglich ein Pflaster auf der einen Schläfe und eine leicht bläulich verfärbte Wange deuteten an, was sie durchgemacht hatte.

Das hier wird nicht leicht werden, dachte Isidora.

Olivia rückte die Gegenstände vor sich auf dem Tisch zurecht. Ein Laptop, ein Stapel A4-Papier, ein Block, ein graphitgrauer Stift. Lisa hatte, abgesehen von dem Rechner, ungefähr die gleichen Dinge vor sich. Ein Stück von ihr entfernt stand ein Tonbandgerät. Sie sah Olivia an, beugte sich vor und schaltete das Gerät ein. Olivia sprach die Formalien auf, Namen, Uhrzeit, Fallnummer. Als sie fertig war, neigte sich Ellinor leicht nach vorn zu der Plastikscheibe.

»Ich wäre Ihnen dankbar, wenn Sie erklären würden, warum ich hier sitze«, sagte sie.

Ihre Stimme wurde von der Scheibe gedämpft, war aber gut zu verstehen.

»Ich denke, das ist Ihnen durchaus klar«, entgegnete Olivia, »ansonsten wird es sich im weiteren Verlauf erschließen. Wie geht es Ihnen?«

Ellinor antwortete nicht. Doch Olivia hatte sich für eine sanfte Eröffnung entschieden, um einen halbwegs vertraulichen Ton zu finden.

»Das war ein schlimmer Unfall, Sie hatten wirklich einen Schutzengel.«

Immer noch keine Antwort von Ellinor, abgesehen von einem kurzen Blick zu Isidora an der Tür.

»Wohin waren Sie unterwegs, als es passierte?«

»Wir wollten Freunde in Europa besuchen.«

Die Antwort kam schnell und konzentriert, als sei sie einstudiert.

»Freunde vom Safe Haven?«, fragte Olivia sanft.

»Das geht Sie nichts an.«

Olivia merkte, dass ihre Idee, einen halbwegs vertraulichen Ton anzuschlagen, falsch gewesen war, und so kam sie direkt zur Sache.

»Ist Ihnen ein Gift namens Aconitin bekannt?«

»Ja. Das findet sich in Eisenhut. Warum fragen Sie?«

»Am Montagabend sollten einige vom Personal des Universitätskrankenhauses in Malmö gegen Covid geimpft werden. Eine der Personen hat die Spritze bekommen, ehe die Impfung abgebrochen wurde.«

Ellinors Kopf ruckte ein klein wenig.

»Warum ist sie abgebrochen worden?«, fragte sie.

»Weil die Impfdosen Aconitin enthielten. Wäre die Impfung fortgesetzt worden, dann wären mehrere Personen akuter Lebensgefahr ausgesetzt worden.«

»Das wären sie sowieso, Sie wissen ja, dass ich das glaube. Aber inwiefern hat das etwas mit mir zu tun?«

»Wir untersuchen, wie diese giftigen Impfdosen in den Kühlraum des Krankenhauses gelangt sind. Wissen Sie etwas darüber?«

»Nein, ganz bestimmt nicht.«

Olivia klappte den Laptop auf und drehte ihn zu Ellinor hin. Das Licht des Bildschirms blitzte in der Plastikscheibe auf.

Sie startete einen Film auf dem Computer.

»Das hier ist zwar sehr dunkel, mit dem Handy aufgenommen, aber sicherlich erkennen Sie den Ort. Es ist der Hof vor Ihrem Haus. Zwei Männer heben eine Kiste in den Kofferraum eines Autos. Das sehen Sie, oder?«

»Ja.«

»Zwanzig Minuten später ist dasselbe Auto von der Polizei angehalten worden. Als meine Kollegin Lisa Hedqvist hier neben mir und ich selbst zu dem Ort kamen, saßen Sie hinterm Steuer. Wir haben Sie gebeten, den Kofferraum zu öffnen, und es stellte sich heraus, dass er leer war. Wohin war die Kiste verschwunden?«

»Wenn ich mich recht entsinne, war es eine Kiste mit Müll, den ich unterwegs in einen Müllcontainer geworfen habe«, sagte Ellinor. »Möchten Sie wissen, in welchen Container?«

Olivia ignorierte die leichte Ironie und startete einen weiteren Film.

»Das hier ist ein kurzes Stück aus dem Überwachungsfilm in einem Flur des Universitätskrankenhauses. Es zeigt einen Mann in einem Arztkittel, der einen Kühlraum betritt.«

Olivia drehte Ellinor wieder den Bildschirm zu und ließ sie den Rücken eines Mannes im kurzen Arztkittel sehen. Er hatte eine Kiste auf dem Arm, schob eine Tür auf und verschwand hindurch.

»Und wer war das?«, fragte Ellinor.

»Schauen Sie weiter«, sagte Olivia. »Der Mann ist knapp zwei Minuten im Kühlraum. Hier kommt er wieder heraus und geht auf die Kamera zu.«

Ellinor betrachtete den Bildschirm.

»Erkennen Sie ihn?«, fragte Olivia.

»Nein.«

»Das müssten Sie aber. Dies ist der Mann, der Ihre Hand

hielt, als wir Sie in Runaby trafen. Sie haben ihn als Gary vorgestellt. Er starb neben Ihnen im Auto bei Rødby. Gary Woodman. Was hat er da in den Kühlraum getragen?«

»Das weiß ich nicht. Ich habe keine Ahnung, was er da tat.«

»Sie wussten nicht, dass er dort war?«

»Nein.«

»Dann nehmen wir mal den nächsten Film … den vom öffentlichen Parkplatz des Krankenhauses, der ungefähr fünfzehn Minuten zuvor aufgenommen wurde.«

Olivia startete einen schwarz-weißen Überwachungsfilm. Der zeigte, wie Gary Woodman den Kofferraum eines Opel Kombi öffnete und eine Kiste herausholte.

»Sie sehen, wer das ist?«, fragte Olivia.

»Gary.«

»Sehen Sie auch, was für ein Auto das ist?«

»Ich bin nicht so gut mit Automarken.«

»Das ist ein Opel Kombi mit demselben Kennzeichen wie der Opel, mit dem Sie unten in Rødby den Unfall hatten.«

»Ach so?«

»Ist das Ihr Auto?«

»Das gehört zum Hof«, erwiderte Ellinor. »Ich nehme mal an, dass Gary es dort ausgeliehen hat.«

»Ohne Ihr Wissen?«

»Ja.«

»Die Kiste, die er da heraushebt, sieht der ziemlich ähnlich, die am selben Abend in Ihren Kofferraum geladen wurde.«

Ellinor schüttelte leicht den Kopf.

»Worauf wollen Sie mit all dem hinaus?«, fragte sie.

»Ich komme noch dazu. Wir haben hier noch einen anderen Film, und auch der ist mit einem Handy gemacht worden.«

Olivia startete den nächsten Film.

»Er zeigt ein Labor mit Flaschen und getrocknete Teile der

Pflanze Eisenhut, aus der man Aconitin gewinnt, wie Sie selbst gesagt haben. Der Film ist im Keller Ihres mittlerweile abgebrannten Hauses in Runaby aufgenommen worden.«

Ellinor schaute den kurzen Film an, ohne die Miene zu verziehen. Als er zu Ende war, sah sie Olivia durch die Plexiglasscheibe an.

»Wer hat den aufgenommen?«, fragte sie.

»Was haben Sie dort in dem Keller gemacht?«, lautete Olivias Gegenfrage.

Ellinor fuhr sich mit der Zunge über die Oberlippe, sie brauchte ein paar Augenblicke.

»Gary hat da unten gearbeitet«, sagte sie. »Und wie ich bereits gesagt habe, haben wir dort Kräutermedizin produziert.«

»Und in dem Zusammenhang stellten Sie Aconitin her?«

»Gary hat das gemacht, ja, er ist Kräuterexperte … war … Er interessierte sich unter anderem für Alternativmedizin und benutzte Aconitin beruflich. Wir haben Eisenhut auf dem Hof gezüchtet, und er nutzte die Gelegenheit, es dort herzustellen.«

Olivia klappte den Bildschirm herunter. Sie hatte noch einen Film, war aber unsicher, ob sie ihn abspielen sollte.

»Sie haben gefragt, worauf ich mit alldem hier hinauswill«, begann sie.

»Ja.«

»Wir wollen zeigen, dass Sie in Ihrem Keller Aconitin hergestellt haben, um Impfdosen zu kontaminieren.«

Ellinor blieb ungerührt. Olivia beugte sich vor zur Scheibe und merkte, dass sie etwas beschlug. Sie wischte die Feuchtigkeit mit dem Ärmel weg und schaute Ellinor an.

»Am Sonntag«, sagte sie, »am selben Tag, als die erste Lieferung des Impfstoffs Schweden und Malmö erreichte, haben Sie eine Kiste mit vergifteten Impfdosen in den Kofferraum Ihres Autos geladen. Sie haben den Hof verlassen. Ein Stück entfernt haben Sie Gary getroffen, die Kiste ist sicherheitshalber in Ihren Opel Kombi verfrachtet und von ihm zum Krankenhaus in Malmö gefahren worden. Dort hat er sich einen Arztkittel übergezogen, sich Zutritt zum Krankenhaus verschafft und die Kiste in den Kühlraum getragen. Das haben wir eben auf dem Film gesehen. Im Kühlraum hat er frisch gelieferte Impfdosen gegen die vergifteten ausgetauscht und ist dann verschwunden.«

Ellinor faltete die Hände und legte sie auf den Rand des Tisches. Mit sehr ruhiger Stimme sagte sie: »Abgesehen davon, dass ich keine Ahnung habe, wovon Sie reden, verstehe ich nicht, was der Witz an all dem sein soll.«

»Der ›Witz‹ bedeutete Sabotage. Ein teuflischer Plan, unter anderem von Ihnen unter dem Namen ›der Samariter‹ entworfen.«

»Der Samariter?«

Ellinor lachte kurz auf. Olivia wartete, bis das Lachen in dem engen Raum verhallt war, dann fuhr sie fort: »Der Plan war, eine gewisse Anzahl Impfdosen gegen Dosen mit dem Nervengift Aconitin auszutauschen. Die Nebenwirkungen bei den Patienten wären schwere Krämpfe und lebensbedrohende Atemlähmung, möglicherweise mit Todesfolge. Würde man erst einmal entdecken, dass einige der Dosen Aconitin enthielten, müsste die gesamte Impftätigkeit gestoppt werden. Überall. Schließlich wüsste niemand, welche Dosen das Gift enthalten, niemand würde es wagen, das Risiko einzugehen. Das Ziel wäre erreicht.«

»Und das wäre?«

»Ein kompletter Abbruch des Impfprogramms. Oder zumindest eine starke Verzögerung. Und gleichzeitig die Chance, in der Welt noch mehr Anhänger für die Bewegung der Impfgegner zu gewinnen.«

»Und Sie glauben, dass ich in diesen Plan eingeweiht war?«

»Sie sind Mitglied bei Safe Haven, nicht wahr?«

»Nein, darauf habe ich doch bereits geantwortet. Können wir einen Moment unterbrechen, ich müsste mal auf die Toilette. Ich muss ein paar Schmerzmittel nehmen.«

Olivia drehte sich zu Isidora um, die nickte. Ellinor stand auf und ging zur Tür. Draußen wartete eine Polizistin.

»Geh mit ihr zur Toilette«, sagte Isidora.

Sie schloss die Tür und sah zum Tisch. Olivia begegnete ihrem Blick.

»Sie ist eiskalt«, sagte Isidora. »Und schiebt alles auf den toten Woodman. Es könnte schwer werden, sie persönlich mit der Herstellung des Aconitins im Keller und mit dem Transport der Dosen zum Krankenhaus in Verbindung zu bringen.«

»Und dem Austausch der Fläschchen im Kühlraum«, gab Lisa zu bedenken. »Das hat ja auch er gemacht.«

Das stimmte, und Olivia wusste es.

Aber sie hatte noch einen Trumpf in der Hand.

Ellinor lächelte, als sie wieder am Tisch Platz nahm. Sie hatte ihren Knoten aufgelöst, und das Haar hing über die Schultern herunter. Olivia betrachtete sie durch die Scheibe und klappte den Computer wieder auf.

»Sie haben uns vor einer Weile angerufen, da waren Sie in England«, sagte sie.

»Ja, in Manchester.«

»Wie war es denn möglich, dass Sie zwischen Schweden und England hin und her reisen konnten?«

»Ich habe die doppelte Staatsbürgerschaft. Wie Sie wissen, war ich mit einem Engländer verheiratet.«

Olivia nickte, das hatte Ellinor erzählt, als sie sich das letzte Mal in Runaby gesehen hatten.

»Ich habe einen letzten Film, den ich Sie bitten möchte

sich anzuschauen«, sagte sie. »Auch das ist ein Film von einer Überwachungskamera.«

Olivia drehte den Bildschirm zu Ellinor hin und startete den Film. Er zeigte einen Mann und eine Frau, die sich auf einem Bürgersteig trafen. Ellinor betrachtete den Film durch die Plastikscheibe.

»Sie erkennen die Frau?«, fragte Olivia.

»Das bin ich.«

»Und wer ist der Mann, mit dem Sie da sprechen?«

»Das weiß ich nicht, jemand, dem ich auf der Straße begegnet bin.«

»Rein zufällig?«

»Ja.«

»Er heißt Bill Scooder und ist einer der Anführer von Safe Haven in Großbritannien. Momentan befindet er sich in Untersuchungshaft wegen Beteiligung an einer Impfstoff-Sabotage in Coventry.«

»Ach ja?«, sagte Ellinor.

»Der Film ist dort aufgenommen. Nicht in Manchester. Waren Sie auch in Coventry?«

»Ja, ich bin ein wenig herumgereist.«

»Mussten Sie denn nach der Einreise nicht in Quarantäne?«, fragte Olivia.

Da Ellinor nicht antwortete, zog Lisa ein Papier aus einem Ordner.

»Scotland Yard ist Bill Scooders Computer durchgegangen, und man hat eine Reihe verschlüsselter Files mit E-Mail-Korrespondenzen gefunden. Eine davon betraf eine Frau, die sich ›der Samariter‹ nannte. Wir haben hier eine ihrer Mails.«

Lisa schob Olivia das Papier hinüber.

»Sie schreibt Folgendes an Scooder: ›Use aconitine‹ … ›aconitine‹ ist die englische Bezeichnung für die Pflanze Eisenhut – ›Use aconitine. Grind root. 0.5 mg per dose enough. Be careful. Extremely toxic.‹ … Das ist eine kurze Anleitung, wie man Aconitin herstellt.«

Olivia ließ das Papier sinken und sah Ellinor an.

»Wir glauben, dass Sie es waren, die diese Mail geschickt hat«, sagte sie. »Oder besser gesagt, wir wissen, dass Sie es waren.«

Zum ersten Mal flackerte Ellinors Blick, ihre Lippen wurden zu einem dünnen Strich. Lisa sah, wie sie die Hände unter den Tisch nahm, vielleicht, um ein leichtes Zittern zu verbergen.

»Und woher wollen Sie das wissen?«, fragte Ellinor sehr viel leiser als zuvor, die Stimme drang kaum durch die Scheibe.

»In dem zerstörten Opel wurde in einer Reisetasche ein Laptop gefunden. Während Sie im Krankenhaus waren, haben unsere Techniker ihn untersucht. Der Laptop gehört Ihnen. Im Postausgang war die Nachricht, aus der ich eben zitiert habe. Sie wurde unter dem Namen ›der Samariter‹ an Bill Scooder gesandt. Die ganze lange Mailkonversation ist dokumentiert. In der letzten Mail, die kurz vor dem Unfall in Rødby abgeschickt wurde, schreiben Sie, dass die Aktion im Krankenhaus in Malmö erfolgreich gewesen sei.«

Olivia begegnete Ellinors Blick durch das Plexiglas. Keine von beiden bewegte sich, im Raum war es mucksmäuschenstill. Isidora fragte sich, wie lange die Frau im hellblauen Kleid noch durchhalten würde. Als sie sah, wie Ellinors Schultern langsam herabsanken, war ihr klar: Es war vorbei.

Auch Lisa und Olivia lasen Ellinors Körpersprache, der gesenkte Kopf, der Blick, der sich nach innen wandte.

Vermutlich hatte sie aufgegeben.

Olivia entspannte sich innerlich ein wenig, die nächste Phase würde bedeutend einfacher sein. Da ging es mehr um die Aufklärung von Details.

»Wir haben in Ihrem Computer auch einen langen Text gefunden, eine Art Manifest, das voller Verschwörungstheorien und mit ›Der Samariter‹ unterschrieben ist«, sagte sie mit bedeutend sanfterer Stimme. Die Überschrift des Textes lautet: *Gemeinsam in die Neue Weltordnung zum Wohle der Menschheit!* … Um was für eine neue Weltordnung handelt es sich denn da?«

Ellinor richtete sich wieder auf, ihr Blick wurde wieder fest, und sie schob die Schultern zurück.

»Das ist ein Plan für das Überleben der Menschheit«, sagte sie entschieden.

»Der darauf ausgelegt ist, wissentlich ein tödliches Gift in unschuldige Menschen zu injizieren?«

»In einige wenige, um die große Mehrheit zu retten.«

»Wovor zu retten?«, fragte Lisa.

»Davor, dass ihre DNA manipuliert wird.«

»Durch eine Covid-Impfung?«

»Ja. Das ist ein Teil ihrer Strategie.«

»Wessen Strategie?«

»Der Leute, die zum Beispiel durch Impfen die Kontrolle über die Bevölkerung der Erde erlangen wollen«, sagte Ellinor.

»Und wer ist das?«, fragte Olivia.

»Eine geheime Bewegung, die eine globale Diktatur errichten möchte. *Novus ordo seclorum.* Wir versuchen das zu verhindern, zum Wohle der ganzen Menschheit. Das ist ein Akt der Barmherzigkeit, für den Sie uns danken sollten.«

»Und wer ist ›wir‹?«

Ellinor beugte sich zu der Scheibe vor, und ihr Blick schien sich durch das Plastik direkt in Olivias Augen zu bohren.

»Menschen, die nicht so sind wie Sie. Die nicht schwach und manipuliert sind, Menschen, die der rechten Rasse angehören. Die den Mut besitzen, gegen die genetische Verwässerung in diesem Land aufzubegehren. Die wissen, dass nur, wer wagt zu sehen, wie die Wahrheit eigentlich aussieht, es auch verdient zu leben. Menschen wie ich.«

Olivia sah Lisa an. Beide erkannten, dass Ellinor das glaubte, was sie da sagte, das konnte man in ihrem Blick sehen und aus ihrem Tonfall heraushören. Sie war eine Verschwörungstheoretikerin und Faschistin reinsten Wassers.

Es gab nicht mehr viel hinzuzufügen.

Sie beendeten das Verhör.

Ellinor verließ in Begleitung einer Polizistin den Raum. Isidora kam kopfschüttelnd zum Tisch.

»Ein Mensch ohne jede Empathie«, war ihr erster Kommentar. »Wir hätten ihr Aconitin ins Wasser mischen sollen.«

»Aber sie hat zugegeben, dass sie der Samariter war«, sagte Olivia.

»Ja.«

In diesem Moment kam eine SMS auf Lisas Handy an. Sie las sie und stand auf.

»Oskar möchte, dass wir in den Ermittlungsraum rüberkommen.«

*

Nach dem Brand auf Ellinors Hof und der Entdeckung des Giftlabors in ihrem Keller hatte die Polizei alle Gebäude auf dem Grundstück durchsucht. So auch das kleine Haus von Geert de Jong. Er hatte alle persönlichen Dinge mitgenommen, aber im Garderobenschrank eine Plastiktüte zurückgelassen oder vergessen, in der sich ein Laptop und ein vergilbtes Dokument befanden.

Ein fataler Fehler, wie sich herausstellen sollte.

Es war den Technikern der Polizei nach einigen Schwierigkeiten gelungen, den Computer zu knacken, und sie stellten fest, dass er Agnetha Eriksson gehörte. Dabei hatten sie auch ein Dokument gefunden – einen persönlichen Brief an die zwei Kinder von Agnetha – und nun Kontakt zu ihrem Sohn aufgenommen.

Oskar.

Als Lisa und Olivia den Raum betraten, saß Oskar mit einem Laptop vor sich an dem ovalen Tisch. Er hatte sich ein Glas Wasser geholt und die Lederjacke über den Stuhl neben sich gehängt. Auf der Wunde am Hinterkopf war kein Verband mehr. Lisa unterdrückte den Impuls, hinzugehen und ihn zu umarmen, denn sie war sich unsicher, wie Isidora reagieren würde.

Außerdem waren sie hier an ihrem Arbeitsplatz.

Olivia und sie setzten sich Oskar gegenüber und sahen ihn den Laptop aufklappen.

»Wie ihr wisst, ist Agnethas Rechner in einem der Häuser da auf dem Hof aufgetaucht«, erklärte er mit einer Stimme, die noch merklich vom Rauch beeinträchtigt war.

»Ja«, erwiderte Isidora.

»Die Techniker sind ihn jetzt durchgegangen, und sie haben mir vor einer Weile ein Dokument geschickt.«

»Was für ein Dokument?«

»Einen Brief, den Mama an Sara und mich geschrieben hatte.«

Alle drei bemerkten, dass er »Mama« und nicht »Agnetha« sagte.

Oskar drehte den Bildschirm zu Isidora.

»Isi, du warst doch damals bei der Ermittlung zur Brandstiftung dabei. Was hältst du von dem, was sie hier behauptet?«

Isidora zog sich den Computer heran und sah das Dokument durch. Es enthielt einen sehr kurzen Text in Briefform. Sie begann zu lesen. Das ging schnell. Als sie fertig war, drehte sie den Bildschirm zu Lisa und Olivia und schenkte sich ebenfalls ein Glas Wasser ein.

»Und dieses Dokument befand sich also auf ihrem eigenen Computer?«, fragte Isidora.

»Ja«, sagte Oskar.

Er merkte, dass sich Isidora abwartend verhielt. Er selbst war offensichtlich ungeduldig und klopfte mit den Knöcheln der einen Hand auf den Tisch. Als Lisa und Olivia fertig waren, fragte er: »Was meint ihr?«

Die drei Frauen sahen einander an und wussten nicht, wer anfangen sollte.

Isidora ergriff das Wort.

»Ich bin ziemlich skeptisch«, bekannte sie.

»Warum?«, fragte Olivia.

»Weil ich glaube, dass sie sich täuscht.«

»Aber was, wenn nicht?«, wandte Lisa ein. »Wenn das, was sie schreibt, stimmt? Dann hätte Olivia möglicherweise recht.«

»Inwiefern?«, fragte Olivia.

»Als wir am ersten Tag über das Mordmotiv diskutierten, hast du mit dem Gedanken gespielt, dass das, was Agnetha auf den Zettel an ihrer Wand geschrieben hatte, tatsächlich wahr sein könnte«, sagte Lisa. »Dass sie an dem Mord wirklich unschuldig war und herausbekommen hatte, wer den Brand gelegt hat. In dem Fall würde es ja Menschen geben, die sich von ihr bedroht fühlten. Und da hätten wir das Motiv. Erinnerst du dich?«

»Klar. Und das gilt ja schließlich immer noch, oder?«

»Genau das meine ich doch!«

Lisa wandte sich Isidora zu. Sie verstand, warum Isidora die damalige Ermittlung verteidigte, schließlich hatte sie selbst daran mitgewirkt. Es musste ungeheuer quälend sein, umzudenken, den Gedanken zuzulassen, dass man den falschen Täter gefasst hatte, dass die falsche Person verurteilt worden war.

Dass es sich möglicherweise um einen Justizmord handelte.

Doch Lisa gab nicht auf.

»Würde es sich nicht lohnen, es trotzdem zu überprüfen?«, fragte sie.

Isidora sah wieder das Dokument an, schüttelte leicht den Kopf und kratzte sich an der Wange. Oskar griff in die Innentasche seiner Lederjacke und zog ein vergilbtes Stück Papier heraus.

»Das hier war offensichtlich in derselben Plastiktüte wie der Rechner«, erklärte er.

»Was ist das?«, fragte Olivia.

»Ein alter Schuldschein, von dem sie im Brief schreibt. Soweit ich das beurteilen kann, ist er echt.«

Isidora nahm das Papier, schaute es an und erhob sich.

»Okay, ich werde in die alte Ermittlungsakte schauen«, sagte sie.

»Und was, wenn das, was hier steht, stimmt?«, fragte Oskar.

Isidora sah ihn an, sie erkannte, wie angespannt seine Miene war.

»Dann haben wir einen neuen Täter im Fall der Brandstiftung, durch die dein Vater ums Leben kam.«

»Und ein Motiv für den Doppelmord«, fügte Olivia hinzu.

Isidora nahm den Schuldschein und verließ den Raum. Lisa legt eine Hand auf Oskars Arm. Er sah sie an.

»Hast du Lust, Emma kennenzulernen?«, fragte er.

»Gern. Ist sie hier?«

»Sie sitzt in meinem Zimmer und malt.«

Die beiden erhoben sich, und Olivia sah ihnen nach.

Oskar öffnet die Tür und ging zuerst hinein.

»Das hier ist Lisa«, erklärte er.

Lisa folgte ihm. Die siebenjährige Emma saß mit einem Zeichenblock an einem Schreibtisch, sie trug einen Strickpullover und rote Cargohosen. Sie hatte die gleichen blonden Haare wie ihr Vater und muntere braune Augen.

»Hallo«, sagte sie. »Wir dürfen uns nicht die Hand geben.«

»Nein, ich weiß, aber wir können ein wenig winken. Hallo, Emma.«

Emma winkte zurück, wandte sich dann wieder dem Zeichenblock zu und nahm eine Wachsmalkreide.

»Warst du das mit Papa im Krankenhaus?«, fragte sie.

»Ja.«

Lisa machte ein paar Schritte vor und betrachtete Emmas Zeichnung.

»Was malst du da?«

»Die da.«

Emma zeigte auf eine kleine gehäkelte Puppe, die an eine Dose gelehnt saß. Die Puppe hatte ein aufgesticktes »S« auf der Brust. Lisa reagierte sofort, als sie die Puppe sah.

»Was ist denn?«, fragte Oskar.

Sie zog ihn beiseite.

»Woher hat sie die?«, flüsterte sie.

»Wer flüstert, der lügt«, sagte Emma, ohne aufzusehen.

»Die habe ich in Lammåsa mitgenommen, als ich mal dort war«, erklärte Oskar. »Wieso?«

»Weil ich fast dieselbe in Saras Wohnung gesehen habe, bei der Hausdurchsuchung.«

Oskar nahm Lisa am Arm.

»Wir sind gleich wieder da, Emma.«

»Was heißt das?«, fragte Emma.

»Was denn?«

»Das, was sie gesagt hat über ein suchendes Haus?«

»Das erkläre ich dir nachher.«

Oskar zog Lisa mit in den Flur hinaus und machte die Tür zu.

»Du hast genau so eine in Saras Wohnung gesehen?«

Lisa hatte ihr Handy rausgezogen und begann durch die Bilder zu scrollen. Sie suchte ein Foto heraus und hielt es Oskar hin.

»Das ist eine Aufnahme von dem Sommerhaus«, sagte er.

»Ja, zieh das Bild ein bisschen größer, siehst du, was davor liegt?«

Oskar vergrößerte das Bild. Vor dem Foto lag eine kleine gehäkelte Jungenpuppe auf einem roten Samtherz. Die Puppe trug ein gesticktes »O« auf der Brust. Oskar ließ das Handy sinken und sah zu Boden.

»Großmutter hat diese Puppen für uns gehäkelt«, sagte er leise. »Eine für mich und eine für Sara. Wir haben unten im Keller damit gespielt und hatten ein Geheimversteck für sie im Steinfußboden. Da sollten sie ihr ganzes Leben verbringen … die traurigen Kinder …«

Oskar gab Lisa das Handy zurück, sein Blick verfinsterte sich ein wenig.

»Und sie hatte die zu Hause bei sich?«, fragte er.

»Ja, auf einem Regal im Wohnzimmer.«

Oskar holte tief Luft, Lisa streichelte seinen Arm.

»Habt ihr Geheimnisse?«

Emma stand mit einer Wachsmalkreide in der Hand in der Tür.

*

Isidora betrat einen engen Raum im Kellergeschoss des Polizeipräsidiums. Ein schmales Fenster unterhalb der Decke ließ ein wenig Licht herein, ansonsten brauchte man Schreibtischlampen. Sie schaltete zwei ein und zog ihren dunkelblauen Pullover aus, denn sie fürchtete, dass es hier bald sehr stickig werden würde. In einer raschen Bewegung steckte sie ihre Haare mit einer Klammer hoch und setzte sich auf den bequemsten Stuhl, als Tore Möller die Tür öffnete. Vor sich schob er ein grünes Wägelchen, auf dem zwei Kartons standen. Sie hatte ihn gebeten, das Material von der alten Ermittlung zu holen.

»Warum?«, hatte er gefragt.

»Wir haben eine neue Information reinbekommen, und ich möchte kontrollieren, ob die stimmt.«

»Über die Brandstiftung?«

»Ja.«

»Aber das ist doch sechzehn Jahre her«, sagte er.

»Es gibt möglicherweise ein Motiv, von dem wir damals nichts wussten.«

»Aber der Täter ist doch tot, oder? Oder besser gesagt die Frau, die ist doch gerade ermordet worden.«

»Da gibt es vielleicht einen Zusammenhang.«

»Wie das?«

»Zwischen dem Mord und der Brandstiftung.«

»Spannend«, brummte Tore und stellte die Kartons auf dem Boden ab.

Er öffnete den ersten und hob ein paar Ordner auf den Tisch. Das Ermittlungsmaterial war nicht sonderlich umfangreich. Tatverlauf und Täterin waren relativ schnell festgestellt worden. Vielleicht zu schnell?, dachte Isidora und schlug den ersten Ordner auf. Sie zog sich eine der Lampen heran und begann zu lesen.

»Kann ich irgendwas tun?«, erkundigte sich Tore.

»Im Moment nicht. Ich rufe dich, wenn ich Hilfe brauche.«

Tore nickte und verließ den Raum.

Isidora benötigte etliche Stunden, um die alte Ermittlung durchzublättern. An vieles erinnerte sie sich, manches hatte sie vergessen. Als sie schließlich in einem Meer von verschiedenen Zeugenaussagen die eines Mannes fand, der angab, in der Nacht des Brandes einen roten Mazda in Ysane gesehen zu haben, wurde ihr klar, dass Agnetha recht gehabt haben könnte.

Jedenfalls reichte es aus, um ihre Behauptung ernst zu nehmen.

Vor allem, nachdem Isidora mit Tores Hilfe und dem Verkehrsregister herausbekam, dass die Person, die von Agnetha der Tat bezichtigt worden war, zur Tatzeit einen roten Mazda besessen hatte.

Isidora ging anschließend den kriminaltechnischen Bericht vom Brand durch und blieb an einem Detail hängen. Auf dem Benzinkanister, der für die Brandstiftung benutzt worden war, hatte man Hautablagerungen gefunden, doch waren sie viel zu klein für eine DNA-Analyse. Das Staatliche Kriminaltechnische Laboratorium, wie das NFZ damals hieß, hatte die Sache mit den Ablagerungen mit folgender Begründung verworfen: »DNA, die mit einer Person in Zusammenhang gebracht werden kann, konnte nicht gefunden werden.« Zu wenige Hautzellen für eine Probe.

Mit den damaligen Methoden.

Zurzeit wurde in Polizeikreisen eine hitzige Debatte über all die DNA-Spuren geführt, die beim NFZ aufbewahrt wurden und mittels der weiterentwickelten Technologie möglicherweise ein Beweisbild verändern könnten.

Das wusste Isidora natürlich, und sie nahm Kontakt zum NFZ auf, um sich zu erkundigen, ob das Material von der Brandstiftung in Ysane 2005 noch da war. Inklusive der Hautzellen vom Benzinkanister.

Das war der Fall.

Und weil in Agnethas Dokument eine verdächtige Person

genannt wurde, gab es auch eine potenzielle DNA, die mit der auf dem Benzinkanister verglichen werden konnte.

»Können Sie das sofort untersuchen?«, sagte sie zu der Kollegin beim NFZ.

»So schnell es geht, mehr kann ich nicht versprechen.«

Und damit musste sich Isidora vorerst zufriedengeben.

*

Thomas und Fatima wurden von Bahars Kollegin Anki Lidell begrüßt, als sie ins Krankenhaus kamen. Wegen der außergewöhnlichen Umstände hatten sie eine Sondererlaubnis bekommen, Bahar zu besuchen.

Thomas bemerkte sofort Ankis rot geweinte Augen hinter dem Visier, und wenn er gedurft hätte, dann hätte er sie umarmt. Er wusste, wie sie litt. Sie war diejenige gewesen, die Bahar geimpft und die ihn angerufen und erzählt hatte, was geschehen war. Sie hatte sich bemüht, mit seinem Schock, seiner Verzweiflung und der Wut umzugehen. Und sie musste ihm auch verweigern, in der ersten Phase ins Krankenhaus zu kommen. Versuchte, ihn zu beruhigen und zu überzeugen, dass sie alles taten, was sie konnten. Er wusste, dass sie die ganze Zeit an Bahars Seite gewesen war, seit es passiert war.

Was nicht hätte passieren dürfen.

Er selbst hatte dann Fatima sagen müssen, was mit ihrer Mutter geschehen war. Er war lange nicht so professionell wie Anki, gab sich aber Mühe, sich so erwachsen wie möglich zu verhalten und sie zu trösten, obwohl seine eigene Verzweiflung ihn fast erstickte.

Die arme Fatima war völlig außer sich gewesen. Er hatte sie fest umarmt, während sie ihre Verzweiflung herausschrie, denn er hatte Angst, dass sie zerbrechen würde, wenn er sie losließe.

Dann rief Anki wieder an, sagte, dass die Lage sich stabilisiert habe, und dass Bahar überleben würde. Da brach Thomas total zusammen, die Erleichterung öffnete alle Dämme, und nun war es an Fatima, ihn in den Arm zu nehmen.

Sie hatten beide einander in einer zutiefst aufwühlenden Stunde ihres Lebens gesehen, und das hatte sie zusammengeschweißt. Sie hatten auf eine Weise zueinandergefunden wie noch nie zuvor, und sie hatten das bewältigt.

Sie waren die zwei Musketiere, und der dritte würde es schaffen.

»Sie liegt hier hinten.«

Anki deutete zum Ende des Korridors. Sie hatte dafür gesorgt, dass die beiden die notwendige Schutzausrüstung anzogen, und sie darauf vorbereitet, in welchem Zustand Bahar sich befand.

Schwach, aber bei Bewusstsein.

Als sie vor dem Zimmer standen, machte Anki die Tür vorsichtig auf, schob Thomas und Fatima hinein und verließ dann diskret den Raum. Fatima war zuerst am Bett, und Bahars Augen öffneten sich langsam, als die Tochter vorsichtig die Hand auf ihre legte. Thomas blieb stehen. Ihm war, als müsste er in Ohnmacht fallen. Beim Anblick seiner geliebten Bahar, angeschlossen an Schläuche und Maschinen, bekam er weiche Knie, und er hielt sich an einem Stuhl fest, um nicht umzusinken. Bahar atmete schwer, ihr sonst so schönes Gesicht war eingefallen und die Augen matt, doch gelang es ihr, etwas zustande zu bringen, das einem Lächeln ähnelte.

»Setz dich, Thomas«, sagte sie schwach.

Das tat er. Und kam sich ein bisschen dumm vor. Sogar in diesem Moment war sie die Stärkere, die sah, was er brauchte. Bahar wandte ihren Blick Fatima zu, die die Hand ihrer Mutter zwischen ihre Hände genommen hatte.

»Wir haben solche Angst gehabt, Mama«, flüsterte sie.

Thomas nahm wahr, wie Bahar wieder zu lächeln versuchte und wie sie kämpfte, um ihren Blick auf Fatima gerichtet zu halten.

»Es wird gut werden, mein Liebling«, sagte Bahar. »Alles wird gut werden.«

Dann verschwand das Lächeln langsam von ihren Lippen, und sie schloss die Augen.

»Mama?«, fragte Fatima besorgt.

Thomas stand rasch von seinem Stuhl auf und ging zum Bett. Bahar atmete, doch in ihren Lungen rasselte und pfiff es besorgniserregend.

»Bahar«, sagte er sanft.

Er legte seine Hand auf ihre Wange. Sie reagierte nicht. Fatima sah Thomas mit Tränen in den Augen an.

»Was ist los? Warum antwortet sie nicht?«

»Ich weiß nicht«, sagte Thomas und versuchte ruhig zu klingen, während die Panik in ihm hochstieg. »Ich werde Anki holen.«

Mit raschen Schritten war er an der Tür und auf dem Korridor und hätte Anki fast umgerannt, die direkt vor der Tür bereitstand.

»Irgendetwas stimmt nicht«, sagte er. »Sie war einfach nicht mehr da.«

Anki hörte die Verzweiflung in Thomas' Stimme, eilte ins Zimmer und zu Bahar.

»Geht bitte für einen Moment raus«, sagte sie mit einer Strenge, die Thomas sofort begreifen ließ, dass die Situation bedenklich war.

Er legte den Arm um Fatima und führte sie auf den Korridor hinaus.

»Sie wird doch wohl nicht sterben?«, schluchzte Fatima.

Thomas nahm sie in den Arm und wusste erst nicht, was er antworten sollte. Zwei weitere Krankenschwestern kamen durch den Flur angelaufen und verschwanden im Zimmer.

»Nein, sie ist stark, deine Mutter, sie wird gesund werden«, tröstete er Fatima dann, denn das wollte er selbst gerne glauben.

Das musste er glauben.

Zugleich verfluchte er im Stillen den Unmenschen, der seine Frau vergiftet hatte, und hoffte, er möge in der Hölle brennen.

Sie waren im Korridor an die Wand gelehnt in die Knie gesunken und starrten vor sich hin. Thomas konzentrierte sich auf einen Fleck an der gegenüberliegenden Tür, während in seinem Kopf die Katastrophengedanken rasten. Fatima hockte neben ihm und hielt krampfhaft seine Hand fest. Ihre Augen waren geschwollen, aber sie hatte aufgehört, hysterisch zu weinen und versuchte, sich zusammenzureißen.

Beide fuhren zusammen, als nach einer gefühlten Ewigkeit die Tür zu Bahars Zimmer geöffnet wurde und Anki herauskam. Fatima kam als Erste auf die Füße. Thomas erhob sich langsam und bemühte sich gleichzeitig, Ankis Blick zu lesen – und war unendlich erleichtert, als er zu sehen meinte, wie sie Fatima anlächelte.

»Die Lage ist wieder stabil«, sagte Anki in ihrem nüchternen Norrländisch. »Es tut mir leid, dass ihr das miterleben musstet. Sie hat Probleme mit dem Sauerstoff bekommen und das Bewusstsein verloren.«

»Dürfen wir zu ihr rein?«, fragte Fatima.

»Sie schläft jetzt«, sagte Anki. »Und es ist am besten, wenn sie auch weiterschlafen kann.«

»Bitte, ich will sie nur sehen. Ich werde sie nicht wecken, das verspreche ich.«

»Fatima, ich glaube, es ist am besten, wenn wir tun, was

Anki sagt«, sagte Thomas. »Wir dürfen wiederkommen, wenn es ihr besser geht. Oder?«

Thomas warf Anki einen Blick zu, sie nickte zustimmend.

»Aber kann ich nicht einfach kurz hineinschauen?«

Fatima ließ nicht locker. Sie wollte mit eigenen Augen bestätigt sehen, dass ihre Mutter wirklich lebte.

»Okay«, sagte Anki, die begriff, wie wichtig das war.

Fatima schob vorsichtig die Tür auf und sah zu Bahar hinüber. Thomas stellte sich hinter sie. Zwei Krankenschwestern kontrollierten, dass Sauerstoff und Tropf so funktionierten, wie sie sollten. Bahars Brustkorb bewegte sich auf und ab, die Atmung war ruhiger, und es war kein Rasseln mehr zu hören.

»Es ist spät, sie muss sich ausruhen und ihr auch«, sagte Anki. »Ich melde mich morgen früh wieder. Sie bekommt die allerbeste Pflege, die es gibt. Da könnt ihr ganz sicher sein.«

Thomas wandte sich Fatima zu.

»Geh du schon mal vor, ich komme nach. Ich möchte noch etwas mit Anki besprechen. Allein.«

»Warum kann ich nicht dabei sein? Es ist schließlich meine Mutter.«

Thomas konnte nicht anders, als zu lächeln. Fatima hatte recht, und wie sie es so sagte, war sie ihrer Mutter sehr ähnlich.

»Okay«, lenkte er ein und wandte sich Anki zu. »Wisst ihr inzwischen mehr darüber, wie das passiert ist?«

Anki drehte sich ein bisschen von Fatima weg, es war ihr sichtlich unangenehm, dass das junge Mädchen hören würde, was sie sagte.

»Nein«, antwortete sie leise. »Nicht mehr, als dass jemand eine Reihe von Impfdosen ausgetauscht hat, und dass die Polizei den mutmaßlichen Täter festgenommen hat, aber das ist alles, was wir bisher gehört haben. Sie haben die ganze Charge beschlagnahmt und schweigen sich über die Umstände aus. Wir haben es mit einer widerlichen Sabotage zu tun. Die Sicherheitsmaßnahmen sind jetzt enorm. Aber wir haben bereits eine neue Lieferung erhalten. Ich werde morgen geimpft.«

»Dass du dich das traust«, sagte Fatima.

Jetzt wandte sich Anki ihr zu.

»Weißt du, Fatima«, sagte Anki, »es ist sehr wichtig zu verstehen, dass das, was deiner Mutter passiert ist, ein übles Verbrechen war, ein Mordversuch. Es gibt jemanden, der versucht, die Impfung zu sabotieren und die Menschen abzuschrecken, sich impfen zu lassen. Das hat nichts mit dem Impfstoff an sich zu tun. Die das hier getan haben, sind Terroristen, und dem Terrorismus darf man niemals nachgeben.«

»Jetzt klingst du genauso superprächtig wie Mama«, erwiderte Fatima.

Anki lächelte sie an.

»Das nehme ich jetzt einfach mal als Kompliment«, sagte sie. »Fahrt nach Hause und versucht jetzt zu schlafen, wir kümmern uns so lange um Bahar.«

Und hoffen, dass sie überlebt, dachte sie.

Thomas lächelte Anki an, dann nahm er Fatimas Hand, und die Krankenschwester sah sie beide dicht nebeneinander im Korridor verschwinden.

*

Es war fast fünf Uhr morgens, und Olivia konnte nicht mehr.

Vorm Schlafengehen hatte sie Luna eine SMS geschrieben und dieselbe kurze Information über Toms Zustand erhalten wie auch Mette schon: *Weiterhin Koma.*

Mehr nicht.

Als sie Lukas anrief, war er trunken vom Malen. Er sagte, er liebe sie, wolle aber weitermalen.

Verzweifelt warf sie die nass geschwitzte Decke ab, zog sich ihre Kleider an und schlich aus dem Zimmer. Sie musste einfach mal woandershin, Luft schnappen, sich bewegen, all die angstbestimmten Gedanken wegwandern.

Sie trat auf die Straße und wusste nicht, welche Richtung sie in der Dunkelheit nehmen sollte. Alle Häuser waren finster, und die Entfernung zwischen den Straßenlaternen war weit. Sie ging einfach in irgendeine Richtung. Ein lautloser Krankenwagen fuhr in einiger Entfernung vorbei. Der Himmel war klar, mondbeschienen, die Luft war jetzt kühler, und sie ärgerte sich, ohne Schal und Mütze losgelaufen zu sein. Doch sie war nicht zu einem netten Spaziergang unterwegs, sie wollte versuchen, ihren Körper ins Gleichgewicht zu bekommen, Ruhe zu finden. Als sie eine größere Straße erreichte, konnte sie sich ein wenig orientieren, hier waren sie einige Male entlanggefahren, und sie hatte das Gefühl, dass die Straße zum Wasser führen müsste, zum Tivoli-Park. Ihr war immer noch kein einziger Mensch begegnet, ein Mopedfahrer war vorbeigedonnert und hatte es geschafft, eine halbe Regenpfütze über ihre Hose zu verteilen, aber das war alles.

Soll ich Abbas anrufen? Sie holte das Handy raus und sah, dass es bald keinen Saft mehr hatte, sie hatte vergessen, es zu laden, ehe sie losgegangen war. Da sparte sie besser den Akku. Sie blieb an einer Kreuzung stehen, die vollständig leer war, kein Auto in Sicht, die Fußgängerampel rot. Soll ich hier einfach rumstehen wie ein Idiot? Sie überquerte die Straße und sah ein Stück weiter eine Grünanlage. Das musste der Park sein. Sie schob die Hände in die Jackentaschen und ging schneller, sie wollte weg von Häusern und Mopeds.

Als sie in dem menschenleeren Park angelangt war, verlangsamte sie ihre Schritte und atmete tief durch. Langsam ging sie zwischen den Bäumen hinein. Kürzlich war sie noch durch die schöne Orangerie unten am Wasser geführt worden, jetzt war alles dunkel, und das Mondlicht glänzte in den großen Glasscheiben. Sie kam zu einer Bank und sah, dass jemand darauf lag, als würde er schlafen. Wahrscheinlich ein Penner, der hier eingenickt war. Sie blieb ein paar Meter von der Bank entfernt stehen und überlegte, ob sie die Polizei rufen und dafür sorgen sollte, dass der Mann in eine Unterkunft gebracht wurde und nicht hier erfror. Sie ging hin und berührte leicht den Arm des Mannes. Er fuhr zusammen.

»Sie können nicht hier liegen und schlafen«, sagte Olivia.

Der Mann sah auf. Olivia nahm den kräftigen Geruch von Alkohol in seinem Atem wahr.

»Ich bin auf dem Weg nach Hause«, erwiderte der Mann und rappelte sich hoch. »Dahin.«

Er zeigte mit dem Finger schwankend in die Richtung zu seinem Zuhause und ging los. Olivia sah ihm nach, wie er aus dem Park torkelte. Ihre Gedanken wanderten zu Tom, der ebenfalls mehrere Jahre in üblem Zustand auf Parkbänken verbracht hatte. Wie hatte er da nur landen können? Einen Teil der Antwort kannte sie, wusste, was einem Menschen passiert, wenn er den Boden unter den Füßen, das ganze Fundament verliert, und wie schnell es bergab geht und man unter einer Brücke endet.

Mehr wusste sie nicht.

Sie setzte ihren Weg fort, weiter in den Park hinein. Ihr Blick war auf den Kies gerichtet, und so sah sie den Schatten nicht, der hinter einem entfernteren Baumstamm verschwand. Sie war in die Gedanken an Tom versunken, wie er von Rödlöga herbeieilte, weil sie verschwunden war. Gefangen in Saras Keller.

Sara, dachte sie. Erst eine Mutter, die den Vater verbrennen ließ, und dann eine sadistische Tante, die sie zwang, Nerze zu töten, obwohl sie Tiere liebte. »Meine kleine Lachkatze«, hatte ihr Vater sie genannt. Olivia spürte, wie es ihr die Brust zuschnürte. Hätte ich anders handeln können? Hätte ich andere Sachen sagen können? Sie argumentierte mit sich selbst und merkte nicht, dass der Schatten ihr folgte, sich eine dunkelgrüne Kapuze über den Kopf zog und sich, während sie ging, hinter einem Baum nach dem anderen versteckte.

Olivia trat unter ein paar große Ulmen und setzte sich auf eine Bank. Ihr Körper sank in sich zusammen. Sie schaute auf die Uhr und begriff, dass die Nacht ruiniert war. Auch diese. Wie sollte sie das aushalten? Wenn stimmte, was Agnetha in ihrem Brief geschrieben hatte, dann würden sie ein langes Verhör mit einer Person führen müssen, die zweier Morde verdächtig war. Wenn nicht, dann wären sie gezwungen, alles noch einmal von vorn durchzugehen. Ohne sonderlich viele Anhaltspunkte.

Sie legte den Kopf in die Hände. Lukas, dachte sie, komm und hol mich nach Hause. Ich bin so unendlich müde.

Da vibrierte ihr Handy. Sie zog es heraus. Es war Lisa. Habe ich sie etwa vorhin geweckt?

»Hallo, Lisa«, sagte sie.

»Wo zum Teufel bist du? Ich war auf dem Klo und hab gesehen, dass …«

»Ich konnte nicht schlafen, ich musste ein bisschen Luft schnappen.«

»Und wo bist du jetzt?«

»Im Tivoli-Park, ich komme gleich …«

Da hörte sie direkt hinter sich das Geräusch, und dann die nüchterne Stimme mit dem markanten Akzent.

»Steh auf.«

Olivia fuhr hoch und schaute direkt in eine Pistolenmündung. Der Mann, der die Waffe hielt, hatte vor nicht allzu langer Zeit behauptet, dass er Blauen Eisenhut um seiner Schönheit willen züchtete. Der Mann, der sich Geert de Jong nannte.

»Lass das Handy fallen«, sagte er, ohne die Stimme zu erheben.

Olivia zögerte nicht, als sie Geerts seltsamen Blick sah. Er sieht stoned aus, dachte sie und ließ das Handy auf den Boden fallen.

»Hände hoch und dann zum Gewächshaus.«

Olivia hob die Hände. Gewächshaus? Sie setzte sich in Bewegung und hörte Geert direkt hinter sich, sein Atem war hektisch. Es war ein Stück zu laufen, über eine große Wiese, durch ein kleines Gehölz, kein Mensch war zu sehen. Und selbst wenn da jemand gewesen wäre, hätte Olivia mit dem zugedröhnten Verrückten hinter sich wohl kaum gewagt zu schreien.

Sie erreichte das dunkle Gewächshaus und drehte den Kopf. Die Pistole war einen Meter hinter ihr.

»An der Seite ist eine Tür.«

Geert zeigte mit der Mündung nach links.

Woher weiß er das?, fragte sie sich und bog um die Ecke. War er vorher schon hier gewesen und hatte das Terrain sondiert? Aber er konnte ja nicht ahnen, dass ich hier im Park auftauchen würde. Die Glastür lag zum Wasser hin, gut versteckt und vom restlichen Park abgewandt. Olivia blieb davor stehen.

»Der Krug.«

Geert wies mit dem Kopf auf einen Steingutkrug, der vor der Treppe stand.

»Was ist damit?«

»Schlag die Tür ein.«

Olivia sah Geert an. Der meinte definitiv, was er sagte. Sie hob den Krug hoch und knallte ihn gegen die Glastür. Es regnete Scherben.

»Geh rein«, befahl Geert.

Olivia besah sich das Loch in der Tür. Man konnte hindurchsteigen, aber sie zögerte.

»Mach mich nicht wütend«, zischte Geert, »das ist keine gute Idee.«

Glaube ich auch, dachte Olivia und stieg durch die Scheibe ein. Geert war gleich wieder hinter ihr.

»Was sollen wir hier?«, fragte Olivia.

»Reden, und dann erschieße ich dich.«

Olivia spürte, wie sich ihr Magen zusammenzog, versuchte aber trotzdem, mit sicherer Stimme zu sprechen.

»Worüber sollen wir reden?«

»Den guten Samariter. Geh zwischen den Blumenkästen durch.«

Zwischen einigen großen Blumenkästen aus Holz hindurch verlief ein schmaler, dunkler Gang. Olivia ging hinein, sie konnte kaum sehen, wohin sie die Füße setzte, die stickige, feuchte Luft zog ihr tief in die Lunge.

»Bleib da. Setz dich hin.«

Langsam ließ Olivia sich nieder. Der Boden war mit kalten Steinplatten bedeckt, ein paar Pflanzen streiften sie, das Mondlicht drang durch die hohen Dachfenster herein.

»Zieh die Beine an und leg die Arme darum.«

Olivia sah hoch und begegnete Geerts verschwommenem Blick, der von ihrem einen Auge zum anderen hin und her flackerte. Sie zog die Knie bis zum Kinn und legte die Arme um ihre Beine. Sie spürte, wie sie zitterte.

»Runter mit dem Kopf.«

»Was hast du vor? Sollten wir nicht …«

»RUNTER MIT DEM KOPF!«

Zum ersten Mal erhob Geert seine Stimme. Jetzt begriff sie, warum dieser Ort so günstig war. Niemand konnte sie hier hören, niemand würde sie sehen, mitten in der Nacht, mitten in diesem menschenleeren Park. Sie senkte den Kopf auf die Knie. Geert ging um sie herum und drückte die Mündung der Pistole auf ihren Schädel, genau an die Stelle, wo sie einen Wirbel in den Haaren hatte. Sie spürte, wie er sich zu ihrem rechten Ohr hinunterbeugte, registrierte seinen stechenden Atem.

»Ihr habt das Lebenswerk des Samariters zerstört«, flüsterte er. »Ihr habt ihr Leben zerstört. Mein Leben. Garys Leben. Wie fühlt sich das an?«

Er verstummte.

Olivia wusste nicht, was sie antworten sollte, ob sie überhaupt wagen sollte, etwas zu sagen, und sie wusste nicht, wann der Schuss kommen würde.

»Fühlt sich das gut an?«, flüsterte die Stimme.

Für eine Millisekunde zuckte ein Impuls durch Olivias Gehirn, sie wollte den Kopf drehen und dem Psychopathen hinter ihrem Rücken direkt ins Gesicht schreien, irgendwas schreien!

Doch der Impuls verschwand.

Vielleicht war es aber auch der Überlebensinstinkt, der sich bemerkbar machte.

»Was hast du denn davon, wenn du mich erschießt?«, brachte sie heraus und hörte, wie dünn und zittrig ihre Stimme klang.

»Genugtuung«, flüsterte Geert.

Sie merkte, wie er den Kopf zu ihrem anderen Ohr schob.

»Reine Genugtuung … und Rache«, fuhr er fort. »Das ist eine unschlagbare Kombination.«

Sie merkte, wie er den Kopf hob, sich aufrichtete und die Mündung fester in ihre Haare drückte.

»Der Samariter wollte Gutes tun«, sagte er. »Du nicht.«

Olivia kniff die Augen zusammen.

»Geert!«

Die Stimme kam von der zerbrochenen Tür und veranlasste Geert, sich reflexartig umzudrehen und die Pistole dorthin zu richten. Im nächsten Moment kam der Schuss aus Oskars Waffe. Die Kugel schlug direkt unterhalb von Geerts Schlüsselbein ein. Er fiel rückwärts über Olivia und landete auf dem Rücken, seine Pistole verschwand im Gang. Olivia rappelte sich schnell hoch und rannte zur Tür, direkt in Lisas Arme. Oskar ging auf Geert zu und sah, wie das Blut sich über die Steinplatten ausbreitete. Er richtete seine Waffe auf die Gestalt, die sich da in der Dunkelheit wand.

Hätte er gewusst, dass dies der Mann war, der ihn in Ellinors Haus niedergeschlagen hatte und ihn mitsamt dem Haus verbrennen lassen wollte, dann hätte er wahrscheinlich versucht, ein Stück tiefer zu treffen, auf Höhe des Herzens.

Aber das hätte Ärger mit der Internen Ermittlung bedeutet.

Die Nachricht vom NFZ zu den Hautablagerungen auf dem Benzinkanister ließ erst einmal auf sich warten.

Ein paar Tage, die Olivia sehr gut gebrauchen konnte. Nach dem Ereignis im Park war sie zwar nicht körperlich verletzt, aber zutiefst schockiert.

Und Lisa ebenso.

Oskar war gefasster. Natürlich würde es eine interne Ermittlung geben, aber da machte er sich keine großen Sorgen. Er hatte getan, was er tun musste. Der Mann, auf den er schoss, hatte eine Pistole auf Olivias Kopf gedrückt, die er dann auch auf Oskar selbst richtete, da war kein großer Spielraum für Alternativen. Er hatte so genau gezielt, wie er konnte, und ausreichend hoch, um nicht Gefahr zu laufen, Olivia zu treffen.

Isidora sah das ganz genauso.

Sie wanderte allein und rastlos durch den Ermittlungsraum, es war zehn nach sieben am Morgen. Sie wollte weiterkommen. Wenn stimmte, was Agnetha in ihrem Brief geschrieben hatte, mussten sie noch einmal ganz von vorne beginnen, und die Zeit lief ihnen davon.

Sie hielt inne und betrachtete das Material an den Wänden. Inzwischen kannte sie es in- und auswendig, hoffte aber, dass es vielleicht doch noch an der ein oder anderen Stelle klick machen würde. Sie wusste, dass die Lösung eines Falles oft genau dadurch kam, dass man Informationen, die man zuvor schon hundertmal durchgesehen hatte, noch einmal betrachtete. Man musste nur einen neuen Blickwinkel finden.

Hinter ihr gab der Computer einen Laut von sich.

Schnell war sie am Bildschirm und öffnete ein neu eingegangenes Dokument. Vom NFZ. Sie las die kurze Information, schob den Stuhl zurück und fuhr sich mit der Hand durchs Haar.

Dann rief sie trotz der frühen Stunde Oskar an.

»Agnetha hatte möglicherweise recht«, sagte sie.

»Sie war unschuldig?«

»Es ist nicht ganz klar, aber auch keineswegs unmöglich … es tut mir leid …«

»Mir auch.«

Isidora verstand seine Reaktion und fühlte sich schrecklich schuldig. Sie war eine der Ermittlerinnen gewesen, die zu dem Schluss gekommen waren, dass Agnetha Eriksson den Brand gelegt hatte, um ihren Mann umzubringen. Jetzt zeigte sich, dass es vielleicht nicht so gewesen war.

Isidora hörte, wie Oskar sich räusperte.

»Aber dann wissen wir ja auch, wer es tatsächlich getan hat«, sagte er.

»Ja.«

*

Fatima saß in ihrem Zimmer in der Fensternische und schaute auf die kleine Dorfstraße hinaus, die sich durch die Felder hinunter zum Meer schlängelte. Die Spotifyliste dröhnte in ihren kabellosen Kopfhörern, und draußen fiel wie immer der graue Regen. Die Musik half, ihre Gedanken etwas zu zerstreuen, die letzten Tage hätte sie am liebsten aus ihrem Kopf gelöscht, auch wenn sie wusste, dass das nicht ging. Nie würde sie den Moment vergessen, in dem Thomas reingekommen war und erzählt hatte, was ihrer Mutter zugestoßen war. Das war der Augenblick gewesen, in dem die Welt zusammenbrach und sie hilflos direkt in eine Dunkelheit stürzte, von der sie gar nicht wusste, dass sie existierte. Ihr schlimmster Albtraum war Wirklichkeit geworden.

Ihre starke, taffe, mutige Mama wäre fast gestorben.

Langsam blies Fatima ihren Atem gegen das Fenster und malte ein Herz in den feuchten Nebel, der dort entstand.

Mama.

Die musste doch immer da sein, so war es einfach.

Wo ihr Vater war, das wusste sie nicht. Er verschwand aus ihrem Leben, als Fatima erst ein Jahr alt war. Er war nicht damit klargekommen, dass Bahar sich hier in Schweden ein selbstständiges Leben aufgebaut und eine Arbeit besorgt hatte. An ihrem siebten Geburtstag hatte Fatima das letzte Mal etwas von ihm gehört, da wohnte er in Deutschland, doch seither war es still um ihn geworden. Fatima trauerte ihm nicht sonderlich nach. Sie hatte keine direkten Erinnerungen an ihn, und dann war ja Thomas in ihr Leben getreten, und das war ganz gut gewesen, auch wenn Fatima zunächst gar keine Lust gehabt hatte, die Liebe ihrer Mutter mit jemandem zu teilen.

Doch Thomas war trotzdem geblieben, und sie hatten gelernt, miteinander zu leben.

Nun war ihrer beider Beziehung richtig auf die Probe gestellt worden. Der in Fatimas Augen schwache und etwas versponnene Mann hatte in einer Art und Weise Rückgrat bewiesen, wie sie es nicht von ihm erwartet hätte. Im Handumdrehen war er plötzlich ihr Stützpfeiler geworden, und sie empfand jetzt viel mehr Respekt für ihn. Kurz vorher noch hatte er so abwesend, konturlos und orientierungslos gewirkt. Hing die ganze Zeit nur rum, dachte Fatima, während ihre Mutter wie eine Verrückte arbeitete. Bahar hatte Fatima erklärt, dass es vielleicht daran lag, dass zwei von seinen Verwandten gestorben waren und er trauerte. Fatima wusste nicht, was passiert war oder um welche Verwandten es sich handelte. Keiner von beiden hatte ihr das erzählt, und Fatima hatte auch nicht gefragt, es interessierte sie nicht sonderlich. Sie hatte die Leute ja sowieso nie kennengelernt, sondern nur auf einem Foto vom Sommerhaus gesehen.

Ihr Telefon brummte. Eine SMS von Nahid, ihrer besten Freundin. Sie war die Einzige, der Fatima hatte erzählen können, was passiert war, und nun fragte Nahid, wie es ihr ging. Was sollte sie antworten? Es wurde ein »Ok. Helfe grade Thomas mit was, melde mich später«.

Eine Notlüge, aber im Moment konnte sie nicht einmal mit Nahid reden. Sie wollte einfach nur ihre Ruhe. Gerade machte sie Anstalten, von ihrem Platz aufzustehen, da sah sie ein Auto die Straße herunterfahren. Als es näher kam, erkannte sie, dass es ein Streifenwagen war. Was hatten die denn in Snårestad zu suchen? Sie folgte dem Wagen mit den Augen, und zu ihrem Erstaunen blinkte er und bog auf ihren Parkplatz ein. Was war geschehen? Sie schaute zur Scheune, und im gleichen Moment kam Thomas heraus. Er lief etwas gebückt durch den Regen zum Auto. Ein Mann stieg aus und wartete an der Fahrertür. Er trug keine Uniform, musste aber ja ein Polizist sein, dachte Fatima. Was wollte er von Thomas? Sie setzte sich wieder hin und sah, wie Thomas mit dem Mann sprach, um dann auf die andere Seite hinüberzugehen und sich ins Auto zu setzen. Da bekam sie Panik, so lief es ja immer in den Filmen, wenn sie mit der Todesnachricht kamen, das hatte sie schon tausendmal gesehen. Ging es ihrer Mama wieder schlechter? War sie gestorben?

Fatima riss sich die Kopfhörer aus den Ohren und stürzte die Treppe hinunter.

*

Als sie den Ermittlungsraum betraten, war Isidora gerade dabei, die Unterlagen für das Verhör zusammenzusuchen.

»Hallo«, sagte sie. »Wie geht es dir?«

Diese Frage war vor allem an Olivia gerichtet. Isidora hatte ihre Zweifel gehabt, ob es sinnvoll war, Olivia nach den Ereignissen im Gewächshaus dabeizuhaben. Würde sie das schaffen? Doch Olivia hatte darauf bestanden. Nach allem, was geschehen war, wollte sie die Auflösung des Falles nicht verpassen.

»Alles gut«, sagte sie. »Ich habe heute Nacht ziemlich mies geschlafen, aber es geht schon.«

»Und du?«

Isidora sah Lisa an. Es war Lisas blitzschnelle Reaktion nach dem Gespräch mit Olivia im Tivoli-Park gewesen, die eine Tragödie verhindert hatte.

»Ich habe gut geschlafen«, antwortete Lisa, als sei es vor allem der Schlaf, der für das, was vor ihnen lag, entscheidend war.

Und vielleicht stimmte das ja auch.

Isidora reichte Olivia ein Blatt Papier.

»Das hier ist gestern Abend gekommen.«

»Worum geht es?«

»Den Tablettenblister in Lammåsa.«

Diesmal setzte sich Lisa auf den Stuhl bei der Tür, und Isidora und Olivia nahmen am Tisch Platz. Die Stühle auf der anderen Seite des Tisches waren noch leer.

»Das ist irgendwie ein bisschen anstrengend«, sagte Olivia und nickte zu der Plexiglasscheibe, die über dem Tisch hing.

»Stimmt. Aber notwendig. Wir wechseln uns ab, oder?«, fragte Isidora.

Olivia nickte und bemerkte, wie pedantisch Isidora das

Material vor ihnen auf dem Tisch platzierte, rechtsbündig und Kante auf Kante. So ähnlich war damals auch Mettes Gewohnheit gewesen.

Der enge Raum hatte immer noch keine Fenster, war aber bedeutend wärmer – die Luft stand still. Die sollten hier mal einen Ventilator einbauen, dachte Lisa und öffnete ein paar Knöpfe an ihrem grünen Hemd. Ihr gefiel es, diesmal im Hintergrund zu bleiben. Isidora war die Ermittlerin im Mord an Agnetha, und sie selbst würde es jetzt, wie sie hoffte, einfach nur genießen, wie eine ungewöhnlich widerwärtige Person des Mordes überführt wurde.

Es klopfte leicht an der Tür.

»Herein!«, rief Isidora.

Olivia wandte sich um. Sie wollte den Gesichtsausdruck der Person sehen, die kaltblütig Saras Mutter vergiftet hatte.

*

Luna hatte Schlaftabletten bekommen, die halfen ihr durch die Nächte. Wenn sie aufwachte, nahm sie eine halbe Tablette und dämmerte wieder weg. Die Zeit hatte aufgehört zu existieren, sie hatte keine Ahnung, ob Wochenende oder ein Werktag war. Ihr Bestreben, die alltäglichen Routinen aufrechtzuerhalten, war mit jedem neuen Tag ohne Nachricht erfolgloser geworden. Jetzt musste sie schon kämpfen, um überhaupt etwas zu essen oder sich einigermaßen zu pflegen. Sie hatte aufgehört, auf die Anfragen auf ihrem Handy zu antworten, denn sie ertrug es nicht, die ganze Zeit dieselbe Antwort geben zu müssen. Doch wagte sie es andererseits nicht, es ganz auszuschalten. Schließlich konnte das Krankenhaus anrufen.

Eben hatte sie etwas Wäsche vom Vordeck abgenommen.

Die hatte sie vor ein paar Tagen aufgehängt und völlig vergessen. Die Wäsche war immer noch feucht. Nun saß sie im Salon mit einem Haufen Pullover vor sich. Die meisten von Tom. Sie fing an, sie zusammenzufalten, obwohl sie feucht waren. Ihre Hände vollführten die Bewegungen wie schon tausendmal zuvor, die Gedanken waren woanders. Vielleicht sollte ich ein paar Blumen für hier unten kaufen. Es ein bisschen schön machen. Sie faltete einen weiteren Pullover, diesmal einen grünen mit einem Logo auf der Brust. Den hatte Tom angehabt, als sie von Rödlöga in die Stadt gefahren waren, als er noch über Corona gemeckert und sich geweigert hatte, in Katastrophen zu denken. Wie lange ist das eigentlich her? Haben wir da draußen auch alles richtig abgeschlossen? Ich sollte mehr Wasser trinken, ich brauche Flüssigkeit.

Sie stand auf, ging in die enge Kombüse und blieb vor dem Kühlschrank stehen. Was wollte ich noch hier? Wasser, fiel ihr dann ein, ich muss trinken. Sie nahm eine Flasche Mineralwasser aus dem Kühlschrank und schenkte sich ein Glas ein. Als das Glas gerade ihre Lippen berührte, klingelte drinnen im Salon das Telefon. Sie stellte das Glas ab, ging rein und sah aufs Display. Wenn es ein Name war, den sie kannte, würde sie nicht rangehen. Aber das war nicht der Fall.

Sie nahm das Gespräch an.

Und hörte zu.

Es war das Krankenhaus.

Und sie antwortete: »Ich komme sofort.«

Sie ließ das Handy sinken und stand völlig still.

*

Als Ellinor Mohagen durch die Tür kam, sah sie genauso aus wie letztes Mal, vielleicht eine Spur fragender, doch trug sie dasselbe einfache blaue Kleid und hatte die Haare wieder zu einem Knoten gedreht.

»Sie können sich dahin setzen, wo sie letztes Mal saßen«, sagte Isidora mit fester Stimme.

Ellinor warf ihr einen kurzen Blick zu und setzte sich dann auf einen Stahlstuhl am Tisch.

»Und, haben Sie noch ein paar alte Mails herausgekramt?«, fragte sie mit sarkastischem Unterton und rückte ihre strenge Frisur mit der einen Hand zurecht.

»Nein. Wir haben herausgefunden, dass Sie den Brand gelegt haben, für den Agnetha Eriksson, Ihre Schwester, verurteilt worden ist.«

Was auch immer Ellinor erwartet hatte – das war es sicherlich nicht gewesen. Doch ihre Miene war vollkommen auf null gestellt, langsam ließ sie den Blick zwischen Isidora und Olivia hin und her wandern, sogar bis zu Lisa an der Tür, dann fasste sie sich und sagte: »Ich will einen Anwalt.«

Es dauerte nicht lange, Kontakt zu Axel Hedin aufzunehmen, dem 37-jährigen Anwalt, den Ellinor als ihren Verteidiger verlangt hatte. Er saß in seiner Kanzlei im Zentrum und ließ alles fallen, was er gerade in Händen hatte. Natürlich hatte er den »Impf-Fall«, wie er in den Medien genannt wurde, verfolgt, und wusste einiges über Ellinor Mohagen. Sie bei einer neuerlichen Vernehmung begleiten zu dürfen, würde eine nicht geringe massenmediale Aufmerksamkeit mit sich bringen. Interviews in Zeitungen, vielleicht im Fernsehen, sicher auch landesweit. Diese gebratene Taube gedachte er nicht vorbeifliegen zu lassen.

Hedin fand sich im Polizeihaus ein und wurde in einen Raum gebracht, in dem Ellinor Mohagen wartete. Sie sollten etwas Zeit bekommen, um sich zu besprechen.

Lisa und Isidora befanden sich im Ermittlungsraum. Auch

Olivia war anwesend, jedoch nur physisch: Sie war auf dem schmalen Sofa eingeschlafen. Eine weitere schlechte Nacht hatte ihren Tribut gefordert.

Lisa sah Isidora an.

»Weiß sie, was im Gewächshaus passiert ist?«, fragte Lisa. »Mit Geert de Jong?«

»Du meinst Ellinor?«

»Ja?«

»Das weiß ich nicht, sie ist mit vollen Restriktionen in U-Haft, aber wahrscheinlich will sie momentan auch nicht gerade mit ihm in Verbindung gebracht werden.«

»Nein, sicherlich nicht.«

Als Olivia zu schnarchen begann, ging Lisa hin und berührte vorsichtig ihre Schulter.

»Du … wir fangen jetzt an.«

Zurück im Verhörraum setzten sie sich auf dieselben Plätze wie zuvor und warteten darauf, dass Ellinor Mohagen und ihr Anwalt in den engen Raum geführt würden. Als die Tür aufging, sah man einen Mann mit verbissener Miene eintreten. Hedin. Der Anwalt war von durchaus auffälliger Attitüde, wie Olivia feststellte. Er trug einen maßgeschneiderten, korallenroten Anzug und die für gewisse Anwälte obligatorische Frisur: zurückgegeltes Haar mit Entenschwänzchen.

Keine der Frauen im Raum konnte umhin, den kühlen Hauch von exklusivem Herrenparfüm wahrzunehmen, der vorbeiwehte, als er hereinkam und mit einer chevaleresken Geste einen Stuhl für Ellinor herauszog. Er selbst nahm neben ihr Platz, direkt gegenüber von Isidora. Sogleich positionierte er eine dünne braune Lederaktentasche vor sich und legte beide Hände auf den Tisch, um zu markieren, wer hier den Ton angab. Ohne den Blick von Isidora zu wenden, sagte er: »Hier geht es, wenn ich das richtig verstanden habe, um eine vollkommen unbefugte Anklage wegen Brandstiftung mit Todesfolge.«

Er sprach konzentriert und im Befehlston, er war es gewohnt, dass man ihm zuhörte.

»Ja«, sagte Isidora, »das ist zumindest der Anfang.«

Sie war Hedin schon ein paarmal begegnet, und er konnte sie nicht beeindrucken. Doch Mohagen hatte ihn ausgesucht.

»Der Anfang?«, echote Hedin. »Was meinen Sie damit?«

»Das wird sich zeigen.«

Hedin erinnerte sich seinerseits an seine Zusammentreffen mit Diaz-Åstorp. Sie war eine dieser Ermittlerinnen, mit denen er Schwierigkeiten hatte. Sie schien von seiner Ausstrahlung völlig unbeeindruckt zu sein. Deshalb führte er die Handflächen zusammen und richtete seine Fingerspitzen direkt gegen Isidora auf der anderen Seite der Plexiglasscheibe.

»Ich wäre dankbar, wenn wir unmittelbar erfahren dürften, ob es noch weitere Anschuldigungen gegen meine Mandantin gibt«, verkündete er mit klar forderndem Unterton.

»Und ich wäre dankbar, wenn Sie sich mal ein bisschen entspannen würden. Das wäre sowohl für Sie als auch für Ihre Mandantin leichter. Wir haben eine lange Vernehmung vor uns. Möchten Sie ein wenig Wasser?«

Isidora zeigte auf die Wasserkaraffe neben Hedin. Er lehnte sich zurück und nahm seine Aktentasche auf den Schoß. Mit einer raschen Bewegung knipste er das Schloss auf und richtete den Blick auf den Inhalt, was zur Folge hatte, dass er Isidoras fast unmerkliches Lächeln übersah.

Er tat ihr fast leid.

Fast.

Sie wartete, bis er fertig in seiner Tasche gewühlt hatte, dann nahm sie ein Blatt Papier vom Tisch.

»Das hier ist der Ausdruck eines Briefes, der auf dem Rechner von Agnetha Eriksson gefunden wurde«, sagte sie und sah Hedin an. »Eriksson ist die Frau, die fälschlicherweise für die Brandstiftung mit Todesfolge verurteilt worden ist. Der Brief ist an ihre Kinder gerichtet und wurde kurz vor ihrer Ermordung geschrieben. Er beginnt wie folgt: ›2004 lieh sich eure Tante Ellinor 250.000 Kronen von mir und Papa, und davon kaufte sie die Nerzfarm.‹«

Isidora ließ das Papier sinken.

»Ich habe mir niemals Geld von Agnetha geliehen«, wandte Ellinor ruhig ein.

»Und warum haben Sie dann das hier unterschrieben?«

Isidora nahm den Schuldschein heraus, den sie von Oskar bekommen hatte.

»Einen Schuldschein über 250.000 Kronen?«

Isidora hielt das Papier an die Plexiglasscheibe. Ellinor machte sich nicht die Mühe, es anzusehen, sondern schaute daran vorbei direkt zu Isidora.

»Wo haben Sie das gefunden?«

»Auf Ihrem Hof.«

Hedin hingegen beugte sich vor und überflog das Papier von der anderen Seite der Scheibe aus, um dann auf dem Stuhl wieder nach hinten zu sinken. Ellinor öffnete einen Knopf am Kragen ihres Kleides. Olivia fragte sich, ob das wohl wegen der Hitze im Raum oder aus anderen Gründen war.

Isidora hob wieder den Brief hoch.

»Etwas weiter unten in dem Brief schreibt Agnetha Folgendes: ›Als ich aus dem Gefängnis kam, wollte ich das Geld zurückhaben, und da behauptete sie, es niemals ausgeliehen zu haben und beschuldigte mich, das alles zu erfinden. Aber ich wusste, dass wir ein Papier in der Sache aufgesetzt hatten, das auch von den Großeltern oben in Lammåsa bezeugt worden war, also fuhr ich hin und suchte danach. Und da kam mir der Verdacht, dass Ellinor von Anfang an nicht vorgehabt hatte, das Geld zurückzuzahlen, und dass sie vielleicht das Haus angezündet hatte, um die Schulden loszuwerden. Ich wusste ja, dass ich selbst es nicht getan hatte! Also habe ich die alten Gerichtsunterlagen angefordert, und da fand ich einen Zeugen, der in derselben Nacht, in der es zu brennen begann, einen roten Mazda in unserem Dorf gesehen hatte.‹«

Isidora drehte sich wieder in Richtung Hedin.

»Ihre Mandantin besaß zur fraglichen Zeit einen roten Mazda«, erklärte sie.

Hedin wandte sich an Ellinor.

»Stimmt das?«

»Ja. Das war, vor allem in Rot, damals ein sehr beliebtes Modell.«

»Können Sie den roten Mazda in Ysane direkt mit meiner Mandantin in Verbindung bringen?«, erkundigte sich Hedin.

Isidora ignorierte die Frage und ließ den Brief sinken.

»Was nicht in Erikssons Brief erwähnt wird«, sagte sie, »sind die Hautablagerungen, die auf dem Benzinkanister gefunden wurden, mit dessen Inhalt das Haus in Brand gesetzt wurde. Zum damaligen Zeitpunkt konnten die Techniker der Forensik nicht genügend DNA aus dem Material gewinnen. Heute, mit den neuen Methoden, ist es ihnen gelungen. Die Hautablagerungen stammen von Ellinor Mohagen, das ist eben durch einen DNA-Abgleich bestätigt worden.«

»Und wie sind Sie an die DNA meiner Mandantin gekommen?«

»Wir hatten die dänische Polizei im Zusammenhang mit ihrer dortigen Festnahme gebeten, eine DNA-Probe zu nehmen. Die passte zu der Probe vom Benzinkanister.«

Isidora sah Ellinor an, die ihren Blick immer noch unverwandt erwiderte.

»Agnetha hat den Brand nicht gelegt«, fuhr Isidora fort. »Wir glauben, dass Sie es waren. Sie wollten Ihre Schulden loswerden, das war Ihr Motiv.«

Ellinor deutete auf den Brief, den Isidora in der Hand hielt.

»Und den da haben Sie in ihrem Computer gefunden?«, fragte Ellinor.

»Ja.«

»Was ja nicht bedeutet, dass sie ihn selbst geschrieben hat«, warf Hedin ein.

Ein überflüssiger Hinweis, der hauptsächlich ihn wieder ins Spiel bringen sollte.

»Das stimmt«, sagte Isidora.

»Allerdings ist es wohl am wahrscheinlichsten«, fügte Olivia hinzu.

Jetzt hatten alle vier um den Tisch Versammelten Gelegenheit gehabt, sich zu äußern. Zwei auf jeder Seite. Die fünfte im Zimmer, Lisa, hatte Notizblock und Stift herausgeholt. Sie wollte sich eigene Überlegungen notieren, die möglicherweise im Verhör nicht vorkamen.

Isidora betrachtete Ellinor. Sie wartete auf eine Reaktion, die jedoch ausblieb. Schließlich sagte sie: »Vielleicht fragen Sie sich ja, wie wir an Agnethas Computer gekommen sind.«

Ellinor antwortete nicht.

»Warum sollte sie sich das fragen?«, erkundigte sich Hedin an ihrer Stelle.

»Weil der Computer in einem zu ihrem Hof gehörigen Haus versteckt war. Wie ist er dort hingekommen?«

»Das weiß ich wirklich nicht«, sagte Ellinor.

»Als Sie den letzten Tag in England waren und wir miteinander telefonierten, da stand der Computer nämlich noch in Agnethas Haus. Tags darauf war er verschwunden. Und Agnetha selbst lag im Leichenschauhaus.«

Ellinor verzog keine Miene, und Hedin entschied sich dafür, ein Glas Wasser zu trinken, während Isidora beschloss, die alte Geschichte mit dem Brand zunächst fallen zu lassen, dazu konnten sie später immer noch zurückkehren. Es gab in jüngerer Vergangenheit weitere Verbrechen, die sie bearbeiten mussten. Die »weiteren Anschuldigungen«, nach denen Hedin gefragt hatte.

Also fing sie wieder Ellinors Blick ein und sagte: »Ihre Schwester ist mit dem Gift Aconitin ermordet worden. Wir haben in einem früheren Verhör dargelegt, dass Ihnen in Ihrem Keller die Ausrüstung für die Herstellung von Aconitin aus der Pflanze Blauer Eisenhut zur Verfügung stand.«

»Jeder Mensch kann aus Eisenhut Aconitin herstellen«, wandte Ellinor ein. »Da muss man nur ein bisschen googeln.«

»Aber nicht jeder Mensch hat eine Schwester, die durch dieses Gift gestorben ist. Eine Schwester, die viele Jahre lang im Gefängnis saß für ein Verbrechen, das begangen zu haben sie immer abgestritten hat – und für das sie schließlich meinte, die Schuldige gefunden zu haben, nämlich Sie. Das geht aus ihrem Brief hervor.«

Hedin reagierte sofort, er war ja immerhin als Verteidiger angeheuert worden.

»Wollen Sie behaupten, meine Mandantin hätte Agnetha Eriksson ermordet?«, fragte er und versuchte, aufgebracht zu klingen.

»Ja«, lautete Isidoras kurze Antwort.

»Und welches Motiv sollte sie haben?«, fragte Hedin, der das Gefühl hatte, dass sich das Verhör für ihn und seine Mandantin mehr und mehr in eine Rutschpartie verwandelte.

»Ist das nicht offensichtlich?«, fragte Isidora und sah an Hedins Blick, dass es das natürlich war.

Aber sie erklärte es trotzdem.

»Agnetha Eriksson hat begriffen, dass ihre Schwester den Brand gelegt hatte, bei dem Agnethas Mann ums Leben kam, und sie hatte vor, es der Polizei zu erzählen. Doch ehe sie das tun konnte, wurde sie ermordet und in einer Reuse im Bosarpasee versenkt.«

Hedin schob sein Wasserglas weg und erhob sich.

»Ich möchte gern mit meiner Mandantin unter vier Augen sprechen«, erklärte er.

»Das können Sie gerne, aber es muss hier drinnen geschehen.«

Isidora und Olivia standen auf und gingen zur Tür, und auch Lisa folgte ihnen mit ihrem Notizblock in der Hand.

Sie versammelten sich im Kaffeeraum. Olivia war inzwischen deutlich munterer, was ein Glück war, denn das restliche Verhör würde ihr einiges abverlangen. Sie nahm eine Tasse schwarzen Kaffee und ließ sich auf einen Stuhl sinken. Lisa und Isidora lehnten sich an die kleine Spüle.

»Gutes Verhör«, sagte Lisa zu Isidora. »Ich glaube, sie ist jetzt ziemlich unter Druck.«

»Hoffentlich. Aber sie wird es niemals zugeben.«

»Immerhin hat sie die Sabotage der Impfdosen gestanden.«

»Aber hier geht es darum, dass sie ihre eigene Schwester ermordet hat. Das wird sie bis ans Ende ihrer Tage leugnen.«

»Aber das ist ja eigentlich nicht das Wichtigste. Wenn es genügend Beweise gibt, wird sie in jedem Fall verurteilt werden«, gab Olivia zu bedenken.

»Es würde sich aber besser anfühlen mit einem Geständnis.« Das sagte Isidora aus nachvollziehbaren Gründen. Sie selbst hatte dazu beigetragen, dass ein unschuldiger Mensch gegen seine eigene Aussage verurteilt worden war. Das hatte sie erst heute Morgen feststellen müssen.

Sie nahm einen Schluck vom Kaffee und schüttete ihn dann in den Ausguss. Lisa sah sie erstaunt an.

»Teer«, erklärte Isidora.

Olivia war geneigt, ihr zuzustimmen, gut war der Kaffee wirklich nicht. Anders als der, den Bosse immer für sie in Stockholm besorgte. Plötzlich merkte sie, wie sie sich nach ihm sehnte, zurück an ihren richtigen Arbeitsplatz, nach ihrer Wohnung, ihrem Lukas.

»Was glaubt ihr, worüber die da drinnen reden?«, fragte Lisa.

»Wahrscheinlich versucht Hedin so viel Information wie möglich zu kriegen. Er ist jetzt ja ein paarmal kalt erwischt worden, und ich glaube, das hasst er. Es beschädigt sein Selbstbild.«

»Kennst du ihn?«

»Ja, ich bin ihm schon ein paarmal begegnet. Als ihr Anwalt ist er insofern gut für uns, als er berechenbar und nicht sonderlich intelligent ist. Man kann ihn leicht verunsichern. Sie hätte jemand anders nehmen sollen.«

»Seid ihr schon fertig mit dem Verhör?«

Tore war mit einer Plastikmappe zur Tür hereingekommen.

»Nein, sie wollen eine Pause«, erklärte Isidora. »Was ist das da?«

Tore streckte ihr die Mappe ohne weiteren Kommentar hin.

Auf dem Weg zurück in den Verhörraum begegnete ihnen Oskar auf dem Flur.

»Hast du Thomas erreicht?«, fragte Isidora.

»Ja, er war zu Hause.«

»Wie hat er es aufgenommen?«

»Erst hat er nicht ganz kapiert, dass Ellinor hinter Bahars Vergiftung stecken soll. Dann war er verdammt wütend, ist fast ausgeflippt. Es war schon gut, dass wir es nicht per Telefon gemacht haben.«

»Hast du ihm gesagt, dass wir sie wegen verschiedener Sachen unter Verdacht haben?«

»Ja, aber ich bin nicht näher darauf eingegangen, das ist eure Baustelle. Wie läuft es?«

»Das ist unsere Baustelle«, sagte Isidora mit einem Lächeln. »Wie geht es seiner Frau?«

»Den Umständen entsprechend gut. Offenbar kann sie in ein paar Tagen nach Hause.«

Isidora nickte und ging den Gang hinunter. Als Lisa an Oskar vorbeikam, warf er ihr einen schwer zu deutenden Blick zu.

Das Verhör wurde wieder aufgenommen.

Isidora und Olivia tauschten die Plätze, sodass Olivia jetzt Ellinor direkt gegenübersaß. Lisa blieb mit ihrem Notizblock bei der Tür. Hedin hatte sich offensichtlich während der Pause frisch gemacht, der Duft seines Herrenparfüms war deutlich wahrnehmbar, obwohl er durch die Plastikscheibe gedämpft wurde. Er lehnte sich über die Tischkante vor, während der Unterbrechung hatte er ein wenig Kraft gesammelt.

»Ich möchte Ihnen lediglich mitteilen, dass meine Mandantin sowohl die Beteiligung an dem alten Fall der Brandstiftung mit Todesfolge bestreitet, als auch die Beteiligung an dem Mord an Agnetha Eriksson. Wenn Sie nichts weiter hinzuzufügen haben, dann schlage ich vor, dass wir das Verhör hiermit beenden.«

»Wir haben durchaus etwas hinzuzufügen«, sagte Olivia. »Wir möchten über einen weiteren Mord sprechen.«

»Einen weiteren Mord?«

»Ja.«

Hedin sah so perplex aus, dass alle außer Ellinor sofort wussten, dass er keine Ahnung von Sara Eriksson hatte, was Olivia dazu veranlasste, sich näher zu erklären.

»Es geht um den Mord an der Nichte Ihrer Mandantin, Sara Eriksson«, erläuterte Olivia. »Dieser geschah kurz nach dem Mord an Agnetha. Sara verbrannte in einer Hütte im Ort Lammåsa, nachdem sie auf dem Hof vor dem Haus niedergeschlagen worden war.«

»Und was hat das mit meiner Mandantin zu tun?«

»Viel«, sagte Olivia und wandte sich an Ellinor. »Haben Sie Sara angerufen, als sie in dem Sommerhaus war?«

»Nein, wieso?«, fragte Ellinor. »Wir hatten überhaupt keinen Kontakt, das habe ich doch bereits gesagt.«

Olivia holte einen Bogen Papier heraus.

»Hier haben wir Saras Einzelverbindungsnachweis. Demnach haben Sie, kurz bevor sie starb, mit ihr gesprochen.«

»Habe ich das? Das ist mir völlig entfallen, aber es ist möglich, dass ich mich bei ihr gemeldet habe, um zu fragen, ob sie weiß, wo Agnetha ist. Ich habe mir ein wenig Sorgen gemacht. Und da war sie in Lammåsa?«

»Das wissen Sie doch.«

»Woher sollte ich das wissen?«, fragte Ellinor.

»Weil Sie im Gespräch gefragt haben, wo sie gerade ist, und sie hat ›in der Hütte‹ geantwortet. Außerdem sagte Sara: ›Ja, ich bin allein hier. Wieso?‹«

»Und woher wollen Sie das wissen?«

»Ich war dort.«

»Hat sie nicht gesagt, sie sei allein?«

»Sie hat gelogen.«

Ellinor war vollkommen fassungslos, so sehr, dass Hedin ihr ein Glas Wasser einschenken musste. Und für sich selbst auch gleich eins.

»Und ich glaube, dass Sie nur angerufen haben, um herauszufinden, wo Sara sich befand«, fuhr Olivia fort. »In Lammåsa, nur ein paar Autostunden von Runaby entfernt.«

»Reine Spekulation«, warf Hedin ein.

Olivia ignorierte seinen Kommentar und zog die Mappe hervor, die Tore ihnen in der Pause gebracht hatte. Darin befanden sich einige Fotografien. Sie legte sie mit der Rückseite nach oben vor sich auf den Tisch.

»Die Person, die Sara ermordet hat, kam mit dem Auto dorthin«, sagte sie. »Unsere Techniker haben einige deutliche Reifenspuren des Wagens sichern können. Diese hier.«

Olivia hielt eine der Fotografien, auf der einige Reifenproben zu sehen waren, an die Scheibe.

»Vor Kurzem hatten Sie und Gary Woodman im Hafen von Rødby während einer Verfolgungsjagd einen Unfall mit einem Kombi. Wir haben die dänische Polizei gebeten, Reifenproben von dem Wagen zu nehmen. Das sind diese hier.«

Olivia hielt eine weitere Fotografie neben die erste.

»Diese Proben aus Lammåsa sind identisch mit denen aus Rødby. Das Auto, mit dem Sie zu fliehen versuchten, befand sich zu dem Zeitpunkt, als Sara ermordet wurde, beim Sommerhaus.«

»Was nicht beweist, dass auch meine Mandantin sich dort befand«, wandte Hedin ein.

»Nein, aber das tat sie.«

»Und woher wollen Sie das wissen?«

»Dazu komme ich noch. Unserer Ansicht nach war das Motiv für den Mord wie folgt: Agnetha Eriksson ließ ihre Schwester Ellinor Mohagen wissen, dass sie auch ihrer Tochter Sara geschrieben hatte, dass nicht sie die Brandstifterin war, sondern Saras Tante, nämlich Ellinor. Nachdem Mohagen ihre Schwester aus dem Weg geräumt hatte, versuchte sie herauszufinden, wo Sara sich befand – nämlich in der Hütte –, woraufhin sie hinfuhr und sie ermordete. Außerdem versuchte sie, die Schuld an der neuerlichen Brandstiftung ihrer Schwester zuzuschieben, indem sie einen Blister mit Euthyroxtabletten auf den Vorplatz der Hütte warf – ein Medikament für die Schilddrüse, von dem Ellinor wusste, dass Agnetha es nahm. Dieser Versuch war hinfällig, als Agnethas Leiche gefunden wurde. Sie war nämlich lange vor der Tat in Lammåsa ermordet worden.«

»Und was veranlasst Sie zu glauben, dass es Ellinor war, die den Blister dort platziert hat?«, fragte Hedin, der jetzt schwer kämpfte.

»Ihre DNA.«

Olivia zog das Papier heraus, das sie am Morgen im Ermittlungsraum von Isidora bekommen hatte, und zeigte es Hedin.

»Ihre DNA passte zu der, die wir auf dem Blister gefunden haben. Auf dem Hof vor der Hütte. Das haben wir gestern vom Labor erfahren. Ihre Mandantin war zum entsprechenden Zeitpunkt vor Ort.«

Hedin seufzte leise und sah Ellinor an. Er wusste nicht recht, wie er weiter vorgehen sollte. Wollte seine Mandantin, dass sie das, was hier dargelegt worden war, abstritten? Er begriff, dass die Indizienkette für Mohagen äußerst belastend war, und mit den DNA-Beweisen würde sie vermutlich vor Gericht verurteilt werden.

Doch sie war seine Auftraggeberin. Seine Rolle war es, sie zu verteidigen, ganz gleich, was geschah.

»Möchten Sie, dass wir noch einmal eine Pause machen?«, fragte er. »Wir können …«

»Nein.«

Ellinors Stimme klang schneidend und schroff. Sie zog die Wasserkaraffe zu sich und schenkte sich ein. Dann führte sie das Glas mit fester Hand zum Mund, nahm einen Schluck, stellte es wieder ab und richtete den Blick auf Olivia, die ihr gegenüber hinter der Plexiglasscheibe saß.

Olivia betrachtete die Frau auf der anderen Seite des Tisches, ihre trockenen Lippen, die Adern an der Schläfe, die ersten Falten um den Mund, die dünnen Augenbrauen.

Und in der Stille, die entstand, fasste Olivia einen Entschluss. Sie beugte sich zu Ellinor über den Tisch und sagte, so sanft sie konnte: »Ellinor … Ihr Freund Gary ist verunglückt, Ihr Heim ist abgebrannt, Ihr großer Plan, die Impfung zu stoppen, ist gescheitert, und Sie werden dreier Morde angeklagt werden.«

Sie wischte etwas Feuchtigkeit vom Plexiglas und richtete sich auf. Die beiden Frauen hielten eine lange Zeit Blickkontakt, bis Ellinor sich schließlich zurücklehnte und mit ruhiger, tonloser Stimme zu sprechen begann: »Agnetha hat mich mitten in der Nacht angerufen, sie war betrunken, ihr Mann hatte sie geschlagen und aus dem Haus geworfen, sie brauchte Hilfe. Ich fuhr hin. Als ich dort ankam, lag sie völlig fertig auf der Küchenbank, ihr Mann war im oberen Stockwerk eingeschlafen, überall Bier und Schnaps und Kotze und vollgepinkelte Unterhosen, das ganze Haus war ein Elend. Alles stank. Ich sah keinen Wert in ihrer Existenz.«

Ellinor verstummte, ohne Olivia aus den Augen zu lassen.

»Das heißt, Sie haben das Haus in Brand gesteckt?«, fragte Olivia.

»Ja.«

»Als Akt der Barmherzigkeit und gute Tat?«

Ellinor ignorierte den leichten Sarkasmus in Olivias Tonfall.

»Es war also nicht wegen der Schulden, die Sie bei Agnetha und Bertil hatten?«, hakte Olivia nach.

»Keine Sekunde lang… aber meine Schwester überlebte«, fuhr Ellinor fort. »Als sie aus dem Gefängnis kam, verlangte sie Geld von mir. Sie kreuzte mit einem alten Schuldschein auf und drohte, zur Polizei zu gehen. Das war dumm von ihr. Sie hätte erkennen müssen, mit wem sie es zu tun hatte.«

Hedin sah Ellinor unverwandt an. Sein Impuls, sie zu unterbrechen und ihr Geständnis aufzuhalten, verpuffte sofort, als sie ihn mit einem eiskalten Blick bedachte.

»Warum mussten Sie Sara ermorden?«, fragte Olivia.

»Das haben Sie doch bereits gesagt. Agnetha hatte ihrer psychisch gestörten Tochter alles geschrieben. Ich hatte keine Wahl. Ich bin wichtiger als das. Ich durfte nicht ins Gefängnis kommen, denn dann wäre mein ganzer Kampf für die Menschheit in Gefahr, mein ganzer Kampf für die Neue Weltordnung.«

»Psychisch gestörte Tochter…«

Olivia holte tief Luft, schob die Papiere vor sich beiseite und lehnte sich zur Plexiglasscheibe.

»Ich habe Saras Tagebücher aus der Zeit, als sie bei Ihnen wohnte, gelesen«, fuhr sie mit angestrengter Stimme fort. »Das, was sie dort beschreibt, ist eine absolut widerliche Schikane, der Sie das Mädchen ausgesetzt haben. Ein Kind, komplett ohne Boden unter den Füßen, das Sie gequält haben, indem Sie es zwangen, gegen seinen Willen Tiere zu töten… sprechen Sie nicht von ihr als psychisch gestört… wenn hier jemand psychisch gestört ist, dann Sie.«

Ellinor legte den Kopf in den Nacken. Es wurde still im Raum. Olivia wischte sich über den Mund. Alle außer der Mörderin waren offenkundig schockiert von Ellinors völlig unberührter Erklärung für drei brutale Morde. Sogar Hedin sah gequält aus. Die gebratene Taube war davongeflogen.

»Sind wir fertig?«, fragte Ellinor mit einem kleinen Lächeln.

Lisa sah auf ihren Notizblock. Sie hatte drei Worte aufgeschrieben: »Der gute Samariter?«

*

Oskar saß im Ermittlungsraum auf dem Sofa und bog eine Büroklammer auseinander und wieder zusammen. Das Verhör zog sich. Er versuchte, die Gedanken an das, was Isidora berichten würde, wenn sie herauskam, wegzuschieben. Egal, was es war: Es würde ihn in der ein oder anderen Weise betreffen. Er sah zur Tür. Als sie aufging, ließ er die Büroklammer aufs Sofa fallen. Isidora machte die Tür hinter sich zu und ging am Tisch entlang zur Couch. Er versuchte, ihre Miene zu lesen, und das gelang ihm auch ziemlich gut. Als sie bei ihm anlangte, rutschte er etwas zur Seite. Sie setzte sich ans andere Ende des Sofas.

Oskar schaute sie an.

»Mama war unschuldig«, sagte er.

»Ja.«

Er senkte den Blick und griff wieder nach der Büroklammer.

»Ellinor hat soeben alle Morde gestanden«, fuhr Isidora fort.

Oskar nickte und stand auf. Er ging zu einer der beklebten Wände und stellte sich davor. Sein Blick wanderte über all das Material, das dort hing, und hielt bei dem Foto von Agnethas Schlafzimmer inne. »JETZT WEISS ICH, WER DAS FEUER GELEGT HAT!« Langsam lehnte er sich mit der Stirn an die Wand. Isidora saß still auf dem Sofa. Sie konnte so gut verstehen, was Oskar jetzt gerade fühlte, und wollte eben zu ihm gehen, als Lisa und Olivia hereinkamen. Lisa sah Oskar an der Wand stehen. Sie trat sofort zu ihm und streichelte seinen Arm. Er richtete sich auf und sah Lisa mit Tränen in den

Augen an. Er räusperte sich und sagte: »Packt ihr jetzt zusammen?«

»Ja.«

»Kannst du nicht noch ein paar Tage bleiben?«

Lisa wandte sich zu Olivia.

»Also, ich fahre am liebsten so schnell wie möglich«, sagte Olivia, »ich habe noch einiges in Stockholm zu erledigen.«

»Ich finde, du solltest bleiben, Lisa.«

Das kam von Isidora. Sie saß immer noch auf dem Sofa und sah Oskar und Lisa an.

»Das finde ich auch«, ergänzte Olivia.

Lisa drehte sich wieder zu Oskar.

»Dann bleibe ich.«

Oskar beugte sich vor und umarmte sie innig, was sie ungeniert erwiderte.

»Ich hab einen Termin mit den Leuten von der Internen Ermittlung«, sagte er. »Bist du noch ein bisschen hier?«

»Ich bin hier.«

Sowie Oskar den Raum verlassen hatte, bedeutete Isidora den beiden anderen, sich doch an den Tisch zu setzen. Isidora verschränkte die Hände und sah Olivia an, dann Lisa, dann wieder Olivia.

»Wie gut wir gearbeitet haben«, sagte sie. »Alle drei.«

»Ja«, stimmte Lisa zu.

»Es war sehr schön, mit euch zusammenzuarbeiten.«

»Danke, gleichfalls.«

»Danke. Sollten wir uns vielleicht mal bei Mette melden?«

»Ich habe sie angerufen, bevor wir hierhergekommen sind«, sagte Olivia.

»Gut.«

Olivia zog ihr Handy heraus.

»Und jetzt muss ich Lukas anrufen, entschuldigt bitte.«

Sie hatte ihm noch nicht von den Ereignissen im Gewächshaus erzählt. Bald würde die Vernissage seiner Ausstellung in Göteborg stattfinden, und sie wusste, dass er seine Umgebung total ausgeblendet hatte, rund um die Uhr malte und in seiner eigenen Höhle verschwunden war. Sie hatte ihn nicht stören wollen.

Aber Lukas ging nicht ran, also stand Olivia auf und begab sich zu ihrer Wand.

»Ich fang mal an abzuräumen.«

Das sagte sie mit dem Rücken zum Tisch und wartete auf die Frage, die sie schon kommen ahnte.

»Hast du was Neues von Tom gehört?«, fragte Lisa.

»Nein.«

Kein Wort hatte sie gehört.

Und wusste nicht einmal, ob sie das überhaupt wollte.

*

Luna hatte sich den ganzen Weg über gewappnet.

Jetzt saß sie im Söderkrankenhaus in einem fensterlosen Raum. Allein. Auf einem Tisch stand ein großes Aquarium, in dem sich ein paar bunte Fische zwischen grünen Schlingpflanzen bewegten, an der Wand gegenüber hing ein Schild mit einem durchgestrichenen Handy. Sie sah auf den Tisch vor sich. Da lagen ein paar Zeitschriften über Gesundheit und Outdooraktivitäten. Sie zog ihren Mantel aus und legte ihn auf den Stuhl neben sich, unter den Achseln war sie schweißnass. An der Wand gegenüber prangte eine große schwarz-weiße Uhr, der Sekundenzeiger tickte lautlos an den Ziffern vorbei. Sie verfolgte seinen Weg eine Weile mit dem Blick, dann sah sie zum Aquarium, schaute einem blauen Fisch hinterher, dann ließ sie den Blick zurück zum Sekundenzeiger wandern.

Sie wusste nicht, wie lange sie da gesessen hatte, als sich ein Stück entfernt fast geräuschlos die Tür öffnete. Ein Arzt in blauem Kittel und grünen Hosen kam herein. Er hatte ein Visier vor dem Gesicht. Luna stand schnell auf und legte sich eine Hand auf den Brustkorb, sie konnte den Herzschlag durch ihren Pullover spüren. Der Arzt machte die Tür hinter sich zu und sah zu ihr.

Luna begegnete seinem Blick.

»Luna Johansson?«, fragte er.

»Ja.«

Der Norra Begravningsplatsen in Solna vor den Toren Stockholms ist ein schöner Friedhof, groß und üppig. Nicht so spektakulär wie der Waldfriedhof Skogskyrkogården, aber doch mit seiner eigenen Atmosphäre. Hier wurde August Strindbergs Sarg in die Erde gesenkt, nicht weit von Gösta Ekman d. Ä., ein Stück entfernt liegt Lovisa Fredrica Bellman begraben, die Ehefrau des bekannten Barden Carl Michael Bellman. Wer ein wenig durch die Vergangenheit wandern will, für den gibt es hier überall gepflegte kleine Oasen.

So auch für die beiden älteren Männer, die heute über den Friedhof gingen. Sie wanderten mit ihren Blumensträußen in den Händen durch einen still herabrieselnden Regen langsam zwischen den Gräbern hindurch. Als sie an der Großen Grabkreuz-Kapelle vorbeikamen, hielt einer von beiden inne.

»Weißt du noch, als wir das letzte Mal hier waren?«, fragte Ronny.

»Ja«, erwiderte Benseman.

»Damals war genauso ein düsteres Wetter.«

»Ja, das gehört wohl dazu.«

Eine einsame Dohle landete etwas weiter weg auf einem grauen Marmorstein. Keiner der beiden Männer sah sie. Sie gingen weiter zu einem Hain für Urnengräber und blieben bei einer Metallplakette auf dem Boden stehen. Ronny beugte sich hinunter.

»Die hier sind für dich, Vera«, flüsterte er und legte vorsichtig seine Blumen neben die Plakette.

Er dachte daran, wie nahe Vera doch Tom gestanden hatte.

Ihr gewaltsamer Tod hatte Toms Leben verändert und bewirkt, dass er sich aus Wohnsitzlosigkeit und Elend herausgearbeitet hatte.

Benseman ging ein paar Schritte weiter zur nächsten Plakette. Unter ihr hatte er selbst vor vielen Jahren eine kleine Urne bestattet. Nur ein einfacher Name stand darauf: »Muriel«. Er legte seinen Blumenstrauß ab und richtete sich dann auf, langsam schnürte es ihm die Kehle zu. Muriel war die große Liebe seines Lebens gewesen, er hatte ihr gerade einen Antrag gemacht, als ihr von einem absolut widerlichen Sadisten der Hals zerschnitten worden war. Während der Begräbnisfeier hatte er sich kaum aufrecht halten können.

Ronny stellte sich neben ihn und spürte, wie sein Körper zitterte.

»Früher oder später versammeln sich alle Freunde hier«, sagte er leise.

»Das stimmt.«

Benseman fuhr mit dem Fuß durch den Kies auf dem Boden, er hörte, wie Ronny tief Luft holte. Ganz hinten zwischen den Bäumen sah man einen Friedhofswärter mit einem leeren Karren hinter sich. Ronny hob den Blick und schaute dem Karren hinterher, bis er in einem Waldstück verschwand. Hier drinnen schienen die Geräusche des Verkehrs auf der Schnellstraße verstummt, und man vernahm nur noch das leichte Ploppen der Regentropfen auf den Grabsteinen.

Das, und ein leises »Pling«.

»Es hat geplingt«, sagte Benseman und sah Ronny an.

Er wusste, dass das Haltbarkeitsdatum für das Gehör seines Freundes schon vor vielen Jahren abgelaufen war. Aus unterschiedlichen Gründen weigerte sich dieser jedoch, sich ein Hörgerät zuzulegen.

»Was?«, fragte Ronny.

»Ein Geräusch, wahrscheinlich das Handy.«

So war es auch. Das Telefon befand sich in Ronnys Hosentasche und vibrierte. Er holte es raus und sah, dass er eine SMS bekommen hatte. Von Luna.

»Was ist?«, fragte Benseman.

Ronny ließ das Handy sinken.

»Eine Nachricht von Luna«, erklärte er.

»Willst du sie nicht lesen?«

Ronny zögerte ein paar Augenblicke, dann nahm er das Handy wieder hoch, fuhr sich mit einer Hand über die Lippen und las Lunas SMS. Sie war kurz. Als er Benseman das Handy hinhielt, sank er ein wenig in sich zusammen.

Vier weitere Personen erhielten dieselbe kurze SMS von Luna. Das Ehepaar Olsäter, Olivia und Abbas. Die fünfte Person, die sie hätte bekommen sollen, Stiltons Halbschwester Aditi in Thailand, hatte ihr Handy ausgeschaltet und würde die Nachricht erst weit nach Mitternacht erhalten.

Der warme Dezember war in ein neues Jahr mit Kälte und Schnee übergegangen. Zum ersten Mal seit ein paar Jahren gab es einen richtigen Winter, zumindest in der Gegend um Stockholm. Weiche weiße Flocken bedeckten Bäume und Parks, Kinder bekamen endlich die Gelegenheit, auf den wenigen Hügeln in der Innenstadt Schlitten zu fahren. Die Älteren zitterten sich auf den Straßen voran, trugen Mundschutz, hielten Abstand und versuchten, möglichst nicht auf Eisplacken auszurutschen oder von herunterfallenden Eiszapfen erschlagen zu werden.

Mette und Mårten Olsäter spazierten schweigend zwischen den Einfamilienhäusern in Kummelnäs hindurch und hielten sich an den Händen. Fest. Als sie in ihre Straße kamen, fragte Mårten: »Wann ist die Besprechung?«

»In zwanzig Minuten, am besten gehen wir jetzt rein.«

Sie kehrten zu ihrem Gartentor zurück und gingen zum Haus hinauf. Mårten hatte einen relativ breiten Gang bis zur Treppe freigeschaufelt, woran ihn sein Rücken jetzt erinnerte. Mette hängte ihren Mantel an die Garderobe in der Diele und ging dann zum Küchentisch, wo ihr Laptop lag.

»Kommst du?«, fragte sie.

Mårtens Schnürsenkel waren zusammengefroren, er hatte einen Doppelknoten gemacht und brauchte deshalb etwas länger, um die Schuhe auszuziehen.

»Ich verbinde uns jetzt«, sagte Mette.

»Ich komme!«

Mårten eilte herbei und setzte sich neben seine Frau. Drei

weitere würden an dem Meeting teilnehmen: Olivia, Abbas, und dann noch der Kahn am Kai von Långholmen.

»Ich bin da«, sagte Olivia auf dem Bildschirm.

Sie saß mit einer schönen mexikanischen Kette um den Hals auf dem Sofa in ihrer Wohnung.

»Ich auch«, hörte man Abbas.

»Und hier bin ich«, sagte Luna.

Sie war sehr dicht vor dem Monitor im Salon auf dem Kahn zu sehen. Neben ihr konnte man einen Arm und eine Schulter erkennen, die gehörten Tom Stilton.

»Haben alle ihre Gläser?«, fragte Mårten.

Er hatte vorgeschlagen, dass sie mit Champagner feiern, die Gläser vor den Bildschirm halten und virtuell miteinander anstoßen sollten, jeder in seinem Fenster.

»Skål!«, rief er.

Und alle prosteten einander zu.

Das fühlte sich nicht gerade natürlich an, aber besser als nichts.

Schwer zu sagen, ob sie nun alle rasch etwas angeschickert waren oder ob die allgemeine Euphorie einsetzte, jedenfalls redeten sie bald alle gleichzeitig, über dies und das, und dabei ziemlich viel über die Cutty Sark und rein gar nichts über die Spinne Kerouac.

Alle außer Stilton.

Er hörte zu.

Seine Lungen waren lange noch nicht wiederhergestellt, das Herz war immer noch angegriffen. Aber er war zu Hause, auf dem Schiff, und er saß aufrecht, mit einem Glas in der Hand, und hatte Luna neben sich.

»Du bist schweigsam, Tom«, sagte Mårten.

»Ich genieße.«

Und das tat er, noch eine weitere Stunde genoss er, bis alle mit einem letzten Prost die Runde auflösten und sich ausklinkten. Da sank er im Sessel zurück, erschöpft, aber glücklich. Er hatte die schlimmste Krise seines Lebens durchlebt, nach dem hier wäre alles andere nur noch reiner Luxus. Luna schenkte ihm nach, holte ihr Handy heraus und klickte ein Bild auf WhatsApp an.

»Erkennst du den hier?«

Stilton sah das Bild an. Es zeigte einen mageren Mann mit dunklen, eingefallenen Augen und ein paar Haarbüscheln hier und da im Gesicht verstreut. Unter dem Bild stand: »Jetzt kommt der Bart ab!«

»Der Nerz«, sagte er.

Luna erklärte ihm, dass der Nerz gelobt hatte, sich nicht zu rasieren, ehe Stilton wieder gesund sei.

»Ein Mann von deinem Kaliber würde nicht sterben, hat er behauptet.«

»Da hatte er vollkommen recht«, sagte Stilton und merkte, wie ihm warm ums Herz wurde.

Luna ließ das Handy sinken und lehnte sich an Stilton.

»Du«, sagte sie, »es gibt eine Sache, die ich dich fragen muss, es geht um ein Papier, das ich in deiner Kajüte gefunden habe, als du im Krankenhaus lagst.«

Stilton sah Luna an, ihr forschender Blick gefiel ihm nicht.

Und er ahnte, worum es ging.

»In dem Karton?«, fragte er.

»Ja.«

Lange Zeit drehte er sein Glas in den Händen. Sie hatte also in den Karton geschaut und es gefunden. Er hätte es verbrennen sollen, jetzt entkam er nicht.

Er musste erzählen.

Einen herzlichen Dank an

Ola Kronkvist, Präfekt und Lektor am Institut für Polizeiliche Arbeit der Linné-Universität.

Carl Söderberg, Gerichtsmediziner im Amt für Gerichtsmedizin.

Åsa Dalaryd, Ärztin.

Peter Karlsson, unseren großartigen Verleger und Redakteur bei Norstedts.

Lena Stjernström, unsere Agentin.

Sowie alle bei der Grand Agency.

Die schwedische Originalausgabe erschien 2020 unter dem Titel
»Den barmhärtige samariten« bei Norstedts, Stockholm.



FSC
www.fsc.org
MIX
Papier aus verantwortungsvollen Quellen
FSC® C083411

Penguin Random House Verlagsgruppe FSC® N001967

1. Auflage

btb Verlag in der Penguin Random House Verlagsgruppe GmbH,
Neumarkter Straße 28, 81673 München
Published by Agreement with Grand Agency
Umschlaggestaltung: semper smile, München
Umschlagmotiv: © mauritius images/Gary corbet/Alamy;
DEEPOL by plainpicture/Stefan Isaksson; Shutterstock/Nejron Phot
Satz: Uhl + Massopust, Aalen
Druck und Einband: CPI books GmbH, Leck
Printed in Germany
ISBN 978-3-442-75853-1

www.btb-verlag.de

Yrsa Sigurdardóttir

# SOG

Thriller

*446 Seiten, btb 71756*
*Übersetzt von Tina Flecken*

**Dunkel, gefährlich, erbarmungslos.**

Zwei abgetrennte Hände, ein perfider Mord,
kurz darauf ein weiterer.
Was hat die unheimliche Botschaft eines Kindes
mit den Toten zu tun?

Die isländische Bestsellerautorin mit ihrem neuen Thriller
um Kommissar Huldar und Psychologin Freyja.

**»Yrsa Sigurdadóttir ist eine der besten**
**Kriminalschriftstellerinnen der Welt.«**
*Times Literary Supplement*

btb